서정시와 실재

저자 **이성혁**(李城赫)

1967년 서울에서 태어나 한국외대 일본어과 및 같은 대학원 국문과에서 박사
학위를 받았다. 1999년 『문학과 창작』 평론부문 신인상을 수상하고, 2003년
『대한매일신문』 신춘문예 평론 부문에 「경악의 얼굴─기형도론」이 당선되어
작품 활동을 시작했다.
저서로 『불꽃과 트임』 『불화의 상상력과 기억의 시학』이 있다. 현재 계간 『시
와 사람』과 『시와 표현』 편집 위원으로 활동하고 있으며 한국외대, 중앙대,
추계예대에서 강의하고 있다.

서정시와 실재

인쇄 2011년 9월 26일 | 발행 2011년 9월 30일

지은이 · 이성혁
펴낸이 · 한봉숙
주간 · 맹문재 | 편집 · 지순이 | 마케팅 · 이철로

펴낸곳 · 푸른사상사
등록   제2─2876호
주소   서울시 중구 초동 42번지 아시아미디어타워 502호
대표전화   02) 2268─8706(7) | 팩시밀리   02) 2268─8708
이메일   prun21c@yahoo.co.kr / prun21c@hanmail.net
홈페이지   www.prun21c.com

ⓒ 이성혁, 2011

ISBN 978─89─5640─861─3 93810
 값 22,000원

4 한국문학 비평선

서정시와 실재

이성혁

 푸른사상
PRUNSASANG

세 번째 평론집을 출간한다. 올 초에 두 번째 평론집 『不和의 상상력 과 기억의 시학』을 발간했으니 1년도 안되어 새 평론집을 출간하는 셈 이다. 지금 펴내는 평론집은 시집 서평을 모아 엮은 것으로, 시집 해설 을 모아 엮은 두 번째 평론집의 자매편이라고 할 수 있다.

평단에 발을 들여놓은 이후 주로 시 평론을 썼다. 이젠 제법 많은 글 이 쌓여 주제나 형식 별로 정리하여 책으로 출간할 생각을 하고 있었 다. 마침 맹문재 선생님의 권고가 있어 시집 서평을 묶은 원고를 푸른 사상사에 드리게 되었다. '한국문학비평선'의 소중한 한 자리를 제공 해주신 맹문재 선생님께 감사드린다.

푸른사상사와는 예전에 인연을 맺은 바 있다. 첫 번째 평론집인 『불 꽃과 트임』을 이 출판사에서 출간했던 것이다. 출판 권고를 받고 인연 의 오묘함에 대해 다시 생각했다. 좋은 책을 다수 출판한 푸른사상사 에서 책을 낼 수 있게 되어 기쁘다.

이 책에 실린 글들이 내가 평단에 들어선 이후 쓴 모든 서평을 모은 것은 아니라는 걸 밝혀야겠다. 여기 서평들은 단평이 아니라 본격적인 평론을 시도한 것들만 모았다. 그래서 세권 이상의 시집을 평한 글은 싣지 않았다. 아무래도 세권 이상의 시집을 평한 글은 해당 시집에 대 해 본격적인 평론을 시도하기 힘들었다고 보이기에 뺐다. '노동시'와 관련된 시집 서평도 싣지 않았다. '노동시'만을 주로 다룬 평론집 출간을 계획하고 있기 때문이다. '노동시' 시집들에 대한 서평은 그 평론집에 실리게 될 것이다.

여기 선보이는 글들은 모두 문학잡지의 서평 청탁에 의해 집필된 것이다. 그런데 이 글들은 청탁 분량을 어기고 쓴 글이 대부분이다. 청탁된 원고 분량은 30매지만 100매 이상 쓴 글도 있다. 이러한 이상한 고집은 내 자신의 심신을 피곤하게 만들었지만, 내심 지면이 허락되면 자유로이 써서 완성한 글을 발표하자는 욕심에서 비롯된 것이었다.(이 자리를 빌어서 잡지 관계자 분들에게 사과드린다.) 그러다보니 서평도 아니고 해설도 아닌, 정체불명의 글을 쓰게 되었는데, 하지만 이 정체불명의 글이 하나의 독자적인 글이 되고, 또한 독자에게 의미 있게 읽힐 수 있다면 그것으로 됐다고 생각했다.

그렇다고 이 글들이 시집에 대한 내 멋대로의 해석을 옮긴 것이라고 할 수는 없다. 나름대로 텍스트에 대한 정밀한 독해를 시도한 글들인 것이다. 시집이라는 과수원에 들어가서 어떠한 나무와 과실이 있는지 꼼꼼하게 살펴보고, 내가 좋아하는 과실을 따서 재구성해 내놓은 과일 상자가 이 글들이라고 할 수 있다. 그 채집과 재구성 과정에 나의 노동이 투입된다. 그렇기에 이 과일 상자는, 과수원이 있기에 존재할 수 있는 것이긴 하지만, 대상 시집과는 또 다른 공간에 존재하는 별개의 텍스트다.

책을 내기 위해 이 글들을 다시 통독하면서, 글들의 수준에 편차가 있다는 것을 알게 되었다. 부끄러운 일이지만, 몸이 좋지 않은 경우엔 좋은 과실을 놓치고 따지 못하는 경우도 있다고 변명할 수밖에 없겠다. 또한 나에겐 주로 서정시에 대한 청탁이 많이 들어왔다는 것을 새삼 깨달았다. 아마도 나의 평이 서정시에 적합하다는 판단이 여러 잡지 편집진에 퍼져 있었나보다. 그렇다면 감수성이 무딘 편인 나로서는 과분하고 고마울 뿐이다. 나의 의식은 아방가르드적인 파괴와 실험—이는 문학적인 양식에만 한정되지 않는다 —이나 '사회파 시'에 좀 더 관심이 있었지만, 사실 나의 마음은 서정시로부터 양분을 얻었고 힘과 위안을 얻어 왔다. 그래서 서정시를 써준 시인들에게 언제나 감사하는 마음을 가지고 있었다.

이 책의 제목을 천양희 시집 서평 제목에서 빌려와서 "서정시와 실재"라고 붙인 것은 서정시에 대한 좀 더 강한 가치 부여를 해보자는 생각에서다. 서정적 주체가 대상과 동일화한다는 식의 설명으로는 서정시의 잠재력을 설명하지 못한다고 생각해왔다. 세계의 표면이 이데올로기나 습성에 의해 뒤덮여 있다고 한다면, 서정시는 시인이 그 표면 뒤에 존재하는 실재에로 다가가서 그 실재와 마주치고 감응하면서 이를 언어로 빚어내는 것이라고 생각한다. 그리고 세계와의 감응 과정에서 시인의 '온몸'이 투여될 수 있을 것이다.

여기서 주의해야 할 것은 세계의 표면을 이루는 이데올로기나 습성은 실재와 동떨어진 무엇이 아니라는 것이다. 세계의 실재는 언제나 이 이데올로기나 습성이 덮여 있는 표면과 붙어 있다. 세계의 이면을 이루는 실재에 다가가기 위해서는 인간 세상을 구성하고 있는 이 이데올로기나 습성을 통해서 가야 한다. 그렇지 않으면, 실재가 표면과는 따로 존재하며, 그 실재에 다가가는 방식 역시 이 표면의 세계 바깥에서 찾을 수 있다고 생각하게 된다. 이는 문학 예술을 넘어 종교적인 사유로 우리를 이끌 것이다. 매트릭스 바깥에 실재가 따로 존재한다는 식의 발상을 보여준 영화 『매트릭스』를 지젝(Zizek)이 비판한 이유는 여기에 있다고 생각한다.

서정 시인이 감응하는 대상은 자연일수도, 사회일수도, 당신일수도, 그리고 자기 자신일 수도 있다. 서정 시인은 삶의 자질구레한 일상을 외면하지 않으면서, 그리고 세계의 표면을 뒤덮고 있는 이데올로기나 습성으로부터 초월하는 태도도 취하지 않으면서, 그 표면 뒤의 실재와 만나고 감응하며 그 감응의 과정을 시화함으로써 세계의 실재를 드러 낸다. 이 작업은 좀 더 나은 삶을 위한 욕망이 이끈다. 여기 평론 대상 이 된 시집들은 이러한 서정시의 특성을 보여주고 있다.

독자인 나는 서정시가 제공한 과실을 따먹고 다른 삶을 새로이 욕망 한다. 그러니, 난 아직도 시를 예찬할 수밖에 없다. 나는 여전히 문학 주의자이고, 시인을 존경하고 부러워한다. 문학주의자이기에 나는 자 본과 권력이 지배하는 이 현실에 대해 불만을 품고 비판한다. 이 책은, 자세히 읽기와 재구성을 통해 서정시에 대한 고마움과 애정을 표하고 자 하는, 한 문학주의자의 연서다.

2011년 가을 어느 날 새벽
이성혁

제2부

제3부

제4부

제1부

유안진, 『거짓말로 참말하기』(천년의시작, 2008)

외계로 날아가는 까마귀의 꿈

　미지의 미래에 시야를 두고, 언제나 다시 시작하는 모험을 감행하는 시인의 시작 태도에 대해 '시적 젊음'이란 말을 붙일 수 있겠다. 그렇다면 유안진 시인의 새 시집 『거짓말로 참말하기』는 '시적 젊음'으로 충전되어 있다고 할 수 있다. 까마득한 문단 후배인 나에게도 무척 청신하고 탱탱한 느낌을 가졌을 정도로 이 시집은 젊다. 유안진 시인의 시를 즐겨 읽어 왔던 독자들은, 이 시집이 시인의 예전 시 경향에서 꽤 파격적인 변모를 보여주고 있다는 것을 감지할 것이다. 수십 년에 걸친 유안진 시인의 시작을 정리하는 시 선집을 읽어본 이라면, 누구나 그를 다소 전통적이고 단아한 서정시를 쓰는 시인으로 기억할 것 같다. 나 역시 시 선집을 읽으면서 유안진 시인을 허난설헌의 슬픔과 신사임당의 기품이 결합된 이미지로 생각하곤 했다. 하지만 근래 십여 년 사이에 출간된 시인의 시집들을 읽으면서 그러한 이미지는 변하기 시작했고, 이번 새 시집을 읽으면서는 시인에 대해 아예 새로운 이미지를 갖게 되었다. 그 이미지는 아직 선명하게 구체화되지 않았는데, 세계에 대한 규정된 표상을 반항적으로 거부하는 어떤 열정적인 모습으로 떠오른다.

　그런데 이러한 변모는 이 시집 바로 전에 나온 시집 『다보탑을 줍다』
의 '시인의 말'에 어느 정도 예정되어 있었다. 그 '말'의 마지막 대목
에서 그는 "형식의 왜곡으로 탈바꿈, 변신, 재탄생, 신생……에 이르고
싶었는데. 문법도 무시하고 그것이 왜곡이더라도 나의 미래는 표현의
왜곡에 있기를. 새 부대에 담긴 새 포도주이기를 바라면서."라고 쓰고
있다. 시인이 그때 희망했던 '표현의 왜곡'을, 이번 시집이 어느 정도
실현시키고 있다고 봐도 좋을 것 같다. 물론 그 왜곡은 변신과 신생을
위한 것이지 왜곡 자체를 위한 것은 아니며, 시집명이 암시하듯이 거
짓말이라는 왜곡으로 참말을 하기 위한 것이다. 그러니까 유희 자체만
을 위한 포스트모더니즘적인 시도를 이 시집이 보여주고 있지는 않다.
그래서인지, "문법도 무시"하고자 한 왜곡은 그다지 보이지 않으며,
그래서 요즘 젊은 시인들이 보여주는 과격성을 보여주고 있지는 않다.
그들의 과격한 왜곡은 독해마저도 힘들게 할 때가 적지 않은데, 이에
비해 이번에 책으로 엮인 유안진 시인의 시들은 재미있게 잘 읽힌다.

　표현의 왜곡, 즉 거짓말이 참말을 할 수 있다는 시인의 생각은, 「지
극히 정상적인」에서 표명되듯이, "비정상이 정상인데" 그 정상을 비정
상이라고 하는 "다수의 횡포"에 대한 비판적인 인식에 의해 정당화된
다. 거짓말인데도 다수가 참말이라고 믿고 있어서 참말이 되는 이 "다
수의 횡포"가 지배하는 세계에서, 참말을 드러내기 위해서는 거짓말을
해야 하는 것이다. 시인은 상식적인 발화 형식을 왜곡시키는 시를 통
하여 거짓말을 하고, "거짓이 진실을 말하는 세상을", 그 거짓으로 채
워진 "나만의 홈페이지"를 (「거짓, 세상, 홈피」) 만든다. 이를 위하여
시인은, 상식의 입장에서 볼 때 왜곡된 시각을 가져야 하는데, 그는 그
시각을 사시(斜視), 좀 더 구체적으로 말하면 "떨떠름한 눈길로 삐딱하
게 꼬나보"(「사시(斜視)로 본다」)는 시선이라고 표현한다. 이 삐딱한 시

서정시와 실재 ——

선은 진실을 보여줄 수 있다. 왜냐하면, 시인이 말하듯이 지구도 23.5도쯤 기울어져 있기 때문이다. 그래서 "중심잡기 위해서 기울어져야 했던 피사의 탑처럼/삐딱해야 바르다고/삐딱해야만 반듯하게 돌아가는 삶"이 될 수 있는 것이다. 삐딱하게 왜곡된, 그래서 시적이라고 말할 수 있는 시선으로 보아야 세계를 바로 볼 수 있다. 이 시선을 확보할 때 초보적인 물음에 대하여 다음과 같은 답 아닌 답, 즉 '넌센스'로 대답할 수 있게 될 것이다.

> 1+1=과로사
> 2+2=덧니
> 덧니+덧니=드라큘라
> 처럼 처럼 처럼
> 정답은 정답이 아니니까
>
> ?를 앞세우고 무모했던 한 때도 왜 없었겠냐만
> 초보적인 것에조차도 물음표가 없어졌다
> 사는 데는 초보면 충분하니까
> 물을 필요가 없어졌으니까
> 정답은 없으니까
> 정답이 아니어야 정답이니까

— 「넌센스」 전문

삐딱하게 보면, '일+일=과로사'라는 답은 정답이 아니지만 가능한 답일 수 있다. 이+이 역시 4가 아니라 덧니라고 답할 수 있다. 수학적 규칙을 무시하고 동음이의어에 따르면 그러한 답들을 낼 수 있는 것이다. 이는 "초보적인 것에조차도" 물음에 대해 정답을 내야 한다는 규칙이나 통념에서 벗어날 때 가능하다. 그 탈피는 삶과 관련된다. 왜냐면 "사는 데는" "물을 필요가 없"기 때문이다. 물을 필요가 없는 삶에 정답을 강요하는 물음은 삶을 구속한다. 유안진 시에서 거의 볼 수 없었던 언어유희가 이 시집에는 자주 등장하는데, 그 유희는 이렇듯 재미만을 위한 것이 아니라 삶을 왜소화시키는 규칙이나 통념으로부터 벗어나기 위해 사용되는 것이다. 정답을 내야 하는 도구적 합리성으로부터 해방되어 시를 통하여 사고의 자유를 획득하는 것, 그것은 초현실주의자들의 기획 아니었는가. 그들이 말하는 '초현실'이란 현실의 과잉, 즉 합리성이 틀지어 놓은 현실보다 더 많은 현실을 가리키는 것이었다. 그런데 유안진 시인도 초현실주의처럼 "초현실이 더욱 현실이다"라고 아래와 같이 말하고 있는 것이다.

> 꿈도 현실 같고 현실도 꿈 같아서
> 현실은 늘 오늘 여기에 없었다
> 없음으로 현실은 거기가 되고
> 여기보다 나은 거기가 기다려주는
> 울림만 있을 뿐
> 울림이 경련일고
> 경련이 몸으로 나타나는
> 먼 먼 거기가 참 현실이고
> 내가 있어야 현실이 될 수 있어서
> 초현실(超現實)에서야 제대로 나다워질 수 있어서
> 거기의 내일이 진정한 오늘이고
> 없는 거기가 절실한 현실이고
> 더 멋진 여기라고 미래라고 믿어온 날마다는
> 허공을 헤엄치거나 물속을 날아다닌 것 같아라.
>
> — 「초현실이 더욱 현실이다」 전문

이번 시집의 색다른 특징으로, 위에서 언급한 언어유희뿐만 아니라 다수의 시에서 역설과 아이러니가 현란할 정도로 능숙하게 구사되고 있다는 점을 들 수 있는데, 이 역설과 아이러니 역시 도구적 합리성으로부터 사고의 자유를 얻기 위한 시적인 사고 수단일 터다.(한편으로 유안진의 시가 예전보다 더욱 지성적이면서 난해한 면모를 띠게 되었다고 말할 수 있겠다.) 위의 시 서두에서 꿈은 현실이기에 현실은 여기에 없다는 아이러니를 우리는 읽을 수 있다. "비정상이 정상"이라는 역설적 논법과 마찬가지로 시인에게는 꿈이 있는 '거기'—즉 초현실—야말로 참 현실이다. 그 "거기의 내일"에 있는 초현실은 비현실적인 무엇이 아니다. 꿈은 실재의 육체와 결부되어 있는 욕망의 진실을 '거짓'으로 보여준다. 이와 마찬가지로 시인의 초현실 역시 육체적 실존과 관련되어 있다. 초현실인 '거기'를, 그는 "경련이 몸으로 나타나는" 곳이라고 말하고 있듯이 말이다. 초현실이란 미래에 있는 꿈이지만, 그 꿈의 울림이 나의 몸을 지금 경련하게 만들기 때문에 그것은 절실한 현실이 된다. 그 현실은 "허공을 헤엄치거나 물속을 날아다"니는 것 같은 초현실주의 회화 공간과 비슷하다.

하지만 오해를 피하기 위해서, 유안진 시와 초현실주의를 동일시할 수는 없다는 점을 여기에서 덧붙여야겠다. 상상력의 절대적 해방을 추구하였기에 삶에 대한 반성과는 거리가 멀었던 초현실주의와는 달리, 위의 시에서도 볼 수 있듯이 이 시집의 시들은 유안진의 예전 시가 면면히 보여주고 있었던 '자기반성을 투영한 서정'이라는 실존적 특성에서 크게 벗어나고 있진 않고 있기 때문이다. 유안진 시인의 초현실은 실존적으로 '절실한' 것이다. 그의 '절실한 현실'에는 '거기'의 '내일'이 녹아들어 있다. 그래서 '절실한 현실', '참 현실'을 살기 위해서는, 「훗날이 오늘이다」에서 시인이 말하듯이 "입구(入口)이자 통로(通路)이자 출구(出口)의 문(門)인/내 눈동자 너머의 광활한 허공(虛空)/여기 지금 너머(beyond here and now)/나를 열지 않고는 들어갈 수 없고/나를 닫지 않고는 나갈 수도 없는 훗날의 거기를/오늘 여기로 살아야" 하는 것이다. 그래서 유안진 시인에게 초현실은 하나의 실존적인 윤리로서 획득되어야 하는 어떤 것이다. 초현실에 들어가기 위해서는 나를 열어야 하며, 그로부터 나가기 위해서는 나를 닫아야 하는 역설적인 행위가 필요하다. '나'를 열고 닫는 실존적인 행위야말로 유안진 시인이 초현실을 현실로서 살기 위해 중시하는 것이다.

그런데 꿈이 거주하는 '거기'의 '내일'이 '오늘'의 '여기'에 도래하는 일은 사건처럼 느닷없이 드러난다. 「눈 깜짝할 사이」에서 시인이 보여준 바에 따르면, "금붕어 한 마리를 어항에 넣었더니/어항주둥이가 지느러미가 되었다"든가, "장미 한 송이를 꽃병에 꽂았더니" "꽃병 손잡이가 날개가 되"는 일은 "눈 깜짝할 사이"에 나타난다. 이 꿈 같은 초현실적 시공간이 현실에 펼쳐지는 순간, 즉 그 초현실의 미래가 지금 도래하는 순간에 대하여 시인은 「어느 날 문득이」에서 "미래라는 것은 공중에서 갑자기 뚝 떨어지는 것"이라고 표현하고 있다. 그런데 이 사건의 발생은 "안에서 잃어버린 것들을/밖에서 찾다"니면서 "서로의 끝에 있는 서로를/발견하는 어느 날 문득이 오래 기다리고 있었"던 것과 상관이 있다. 서로를 발견할 어느 날에 대한 기다림이 지상의 여기에 꿈의 미래가 도래하도록 한다. 이 '기다린다'는 실존적인 선택은 '나'를 열고 닫는 행위와 깊은 관련이 있을 터, '나'를 열고 한편으로 닫은 상태에서 서로를 발견하기를 기다릴 때 초현실이 현실이라는 '거짓'이 진실이 되게 될 것이다. 그런데 "안에서 잃어버린 것들"을 찾는다는 것은 어떤 의미인가?

꽃은 떨어지기를
순결은 더럽혀지기를
기록은 깨어지기를
문은 열리기를
벽은 무너지기를 기다리고 있다고

아침은 저녁을
가을은 겨울을
삶은 죽음을
이 시대는 저 시대를
이 세상은 다른 세상을 기다리고 있다고

때없이 들고나던 철조망에 할퀴어
갑자기 피 흘리는 오늘의 저녁놀
평상시가 비상시로
출입구가 비상구로
사랑이 미움으로 돌변하는 변덕도
도둑같이 온다고
알면 병 되고
모르면 약이 되는 진실된 거짓들.

─「진실, 반어적 진실」 전문

시간은 흘러가기에, 세상은 다가올 미래를 자기 안에 품고 있다. "이 시대는 저 시대"로, 그리고 "이 세상은 미래에 다른 세상"으로. 그래서 벽이 무너지거나 순결이 더렵혀지는 것과 같이, 모든 존재는 앞으로 자신의 존재와는 '반대물'로 전화될 테다. 그 반대물은, 아침이 제 존재 안에 저녁을 품고 있듯이, 또는 삶이 죽음을 품고 있듯이 자기 자신 안에 존재한다. "안에서 잃어버린 것들"이란 바로 그 반대물과 같은 존재 아닐까? 그것은 밖으로 드러나 있는 '나'의 표면과는 달리, 그 반대편의 어둠에 존재하는 그림자와 같은 것 아닐까? 그런데 그 반대물과 만나기를 기다릴 때, 미래는 '변덕'과 같은 '돌변'으로 현상되면서 지금 이 시간에 '도둑같이' 도래할 것이다. 저녁놀이 갑자기 피 흘리듯이, 혹은 "평상시가 비상시로", "출입구가 비상구로" 되듯이 사랑이 미움으로 돌변하는 것처럼 말이다. 시인은 이러한 돌변에 대해 "알면 병 되고/모르면 약이 되는 진실된 거짓들"이라고 말한다.

아이러니적인 사고에 무능력한 도구적 합리성의 시각에서 볼 때, 진실된 시적인 거짓들은 거짓에 불과하다. 아이러니적인 시적 진실을 아는 이에게는 시 제목이기도 한 '고요의 아우성'이나 '시끄러운 적막'과 같은 역설의 '거짓'이 진실한 것이다. 시인은 「고요의 아우성」에서, 단풍이 피어 있는 산자락의 고요한 풍경으로부터 고요의 반대물인 "창유리에 달라붙은 반투명의 아우성"을 듣고 있다. 그 아우성은 "산자락 자락 마다" 단풍이 낭자하게 남긴 '선혈'을 가리키는 것이다. 그 선혈에서 시인은 "피비린내 진동하는 전쟁터"의 아우성을 연상했던 것이다. 그래서 '고요의 아우성'이라는 '거짓'된 표현은 허황된 것이 아니라 시적 유추를 통한 진실을 담고 있다. 작은 떼가 모여 큰 떼가 되고, 또 그 큰 떼는 작은 떼로 갈라지는 구름의 변모에 대하여 '시끄러운 적막'이라는 역설로 표현한 것(「시끄러운 적막」) 역시, 마찬가지로 시적인 진실을 담고 있다.

이렇게 아이러니나 역설과 같은 '거짓'이 진실을 담을 수 있는 것은, "찔레를 감춘 넝쿨장미"나 "호랑이를 감운 얼룩 고양이"(「속옷 바람으로」)처럼 존재자들의 본색(本色)이 표면에 나타나 있는 모습과는 다르기 때문이다. 시인의 투시력은 존재의 표면에 나타난 것 이면에 숨겨져 있는 본색을 재빨리 파악하여, 이를 밖으로 드러낸다. 이를 위해서는 "골목길도 저절로 겉옷이 벗겨져 순식간에 짐승들이 으르렁거리는 두메산골이 되고 말았다"(「같은 시」)와 같은 '거짓'된 환상이 필요하다. 그러나 이렇게 '거짓'을 통해서만 진실을 드러낼 수 있는 것은 아니다. 진실을 드러내는 '절대 언어'가 있기 때문이다. 그 절대 언어는 실재에서 유리된 기표/기의가 아니라 실재 자체를 구성하는 신호와 같은 기호다. 시인은 「절대 언어, 무너짐」에서 '위장 불가능한' 개미들의 페로몬이 그와 같은 '절대 언어'라고 말한다.

그런데 그는 페로몬과 같은 '절대 언어'가 '나'에게도 있다고 한다. 그것은 '무너짐의 페로몬', "무너진 사랑이 사랑을 알려주듯/무너진 위와 장이 각기 자신들을 알려주고/무너진 갑상선이 내 몸에 저의 존재를 알려"주는 '언어'다. 몸의 부위 또는 사랑을 전달하는 '언어'는 절대적일 테다. 왜냐하면 그 언어는 무너짐의 아픔을 통해 육체와 마음의 존재성을 전달하기 때문이다. 아픔은 절대적인 것이다. 아픔은 주체의 의지로는 지워버릴 수 없다. 아픈 몸과 마음은 자신의 존재를 알아달라고 계속 주체에게 아우성친다. 이를 통하여, 아픔 이전에는 알지 못했던 몸과 마음이야말로 바로 나를 구성하는 실체임이 드러난다. 가려져 있던 그림자와 같은 것이야말로 실재하는 '나'인 것이다.

편두통이 생기더니
한 눈만 쌍꺼풀이 지고 시력도 달라져 짝눈이 되었다
이명도 가려움도 한 귀에만 생기고
음식도 한쪽 어금니로만 씹어서 입꼬리도 그 쪽이 쳐졌다
오른쪽 팔다리가 더 길어도 왼쪽 신이 더 빨리 닳는다
모로 누어야 잠이 잘 오고 그쪽 어깨와 팔이 자주 저리다
옆가리마만 타서 그런지 목고개와 몸이 기울어졌다고 한다

기울어진다는 것
그리워진다는 것
안타까워진다는 것
사랑한다는 것
아프고 아픈 것

아픈 쪽만 내 몸이구나
아플 때만 내 마음이구나
남이 아픈 줄을 내가 어찌 알아
몸도 마음도 반쪽만 내 것이라서

그림자도 반쪽이구나
그런데 나머지 반쪽은 누구지

　　　　　　　　　　　　　　　—「그림자도 반쪽이다」

　편두통이나 치통처럼, 아픈 쪽으로만 '나'의 몸과 마음은 기울어진
다. 그런데 "기울어진다는 것"은 "그리워진다는 것"이며 "안타까워진
다는 것"이고, "사랑한다는 것"이며 그리고 그 모든 것들은 바로 "아프
고 아픈 것"이다. 그러니 "아프고 아픈 것"은 사랑에서 비롯된다. 안타
깝게 만들고 한 쪽으로 기울게 만드는 것이 바로 사랑이기 때문이다.
사랑은, 어마어마한 에너지로, 마음을 어느 한 쪽으로 쏠리게 만든다.
사랑 때문에 아파본 사람은 그 사실을 알 것이다. 그는 한 쪽으로 쏠린
마음이 육체적인 고통으로 전화되는 것도 역시 알고 있을 것이다. 정
말 사랑의 아픔은 가슴 한 편을 압박하는 묵직한 고통으로 현상하는
것이다. 시인은 마음과 몸이 쏠려 있는 그 아픈 반쪽만이 진정한 '내
것'이라고 말한다. "남이 아픈 줄을" 내가 알 수 없듯이, 나의 아픔도
인간의 언어로 타인에게 전달할 수 없다. 나의 아픔은 '절대 언어'에
의해 나에게만 전달될 수 있을 뿐이다. 아파하는 몸과 마음은 절대 언
어를 매개로 '나'와 완전히 합치된다. 그래서 그것은 그 누구의 것도
될 수 없는 온전한 '내 것'이다.
　몸과 마음은 무너지는 아픔을 통해서만 자신의 존재를 드러낼 수 있
기에, 평소엔 어둠 속에 놓여 있다고, 혹은 그림자처럼 어둠 자체로 존
재한다. 그래서 유안진 시인은 어둠에서야말로 참 나를 만날 수 있다
고 생각한다. 아니, 어둠이야말로 시인이 사는 장소이고, 더 나아가 공
기이며 시인의 삶을 유지시키는 피다. 그는 "밤은, 우리의 혈통"(「밤의
DNA」)이라고 말하지 않는가. 시인이 이 시에서 든 목록을 보면, '우
리'란 범, 고양이, 박쥐, 소쩍새, 부엉이, 올빼미, 두견새, 달, 별, 도깨

비, 드라큘라, 귀신, 반딧불, 그리고 '나'다. 밤의 혈통을 지녔기에, "까마귀가 되어 가는지/밝을수록 나는 점점 깜깜해"지고, "마음까지 검정에 빠지면서/밤이 더 편해져 늘 밤이 더 좋"(「검정에 빠지다」)다. 하지만 마음이 검정—어둠—에 빠진다고 해서, 시인이 잠이나 몽환의 세계로 빠져든다는 얘기는 아니다. 반대로 그것은 감각을 더욱 풍부하고 예리하게 세우기 위해서다. 범이나 고양이, 부엉이와 올빼미의 감각이 얼마나 발달해 있는지 생각해보라. 신출귀몰하는 드라큘라나 도깨비, 귀신의 감각은 또한 어떠할 것인가. 밤에 활동하는 이 존재들은 왜 그렇게 감각이 발달해 있을까? 시인의 생각에 따르자면 "어둠만이 오감을 칠감 구감으로 부풀려주"(「밤의 도시, 가짜의 참 세상」)기 때문이다. 시인이 검정에 빠지는 행위는 자신의 혈통에 따라 감각이 발달한 밤의 존재가 되고자 하는 것, 더 한정적으로 말하면 "까마귀의 길"을 가고자 하는 것이다.

어두워야 보인다지
눈을 감고 기도하는 까닭이라지
토굴 속에 들어가 도 닦는 까닭이라서
하늘의 달도 밤길을 더 잘 가는 까닭이라지
선견자 중에는 맹인이 많은 까닭이라지
영험할수록 판수가 많은 까닭이라지

불을 끄고 눈마저 감아야
대낮에 잃은 길도 찾아낼 수 있다지
기나긴 깜깜 어둠 깊고 깊은 캄캄 밑바닥에서
나만이 나의 길인 것을
나만이 나의 미래인 것을
어둠만이 촛불을 꽃피울 수 있다는 것을
찾은 길을 잃지 않으려면
여름도 겨울보다 추워야 한다는 것을

눈발이 그쳤다
밤중도 늙으면 새벽이 되지만
만년을 늙어도 터럭 한 올 흴 수 없다
섣달 그믐밤 언 가지를 체온으로 녹이는 도래까마귀
목청 한 번 떨치면 반경 600리 밖까지 몸서리치는 고독
영험과 고독과 숭고함의 길을 가는 사제로서 전령사로서
밤과 겨울의 검은 치마 시인으로서
선사 이래 백설보다 순결한 검은 세계를 살며.

—「까마귀의 길」 전문

　'아픈 쪽' 만이 온전한 내 것이듯이, 새까만 까마귀에서처럼 어둠이
야말로 나 자신이며 나만의 '나의 길'이다. 무너진 몸과 마음이 거주하
는 어둠 속에서만 꽃 피울 '촛불'은 나의 그림자가 길게 드리우게 할
것이며, 그럼으로써 "나만이 나의 미래"인 '나의 길'을 비출 것이다.
그 길은 인간의 언어가 삼투될 수 없는, 실패한 사랑의 마음과 고통으
로 부풀어 오른 몸이 만들어 가리라. 그러므로 그 길은 "몸서리치는 고
독" 속에서 나만이 홀로 가는 길이다. 그래서 그 "밤과 겨울의" "검은
세계"는 "선사 이래 백설보다 순결"할 것이다. 아픈 몸과 마음만이 나
를 이루게 할 그 세계는 어떠한 다른 것에 의해서 더럽혀질 수 없기 때
문이다. 이 검은 세계 속에서 까마귀의 길을 따라 살아나간다는 것은,
"속도 안에 들어간 적 없이/속도를 거슬린 적도 없이/속도를 벗어"(「혼
자 놀아요」)나서 혼자 날아간다는 것을 의미한다. 까마귀는 속도에 구
애받지도, 거스르고자 하지도 않는다. "혼자 놀"기 때문이다. 이 놀이
는 다른 이와의 경쟁과도, 다른 이의 지시와도 상관이 없기에, 속도를
가질 필요가 없다. 그렇다고 그 놀이가 무기력한 소일은 아니다. 홀로
논다는 행위는 "고독만한 에너지가 없"기에 거대한 에너지의 발산 속
에서 이루어지는 것이다. 그래서 그 행위는 "노는 만큼 눈물"이 날 터
이다. 그것은 무너짐에 따른 고통의 열기 속에서 이루어지는 놀이이기

때문이다.

　페로몬에 의해서만, 그리고 나에게만 전달될 수 있는 고통의 어둠만
이 삶의 진실을 드러낸다. '혼자 놀'기는 그러므로 진실 위에서의 유희
다. 그것은 바로 시 쓰기를 가리킬 것이다. 그렇기에 "문득 구원받고
싶지 않"(같은 시)다는 시인의 말을 이해할 수 있다. 구원에 의한 에너
지의 승화는 아픔과 눈물을 사라지게 할 순 있겠지만, 삶의 진실인 어
둠과는 멀어지게 할 것이다. 시인은 이러한 구원이 아니라 불을 마시
는 쪽을 택하고 있다. 「불을 마신다」를 읽어보자. 시인은 불의 잔을 비
워 "불세례를 기다리는 갈증에 불"을 붙인다. 그리하여 "나의 감옥, 가
슴 어디 깊은 유전(油田)에도 불붙어" "나 이상도 나 이하도 아닌 내가/
터지고 폭발하여 무너지며 타오른 아수라장"을 만들려고 한다. 나의
가슴속에 있는 "소돔과 고모라가 불타오"르고, 그리하여 "고통이 황홀
로 재탄생"하도록 말이다. 가슴에 불을 지르는 고독의 에너지는 파괴
와 재탄생의 황홀로 고통을 전화시키는 데 투입된다. 시인은 영원 속
에 거주하는 구원이 아니라 어둠을 선택함으로써 '내'가 계속 파괴되
고 다시 태어나는 길로 나아간다. 그 탄생은 '무염시태'에 의한, 나의
자궁으로 '새로운 나'를 낳는 일이다.

　　　누구의 유전자에도 오염되지 않은
　　　무염시태(無染始胎)의 나는
　　　내가 잉태하기로 했다
　　　다시 태어나야 진정한 내가 될 수 있거든
　　　나는 자궁을 가졌거든

　　　누구의 간섭 어떤 의무도
　　　어떤 관습에도 감시당하지 않고
　　　어떤 규범에도 검토당하지 않는
　　　모든 순치(馴致)를 거부한 나를 살며

처음부터 끝까지 나로서만 살게 될 새로운 나는
아무도 낳아줄 수 없으니까

성스러운 사랑과 추악한 스캔들은 동전의 양면이니
성스럽지도 추악하지도 말거라
저 나가 되기 위해서나 그 나가 되기 위해서는
부디 이 나를 배반하거라
나의 태아기는 280일로는 태부족이리니
무한 기다리리라
태초의 아담보다 더 최초의 나이기 위해서는.

― 「나는 내가 낳는다」 전문

　고독 속에서 놀고 있는 시인은 "진정한 내가" 되기 위해 불의 잔을
마심으로써 '나'의 가슴을 폭파하고 불새처럼 불타오르며 다시 태어나
고자 한다. 그 '나'는 "처음부터 끝까지 나로서만 살게 될" '나'다. 그
러한 '나'는 "나만이 나의 길"인 고독한 까마귀의 길을 살아갈 터이다.
그 고독한 '나'는 "누구의 유전자에도 오염되지 않은", "태초의 아담보
다 더 최초의 나"다. 그러므로 그 아담은 "아무도 낳아 줄 수 없"기에
내 자신이 낳아야 한다. 그래서 그 '나만의 나'는 어떤 무엇으로도 환
원될 수 없는, 그야말로 독특성 자체라고 할 수 있다. 그렇기에 그 '나'
는 간섭이나 의무, 관습, 규범에 순치되지 않아야 하는, 또한 지속적으
로 "나를 배반하는" '나'이어야 한다. 그러한 '나'를 내가 낳기 위해서
는, '나'는 까마귀처럼 어둠의 길을 날아가며 무너진 몸과 마음으로
'새로운 나'를 계속 잉태한 채 고독 속에서 살아나가야 한다. 그 최초
의 '내'가 언제 태어날지는 아직 모른다. 하지만 시인은 그 '나'를 잉
태한 채, 출산을 "무한 기다리리라"고 다짐한다. 출산을 기다리면서,
시인은 새로운 '나'가 태어나는 것을 상상하고 꿈꾼다. 꿈꾸면서, 시인
은 "지금 여기를 벗어나는 신출애굽기를 쓰게 되"는, "기어코 계통발

생과 개체발생에서 탈출"하는, 그리하여 "마침내 무애(無碍)의 신인류"
"쪽빛 파란 피의 새 아담이 되"(「파란 피」)는 '잠꼬대'를 하기도 한다.

　이러한 꿈의 공간은, 「UFO를 기다린다」에서는 우주로 확장되고 있
다. 이 시에서 시인은 새로운 출애굽이 UFO에 의해서 이루어질 것이
라고 꿈꾼다. 시인에 따르면, 구약 시대가 아닌 "오늘의 모세"는 UFO
다. "홍해를 건너고 40년이나 사막을 방황했던" 옛 출애굽과는 달리 새
로운 출애굽은 "나를 싣자마자 수직으로 떠올라, 눈 깜짝할 사이 젖과
꿀이 흐르는 약속의 땅, 새 별에 데려" 주는 방식으로 이루어지리라
"확신한다." 그러나 그 확신에도 불구하고, 외계로 나아가는 새로운 출
애굽은 쉽사리 이루어지지 않는다. 「내 안의 외계」라는 시를 읽어보면
그렇다. 그 시에서 시인은 석가도 공자도 예수도 외계(外界), "그 머나
먼 바깥을" "세상의 밝은 눈이 되어 찾아내신" 분으로 생각한다. 그렇
다면 외계는 실제 우주공간만을 뜻하지는 않을 터, 여하튼 시인도 성
인들처럼 그 외계를 "탐내게 되"고 "어쩌다간 간혹 착각인 듯/찰라인
듯/허상들이 실상들로 육화(肉化)되는 외계에도 도착하"기도 하지만,
"세계보다 더 문드러진 무수한 세상들이/외계로 위장하고 기다렸을
뿐"이라는 것을 이내 깨닫고 마는 것이다. 이렇듯 새로운 출애굽이 실
현되지는 않고 있지만, 그 실현에 대한 외로운 의지를 갖고 있는 삶만
이 '새로운 나'를 잉태하며 살아나갈 수 있게 할 터, 아래의 시에서 볼
수 있듯이 시인은 외계로 날아가 '약속의 땅'에 도착하리라는 의지를
버리지 않는다.

　　　풀잎 하나에도 가을이 내려와 주고
　　　비누방울에도 무지개가 걸러 주는 이 땅에 태어나
　　　병 되는 줄 알면서도 사랑을 하고
　　　죽을 줄 알면서도 살아들 가는 중에 나도 끼여 있다
　　　인생을 사느라 인생을 팔았고

시간을 아끼느라 시간을 낭비했던
열정은 수난의 맨발이었고
그리움은 눈먼 황홀이었다
여기를 보고 있어도 저기를 보는
뜬눈보다 멀리 보는 눈먼 큰 눈을
눈 속에 출렁이는 바다는 아무도 보지 못한다
밤마다 외눈등대에는 불이 켜지고
태풍이 불고 파도가 끓어 넘쳐 뒤집히기도 한다
나의 왕국은 여기 아닌 끓는 바다건너 저기니까
나의 시대는 훗날 언제이니까
눈동자 너머의 저기로 가는 희망봉
새 우주 새 행성의 신대륙으로 가는 길
물길 외에는 다른 길이 없다
뜨거운 내 눈물, 그 외길 밖에는.

—「눈 속의 바다 건너」전문

　　이 시는, 삶에 대한 시인의 새로운 인식과 욕망, 꿈, 그리고 의지를, 지난 삶에 대한 뜨거운 회고와 더불어 강렬하게 압축하여 보여준다. 유안진 시인의 전 생애 모두가 이 한 편의 시에 응축되어 있는 것이 아닐까 생각되기도 한다. "풀잎 하나에도 가을이 내려와 주고/비누방울에도 무지개가 걸려 주는 이 땅에 태어나"서, 이제 남아 있는 것은 "새 우주 새 행성의 신대륙으로 가는 길"밖에 남아 있지 않다는 시인의 진술은 삶의 거대함을 느끼게 해주는 감동을 준다. 풀잎 하나에서 삶이 시작하여 저 광활한 우주 공간의 새 행성으로까지 삶은 나아간다. 그 사이, 시인은 병을 낳는 사랑을 했고, "인생을 사느라 인생을 팔았고/시간을 아끼느라 시간을 낭비했으며", 맨발 같은 열정 속에서 그리움에 눈멀어 황홀해 했던 삶을 살았다. 이 삶 속에서 변함없이 존재한 것은 "아무도 보지 못한" 시인의 눈 속, "그 속에 출렁이는 바다", "태풍이 불고 파도가 끓어 넘쳐 뒤집히기도 한" 바다다.

그 바다는 언제나 멀미날 정도로 출렁거렸던 것이다. 왜 그랬을까?
"나의 왕국은 여기 아닌 끓는 바다건너 저기"이기에, 또한 "나의 시대
는 훗날 언제"이기에 그랬다. 그래서 눈동자는 저기 '희망봉'으로 가
고자 하는 갈망으로 들끓었을 것이다. 들끓는 눈동자가 바다로 나가고
자 하는 꿈을 가열시키고 뒤흔들었을 터, 시인은 그 "뜨거운 눈물"을
흘리게 하는 들끓는 갈망의 '외길'만이 남은 삶에 남은 단 하나의 '물
길'이라고 선언한다. 이 선언은 절박하다. 희망봉에, 새 행성에 도착할
수 있을지는 미지수이지만, '다른 길'은 없기 때문이다. 그러나 그 들
끓는 갈망이 유안진의 시에서 과격한 모습으로 표출되지는 않는다. 이
시집에서 가장 아름다운 시라고 생각되는 아래의 시는, 유안진다운 부
드러움과 고요함으로 그 갈망의 삶을 드러내고 있다.

　　나무 속에는 세상의 바람이란 바람이 다 들어 있어서, 나무의 피부는 바람
　　결을 닮았지만 나무 그늘은 강물 쪽으로 가장 길어지곤 한다

　　나무에서는 바람 냄새가 풍기지만, 나무 그늘에서는 늘 물비린내만 풍겨난다

　　하구의 강마을에 불이 켜지면, 나무 그늘은 강물만한 물고기가 된다, 밤마
　　실을 간다

　　달밤이면 굽이치는 마법의 길을 가느라고, 닭 울기 전 세 번씩 나무를 배반
　　하기도 한다.
　　　　　　　　　　　　　　　　　　　　— 「나무의 지느러미」 전문

　나무는 온갖 세상의 바람을 다 맞아들이면서 한 자리에 늘 서 있다.
반면 그 나무의 그림자—그늘—는 저 강물 쪽을 향해 늘어져간다. '물
길'을 찾는 것이리라. 그래서 나무 그늘의 눈동자 속에도 출렁이는 바
다가 있을 것이다. 바다로 나아가는 꿈이 들어 있을 것이다. 그리하여

꿈이 진실이 되곤 하는 밤이면, 더욱 늘어진 나무의 그림자는 "강물만한 물고기가 되"고, 까마귀의 길인 "굽이치는 마법의 길"을 따라 바다로, 희망봉으로, 외계로, 저 새로운 행성으로 날아간다. 그래서일까, 유안진 시인에게서는 언제나 '물비린내' 가 날 것 같다.

김창균, 『먼 북쪽』(세계사, 2009)

생성과 소멸이 공존하는 시공간

김창균 시인의 첫 시집 『녹슨 지붕에 앉아 빗소리를 듣는다』를 읽었을 때, 이 시인은 정말 농도 짙은 서정시를 쓰는 분이라는 생각을 했다. 가령 "북창여관 숙박부처럼 얼룩진 내 몸이여"(「북창여관」)와 같이 습기가 절절하게 배여 있는 구절에서, 사물을 바라보는 김창균 시인의 깊숙하고 섬세한 시선과 시간에 대한 짙은 감성을 느낀 바 있었다. 시인의 시간과 사물의 관계에 대한 인식은, "유난히 녹이 많이 슨 함석지붕"에 대해 "이렇게 세월이 한 곳으로만 몰려가는 법도 있구나"(「녹슨 지붕에 앉아 빗소리를 듣는다」)라고 감탄하는 구절에서도 잘 볼 수 있다. 여기서 시인의 시선은, 지나가버린 싱싱했던 시간을 이젠 희미하게 드러낼 뿐인 낡은 흔적에, 즉 녹이나 얼룩에 맞추어지고 있다. 이때, 지나가버린 그 시간과 지금 이 순간의 적막한 시간 사이에 낙차가 생기면서, 서정의 물길이 열리기 시작한다. 시인은 그 물길 가의 "사람 떠난 구들장 위"에 있는 "꽃들이 조그만 얼굴을 내"(같은 시)민다는 것을 알고 있다. 이는 저 쓸쓸한 공간에서, 김창균의 시는 자신의 얼굴을 드러내리라는 것을 암시한다.

김창균의 두 번째 시집 『먼 북쪽』에서, 시인은 더 나아가 죽음을 상기시키는 대상에 시적 촉수를 갖다 대고 있다. 시인은 죽음과 삶의 경계에 있는 대상의 육신에서 삶의 어떤 본질이 선명하게 드러난다고 생각한다. 가령 「연꽃」에서 그는 "기력이 다하여/이제 기는 것조차 힘"든 "팔순을 넘긴 아버지"를 시적 대상으로 삼으면서 "괄약근에 힘이 떨어져/한 번 열리면 닫히지 않는 몸의 막장", 그 "열린 문 사이로 환하게 내장이 드러난다"는 것을 포착한다. 그리고 그 내장을 드러내는 몸의 막장에서 "기막힌 경전 한 페이지"를 읽는다. 그 내장이 어떠한 내용의 경전인지 시인은 말하지는 않고 있다. 아마 그 경전의 내용은 말할 수 없는 것이기 때문일 테다. 시는 그 말할 수 없는 것이 무엇인지 암시만 해줄 수 있다. 말할 수 없는 것이란, 그것을 말하는 순간 더 이상 자기 자신의 내용을 유지할 수 없는 무엇이다. 그래서 그것을 말할 수 없는 것이라고 말하는 것이다. 하지만 시는 말할 수 없는 것을 말할 수 없는 것으로 놔두면서도, 그것이 무엇일지 언어를 통해 암시할 수 있는 능력이 있다. 시의 그러한 능력은, 이 시에서 시인이 몸의 막장에서 드러난 내장을 경전 한 페이지와 등치시킬 때 드러난다. 시인은 닫히지 않은 몸의 막장을 보고는, '환하다'고 탄성을 올리면서 무엇인지 말할 수 없는 저 경전, 삶의 본질의 현현을 확인한다.

시인이 박수근의 〈노인들〉 생각을 하며 기웃기웃 걷기를 몇 십 분/햇살이 무릎걸음 걸어 발끝으로 온다/참 심심하게 눈부시다"(「박수근 그림 생각」)는 체험을 하는 것도 그 '환함'과 유사한 의미를 가진다 할 것이다. 그가 박수근의 그림을 생각하게 된 것은 "점심으로 시킨 짬뽕을 천천히 먹으며/그 불어터지는 시간을 가만히 보다/맞은편에 앉아 있는 노인을 슬쩍 곁눈질" 하는 와중이었다. 심심하게 늘어진 그 불어터진 시간에 시인은 "하루해를 앉아 있"는 노인들의 모습에서 역설적으로 '눈부심'을 체험한다. 그 '눈부심' 역시 저 노인들의 모습이 어떤 말할 수 없는 삶의 본질을, '경전'을 드러내고 있기 때문일 것이다. 그런데 시인이 삶의 막장을 치르는 노인들에게서 '눈부심'을 느끼는 것은 저들의 시선이 맑기 때문이다. 단순하면서도 아름다운 시 「오래된 앵두나무와 암소 한 마리」에서, 시인이 "무엇을 오래 기다리는 독거노인 같은 저 나뭇가지/거미줄에" "걸려 꽃잎처럼 팔랑"이는 "나방의 날갯짓을 오랫동안 바라"보는, 즉 "생의 마지막을 보는" "몇 차례 인공수정에 실패한 늙은 암소"의 "눈이 참 맑다"고 말하는 것을 보면 그러하다. 늙은 암소가, "매년 꽃만 피우고 열매는 맺지 못하"여 곧 베일 운명에 놓인 앵두나무처럼 죽음을 기다리는 나방을 쳐다보는 일은, 곧 송아지를 낳지 못하는 자신의 운명을 쳐다보는 일일 테다. 그런데 이 자신의 미래인 죽음을 쳐다보는 암소의 눈은, 살아온 삶의 모든 것들을 정화하면서 오직 삶의 본질만을 영롱하게 비추는 "참 맑은" 무엇이 된다. 이렇듯 김창균 시인은 사라져가는 존재들로부터 삶의 눈부신 아름다움을 역설적으로 포착하고 있는데, 아래의 시는 이러한 시인의 미학을 종합적으로 보여주고 있다.

> 잔등이란 말 하나 써 놓고 하루를 들여다본다.
> 그 소슬한 말이 너무 예뻐
> 꺼져가는 심지 위에 서고 싶어진다.
> 밤새 심지를 돋우는 노인처럼
> 잔기침과 잔소리와 잔솔가지에 얹힌 흰 눈 등
> 잔 것들의 이름 위에는 애잔한 말들이 함께 살아
> 마음 한 번 주면 오래 빠져나오지 못하는 것이다.
>
> 초저녁 어둑한 마당 부근을 서성이다
> 앞산 아득한 등고선을 감고 돌아가는
> 노인의 굽은 등에 눈길을 건네며
> 내가 자란 지방 억양으로 말해본다.

'잔등', '잔등'이라고.
마치 곱슬머리 바람에 날리듯 갈피가 없다.

이런 날은
멀리서 오신 손님 같은 저 말을 앞에 두고
순도 높은 저녁술을 마시며 곰곰
꽃 진 대궁이나 늙은 암소의 눈빛 같은 것도 생각하곤 하는데

고슬한 털 위에 얹어보는 손에는
너나없이 굵게 핏줄이 선다.

—「잔등(殘燈)」 전문

아름다운 시다. 이 시를 읽으면서 '잔등'이라는 말이 이렇게 긴 울림을 가져올 수 있다는 것을 처음 알았다. 이 "소슬한 말"인 '잔등'은 공간뿐만이 아니라 '하루'라는 시간을 비추기도 한다. 그래서 시인은 자신이 써 놓은 '잔등'이라는 문자에 비친 "하루를 들여다" 볼 수 있는 것이다. 잔등이라는 말이 왜 그렇게 시인에게 매혹적인 것일까. 잔등은 노인의 삶처럼 "꺼져가는 심지"로 불을 밝히고 있기 때문일 것이다. 환하게 내장을 드러내며 경전을 남기는 노인의 몸처럼, 잔등 역시 하루를 그렇게 비추고 있을 테다. 잔등 역시 "꽃 진 대궁이나 늙은 암소"와 같이 사라져갈 존재이기 때문에 그렇다. 그렇게 사라져가는 잔등은 지나간 시간을 비추면서 "잔 것들의 이름"을 떠올리게 한다. 이때 "마음 한 번 주면 오래 빠져나오지 못"하는 "애잔한 말들이 함께 살아" 오게 된다. '잔등'을 비롯한 잔 것들의 이름을 낮게 되뇌면서 시인은 추억에 빠져드는 것일 터, 그가 곧 이어 "내가 자란 지방 억양으로" 다시 "'잔등', '잔등'이라고" 말해보는 것을 보면 그렇다. 그렇기에 '잔 것들'에서 느끼는 애잔함은, 지나가버린 자신의 삶에 대한 기억이 떠올라서 느끼는 것이기도 할 터, 시인은 이때의 심정을 절묘하게도 "마치

곱슬머리 바람에 날리듯 갈피가 없다"고 가슴 저리게 말한다.

잔등이 비추는 세계 앞에서 사라져갈 운명에 놓인 존재들을 바라보고 상기하며 애잔함을 느끼던 시인은, "내가 자란 지방 억양"을 동시에 떠올리면서 역설적으로 어린 시절을 추억한다. 그렇다면 잔등 앞의 공간에는 생성의 시간과 소멸의 시간이 공존한다고 할 수 있다. 이러한 공간은 특히 늙은 부모와 한 자리에서 식사하는 자리에서도 형성된다. 이 시집에 숱하게 등장하는 식사 장면은 삶과 죽음의 공존 및 변증법적 관계에 대한 시인의 관심을 잘 보여준다. 가령 「장날」에서는, 장터에서 "늙은 애비가 또/저와 같이 늙어가는 아들과 마주 앉아 낮술을 마시는" 장면이 나온다. 이때 아들인 "나는 코를 훌쩍이며 천천히 국수 국물까지 먹는"데, 이는 시인이 늙으신 아버지 앞에서 아이로 돌아가고 있음을 암시한다. 「가자미식혜」에서도 이러한 장면을 볼 수 있다. "가자미식혜 한 통 사서 집으로 간" 날, "저녁 밥상 앞에는 오랜만에/대처에 나가 있는 동생들과/딸린 식솔까지 다 모여 앉았"는데, "얼굴에 검버섯 핀 할머니까지/저녁상 머리에 나와 앉아/멀리서 온, 이 달고 편안한 음식을/참 정갈하게도 자"시는 장면이 그것이다. 가자미 식혜를 두고 곧 죽을 자와 산 자들이 모여 함께 식사하는 이 장면은 거룩한 마음까지 불러일으킨다.

「면례(緬禮)」에서는 아예 죽은 자와 산 자가 음식을 사이에 두고 공존하는 장면이 펼쳐진다. 이 시에서, '애미'의 "몇 년 누었던 자리"를 파묘하고는, 그곳 주위에서 "진설했던 고등어"의 뼈를 가지런히 발라놓으면서 "적요 속에 유난히 떨그럭 거리"는 식사를 하고 있는 가족들이 묘사되고 있다. "고요하게도 몸을 쏟아"낸 죽은 자의 자리였던 곳에서, 산 사람들은 삶을 지속하기 위해 고인에게 바친 밥을 먹고 있는 것이다. 알다시피 식사는 삶을 유지시킨다. 그런데 이 시에서 식사는 삶을 유지시키는 기능을 할 뿐 아니라 삶과 죽음을 연결시켜주고 있기도 하다. 그런데 그 연결은, 삶의 입장에서 이루어지는데, 삶을 살리는 음식을 통해 죽음이 삶의 공간으로 되살려져 들어오게 되는 것이기에 그렇다. 이와 관련하여 "어머니 기제사에 쓸 요량으로" '북한산 고사리'를 "장터를 돌고 돌며" 몇 차례 집었다 놓으면서, 시인이 "멀리서 고사리 꺾던 손이/만져"(「북한산 고사리」)지는 느낌을 가지게 되는 것도 의미심장하다. 그 "고사리 꺾던 손"은 저 고사리를 실제 꺾은 어떤 이의 손을 뜻하겠지만, 이는 어머니의 손 역시 연상시킨다. 그렇다면 "어두운 혼들의 식사에 바쳐지려고" 제사상에 올라갈 고사리는 단순한 음식이 아니라 죽은 자와의 접촉을 가능하게 만드는 무엇인 것이다. 아래의 시는 삶과 죽음의 공존이라는 주제를 더욱 발전시켜 삶에 대한 새로운 시각을 보여주고 있다.

> 그리고 꽃이 핀다는 건
> 세상의 모든 졸음을 몰고와 오후의 처마에 내려놓는
> 봄날에 꽃이 핀다는 건
> 세상의 금기 같은 것을 깬다는 것
> 깨고 일어선다는 것
> 오랜만에 찾아간 친구 집
> 그 집 작은딸이 신발을 거꾸로 신고
> 논둑을 폴짝거리며 뛰어가듯
> 흙 묻은 맨발로 안방을 걷듯,
> 그렇게 작고 여린 것 하나를 거역하는 것.
> 베란다 화분 흙을 다 갈아 치우며 흔적을 털며
> 그렇게 옹색하게 다시 살림을 차리는 것.
> 그늘 쪽에 있던 화분 몇 개를 양지 쪽으로 옮기며
> 내년에는 오래 산 이 낡은 집을 이사하고 싶다고
> 말하는 아내의 펑퍼짐한 등짝을 보며
> 하! 꽃이 진다는 건
> 꽃이 진다는 건

생을 한 발짝 앞으로 내디뎠다는 벅찬 말씀.

— 「그리고 꽃이 핀다는 건」 전문

개화(開花)와 금기는 범주가 다른 개념들이어서, 개화가 금기를 깨는 사건이라고 상상하기는 쉽지 않다. 그러나 시인은 과감하게 두 개념을 연결시킨다. 하지만 시인이 어떤 낯섦을 창출하고자 그러한 시도를 하고 있는 것은 아니다. 백석의 뒤를 잇고자 한다고 생각되는 이 시인에게서, 유희를 위한 언어 실험은 그의 시적 경향과 맞지 않다. 그보다는 그는 깊이 사유하고자 하는 시인이다. 그의 사유는 꽃이 핀다는 사실이 정말로 어떤 금기를 깨는 사건이라는 데에 다다른다. 시인에 따르면, 꽃이 핀다는 사실은 그전까지 유지되어온 질서를 깨고 새로운 질서를 만드는 사건이다. 그렇다고 그 사건이 천지가 전복되는 식의 커다란 무엇은 아니다. 그것은 "작고 여린 것 하나를 거역하는 것"이며, "옹색하게 다시 살림을 차리는 것"이다. 즉 "흙 묻은 맨발로 안방을" 걸으면 안 된다는 작은 금기를 '거역'하면서 "오래 산 이 낡은 집을 이사하고" 다른 삶을 조용하게 시작하는 일이다. 그렇다면 꽃이 핀다는 사건은 금기의 죽음을, 예전 삶의 거역을 전제로 하는 것이다. 그래서 "꽃이 진다는 건/생을 한 발짝 앞으로 내디뎠다는 벅찬 말씀"이라고 말할 수 있게 된다. 즉 죽음은 새로운 삶을 위한 전제다. 그러므로 꽃이 진다는 것은 새로운 삶으로 나아가기 위해 일어난 '벅찬 사건'이다. 그래서 죽어가는 자는 우리의 새로운 삶을 위해 다음과 같이 주춧돌을 놓는 사람이다.

나는 누군가 놓은 발자국 위에 발자국을 얹으며 걷는다
시간이 지나면 또 누군가는 내 발자국 위에 발자국을 얹으며
조심스레 올 것인데 서로의 발밑에 징검돌 하나씩 놓는 것인데
저것은 또 무엇인가. 더디게 더디게 자라는 종유석

마치 어둠의 시간이 쌓여 다져진 암석처럼
몇 만 년을 걸어도 제자리인 듯한 저들
그 끝에 매달린 물방울 하나 떨어지는 소리 참으로 커
물방울 하나에 온 동굴이 다 울고도 남겠다
엄마의 뱃속에서 듣는 외부의 말씀처럼 그 소리 하도 깊고 멀어
어둡고 긴 터널을 지나는 동안 내 귀는 결국 멀고 말겠다

오랜 시간 몸을 둥글게 말고 포복으로 가는 동안
눈이 한쪽으로 쏠리는 심해어처럼
아득한 눈동자 하나 내게로 오겠다

— 「동굴의 비유」 전문

이 시의 첫 3행에서, 삶은 이미 지나간 자—혹은 죽은 자—의 발자국 위를 걸어가는 일이라는 시인의 생각이 표명되어 있다. 이에 따른다면, 젊은이의 삶보다는 죽어가는 자 또는 죽은 자에서 삶의 본질이 드러난다고 할 것이다. 삶과 연결된 죽음은 삶과 죽음을 모두 품게 될 터인데, 이때 삶을 비추게 되는 죽음은 삶의 의미를 심연으로부터 부상하게 만든다.

나의 삶은 선행자의 죽음에 의해 가능할 수 있었다는 것, 그리고 나 역시 죽음으로 나아가면서 다른 자의 삶을 준비할 것이라는 삶과 죽음의 순환 고리는 자연 자체가 생명을 유지하는 방식이기도 하다. 저 "더디게 더디게 자라는 종유석" 역시 그러한 고리를 통해 생명을 유지하고 있다. 인간 역시 자연이 가진 그러한 속성에서 벗어날 수 없다. 그렇기에 시인은 「잔등」에서 "심지를 돋우는 노인"에서 "늙은 암소의 눈빛"을 연상할 수 있었다. 저 잔등처럼 겨우 삶을 밝히고 있는 노인과 죽어가는 자연의 생명체(늙은 암소)는 모두 생의 본질을 드러내고 있을 터, 그래서 시인은 노인들이 생을 지탱하기 위해 음식을 먹는 모습에서 동물로부터 느낄 수 있는 어떤 순박함과 애잔함을 느끼곤 했던

것이리라.

인간의 삶을 자연사와 융합시켜 파악하는 이러한 인식은 한 개인의 삶이 그 자신이 알지 못하는 연혁과 이어져 있다는 인식을 낳는다. 가령 "나와는 일면식도 없는 그 사람"인 "할아버지 묘"에로, "핏줄이 당기는 이 길을 분간도 없이"(「벌초 가는 길」) 벌초 하러 가는 시인의 모습에서 그러한 인식이 드러난다. 그런데 그 인식이 더욱 확장되면, "한여름 선사시대 돌무덤" 속에 있는, "가슴에 돌을 무수히 얹고도/가라앉지 않는" "그 옛적 사람의 죽음"(「돌무덤에 오른다」)이 시인의 자식과 연결되기까지 한다. 심상치 않게도 "늦게 도착한 어린 자식"이 그 돌무덤에 걸려 넘어"지는데, 이 작은 사건에 의해 저 아득한 옛날의 어떤 죽음과 미래(자식)의 삶은 어떤 관계를 맺게 된다. 저 고인돌 속의 죽음이 삶의 시간에 삽입되면서 삶의 시간을 변형시킨다.

선대의 죽음과 현재의 삶이 깊숙이 연관되어 있다는 사유는, 더 나아가 인간과 자연 사이의 관계에까지 적용되기도 한다. 「연어알 속에 노을 지다」에서, 시인은 "연어의 배를 열어/체액 듬뿍 묻은 알들을 꺼내 먹"으면서 "입 밖으로만 떠도는 내 말들을/연어들이 한 입씩 메어"무는 상상을 하고는, "일순간 물살이 일렁거려 내 몸을 밀치고/나도 속 붉은 연어도 마지막 등고선을 넘는 해를 보"는 환상에 빠진다. 연어알을 매개로 연어와 시인은 모두 자연적인 존재로서 동질화된다. 그런데 이 시인에게 식사는 죽음과 삶을 연결시키면서 동시에 공존시키는 것이었다. 그래서 "차고 가난한 유래를 가진 국수"(「메밀국수 먹는 저녁」)처럼, 먹을거리는 신성하면서도 슬픈 정서를 이끄는 무엇이었다. 허나 「연어알 속에 노을 지다」에서는, 먹을거리의 그러한 의미가 좀 더 심화되고 있다. 이 시에서 시인의 식사는 시인을 연어처럼 자연적인 존재로 만들고 있는 것이다. 이는 자신의 삶 역시 자연의 운명을 살아내야 한다는 사실을 시인이 깨닫게 되었다는 것을 의미한다. 이러한

깨달음을 얻은 시인에게 자신의 삶은 '지문'처럼 흐르는 강물의 형상
으로 나타난다.

둥근 길이 있다.
그 둥근 길을 밀며 푸른 강물이 흐른다
잠시 깊어지다 이내 흐르고
평생 흘러갈 강, 길이 여기 다 있다
깊은 소(沼)에 얼굴을 비춰 보면
온몸이 흰 사내가 몸을 맞춘다
내 몸에 난 열 갈래의 길

이불 사이로 나온 딸애의 작은 손을
가만히 덮어주는 겨울밤
그 길을 다 껴안고 생의 손끝까지 가본다

나와 아이 사이로 난 긴 강물에
잠시 햇볕이 반짝였던가
밤새 얼지 말라고 새들의 날갯짓 같은
징검돌 몇 개 거기에 놓으며
슬쩍 내려다보는 생의 족보들.
꾹꾹 눌러보는 말랑한 몸들.

—「지문」전문

선대의 삶과 시적 화자의 삶을 연결시키는 강물의 흐름에 따라 시인
의 '평생' 역시 흘러갈 것이다. 그런데 그 흐름들은 시인의 몸에 지문과
같은 각인을 남기는데, 그 "내 몸에 난 열 갈래의 길"인 지문은 시인이
평생 흘러갈 길이 압축되어 새겨진 것이다. 시인은 그 지문이 새겨진 손
을 내밀어 "딸애의 작은 손을/가만히 덮어"준다. '딸애'의 손에도 지문
이 생성되고 있을 터, 그 딸애의 지문을 자신의 지문으로 "다 껴안고 생
의 손끝까지 가"보는 것이다. 지금 시인의 손가락 끝은, 딸애의 지문을

만지고 있다. 자신의 손가락 끝 – '생의 손끝'에 맞닿아 있는 존재가 바로 딸애인 것이다. 이렇게 딸애의 지문을 껴안자 "나와 아이 사이"를 흐르는 "긴 강물" 사이에 "징검돌 몇 개 거기에 놓"이게 되고, 그리하여 '생의 족보'가 또 다시 형성된다. 잠자고 있는 딸애의 손을 잡는 그 평범한 행동은 생의 끝인 바로 여기에 딸애가 존재하고 있다는 것과 그 사실이 생의 족보를 형성시킨다는 것을 시인이 발견하게끔 한다.

그렇다면 자고 있는 딸애는 바로 금기를 깨며 피어나는 꽃과 같은 존재라고도 할 수 있지 않겠는가. 또한 「동굴의 비유」에서 보았던 "더디게 더디게 자라는 종유석" "그 끝에 매달"리다 떨어지는 물방울이 바로 '딸애'와 같은 존재라고도 유추할 수 있다. 종유석 끝에 매달린 물방울처럼, 딸애는 시인 '생의 손끝'에 존재하고 있는 것이다. 시인 앞에서 자고 있는 딸애는 시인의 삶 전체를 울리고도 남는 존재일 터, 그렇기에 시인은 딸애와 같은 그 "물방울 하나"에 대하여 "떨어지는 소리/참으로 커" "온 동굴이 다 울고도 남겠다"고 썼던 것이리라. 이렇게 유추해보면, '딸애'는 시인에게 단순히 혈육이라는 의미를 넘어서는 존재다. 시인이 떨어지는 물방울 소리에 대해 "엄마의 뱃속에서 듣는 외부의 말씀처럼 그 소리 하도 깊고 멀어" "내 귀는 결국 멀고 말겠다"고 말한 바에 따르면, 그리고 그와 동시에 "눈이 한쪽으로 쏠리는 심해어처럼/아득한 눈동자 하나 내게로 오겠다"고 말한 바에 따르면, 시인에게 '딸애'는 시인의 삶을 뒤흔들면서 아득한 진리를 전달하는 심해어와 같은 타자('내게로 오'는 '눈동자')라고 할 수 있기 때문이다. 즉 저 종유석에서 떨어지는 물방울이 수억 년 동굴의 역사를 품고 있듯이 딸애 역시 기나 긴 '생의 족보'를 품고 있는 것이다.

그런데 '딸애'는 타자임과 동시에 사랑의 대상이기도 해서, "한 통 물을 길어 너에게"(「사막」) 가게 되는 존재일 테다. 그래서 시인은 딸애의 손금에 자신의 손금을 올려놓지 않았던가. 손금과 손금이 맞닿아

야지만 강물의 흐름이 지속될 수 있다고 할 때, 사랑은 그 흐름의 지속을 위해 필수적인 것이다. 다시 말하면, 심해어처럼 아득함을 가져다 주는 타자, 그 타자에 대한 사랑이 행해져야 '생의 족보'가 이루어질 수 있으며 자연이 품고 있는 생의 본질 역시 이루어질 수 있는 것이다. 그렇기에 사랑이야말로 생의 본질이라고 말할 수 있다. 그 사랑에 대해 시인은, "자신을 모두 밀어 올"(「탑」)리는 것으로 표현한다. 그 밀어 올리는 사랑은 "소리마저 절멸한 곳에서/가장 연약하고 가난한 끝에"서 "피워 올리는" "꽃 한 송이"에 시인을 데려다 준다. 우리의 독법에 따르면, 그 "꽃 한 송이"는 수억 년을 통해 형성된 종유석의 끝에서 떨어지는 물방울과 같은 것, 즉 "생의 손끝"에서 자고 있는 '딸애'와도 같은 존재다. 그 타자를 향한 사랑으로 자신을 밀어 올리고 싶어 하는 시인은, 그래서 "목마른 여인이여 중독된 편애(偏愛)여" "나를 밀어다오 저 하늘까지만/아니 저 바람까지만 허공까지만"(「풍란을 바라보는 저녁」)이라며 사랑의 대상에게 애원하듯 말한다. 자신을 밀어 올리는 사랑 속에서 "생의 족보"는 이어질 것이며, 그때 소멸하는 생들은 의미심장한 표정을 띤 모습으로 시인의 시야에 다시 들어오게 될 것이다. 그 풍경의 표정은, "내 손금에 그대의 손금을" 얹을 때 "춤을 추다" "문득/매달려 있는" "생의 절정"과 "눈매 선한 노인" 및 "소리의 무덤들"이 동시에 등장하는 아래의 시에서 엿볼 수 있다. 이 시집이 담고 있는 시 세계를 압축적으로 보여주고 있다고 생각되는 이 장면을 다시 읽어보면서, 이 서평을 닫기로 한다.

저것 봐
춤추다 춤을 추다
생의 절정에 문득
매달려 있는 것 그때
나는 어느 작은 마을

농로를 걷다 보았지
대충 몸만 가린 민소매 차림의 집과
창문을 열고 멀리서 오는 소식 기다리듯
오래 밖을 내다보는 눈매 선한 노인과
아슬아슬하게 홍시에 닿는 바람을
늦가을 오후를 손잡고 걷던 그 길에서
나는 마지막 연애처럼 한 걸음 놓쳐버리고
망연히 보았지
생의 절정의 내리막을 마구 춤추며
한 줄에 묶인 시래기들
서서히 질 좋은 몸을 만들던
그 가을, 소리의 무덤들을.
마침 내 손금에 그대의 손금을
얹으며 천천히 아주 천천히 말이지

—「절정에 닿는다」 전문

우두커니 서서 세계의 실재와 마주치기

1

천양희의 시에는 초월의 포즈가 없다. 그녀는 삶에 힘겨워하지만 삶을 방기하지 않으며, 세계의 운행을 관찰하면서 어떤 진실을 발견하고자 노력한다. 그녀는 삶과 시에 대해 겸손한 태도를 가지고 있는 것이다. 그런데 그 겸손은 자신을 낮추는 데로 나아가지 않고 삶과 시에 대한 치열함으로 나아간다. 그녀의 시에서 열정은 사라지는 것이 아니라 겸손함을 통해 자제되어 있다. 자제된 열정은 시의 형식을 탄력 있게 만든다. 그녀의 시에는 과도한 말의 분출이 없지만 탄력 있는 말의 운용으로 삶과 시에 대한 열정을 표현한다. 그녀의 시에 기표의 유희를 통한 환유가 절제 있게 사용되는 것은 시에 대한 시인의 자제된 열정을 보여주는 것이다. 한편 삶에 대한 그녀의 열정은 소진되거나 봉합되지 않고 시에 반복되어 표현된다. 그녀의 시에 나타나는 이러한 특성은 올 초에 발행된 시집 『나는 가끔 우두커니가 된다』에서도 볼 수 있다. 시인의 시론을 표명하고 있는 아래의 시에서 그 특성을 확인해 보면서, 이 시집에 대한 논의를 시작해보자.

> 대개 절창이란 자신을 절단낸 뒤에야 오는
> 것이라고 물결 튀기며 그가 말한다 영감의 순간과
> 불면의 밤이 같은 세계의 겉과 속이라고 말한다 그를
> 미치게 하는 건 절벽의 확실성이 아니라 반복되는
> 파도에 대한 회의라고 그가 말한다
>
> 절벽을 바라보며 절망 때문에 울었다고 그가
> 말한다 울음이 한 사람의 언어라면 침묵도
> 한 사람의 언어라고 말한다 시퍼런 진실은
> 울음과 침묵 사이에 있을 것이라고 그가 말한다
>
> 그에게 시(詩)는 짐이 아니라 힘이라고 힘주어
> 말한다 소외와 고독은 자청한 그의 이력이라고
> 말한다 모든 작품은 자서전이자 반성문이라 그가
> 말한다?생각해보니 그의 고백이 바닷속에 든
> 칼날 같은 시다

— 「바다시인의 고백」 부분

    여기서 천양희 시인은 바다를 관찰하면서 진정한 시인의 자세가 무엇인지 명상한다. 이러한 명상은 절창–절단–절벽–절망으로 이어지는 환유의 통로를 따라 흘러간다. '절'이라는 음성이 이들 시어들을 이어주는 끈이다. 자신을 절단 낸 뒤에야 절창이 온다는 생각은 절단의 면인 절벽과 그 절벽의 단호하게 끊어진 면이 불러내는 불가항력의 감정–절망(絕望)감으로 이어진다. 시인은 이렇듯 환유를 탄력 있게 운용하면서 '바다시인'–'그'–의 입을 빌려 시론을 표명한다. 그녀에 따르면 시인의 내면에서 벌어지는 영감의 순간과 불면의 밤은 "세계의 겉과 속"과 같다. 그녀에게 시인과 세계는 분리되어 있지 않다. 세계의

질서는 인간의 내면 질서와 동형이다. 속이 없으면 겉이 없듯이 불면이 없으면 영감도 없다. 시인을 미치게 하는 것은 저 세계가 절벽처럼 확실하게 존재한다는 것이 아니라 파도처럼 반복되는 세계의 겉과 속의 전환이다. 그 전환은 시인 내면에 불면과 영감의 반복적인 전환을 불러일으키기 때문이다.

그 다음 연에서 시인은 울음만이 아니라 침묵도 한 사람의 언어이기에 "시퍼런 진실"은 "울음과 침묵 사이에" 있다고 말한다. 사람은 울음으로 말을 하기도 하며 침묵으로 말을 하기도 한다. 진실은 한쪽—내면을 쏟아내게 될 울음 또는 내면을 봉인하는 침묵—에서만 찾을 수 없다. 그건 일면적일 테니 말이다. 진실은 한 사람이 동시에 가지고 있는 극단의 두 양태인 울음과 침묵, 그 사이에 있다. 그 사이를 드러낼 수 있는 것이 바로 시일 테다. 그 사이를 드러낼 수 있을 때 시는 "짐이 아니라" 진실을 드러내는 힘이 될 수 있다. 시가 울음과 침묵 사이에 있는 진실을 드러낼 수 있으려면, 시인이 울어버리고 싶은 감정을 가졌음에도 불구하고, 이를 말할 수 없는 상태에 놓여 있어야 한다. 시인에게 "소외와 고독은 자청한 그의 이력"이 되는 것은 이 때문이다. 천양희 시인에게 시인이란 스스로 자신을 유폐시킨 자여야 한다. 이러한 유폐 속에, 고독과 슬픔 속에 시인이 존재할 때, 그는 울음과 침묵 사이에서 "자서전이자 반성문"인 '고백'을, 그 "칼날 같은 시"를 써낼 수 있다.

하지만 침묵과 울음은 영감의 순간과 불면의 밤처럼, 그리고 세계의 겉과 속처럼 파도처럼 반복해서 상호 전환할 것이다. 천양희 시인의 또 다른 명제에 따르면, 시인이란 이 반복을 운명으로 받아들이고 "문장을 들고/두려움과 슬픔을 이기기 위해/쓰고 쓰고 또 쓰는 지독한 짓"(「그 자는 시인이다」)을 반복하면서 '일생'을 탕진하는 이다. "문장이란 낭비의 극점에서 완성"된다. 허나 그녀는 이 '일생'의 탕진—시

의 문장—이 진실을 드러낼 수 있는 것이라면 "탕진도 힘이었다"고 말
할 수 있으리라고 믿는다. 그래서 삶의 탕진을 통해서야 "칼날 같은"
고백의 문장은 탄생할 테다.

2

천양희 시인에 따르면, 고백의 문장은 시인 자신이 보기 위해서 써
지는 것만은 아니다. 아래에서 볼 수 있듯이, 시인은 '너'에게 보내기
위해 문장을 쓰기도 한다.

> 꽃 필 때 널 보내고도 나는 살아남아
> 창 모서리에 든 봄볕을 따다가 우표 한 장
> 붙였다 길을 가다가 우체통이 보이면
> 마음을 부치고 돌아서려고
>
> 내가 나인 것이 너무 무거워서 어제는
> 몇 정거장을 지나쳤다 내 침묵이 움직이지
> 않는 네 슬픔 같아 떨어진 후박잎을
> 우산처럼 쓰고 빗속을 지나간다 저 빗소리로
> 세상은 여위어가고 어둠도 늙어
> 허리가 굽었다
>
> —「우표 한 장 붙여서」 부분

시인은 아마도 먼저 저 세상으로 갔을 친구에게 편지—마음—를 부
치고자 한다. 어느 봄날 저 세상으로 간 친구를 생각하며, 시인은 지금
"나는 살아남아" 있다는 것을 깊게 슬퍼하고 있다. 이 슬픈 마음은 시
인이 빗소리에서 세상이 여위어가는 소리를 듣게 하고 어둠도 "늙어
허리가 굽"은 모습으로 보이게 한다. "내 침묵이 움직이지 않는 네 슬

품 같아"서 침묵과 슬픔의 틈새가 없어진다. 친구 없이 고독하게 슬픔과 침묵의 중첩 속에서 살아간다는 것은 "내가 나인 것"을 무겁게 하는 일이다. 이 상태를 견딜 수 없는 시인은 고독과 슬픔의 무거운 운명을 고백하는 마음을 '너'에게 부치고자 우체통을 찾아 집을 나선다. 하지만 시인은 어디에서도 걸음을 멈출 수 없다. 제 스스로 굴러가는 무거운 마음이 걸음을 멈출 수 없게 만들기 때문이다. 삶의 무거운 운명은 걸음을 멈추지 않는다. 그런데 세계 역시 시인 앞에서 자신의 흐름을 멈추지 않는다. 아래의 시를 읽어보자.

> 기차를 기다려보니 알겠다
> 기차를 기다리는 일이
> 기차만의 일이 아니라는 걸
> 돌이킬 수 없는 시간이며 쏘아버린 화살이며 내뱉은 말이
> 지나간 기차처럼 지나가 버린다
> 기차는 영원한 디아스포라, 정처가 없다
> 기차를 기다려보니 알겠다
> 세상에는 얼마나 많은 기차역이 있는지
> 얼마나 많은 기차역을 지나간 기차인지
> 얼마나 많은 기차를 지나친 나였는지
> 한번도 내 것인 적 없는 것들이여
> 내가 다 지나갈 때까지
> 지나간 기차가 나를 깨운다
> 기차를 기다리는 건
> 수없이 기차역을 뒤에 둔다는 것
> 한 순간에 기적처럼 백년을 살아버리는 것
> 기차를 기다려보니 알겠다
> 기차도 기차역을 지나치기 쉽다는 걸
> 기차역에 머물기도 쉽지 않다는 걸
>
> ―「기차를 기다리며」부분

시인이 우체통 앞에서 멈출 수 없었듯이, 이미 "기차도 기차역을 지나치기" 쉬워서 "기차역에 머물기도 쉽지 않"다. 그래서 시인은 기차와의 만남을 기대하면서 기차역에서 기차를 기다리건만, 기차는 기차역을 지나쳐버린다. 기차는 "영원한 디아스포라"여서 "정처가 없"는 것이다. 하지만 천양희 시인에게 세계와 내면은 동형이고, 그래서 세계의 속과 겉의 상호 전환과 영감과 불면의 상호 전환이 맞물리고 있듯이, 시인 앞을 멈추지 않고 가버리는 기차는 시인의 내면적 시간과 동형인 것이다. 그래서 시인은 "돌이킬 수 없는 시간이며 쏘아버린 화살이며 내뱉은 말이/지나간 기차처럼 지나가버린다"고 말하고 있다. 기차는 기억이 되어버린 흘러간 시간과 동형이면서, 동시에 내면의 마음을 토해버려 다시 주어 담을 수 없게 된 말과도 동형이다. 그 "지나간 기차"란 반대로 "기차를 지나친 나"와 동전의 앞뒷면의 관계인 것이다. 그래서 세계가 나를 지나쳐간 것 같지만, 한편으로 내가 세계를 지나쳐 간 것이다.

시인은 세계를 붙잡고 싶어서 기차역에서 기차를 기다렸을 테지만, 그 역시 기차를 지나치면서 살았기에 결국 "기차를 기다리는 건/수없이 기차역을 뒤에 둔다는 것"이었다. "내가 다 지나갈 때가지/지나간 기차"는, 그렇게 붙잡지 못하고 놓쳐버린 그 세계가 "한번도 내 것인 적 없는 것들"이었음을 내게 깨우쳐준다. 하지만 어찌되었든, '너'에게 "마음을 부치"기 위해선, 독백을 네게 보내기 위해선, 이 '지나감'을 멈추게 해야 하지 않겠는가? 저 세계를 내 것으로 한번이라도 붙잡기 위해서라도, 무겁게 굴러가는 삶을 정지시켜 보아야 할 것이다. 천양희 시인에게 이 과제는 이 시집에서 중요한 주제가 되고 있다. 멈추지 않고 굴러가고 있는 삶을 어떻게 정지시킬 수 있을 것인가? 시인이 이를 위해 이 시집에서 선택한 방법은 '우두커니'가 되는 것이다.

3

나 먹자고 쌀을 씻나
우두커니 서 있다가
겨우 봄이 간다는 걸 알겠습니다
꽃 다 지니까
세상의 삼고(三苦)가
그야말로 시들시들합니다

나 살자고 못할 짓 했나
우두커니 서 있다가
겨우 봄이 간다는 걸 알겠습니다
잘못 다 뉘우치니까
세상의 삼독(三毒)이
그야말로 욱신욱신합니다

나 이렇게 살아도 되나
우두커니 서 있다가
겨우 봄이 간다는 걸 알겠습니다
욕심 다 버리니까
세상의 삼충(三蟲)이
그야말로 우글우글합니다

오늘밤
전갈자리별 하늘에
여름이 왔음을 알립니다

— 「어처구니가 산다」 전문

　　누구나 살면서 가끔 근본적인 질문을 스스로에게 할 때가 있다. 위의 시에서 시인이 묻는 것처럼 "나 먹자고 쌀을 씻나"나 "나 이렇게 살아도 되나"와 같은 질문을 할 때가 있는 것이다. 이런 질문은 일상생활을 하다가 느닷없이 마음에 떠올려지는 것이기에, 우리는 이 질문에 맞닥뜨리게 되면 "우두커니 서 있"게 된다. 만약 우리가 이 질문에 진지하게 대응한다면, 우리의 생활 지반은 흔들리기 시작할 것이다. 그 질문은 우리가 현재 살고 있는 생활의 지반이 정당성을 갖고 있는지 묻고 있는 것이기 때문이다. 그 질문에 충실하게 응하여 부정적인 대답이 나온다면, 현재의 삶은 벗어나야 할 무엇으로 여기게 될 테다. 하지만 우리 보통 사람들, 특히 장년에 들어선 사람들은, 지금까지 살아온 나날들을 의문시하는 이러한 질문들을 어처구니없는 것으로 치부하곤 한다. 즉 이러한 질문을 갑자기 떠올리게 될 때, 우리는 보통 뭐 이런 쓸데없는 생각을 하나 고개를 흔들고 일상의 일에 다시 몰입하는 것이다. 하지만 천양희 시인은 이 질문들을 충실하게 받아들인다. 그녀가 질문을 떠올리자 "우두커니 서 있"었다는 진술을 보면 그렇다.

앞에서 본 바에 따르면, 시인은 무겁게 굴러가는 시간을 정지시키는 과제를 가지고 있었다. 그래서 그녀는 그 시간을 정지시키고 우두커니 서기 위해 저 어처구니없는 질문을 일부러 떠올리는 것일지도 모를 일이다. 그러면 이러한 질문을 스스로에게 던지며 우두커니 선 그녀에게 어떤 변화가 왔는가? 시인이 반복해서 말하듯이 "겨우 봄이 간다는 걸" 알게 되었다. 사실 봄이 간다는 너무나도 평범한 사실을 깨닫는 것도, 바쁜 일상에서는 간혹 우두커니 있을 때나 가능하긴 하다. 특히나 삶의 무게에 짓눌리면서 사는 사람에게는 이런 평범한 사실을 감지하지 못하면서 살아나가기 쉽다. 그런 경우에는, 삶의 근본적인 질문을 던져 우두커니 되었을 때에야, 세계에서 봄이 떠나고 있다는 변화를 감지할 수 있게 될 것이다. 그런데 시인은 그러한 변화를 감지하자, 벌거벗은 세상의 실재에 마주하고 그에 반응하게 된다. '세상의 삼고(三苦)'는 시들시들하다든가, '세상의 삼독(三毒)'이 몸을 욱신욱신하게 만든다는 심적 육체적 반응이 그것이다. 그러한 반응에서 더 이상 이렇

게 살 수 없다는 생각이 이어지고, 그래서 "욕심 다 버리니까" "세상의
삼충(三蟲)이/그야말로 우글우글"하다는 세계의 실재에 대한 인식을 갖
게 된다. 시인이 우두커니 서 있음으로 해서 인식하게 된 것은 이렇듯
세상의 실재가 벌레로 가득 차 있다는 부정적인 사태다. 이 부정적 사
태에 마주하여 시인은 '무서운 시간'에 빠져 두려움을 느끼거나 권태
를 느낀다. 우선, 아래의 시를 읽어보자.

어둠이 깃드는 숲에 발걸음 멈추고 서 있으면
기척도 없이 안개가 숨어든다는 생각이 든다

나무의 몸에 가만히 귀를 대보면
작년의 바람소리 거기 박혀 있다는 생각이 든다

바람 속에 얼굴을 묻고 있으면
함께 산다고 같이 가는 것은 아니란 생각이 든다

영산홍 붉은 꽃은 지옥에 가닿는다고
꽃밭에 눈부셔하며 누가 말했다는 생각이 든다

지옥까지 가겠노라고
빛의 소리와 어둠의 끝까지 가겠노라고
누가 대답했을 것이란 생각이 든다

내가 꿈 없는 잠에 들었던 사이
정오의 태양이 이우는 사이
이백년의 세월은 재처럼 내려앉았다는 생각이 든다

별과 꽃이 난만한 밤에
그가 죽었다는 생각이 든다

봄밤은 무서운 시간이란 생각이 든다

　　　　　　　　　　　　　　　　—「무서운 봄밤」 전문

여기는 "어둠이 깃드는 숲"이다. 시인은 여기에서도 발걸음을 멈추고 선다. 그러자 예전엔 미처 느끼지 못했던 무엇이 시인을 감싸는지, 시인은 "기척도 없이 안개가 숨어든다는 생각이" 들기 시작한다. 이윽고 시인은 서서 나무에 귀를 기울여 본다. 이번엔 "작년의 바람소리 거기 박혀 있다는 생각"이 들기 시작하는 것이다. 그 바람소리는 어떤 기억을 불러일으킨다. 그 "바람에 얼굴을 묻고 있"자 "함께 산다고 같이 가는 것은 아니란 생각이" 들고 "영산홍 붉은 꽃은 지옥에 가닿는다"는 어떤 이의 말이 떠오른다. 그 말을 한 이는 시인과 함께 살았던 사람이었을까? 그렇다면 "지옥까지 가겠노라고" 대답한 이는 시인 자신일 것이다. "꿈 없는 잠에 들었던" 시간이란 같이 가지 못한 채로 살기만 함께한 삶을 의미할까? 아니면 지옥에 대해 말한 그 사람과 결국 헤어지게 된 이후의 삶을 의미할까? 여하튼 시인은 이 "잠에 들었던 사이"에 "이백년의 세월"이 다 불타 "재처럼 내려앉았다는 생각"을 하게 된다. 한 세월이 재가 된 이후의 삶은 지옥이다. 이 숲의 밤이 영산홍처럼 아름답고 난만할수록 지옥의 실재는 더욱 짙게 세계에 드리워진다. 그렇기에 이 세계 안에 서 있는 시인은 그가 죽어 지옥에 가 닿았을 것이라는 생각을 자연스레 하게 된다. 시인이 걸음을 멈추어 흘러가는 시간을 정지시키고 '우두커니'가 되어 대기에 깃드는 어둠을 감지했을 때, 이렇게 시인의 생각은 저 실패한 사랑의 기억으로까지 미끄러지면서 죽음과 맞닿아 있는 '무서운 시간'을 경험하게 된다.

반면 「한계」에서 시인은, "물끄러미 먼 데 산을" 보면서 '우두커니'가 되어본다. 그러자 그는 "먼 것이 있어야 살 수 있다고/누가 터무니없는 말을 했나/먼 것들은 안 돌아오는 길을 떠난 것"이라는 생각을 하게 된다. 우두커니 먼 산을 봄으로써, 시인은 돌연 고독의 가차 없는 실재성을 인식하게 된다. "먼 것이 있어야 살 수 있다"는 말은 이별이 삶에 희망을 주기에 도리어 삶에 힘을 준다는 의미일 것이다. 하지만 우두커니가 된 시인은, 그러한 희망은 착시나 기만일 뿐이고, 그가 멀리 있다는 것은 그가 안 돌아온다는 것을, 즉 희망이란 없다는 것을 의미한다고 생각한다. 그렇기에 "이제 떠나는 것도/떠나고 싶은 마음보다 흥미가 없다/내 한계에 내가 질렸다/어떤 생을 넘겨도 동어반복이다"고 시인은 말하는 것이리라. 떠난다고 해서 희망이 찾아올 수는 없다. 고독의 한계는 질리게도 벗어날 수 없다. 아무리 그를 찾아 떠나도 시인이 있는 곳은 그 한계 속에 있어서 언제나 '동어반복'이다.

길을 멈춘 시인이 마주치게 되는 것은 죽음으로 통하는 기억이거나 "어떤 생을 넘겨도 동어반복"임을 확인시켜주는 절망이다. 이 마주치는 것들은 생활을 받쳐주어 왔던 모든 가치들을 뒤흔들 것이다. 생활에 뿌리내려 있는 가치들이 흔들린다면, 삶은 생활로부터 유리되어 부유하게 될 것이다. 「나무에 대한 생각」에서 시인이 우두커니 서서 "사는 게 이런 거였나 중얼거"리자, 그녀는 문득 "가도 가도 뿌리내리지 못하는" 자신의 삶의 실재를 인지하게 되고, 그래서 "참을 수 없이 가볍게 살고 싶"다는 자신의 욕망의 실재도 확인하게 된다. 삶의 시간을 정지시키고 우두커니 서 있는 행위는 두려움과 권태를 시인에게 가져다준 반면, 한편으로 삶의 가벼움에 대한 인식과 가벼운 삶을 살고자 하는 자신의 욕망을 확인케 해준 것이다. 그러자 시인은, 그렇다면 삶이 완전히 땅으로부터 뿌리 뽑혀 부유하게 되는 것은 아닐까 걱정하게 된다. 즉 "삶이 덜컥, 뿌리 뽑히는 것 같아/무지하게 겁이"나게 되는 것이다.

그래서 시인은 그러한 부정적인 사태로부터 벗어나 "참, 나무"를 찾는다. 시인은 "바람에도 아니 흔들리는" 시의 힘을 다시 얻고자 하는 것이다. 같은 시의 뒷부분에서, 시인 "시퍼런 참, 나무"에게 "아, 안 된다 바람에도 아니 흔들려야 한다"는 말을 하도록 주문한다. 이러한 주문을 통해서라도, 시인은 가벼움에 대한 자신의 욕망을 통제하고자 한 것일 테다. 그러나 우두커니 서서 삶의 실재를 알게 된 시인에게는, 즉 "어떤 생을 넘겨도 동어반복"이어서 생은 참을 수 없이 가벼우며 떠나간 사람은 다시 만날 희망이 없다는 생각을 가지게 된 시인에게는, 그 흔들리지 않는 시의 힘을 마음에 재충전하기란 어려운 일이다. 그래서 시인이 "힘없는 나에게 아, 시만이 힘이지 하다가/자작(自作)나무 밑에 엎드려 나는 오래 일어나지 않았"(「시는 나의 힘」)던 것도, 그녀가 예전처럼 시의 힘으로 다시 돌아가지 못하게 되었음을 암시한다. 시인은 예전에 믿고 있었던 시의 힘을 다시 확신할 수 없게 되었기 때문에, 스스로 만든 나무 밑에 엎드려 그 나무가 자신에게 시의 힘을 다시 충전해주기만을 무력하게 기원한다.

4

시인은 우두커니가 되었을 때 마주하게 된 세계의 부정적인 실재로부터 벗어나고자 "바람에 아니 흔들"릴 나무에 기댄다. 하지만 그는 결국 나무 밑에 엎드려 오래 일어나지 못할 뿐이다. 그래서 이제 시인은 삶의 무거운 시간을 정지시키고 우두커니 세계의 실재와 마주하는 수밖에 없다고 생각하게 될 테다. 그리하여 그녀는 걸음을 멈춘 그 지점에서, 세계-삶의 실재와 마주한 그 지점에서, 마음이 새로 거주할 수 있는 '나의 처소'를 찾아본다.

눈앞에 수락야산 동쪽 벼랑, 어디가
조금 팽팽해진 것도 같다
마들은 도무지 정상을 모른다
모서리도 벼랑도 없는 들길에 서서
제 키를 그들로 낮춘 나무를 본다
저 나무는

평생 누워있던 들이 지루함을 견디다 못해
벌떡 일어선 게 아닐까
일어서서 중심을 고집한 게 아닐까
생각해보니 수직이 없는 들에는 그늘이 빠져 있다
말의 발자국 거기서 끊겨 있다
끊어진 것은 끊어질 수밖에 없는 것이다
나는 들 가운데 우두커니 서 있다
오늘은 내가 번개라도
돌을 쪼개듯 들을 쪼갤 수는 없다
그러니 들이여, 내가 원한 것은
호곡장(好哭場)인 나의 처소

— 「나의 처소」 부분

시인이 서 있는 곳은 들이다. 이 들은 아마도 상계동의 마들역 부근에 있는 것 같다. 시인이 다른 시에서 "상계 계곡 너머/마들로 이사온 지 몇 년째"(「마들시편」)라고 말하는 것을 보면 그렇다. 아무튼, 시인은 "들 가운데 우두커니 서서" 이 들판 주위를 둘러보고 있다. 마들 저편의 "수락야산 동쪽 벼랑"이 보인다. 다시 들을 보니, 이와 대조적으로 들은 "도무지 정상을 모"른다. 그 들이 얼마나 평평한지, 저편 벼랑역시 들의 평평함에 끌려 팽팽해질 정도다. 게다가 들길에 시인처럼 서 있는 나무도 저 들판의 낮은 키에 맞추어 "제 키를 그늘로 낮춘"다. 그늘로서 드러나 있는 나무는 "평생 누워 있던 들이 지루함을 견디지 못해/벌떡 일어선" 것으로 보인다. 위에 인용되진 않았지만, 시인도 처음엔 저 들에 손을 얹어보고는 "그까짓 잡풀 같은 거 들풀 같은 거/확 잡아채 멀리 던"져버리곤 했다. 나무도 시인과 같은 심정이어서, 이 들풀의 세상을 견딜 수 없어했을지 모른다.

그런데 나무는 이 시인에게 시정신의 사표와 같은 존재이지 않았던가. 그렇다면 시인이 지니고 있었던 시정신이란 바로 저 평생 누워 있어야만 하는 삶의 지루함을 견디지 못해 일으킨 것이라고 유추해볼 수 있겠다. 이때 시인이 나무가 "중심을 고집한 게 아닐까"라고 회의적으로 말하고 있음에 주목된다. 시의 힘을 다시 얻기 위해 시인이 그 밑에 엎드렸던 나무-시정신-가 사실 들판과 같은 평평한 삶의 실재로부터 벗어나기 위해 위로 솟아나 중심을 고집한 것이었다는 회의. 이 회의는 시인이 들 가운데에서 우두커니 서서 들판을 바라보았기 때문에 가질 수 있는 것이었다. 삶의 무게가 이끄는 발걸음을 멈추었을 때, 세계의 실재는 저렇게 평평하고 지루하며 아무 것도 아닌 것처럼 나타났던 것이다.

그 세계로부터 굳이 일어서서 중심을 고집하는 일은 저 들판의 바다에 그늘만 만드는 일임이 드러난다. 저 "수직이 없는 들" 자체에는 그늘이 없다. 그저 낮게만 존재하는 저 세계에는, 들의 이름이 마들임에도 불구하고 "말의 발자국"도 "거기서 끊겨" 존재하지 않는다. 「마들시편」의 시구를 다시 빌리자면, "마들은 이제 말의 들이" 아닌 것이다. 하지만 이는 말이 들에 들어가지 못했다는 의미라기보다는 말의 발자국조차 들에 용해되었다는 의미로 이해된다. 또한 천양희 시인이 곧잘 동음이의를 이용하여 언어유희를 행한다는 것을 상기할 때, 그 말은 동물인 말뿐만 아니라 우리가 말하는 말을 의미한다고 볼 수 있다. 그렇다면 저 들은 인간의 말 역시 삼켜버리는 실재의 세계이기도 하다. 실재의 세계는 인간의 말로 규정할 수 없다. 돌을 쪼개는 번개로도 쪼갤 수 없는, 존재 자체가 드러나는 무분별의 실재인 것이다.

그 실재를 드러내는 들은 그림자조차 없을 정도로 황량하지만, 시인은 이제 이 들에 "나의 처소"를 마련할 것이라고 말한다. 그곳은 호곡(號哭)이 아닌 '호곡(好哭)'의 장소다. 저 황량한 들은 존재의 무상한 실재를 드러내지만, 그래서 울음을 불러일으키지만, 시인이 그 울음을 받아들일 수 있게 하는 처소가 된다. 저 들이야말로 세계의 실재가 황량하다는 슬픈 진실을 알려준다. 하지만 그 슬픈 진실을 받아들이고 그 진실의 장소에 시인이 거주해야 한다고 마음먹을 때, 진실의 슬픔은 좋은 울음을 울게 한다. 그 울음은 세계의 진실을 수락하는 데서 나오는 것이기 때문이다. 그래서 시인은 「초록이 새벽같이」에서 "진실에도 색이 있다면/초록일 거라고 생각"한다. 초록이란 바로 저 들이 펼쳐 보이는 색일 테다. 시인은 그 시에서 "초록은 내가 물들고 싶은 서쪽"이라고 말할 수 있을 정도로 저 들과 친해지고 있다. 더 나아가 시인은 사람들이 "살기 위해 이 도시로 와서/넓고 좁은 길이 너무 많이 자주 길을 잃는" 것은 "초록을 오래 외면한 탓"이라고도 말한다. 마들에 처소를 잡은 시인은, 이제 곧잘 들에 나가 우두커니 초록 세계를 관찰하게 될 터이다. 그런데 그 들에서, 시인은 어떤 새를 발견하면서 다음과 같은 인식을 얻게 된다.

마들에 나가
들판 끝 본다
눈 끝의 새 본다

들풀에도 새가 앉네
새는 가벼우니까
들판의 새보다 더 가난한 게 있을까
가난은 가도 가도 가벼운 것
가벼운 것이 들 한쪽 몰고
어둔 구름에서 나온 번개같이
날아간다 거침없이
허공이 무서운 줄 알아야 한다고
경고라도 하듯 거침없이

— 「겨울 들」 부분

시인이 발견한 것은 가냘픈 들풀에 앉아 있는 새다. 시인은 "새는 가벼우니까" 그럴 수 있다고 생각한다. 그런데 시인은 새의 가벼움이 새가 가난하기 때문이라고 해석한다. 가난한 새는 가진 것이 없어서 저 빈 들판과 잘 어울리면서 들풀에 가벼이 앉았다 날아가곤 한다. 허나 이 가벼움은 무력하지 않다. "들 한쪽 물고" 번개같이 날아갈 수 있는 비상력을 새는 가지고 있는 것이다. 가난한 새는 가난한 만큼, 그래서 가벼운 만큼 거침없이 허공 속으로 비상한다. 하지만 시인은 저 새의 거침없는 비상에서 "허공이 무서운 줄 알아야 한다"는 경고를 듣는다. 우리는 앞에서, 시인이 가볍게 살고 싶은 자신의 욕망을 인지하면서 뿌리를 잃지 않을까 하는 두려움에 사로잡혔음을 본 바 있다. 그 두려움에서 벗어나지 못해서인지, 시인은 아직 저 거침없이 날아가는 새와의 동일화를 경계한다. 동일화는커녕, 도리어 새의 거침없음에서 자신을 따라 허공을 향해 비상하면 추락할 수도 있다는 새의 경고를 읽는다. 위의 시에서는, 시인에게 새는 아직 관찰 대상이다.

하지만 시인은 「새가 있던 자리」에서, "눈 뜨고 있어도 하루가 어두"울 때에는 들풀 위에 앉아 있는 "새가 있는 쪽에 또 눈이 간다"고 말하고 있다. 마음이 갈 길을 몰라 어디로 가야 할지 잘 모를 때에는 저 가볍게 들풀에 앉았다가 허공으로 날아가는 새에서 "다시 배"우려는 생각이 알게 모르게 들었던 모양이다. 「갑자기」에서는, 강의실에 "참새 한 마리가/갑자기 휘익, 들어왔다 나"간 작은 일에서 시인은 예사롭지 않은 무엇을 감지한다. 그는 강의실에로 침입한 새 때문에 "한순간에/정신을 번쩍 들었다 놓았다는 느낌"을 받는다. 이어서 그는 새의 그 침입 행위가 "무슨 발상의 전환처럼 엉뚱"하다고 생각하고는, 이를 "시라는 것이/엉뚱하게 역비행도 해야 한다는 걸/보란 듯이/보여준 것은 아닐까"라며 시에 대한 생각으로 전환한다. 저 새의 거침없는 행위를 통해, 시인은 시에 대한 어떤 발상 전환, 시작(詩作)의 엉뚱한 역비행의 필요성을 생각하게 된 것이다. 그리하여 저 가난하고 가볍고 거침없는 새에 정동되면서 시인은 시작의 전환 가능성을 모색하기 시작하게 되었을 터인데, 아래의 시에서 그 모색은 새의 울음이 어떤 의미를 가지고 있는지에 대한 사색으로 진행되고 있다.

이른 새벽
도도새가 울고 바람에 가지들이 휘어진다
새가 울었을 뿐인데 숲이 다 흔들 한다
알을 깨고 한 세계가 터지려나보다
너는 알지 몰라
태어나려는 자는 무엇을 펼쳐서 한 세계를 받는다는 것
두근거리는 두려움이 너의 세계라는 것
생각해야 되겠지
일과 일에 거침이 없다면 모퉁이도 없겠지
이 세상에서 가장 어려운 건 사는 일이라고
저 나무들도 잎잎이 나부낀다
어제는 내가 나무의 말을 들었지
사람은 나뭇잎과도 같은 것
잎새 한자리도 안 잊어버리려고
감미로운 숲의 무관심을 향해 새들은 우는 거지
알겠지 지금
무엇이 너를 눈뜨게 하고
지금 무슨 일이 일어나는지

—「새는 너를 눈뜨게 하고」 전문

어제의 시인은 "이 세상에서 가장 어려운 건 사는 일이라"는 나무의 말을 들었다. 하지만 오늘 시인은 "잎새 한자리도 안 잊어버리려고" 우는 새들의 울음을 듣고자 한다. 슬픔과 침묵 사이의 진실을 묵묵히 전달하는 나무의 말보다는, "지금 무슨 일이 일어나는지"를 거침없이 전해주는 저 새의 울음, 모퉁이를 모르고 날아다닐 수 있는 저 새의 울음을 시의 전범으로 삼으려 한다. 시인은 시의 서두에서 "이른 새벽/도도

새가 울"자 "숲이 다 흔들 한다"고 쓴다. 그다지 음성이 크지 않을 도
도새의 울음이 어떻게 숲을 다 흔들리게 할 수 있었을까? 그 새의 울음
은 "알을 깨고 한 세계가 터지려"는 징후를 "감미로운 숲의 무관심을
향하여" 전달하기 때문이다. 또한 시인은 저 울음이 그렇게 "너를 눈뜨
게 하고/지금 무슨 일이 일어나는지"를 알려준다고 쓴다. 새로운 생명
의 탄생은, 시인에 따르면 "무엇을 펼쳐서 한 세계를 받는다는 것"이
다. 한 세계가 터지면서 한 세계를 받는 순간을 증언하고 있는 새의 울
음은 "두근거리는 두려움이 너의 세계라는 것"임을 '너'에게 각성시킬
것이다. 시인이 지금 쓰고자 하는 시는 새로운 세계의 탄생을 증언하
여 "너를 눈뜨게 하"고 너에게 "두근거리는 두려움"을 불러일으키는
저 새의 울음 아니겠는가. 이를 성취하기 위해 시인은 또 다른 시적 고
투를 준비하고 있을 것이다.

김영남, 『가을 파로호』(문학과지성사, 2011)

자연의 언어를 전달하기 위한
응축과 비약의 시법(詩法)

　　김영남의 네 번째 시집 『가을 파로호』는 그의 예전 시세계와는 상당히 다른 세계를 보여주고 있다. 김영남의 예전 시편들은 생활인의 일상을 유머와 위트를 가미한 서정으로 따스하게 시화(詩化)하곤 했다. 90년대 이후에 시단의 주류로 등장한 두 조류, 즉 비루한 생활로부터 분리된 고고한 정신주의나 가상 세계에로 몰입하여 뒤틀린 언어를 실험하는 전위적 모더니즘과는 달리, 김영남의 시는 우리가 매일 부딪히며 살아나가고 있는 생활의 호흡을 생생하고 친근하게 드러내준 바 있다. 하지만 이번에 출간된 시집은 김영남 시인이 현재 시작 방법에 대해 더욱 고투하고 있다는 것을 보여준다. 그래서인지 이 시집에는 이전의 시편들과 비교하여 상당히 난해한 시편들이 많다. 그만큼 이 시집은 김영남 시의 새로운 면모를 보여준다고 하겠다.

　　이 시집은 두 가지 시법(詩法)이 시도된 시편들이 기둥을 세우고 있다. 한 기둥은 시행 하나 하나가 매우 압축적인 의미를 담고 있으며, 이어지는 시행의 의미가 비약적으로 전개되어 행과 행 사이의 여백이 최대한도로 넓어지는 서정시들이다. 다른 하나의 기둥은 문장들의 밀도는 옅지만, 본의와 취의의 거리가 상당히 떨어진 메타포들을 시의 바탕에 깔아놓은 산문시들이다.

이 시집에 실린 압축적이고 비약적인 시법은 시인의 세 번째 시집인 『푸른 밤의 여로』에서도 시도된 바 있었다. 「상강 무렵」이 그것이다.

> 기러기 지나가려 하니
> 쓸쓸하지 가을 하늘아?
>
> 난 예 논두렁에서
> 너처럼 저물 순 없겠다.
>
> 순이 고무신 속 들국화를 보겠구나.
> 꽃 주위 붕붕거리는 멍청이 꿀벌과
> 저 방죽 위 억새꽃으로
>
> 난 어딜 좀 다녀와야겠다.

이 시는 통상의 서정시와는 좀 다른 특성을 보여준다. 보통 서정시는 시적 화자에 감응을 일으키는 어떤 대상에 서정적 주체가 동화되어 가는 과정을 그린다. 하지만 『푸른 밤의 여로』의 해설자인 김주연도 밝히고 있듯이, 이 시의 서정적 주체는 대상에 동화되고 있지 않다. 시적 화자는 시적 대상에 대고 "너처럼 저물 순 없겠다."고 말하고 있는 것이다. 서정적 주체는 쓸쓸하게 저물어가는 가을 하늘에 동화되지 않겠다는 의지를 보여준다. 그렇다고 대상에 고개를 돌리는 것은 아니다. 대상에서 등을 돌려버린다면 서정은 더 이상 일어나지 않게 될 것이다. 시인이 그러한 의지를 표명한 것은, 도리어 저 가을 하늘의 쓸쓸함이 시인의 마음 깊은 곳을 뒤흔들었기 때문이다.

그런데 시인은 이어서 "순이 고무신 속 들국화를" 볼 수 있겠다는 예상을 한다. 3연에 등장하는 '들국화', '멍청이 꿀벌', '억새꽃'은 가을 하늘과는 대비되는 자연물들이다. 4연은 가을하늘처럼 쓸쓸하게 저물지 않고 이 아름다운 사물들을 찾아가겠다는 시인의 또 다른 의지를 보여준다. 이렇게 보면 이 짧은 시는 50대로 나이가 넘어가는 시인이 앞으로의 시작(詩作)에 대해 새롭게 마음을 다지고 있는 것으로 볼 수도 있겠다. 기러기 지나가고 시인은 이제 저물어가는 나이로 들어섰지만, 그는 그냥 저물지는 않으리라고 다짐한다. 생활('고무신') 속의 자연('들국화')이 지니고 있는 아름다움을 발견하기 위해, 그는 "어딜 좀 다녀와야겠다"고 다짐하는 것이다.

그런데 이러한 독해는 이 시를 한번 읽고는 도출되기 힘들다. 여러 번 읽었을 때야 이러한 독해는 가능하다. 김영남의 예전 시편들이 비교적 쉽게 읽히면서도 그 과정에서 뼈 있는 전언을 암시받을 수 있었다면, 위의 시는 그와 반대로 암시성이 시의 표면에 나타나 난해하게 읽힌다. 그 난해성의 이유 중 하나는 연과 연 사이의 거리가 멀어서 각 연이 독립적으로 제시되고 있는 것처럼 보이기 때문이다. 그래서 독자는 연과 연 사이의 여백에 있는 내용을 추리하고 상상해야 이 시와 접속할 수 있다. 그래서 사실 위의 독해 역시 시인의 의도에 맞는 독해라고 이야기할 수는 없다. 그만큼 위의 시는 독자의 해석에 열려 있는 작품이라고 하겠는데, 『가을 파로호』는 이러한 '열린 예술작품'(움베르토 에코)의 성격을 띠는 시편들이 시집 전체를 채우고 있다. 아니, 그 시편들은 「상강 무렵」보다도 더욱 압축적이면서 비의적이고 비약적인 전개를 보여주고 있다. 우선 시집 첫머리에 실린 「앵두가 뒹굴면」의 전문을 읽어보자.

잎 뒤 숨어 있는 사연들

일러바칠 곳 없는 동네

우물가 집 뒤란의 누나 방에

굴러다니는 피임약이여, 그걸

영양제로 주워 먹고 건강한 오늘날이여

　이 시는 한 연이 한 행으로 이루어져 있다. 그리고 그 행과 행 사이
엔 비밀을 담은 어떤 사연이 숨겨져 있다. 정황을 이해하기 위한 설명
이 거의 제시되어 있지 않기 때문에, 그 개인사 — "잎 뒤 숨어 있는 사
연들" — 가 무엇인지는 독자가 짐작해야 할 것이다. 일단 문면에서 읽
을 수 있는 것은 2연을 통해 "숨어 있는 사연들"을 "일러바칠 곳"도 없
는 동네가 존재한다는 것이다. 일러바칠 곳도 없다니, 그 동네는 얼마
나 고립되어 있는 곳인가? 그리고 그 고립된 동네는 얼마나 많은 비밀
을 안게 되었을까? 독자는 이러한 생각을 하게 될 것이다. 그런데 곧이
어 3연부터 그 사연 중 하나가 암시된다. 시인은 그 동네의 "우물가 집
뒤란"에 누나 방이 있고 그곳엔 피임약이 굴러다니고 있다고 진술한
다. 피임약은 그 사연이 어떠한 성격의 것인지 짐작하게 한다. 그것은
비밀스러운 성교와 관련되며 금기의 위반과 통한다. 한편으로 "굴러다
니는"이란 표현에서 암시받을 수 있듯이 그것은 한 영혼 — 누나의 영
혼 — 이 파괴되어버린 사연이다.

　그런데 마지막 행은 시적 화자가 그 피임약을 영양제로 먹고 건장하
게 컸다고 비약적으로 진술하여 독자에게 충격을 준다. 「상강 무렵」도
마지막 행에서 충격적인 비약이 이루어지고 있었는데, 이 시에서는 더
욱 큰 비약이 이루어지고 있다. 이 마지막 행에서 저 고립되어 있던 동
네가 시인의 고향이었음이 밝혀진다. 그렇기에 시인은 "잎 뒤 숨어 있
는 사연"을 알고 있는 사람이다. 아마도 그 사연들은 시인의 내면을 형
성하면서 그만의 비밀이 되어 그를 성장시켰을 것이다. 특히 그를 성

장시킨 것은 금기의 위반과 영혼의 파멸을 담고 있는 누나의 피임약이다. 위반의 자유와 파멸의 비애를 알아나가면서 그는 건장하게 성장할 수 있었다. 이렇게 읽는다면, 시인은 이 시에서 자신의 삶을 형성시켜 왔던 비밀을 드러내고자 했다고 말할 수 있다. 저 피임약이 자유에의 의지—성적 위반—와 그로 인한 삶의 비극을 상징한다고 하면, 이 시는 시인이 자신의 시세계의 바탕에 깔려 있는 세계는 자유와 비애임을 밝히고 있다고 할 수 있겠다.

「앵두가 뒹굴면」과 같이 한 연을 한 행으로 처리하고 행과 행 사이를 비약시키는 작법으로 써진 시는 이 시집에서 여러 편 찾아볼 수 있다. 이런 시편들로 「초콜릿」, 「능소화」, 「성에꽃」, 「나로도 호박꽃」, 「라일락꽃 필 무렵」, 「찔레꽃 향기」, 「수국」, 「반딧불이에 시그마를 붙일 때」, 「동백꽃」 등을 들 수 있다. 그런데 제목을 보면 짐작할 수 있듯이 이 시편들이 주로 꽃에 대한 시들이라는 것을 볼 때, 시인은 어떤 아름다운 대상을 관찰하면서 그 대상에 숨겨져 있는 무엇을 드러내는데 이러한 작법을 쓰고 있다고 볼 수 있다. 이는 시인이 이러한 작법을 의식적으로 쓰고 있음을 보여준다. 행과 행 사이에 적절하고 절묘한 거리를 두는 이러한 작법을 통해, 고무줄을 양 옆으로 당겼을 때 탄력이 생기듯이 시는 긴장으로 탱탱해진다.

시인은 한 행을 이루는 문장 자체도 탄력 있게 만든다. 가령 「동백꽃」의 첫 행인 "대밭에 이는 풍랑이니 어디 수평선이 있겠어요"와 같은 문장이 그렇다. 대밭은 바다의 풍랑과는 거리가 먼 대상이다. 하지만 그렇다고 '바람의 결에 따라 일어나는 물결'이라는 의미를 가진 '풍랑'이 대밭과 무관하다고 할 순 없다. 알다시피 두 시적 대상이 완전히 무관하다면 그 대상 사이의 비유는 성립될 수 없다. 시인은 대밭과 풍랑이라는 거리가 먼 시적 대상을 탄력 있게 결합시켜 대밭의 풍랑에는 수평선이 없다는 절묘한 시적 인식을 가져온다.

이러한 압축적이면서 탄력 있는 언어 운용은 시적 대상과 언어 사이의 관계에 대한 성찰에서 가능하게 된 것 같다. 언어를 성찰할 경우, 언어 자체가 지시대상과는 상관없이 자의적으로 성립된다는 면을 강조하게 되면, 언어의 추상적인 성격을 강조하게 될 것이다. 이는 언어의 불모성에 대한 절망으로 나아가거나 또는 언어의 자의성을 최대한 증폭시켜 언어유희로 나아갈 수 있다. 허나 김영남 시인의 성찰은 이러한 방향으로 나아가지 않는다. 그는 언어 외부의 대상 자체가 인간의 언어에 압력을 넣고 흔적을 남긴다는 면을 포착한다. 시인의 성찰에 따르면, 관찰 대상 자체가 무엇인가를 전달하고 이는 인간의 언어에 어떻게든 변이를 일으킨다.

> 언어들이 언어들에게
> 고개 숙이는
> 정중함이다
>
> 그 정중함 무엇이 훔쳐간다
>
> 제발 좀 조용히
> 하는 간청의
> 옛날과
> 오랜
> 조응이다
> 이내
> 히죽히죽 웃어본다
>
> 무엇이 웃음을 여러 겹 포개놓는다

「수련」의 전문이다. 시인은 수련의 모습에서 무엇인가를 전달받는다. 발터 벤야민의 「언어 일반과 인간의 언어에 대하여」에 따르면 자연물도 자신의 본질을 전달하기에 언어를 가진다. 자연물과 인간의 차이는 언어의 유무에 있지 않다. 벤야민은 다만 인간의 언어가 자연물의 언어와 다른 점이 있는데, 그것은 인간의 언어는 자연물의 언어와는 달리 사물을 명명할 수 있다는 점이라고 말한다. 벤야민의 생각을 여기서 원용한다면, 시인 눈앞에 있는 저 수련도 언어를 전달하고 있다. 시인에 의하면 수련은 "언어들이 언어들에게/고개 숙이는/정중함"을 전달한다. 그런데 시인은 뒤 이어 "그 정중함 무엇이 훔쳐간다"는 수수께끼 같은 문장을 남기고 있다. 이 문장엔 '무엇을'이라는 목적어가 없다. 시인은 의도적으로 비문을 사용하여 독자의 궁금증을 일으키는 듯하다. 특히 이 시의 후반부는 더욱 수수께끼 같은 비문으로 전개된다.

시인은 이러한 비문을 왜 쓰고 있는 것일까? 그것은 수련의 언어, 그 정중함이 인간의 언어에 압력을 넣고 있기 때문 아닐까? 수련의 언어는 인간의 언어와는 차원이 다를 것이다. 시인은 그 수련이 전달하고 있는 언어를 인간의 언어로 번역하여 텍스트화 한다. 하지만 인간의 언어로 이루어진 텍스트는 수련의 언어 그 자체를 재현할 수는 없다. 그렇다고 하더라도 인간으로서의 시인의 언어는 수련의 언어와 분리되어 있는 것은 아니다. 수련의 언어는 인간의 언어 속으로 밀고 들어온다. 그래서 문장은 수련의 언어가 가진 호흡에 따르게 되고 저러한 단속적인 비문이 써지는 것일 테다. 그렇다면 수련이 전달하는 정중함은 무엇을 훔쳐갔을까? 인간 언어의 추상성 아닐까? 확언하긴 힘들지만, 이 시가 부여하고 있는 독자의 자유를 발휘하여 이렇게 생각해본다. "언어들이 언어들에게/고개 숙이는" 수련의 정중함은 "옛날의 간청"―"제발 좀 조용히"―과 "오랜/조응"을 이룰 수 있게 한다. 수련의 언어가 가져온 그 간청과의 조우는 시인을 "히죽히죽 웃어" 보게 만든다. 다시 말하면 "정중함 무엇"이 "웃음을 여러 겹 포개놓는" 것이다.

「수련」을 이렇게 읽어보면, 작금의 시인은 자연의 언어를 배움으로써 시작법을 새로 정립하고자 한다고 짐작해볼 수 있다. 그런데 시인 자신이 그렇게 말하고 있다.「벼랑 위 소나무 내게 끌여들여」에서 시인은 "갈매기와의 제휴 마케팅"을 통해 "저비용 고효율 홍보 전략"을 펴는 "저 절벽"에서 "지금 나는 고급 메타포를 베우고 있다"고 쓴다. 자연의 메타포는 "저비용 고효율"이다. 더 붙이고 빼고 할 것 없이 그 자체 적확한 메타포이기 때문이다. 저 자연의 언어는 인간의 언어처럼 언어의 낭비가 없다. 그러니 저비용이다. 게다가 더 이상 덧붙일 수 없이 적확하기 때문에 자신이 전달할 수 있는 것 모두―자신의 본질―를 전달한다. 그러니 고효율이다. 이에 비해 인간의 언어로 메타포를 창출하는 시인은 "내 제스천 왜 이리 뭉툭한 호소력이냐"라고 절망스럽게 토로한다. 그래서 시인은「11월 보리암」에서 "저희들끼리/물물교환하느라/분주"한, 인간에게 "쌀쌀맞"아 "내 소망을 말해도 외면한 표정"을 짓는 자연에 대해 원망스런 마음도 품는다. 저 자연― '보리암' ― 앞에서 "뜻밖에 나는 외톨박이가" 되는 것이다. 그래서 시인은 자연 앞에서 쓸쓸해지기도 한다. 아래는「목련」의 전반부다.

저 배, 내 앞
닻을 내린 저 흰 배
나는 싣지 않고 떠나가것지요.

바다이고
만조의 바다인데
나에게는 썰렁한 바닥과 철조망뿐

바다는 가득 차 있지만, '나'는 썰렁한 바닥만 휑하니 드러내고 있을 뿐이다. 저 바다에 접근하고 싶지만 '흰 배'는 '나'를 태우지 않고 떠나갈 것이다. 이 글의 논의 맥락에 따라 저 배가 언어를 뜻한다고 한다면, 인간의 언어가 그 자체로 충족적인 자연에로 '나'를 데려다주지 않는다는 의미로 그 구절을 해석해볼 수 있겠다. 그리하여 '나'와 바다 사이엔 철조망이 쳐진다. '나'는 자연의 온기와 습기를 공급받지 못하고, '썰렁'하게 외로이 살아나가야 한다. 하지만 시인은 외로운 심정에 주저앉지 않는다. 그는 자연이 전달하는 언어의 '경제적인' 메타포를 배우고자 한다. 강진만의 파도에서 "파도는 파도와 싸워/빛난다."라는 의미를 전달받고는 "빛나는 것들은 빛나는 것들끼리/날카로운 것들은 날카로운 것들끼리/모이게 하자./모아두면 서로 아무 것도 아닌 것들끼리."(「강진만」)라는 인식—이는 시작법의 발견으로도 읽히는데—을 얻고 있는 것은 그 학습 의지에 따른 것이리라. 시인은 「강진만」에서 거시적인 시야로 바다를 보면서 보편적인 인식을 얻고 있다면, 「도라지」에서는 자연물에 대한 좀 더 섬세한 관찰을 통해 구체적이고 독특한 인식을 얻고 있다. 이 시의 전문을 인용한다.

누가 내게 이 지상 가장 빠른 색을 들어보라 한다면 청보라색을 들리라 상상하며 산기슭에 쪼그리고 앉아 있는데 그 사이로 어느 종소리 찾아와 그보다 더 빠른 색 있는데 그건 비명이란다. 저기 절벽 위아래 사이에 얼굴 내밀어보면 그 색을 볼 수 있을 거란다.

비명은 어떻게 말해야 하는 색이냐 이야기이냐 하는 질문을 그 절벽으로 번갈아 떨어뜨리며 산길 가고 있는데 스님 한 분이 나타나 그것은 또 기쁨과 절망을 왔다 갔다 하는 하늘로 사라지기도 하고 그러지 않는 낭떠러지로 숨기도 하는 지역의 도라지 꽃밭이란다. 그런 평화 그을 수 있는 얼굴이 있다면 바로 그 뒷모습이란다.

이 시의 독특함은 "절벽 위아래 사이에" 나타난 도라지의 청보라색을 순간적으로 발견하고는, 그 색에서 어떤 강도(強度)적인 속성을 포착하여 그 의미를 도출하고 있다는 점이다. 그가 포착한 절벽 사이 핀 도라지꽃의 청보라색의 속성은 "이 지상 가장 빠"르다는 것이다. 속성이 전혀 다른 속도와 색이 결합되고는, 그 "가장 빠른 색"은 '비명'의 의미로 비약한다. 다시 말하면, 시인은 절벽에서 우연히 발견한 도라지의 청보라색에서 빠름이라는 속도와 비명이라는 의미를 동시에 포착하는 비약적인 상상력을 보여준다. 도라지의 청보라색이 왜 비명의 색인지는 2연에서 비교적 친절하게 알려주고 있는바, 이에 대해서 논의하는 것은 쓸 데 없는 중복일 것 같다. 지금 이 글의 맥락에서 중요한 것은 구체적인 상황에 놓인 자연의 색이 어떤 의미를 가지게 된다는 사실이다. 이는 자연의 색 역시 어떤 언어여서 어떤 의미를 전달한다는 것을 뜻한다.

시인은 '예술―시'가 바로 그 자연이 전달하는 '색―언어'를 포획하여 그 의미를 드러낼 수 있다고 생각하는 듯하다. 「청자상감운학문매병(靑瓷象嵌雲鶴文梅瓶)」에서 시인이 어느 청자의 푸른빛에서 "깊은 남도의 하늘"을, 상감에서 "외로운 강진의 들길"을 전달받고 있는 것을 보면 그렇다. 저 청자의 빛깔과 새겨진 선은 자연의 어떤 풍경이 전달하는 의미를 재생한다. 또한 시인은 「적요한 풍경」에서 조선 백자에 새겨진 그림을 보면서 자연과 예술의 경계가 사라진 풍경을 발견한다. 이 시의 일부를 인용해보자.

> 마을 앞 개울도 한옥 뒤란의 대숲을 통째로 빼앗아 흐른다 그래도 그 집들은 그걸 돌려달라고 주장하지 않는다 싸운 다음에야 확인할 수 있는 평화, 개울물도 저희들끼리 부딪히고 엉켜 싸울지라도 넘어진 것들을 일으켜 세워 아랫마을로 향한다

> 갑자기 장끼 한 마리가 논두렁 위로 날아간다 백자가 파삭 깨져버린다 깨지는 순간은 언제나 처연하다 아니 찬연하다 누구의 눈부셨던 시절도 나타나 어리둥절해 한다

그 백자에 그려진 개울은 "한옥 뒤란의 대숲을 통째로 빼앗아" 흐르
지만 대숲 앞에 있던 "그 집들은 그걸 돌려달라고 주장하지 않는다"고
한다. 대숲과 개울과 집 한 채가 적요하게 놓여 있는 마을이 그려진 저
그림에선, 강진만의 빛나는 파도처럼 자연에서 벌어지는 사건들의 언
어가 전달되고 있는 것이다. 그 언어는 "저희들끼리 부딪히고 엉켜 싸
울지라도 넘어진 것들을 일으켜 세"우는, "싸운 다음에야 확인할 수 있
는 평화"라는 의미를 전달한다. 그런데 이때 흥미 있는 또 다른 사건이
벌어진다. 그 그림엔 장끼 한 마리도 그려져 있었던 것이다. 자연의 언
어를 전달하고 있는 저 그림은 자연과 예술의 경계가 흐릿해져 있어서
백자에 새겨진 장끼 역시 진짜 장끼와 구분되지 않는 경지에 놓여 있
을 터이다. 그런데 장끼는 하늘로 날아오를 수 있는 동물인 것, 그래서
장끼는 바로 백자 바깥으로까지 날아갈 수 있을 터, "갑자기 장끼 한
마리가 논두렁 위로 날아간다 백자가 파삭 깨져버린다"라는 구절은 예
술과 자연의 경계가 사라졌을 때 일어나는 역설적인 사건을 말해준다.
　즉 예술이 자연 그 자체가 되었을 때에는 예술의 파열―처연하고 찬
연한―이 일어난다. 시인이 정말로 예술과 자연의 역설적인 관계를 나
타내기 위해 장끼 한 마리가 날아가자 백자가 "파삭 깨져버"린 상황을
그려낸 것인지는 확실하지 않다. 하지만 필자에게 그 상황은 적어도
예술의 본질에 대한 풀기 어려운 내용을 함축하고 있는 것으로 생각된
다. 그 상황은, 자연의 언어를 포착하여 자신의 시세계를 갱신하고자
하는 시인이 예술의 존립에 필요한 한계는 무엇인지에 대한 문제에 봉
착했음을 짐작케 하는 것이다. 그것은 '시―예술'이 인위성을 넘어 자
연의 언어를 재생하는 경지에 이르고자 할 때, 그땐 역설적으로 시―
예술은 파괴되지 않겠는가 하는 문제이다. 이 문제에 대해 시인이 어
떠한 해답을 마련했는지는 필자로선 아직 잘 모르겠지만, 아래의 시는
시인이 또 다른 방향에서 이 문제를 생각하고 있다는 것을 암시한다.

찬란한 목청이네 키츠는

주변에선 상쾌하네 키츠의 시

담 등지고 있어 뒤돌아보니 어지럽네

영문학 강의실 모퉁이 돌아

내용이 보라색이고 느낌도 빠르네

다가가면 순식간에 외면해버려

물방울 치마가 어른거리고

멀리 요트 한 대도 뒤집히네

오늘 나는 키츠와 함께 목적 없이 방향 없이 부서지네

그렇게 부서지는 인생에 너도 있었으면

　　　　　　　　　　　　　　　　　— 「라일락꽃 필 무렵」 전문

　김영남 시인의 새로운 작법이 전형적으로 드러나 있는 시다. 이 시역시 이 시집의 여러 시편들과 마찬가지로 해독이 쉽지 않다. 그러나그만큼 열려 있는 해석을 허용하는 작품이라고 하겠다. 이 글의 맥락속에서 이 시를 살펴볼 때, 이 시 역시 자연과 '예술—시'의 관계를 주제로 삼고 있다고 판단된다. 그런데 앞에서 살펴본 「적요한 풍경」에서는 자연이 예술이 되는 문제를 다루고 있었다. 반면 이 시에서는 예술이 자연이 되는 문제를 다루고 있다. 키츠의 시는 "내용이 보라색이고느낌도 빠르"다. 인간의 언어로 의미화 되어 있을 키츠의 시는 '빠른보라색'—바로 도라지의 색깔이다!—을 띠면서 자연물화 된다. 그리하여 절벽에 피어 있는 도라지처럼 비명을 지르는 키츠의 시는 하나의 생명체처럼 변모하여 "다가가면 순식간에 외면해버"린다. 이후 시는 비약적인 환유를 통해 전개된다. 물방울 치마에서 뒤집히는 요트 한 대로, 그리고 요트의 전복에서 "키츠와 함께 목적 없이 방향 없이 부서지"는 '나'로 시는 전개되는 것이다. 그리고 마지막으로 시인은 "그렇게 부서지는 인생에 너도 있었으면"이라면서 독자 역시 이 전복과 파열의 삶에 동참하기를 기대한다.

이러한 전개를 보면, 시인은 우리가 시−예술을 자연 자체로 받아들이게 된다면 목적을 두고 방향을 정하는 인간적 삶은 전복된다는 것을 말하고자 한 것인지 모른다. 그렇다면, 「적요한 풍경」에서의 장끼가 날아가면서 깨져버린 백자는 백자가 자연 자체가 되었음을 의미하는 것이라고도 할 수 있다. 그래서 그 시의 말미가 "깨진 백자도 황소 울음소리에 아물어 한 번 더 깊어진다"로 맺어지는 것일 테다. 요컨대 '백자−예술'은 자연의 경지에 이르게 되자 파괴되어 버리지만, 결국 깨진 백자는 자연 자체가 되어 자연처럼 더 깊어질 수 있다. 더 풀어 말하면, 예술이 자연 자체로 변모되면 '예술−삶'은 전복되고 파괴되겠지만, 그 인공성이 파괴된 인간의 삶은 자연과 융화될 가능성을 갖게 되면서 더욱 자유롭고 깊어질 수 있게 된다. 시인이 자신을 받아주지 않는 자연을 원망하면서도 짝사랑을 포기하지 않고 자연과 '시−예술'의 관계를 지속적으로 탐구하고 있는 것은, 자연으로부터 괴리되어 훼손된 삶을 살아가고 있는 현대인이 '시−예술'의 역설적인 방법으로 치유될 수 있다고 희망하기 때문이다.

이재훈, 『명왕성 되다』(민음사, 2011)

육성(肉聲)을 얻기 위한 영혼의 드라마

이재훈의 시집 『명왕성 되다』에는 육성(肉聲)이 담겨 있다. 많은 젊은 시인들의 시가 현란하긴 하지만 그들의 시에서 삶의 무게가 직접적으로 느껴지지는 않는 경우가 많다. 그런데 이재훈의 시집에는 2000년대 한국 사회를 살아가는 젊은이의 환멸과 고뇌가 격렬하게 표현되어 있다. 이재훈의 시는 '나'로부터 벗어나지 않지만 그 '나'는 사회로부터 오는 자극에 대해 격렬하게 반응하기 때문에 그만큼 시대의 인장이 찍혀 있다. 그래서 그의 시에서 더욱 지독해진 신자유주의 시대를 살아가고 있는 젊은이의 전형적인 영혼을 살펴볼 수 있다고도 말할 수 있다. 그 영혼은 시대에 소극적이고 수동적으로만 반응하지 않는다. 세계로부터 고통 받는 그 감수성 짙은 영혼은 어떤 도주로를 뚫고자 한다. 그래서 영혼의 드라마가 펼쳐진다. 시집을 여는 시인 「비비디 바비디 부」는 시인이 처한 현재의 상황을 보여주고 있다. 이 시는 이렇게 시작한다.

> 내 눈은 카메라를 닮았다.
> 노출을 열고

몇 시간 동안 창밖을 보면
불빛만 남은 세계.
칼 맞고 피 흘리는 거룩한 세계.
지친 육체는 허공이 가져 가고
영혼만 달랑달랑 소란하다.

이재훈 시인의 눈에 비치는 세계는 어떠한 곳인가? 세계엔 불빛만
남아 있다. 그 불빛은 현란한 도시의 야경을 의미하는 것이겠지만, 시
인의 눈에는 폭력으로 인한 희생의 피가 묻어 있는 핏빛으로 보인다.
그래서 그 폭력적인 세계는 희생자로 가득 찬 '거룩한 세계'다. 핏빛
세계에서 살아남기 위해서 시인의 육체는 지칠 대로 지치고 영혼은
"달랑달랑 소란"해질 정도로 빈곤해진다. 파괴된 영혼이 일으키는 소
란은 도시의 소란과 관련된다. 이재훈 시인에게 서울이란 도시는 "나
의 메디나,/시인들의 공화국"(위의 시)이다. 하지만 시인은 「만신전(萬
神殿)」에서 "도시는 너무 시끄럽습니다. 가슴속에서 귀신들이 포식하고
구역질하는 소리 들립니다"고 하여 도시에 대한 구토감을 드러낸다.
시인에게 서울은 시인들의 공화국이자 귀신들이 시끄럽게 토하는 곳
이기도 한 것이다. 도시에 대한 이러한 양가적인 태도는 보들레르 이
후 현대 시인의 전형적인 태도라고 할 수 있겠는데, 이재훈 시인은 그
러한 태도를 직접적으로 격하게 드러내고 있다.
　포식하고 토하는 귀신들 속에서 살아가야 하는 시인이란 어떤 존재
인가? 시인은 언제나 비상을 꿈꾸는 존재이다. 하지만 도시에서 사는
시인은 "마음껏 날고 싶었지만,/이곳에 살기 위해선 참아야 했"(「안드
로메다 바이러스」)다고 한다. 이재훈 시인은 그러한 시인에 대해 '외계
인'이라고 명명한다. 그 '외계인-시인'은 지구에 유폐되어 있다. 그
래서 그는 탈출을 꿈꾼다. 즉, "서로의 키를 재고 우쭐거리"는 수학의
미학이 지배하는 지구에서 다시 날고 싶어 하는 이 외계인은 "살아 나

갈 도주로를 찾"(같은 시)는다. 그 도주로란 "아름다운 북극의 얼음 위에서/지혜의 말들을"(같은 시) 얻는 데로 나아가는 길이다. 하지만 그를 묶어 놓은 이 세계의 밧줄은 쉽게 풀리지 않을 테다.

이 세계에서 사는 삶이란 "육십억 분의 일일 뿐"으로 사는 것이며 "페트병에 가득 담긴 담배꽁초와 찌그러진 맥주 캔. 먹다 남긴 컵라면"(「매일 출근하는 폐인」)과 같은 폐품으로 버려진 채 사는 것이다. 시인은 "하루하루를 버티다" "외치고 울부짖"(같은 시)을 수 있을 뿐이다. 지구에 유폐된 외계인의 삶은 이렇듯 쓰레기가 되는 삶을 살아가야 한다. 환멸과 구토 속에서 외치고 울부짖는 그는 언제나 '거대한 허무'에 맞닥뜨린다. 시인은 대부분의 도시인들이 그렇듯이 하루하루 버티는 삶을 살아나간다. 그는 시끄러운 도시 생활 속에서 자신의 삶을 돌아볼 여유도 가지지 못하고 갖가지 노동에 파묻혀 살아가야 한다. 「명왕성 되다」를 보면, 시인은 몽상에 잠기고 영혼을 비상시키기 위한 시간을 출퇴근길 지하철 안에서 겨우 얻는다. "아무도 모르는 그곳", 시인만이 아는 내밀한 기억들로 가기 위해서 시인은 "지하철 2호선의 문이 닫힐 때 눈을 감"는다. 눈을 감은 시인은 자유로운 연상에 들어서고 "잊혀진 얼굴들을 하나씩 확인"하면서 "그리운 얼굴이 푸른 멍으로 잠시 물들다 노란 불꽃으로 사라"지는 경험을 한다. 그러나 이러한 몽상은 지하철의 기계소리에 방해받고 시인은 "이런 리듬에 맞춰 춤추고 싶지 않다"는 생각을 한다. 허나 "이런 리듬"은 시인의 몽상에 지속적으로 개입해서 "아무리 하품을 해도 피로"한 현실을 생각하게 만든다. 그 리듬은 시인을 옥죄는 오랏줄이다. 도시의 일상에 묶인 시인으로서는 "내 속의 거대한 허무로 들어갈 자신이 없"으며 "신성한 모험"도 의심스럽기만 하다.

「다정한 재봉사의 재판」을 보면, 이 세상은 "유리로 만든 방"이며 몽상하는 시인을 죄인 취급하기도 한다. 이 세계는 재봉사로 비유된 시인을 '유리방'에 가두고는 유리를 통해 보이는 세상을 보고 "그대로 옷감을 짜라고" 명령한다. 하지만 몽상하는 시인으로서는 그러한 명령을 따라야 하는 일이 고통이다. 그는 "하늘을 날고 있는 제 모습을 짜고 싶었"으며 "저 먼 세계를 비상하는 영혼의 고난함을 짜고 싶었"기 때문이다. 하지만 "비만한 이미지"만을 보여주는 세계－"문명의 숲"－는 시인이 "매일매일 똑같은 무늬를" 짜도록 강요할 뿐이다. 이러한 세계 속에서 시인은 탈출을 더욱 더 열망하게 될 터, "아무 것도 원하지 않았다./열대를 벗어나고 싶었을 뿐이다."(「킬리만자로」)라는 담담한 진술은 이러한 열망을 역설적으로 드러낸다고 하겠다. 시인이 원하는 것은 문명의 숲으로부터 벗어나 "위대한 숲의 시를 쓰"(같은 시)는 것이다. 그 숲은 열대와는 멀리 떨어진 겨울 숲이다. 겨울 숲은 "목숨까지 다 토한"(「겨울 숲」) 어떤 뫼이 먼저 떠나간 곳이기도 하다.

하지만 지금으로서는 '문명의 숲'에서 삶을 살아가야 한다는 것을 시인도 알고 있다. 도시 생활로부터 벗어날 수 없는 상황과 도주하고 싶은 열망 사이에서 시인의 말이 빚어진다. 하지만 '형'처럼 겨울 숲으로 떠나지 못하고 있던 자책감이 어떤 부끄러움을 불러일으키기도 할 것이다. 그래서 시인은 "내 입술은 봉인되지 못하고/부끄러운 고백들을 나불댔네"(「진흙의 봉인」)라고 말하기도 한다. 시인의 시는 "결국 슬픔이 되고 공허가 될 말들"이었으며 "징그러운 말들의 시체"(같은 시)일 뿐이라는 것이다. 또한 시인은 이 말들이 "반성의 포즈로 모두를 속일 수 있었"(「침묵의 세계」)다고도 말한다. 이러한 자기 부정은 또 하나의 반성으로도 볼 수 있겠으나 한편으로 어떠한 도주로를 만들 것인가에 대한 모색으로서도 읽을 수 있다. 위대한 숲의 시를 쓰고 싶었다는 고백만으로는 이 문명의 숲에서 겨울 숲으로 통하는 도주로가 만들어지지 않는다. 그는 우선 "혀를 깨무는 연습"(같은 시)부터 하여 '침묵의 시민'이 되는 데서부터 다시 출발하고자 한다. 왜 혀를 깨물고

침묵하고자 하는가? 침묵 속에서 소멸이 이루어질 수 있으며 소멸은
또 다른 생성으로의 길을 열 수 있을지도 모르기 때문이다.

> 나는 아무 것도 아니다.
> 촛불도 아니고 감나무도 아니다.
> 미끈한 자동차도 아니고
> 달콤한 솜사탕도 아니다.
> 차갑고 텅 빈 사물에
> 쇳물을 들이붓고 싶다.
> 나는 매일 소멸되어야 빛나는
> 뜨거운 강철이었다.
> 꿈을 꾸면
> 붉은 별 하나가 내게 떨어지는 사건이었다.
> 손이 델까 만지지도 못한 별이
> 마당에 내려와 날 또렷이 노려보는
> 순간이었다.
>
> 이제는 엎드려 울지 않겠다.
> 슬픔을 우스운 몸짓으로 과장하기 않겠다.
> 해거름에 사양(斜陽)을 보며 사흘을 울겠다.
> 그러다 그러다 목이 마르면
> 불구덩이에 내 몸을 녹이고 녹여
> 에밀레 에밀레 신명을 내겠다.
> 그 비밀의 성소(聖所)가 내 집이었다.
> 소멸이
> 내 먹는 밥이었다.

―「연금술사의 꿈」 전문

이 시집의 마지막에 실린 이 시는 앞으로의 시작(詩作)에 대한 시인의
각오를 보여준다. 슬픔을 과장하지 않겠다는 각오는 앞에서 언급한 "혀

를 깨무는 연습"과 통하는 것일 게다. 그런데 그 침묵의 연습은 세계와의 단절을 의미하지 않는다는 것이 이 시를 통해 드러난다. 그 침묵은 "불구덩이에 내 몸을 녹이"는 작업이다. 그 작업을 통해, 시는 에밀레 종처럼 몸을 녹여 소멸시키고는 "에밀레 에밀레" 소리를 내는 것과 같은 무엇이 될 수 있을 터이다. 그리하여 시의 목소리에는 몸이 녹아 들어간다. 시는 육성(肉聲)을 내게 되는 것이다. 소멸을 통과하여 육성을 드러내는 시. 말의 연금술사가 되고자 하는 시인은 이 경지에 다다르고자 꿈꾼다. 이때 "차갑고 텅 빈 사물"은 시의 내밀한 세계―쇳물이 출렁대는 비밀의 성소―속으로 용해되고는 새로이 탄생할 것이다. 세계와의 지독한 불화와 이에 따른 자기비판은 이렇게 단단한 영혼의 다짐으로 나아간다. 이 시집의 첫 번째 시는 철저히 공허하기만 한 세계 속에서 "달랑달랑 소란"하기만 한 영혼을 보여주었다면, 이 시집의 마지막 시에서는 "빛나는/뜨거운 강철"의 영혼이 등장한다. 이렇듯 이 시집은 공허에서 단단함으로 나아가는 영혼의 드라마를 엮어내고 있다.

그런데 위의 시의 자기 다짐이 손쉽게 이루어진 것은 아니다. 시집의 중추를 이루는 2부에는 「대황하」 연작이 실려 있는데, 이 연작시는 불모의 세계 속에서 시인이 겪어야 했던 환멸과 고통을 뜨겁게 그려내고 있는 역작이다. 강렬한 이미지의 연쇄로 전개되는 이 연작시는 시인과 환멸스러운 세계와 뒤섞임을 환몽적으로 표현한다. 이 세계는 모래의 강과 같은 황하로 비유된다. 「대황하 1」을 보면 "작열하는 사막에서 기다리고 기다"리고 있는 시인은 누런 모래의 세계 속에 빠지고 있다. 그런데 그 모래는 흡혈귀와 같이 시인의 피를 빨아먹는다. "서서히 내 몸이 모래에 잠기지. 모래가 살갗에 달라붙어 피를 빨아먹지. 물과 피가 다 빨려 가죽만 남았지. 모래가 사각사각 살가죽까지 갉아먹"는다는 것이다. 시인의 기다림은 아마도 하늘로의 비상을 의미할 것이다. 하지만 이 사막은 그에게 비상을 허락하지 않는다. 사막의 모래는 그의 몸에 달라붙어 그의 피를 빨아먹고는 결국 가죽만 남은 시인을 쓰레기처럼 폐기해버릴 것이다. 이 사막에서 비정한 현 한국 사회를 떠올리게 되는 것은 자연스럽다. 시인이 현 한국 사회가 가하는 압력에 대해 예민하게 반응하고 있다는 것을 생각하면 더욱 그렇다. 그런데 더 나아가 시인은 "끝없이 깊은 모래 밑으로 물소리가" 들린다고 말한다. 사막은 역설적으로 강이었다는 것이다.

> 손가락 하나가 툭 꺾였다. 만져 보니 문드러져 툭 떨어져 나간다. 배를 만지니 손가락이 푹 들어가 내장이 만져졌다. 누웠다. 썩는 냄새가 진동했다. 생은 연습이 없다. 단 한 번이면 족하다. 누웠다. 온몸에서 진물이 흘렀다. 누런 물이 땅으로 스민다. 누웠다. 스민다. 쏟아지는 모든 것들이 스민다.
>
> ― 「대황하 2」 부분

피를 빨아먹는 사막은 육체를 부패시키는 누런 황하임이 드러난다. 시체들이 누워 있는 이 세계에서 시적 화자의 육체 역시 부패하면서 누런 물을 흘린다. 즉 황하는 시체들의 진물로 이루어진 강이다. 「대황하 3」의 "누런 황토물이 거리에 솟구친다."라는 구절을 보면 황하란 바로 도시의 거리를 의미한다는 것을 알 수 있다. 도시는 부패해가는 시체들로 가득 차 있다. 그들은 "얼굴을 가린 채 눈빛만 쏘아 대는 사람들"(같은 시)이다. 자신의 마음을 가리고 상대방에게 가하는 공격적인 눈빛은 삶의 부패를 드러낸다. 그 눈빛이 바로 '진물'일 것이며 '황토물'일 터, 「대황하 7」에서는 그 시체와 같은 얼굴 가린 사람들이 제법 자세하게 묘사되어 있다. 다음은 이 시의 후반부다.

> 뜨거운 김을 쐬고 퇴근 무렵 자동차에 몸을 싣는다. 내 얼굴에 붉은 물줄기가 흘러내린다. 사람들은 이미 죽음 직전의 표정을 연습하고 있다. 나는 두통을 이기기 위해 투구를 쓴다. 도도한 웃음을 연습한다. 열기를 보았다. 빛이 열기 속에서 반짝반짝 드러났다. 시장(市場)이다. 죽음의 얼굴을 파는 시장이

다. 뜨거운 빛 속이다.

도시의 거리인 황하는 또한 시장이기도 하다. 사람들은 얼굴을 가리고 "죽음 직전의 표정을 연습"한다. 시인 역시 투구를 쓰고 얼굴을 가린 채 "도도한 웃음을 연습"하고 있다. 그 웃음이란 아마도 시장에 팔리기 위한 웃음일 것이며 결국 진실한 삶을 죽이는 웃음일 것이다. 사람들은 "죽음 직전의 표정" 짓기를 연습하면서 살아나가야 한다. 팔리기 위해 사는 이들은 경쟁자인 상대방을 공격적인 눈빛으로 바라본다. 이 "뜨거운 빛"이 사막─황하의 열기를 만들어낸다. 시인은 이들 삶 속의 죽음을 '붉은 물줄기'로 상징화한다. 죽음의 표정을 짓는 이들의 얼굴엔 죽음을 가리키는 붉은 물줄기가 흐르고 있다.

그리하여 이 죽어가는 삶에는 언제나 시체 냄새가 날 것이다. 시인은 "몸 가죽을 슬쩍 잡아 찢는다. 온몸에 누런 물 내음이 가득 퍼진다"(「대황하 8」)고 말할 때, 그 누런 물이란 물론 부패해가는 육체가 흘리는 진물이다. 그러므로 마실 수 없는 물이다. 그래서 그곳에서는 "강물에서 물을 먹지 못"하며 "재갈을 물린 입으로 소리를 질러"야 하고, 그래서 "갑판에 비명이 가득"한 공간에서 사람들은 "생수 위에서 목말라 죽어"(「대황하 9」)가야 한다. 죽음의 삶, 거짓된 삶을 살아가야 하는 황하에서는 "실체는 없고, 허상만 가득"해서 "바닥이 보이지 않"(같은 시)는다.

「황하」 연작은 이 세계에 대한 시인의 지독한 환멸을 보여준다. 그 세계는 구체적으로 서울을 가리킨다. 서울은 "한여름에도 눈이 내리고 /한겨울에도 태풍이 오는 곳"으로서 "일찍 배운 증오로/뼈와 살을 태우는 곳"(「비상」)이다. 나라가 망하기 전에 나타나곤 하는 이상 기온 현상이 수시로 닥치는 도시, 증오 속에서 삶을 살아가게 만드는 도시가 서울이다. "죽는 법을 배우지 못"하여 죽지 못한 시인은 이 속에서 "새들의 노래를" 부르는 자다. 그러나 어떻게 이 시체들로 가득 차 있는 공간에서 비상의 노래를 부를 수 있을 것인가? 「대황하」 연작을 마무리하는 「대황하 11」의 마지막 연에서, 시인은 다음과 같이 쓴다.

> 붉은 눈물,
> 가만히 들어와 출렁인다.
> 거리를 걷고 있으면
> 온몸이 하늘로 붕 뜬다.
> 병든 몸 위에 새들이 날고 있다.

죽은 삶을 상징하는 '붉은 물줄기'가 이 시에서는 '붉은 눈물'로 변환되어 나타난다. 죽어가는 삶에서 비롯되는 슬픔, 그 슬픔이 '붉은 눈물'이라고 할 수 있지 않을까. 허나 이 슬픔을 느낄 수 있는 감수성이 비상의 힘을 마련한다. 죽음 속에서 슬픔으로 마음이 출렁이게 될 때, "온몸이 하늘로 붕" 뜨는 경험을 하게 되고, 그리하여 시인은 "병든 몸 위에 새들이 날고 있"음을 발견한다. 그런데 동시에 시인은 그 새들이 무엇인가를 하고 있다는 것 역시 발견하게 된다. 「건기(乾期)의 새」에 따르면, 새들은 "하늘 귀퉁이 구름을" 밀고 있다. 그런데 그 행위는 "어떤 운명을 잠시" 미는 것이라고 한다. 왜 그럴까? 구름을 미는 행위는 "물쪽으로 향한 구름에 몸을 던"지면서 이루어지는 것이기 때문이다. 이때의 물이란 황하 연작에서의 물이 아니라 "이슬의 영롱함과 풀잎의 생명"과 같은 맑은 물일 터이다. 이 맑은 물을 함유하고 있을 구름 쪽으로 몸을 미는 행위는 황하 같은 세상에서 삶의 운명을 바꾸는 행위이다.

그러므로 시인이 꿈꾸는 비상이란 맑은 삶에의 의지를 의미한다. 시인이 북극을 생각하는 것은 이 때문일 것이다. "최초의 물"이 결빙되어 이루어진 북극의 얼음이야말로 '맑음'의 결정체이기 때문이다. 그 맑음은 인간의 세계를 넘어선 어떤 세계다. "언젠가 인간의 시간은 멈추겠지만/얼음의 시간은 멈추지 않겠지."(「북극의 진화」)라고 시인이 말하는 것을 보면 그렇다. 인간의 시간을 넘어선 얼음의 시간대에서 인간의 세계를 바라볼 수 있을 때, 시인은 좀 더 광활한 시야를 확보할 수 있게 될 것이다. 시인에 따르면, 대자연의 순수성이라고 할 북극의 얼음은 인간 세계 밑바탕에서 세계를 세우고 허문다. 「북극의 진화」는 인간 세계 바깥의 시야에서 "인간의 소리"를 인식하고 있는 대작이다. 이 시의 후반부를 다시 읽으면서 이재훈 시인이 '얼음의 시간대'의 시야를 통해 어떠한 세계에 도달하고 있는지 음미해보기로 하자.

> 최초의 물은 멈추지 않고 질퍽대면서
> 어느새 허벅지까지 올라온다.
> 솔직히 나는 진화했다.
> 물이건, 얼음이건 간에
> 먹고 버리고 회피하면서 몸뚱이를 지켜왔다.
> 상점에 들어오면 어디선가 물소리가 들린다.
> 그리고 푸르스름한 기억을 소환해
> 이 도시를 담금질한다.
> 한 달 새 교차로엔 거대한 빌딩이 들어섰다.
> 대형 마트와 옷가게가 들어서고 그 위에 사람들이 산다.
> 지도는 또 바뀔 것이다.
> 대륙의 한 점이, 또 한 점이 되고,
> 다시 한 점이 덧입혀져 거대한 점이 될 때까지.
> 저 멀리 철새는 날아오르고
> 꽃잎은 몽우리를 틔울 것이다.
> 내 숨은 어느 산맥을 따라 이동할까.
> 밤이 되면 지도의 소리는 막힌다.
> 거칠게 울고 우는 소리만 가득하다.
> 인간의 소리만 가득하다.
> 모든 것이 까마득하다.

조정인, 『장미의 내용』(창비, 2011)

사랑으로 열리는 세계의 신성

조정인 시인이 최근 상재한 그의 두 번째 시집 『장미의 내용』은 이미지들의 풍성한 전개를 통해 깊고 장중한 사유를 표현하고 있다. 이 시집의 많은 시들에서 이미지의 경이로운 비약들이 이루어지고 있는데, 이는 시인이 초현실주의의 영향을 받았음을 짐작케 한다. 시인 자신이 어떤 시에서 초현실주의 회화를 거론하고 있고 '자동기술'을 제목으로 삼은 시도 있다. 하지만 조정인 시에서 이미지의 비약을 이끄는 힘은 초현실주의자들의 시에서처럼 억압된 욕망의 해방으로부터 나오는 것이 아니라 어떤 사유로부터 나온다. 시인은 하나의 작고 일상적인 사건에서 우주적인 시공간을 감지한다. 지금 일어나고 있는 어떤 작은 사건은, 시인에 따르면 우주적인 시공간의 겹들이 응축되어 현현한 것이다. 그 응축된 겹들이 만드는 무늬를 만나고 그 결을 따라가면서 시인은 존재의 심층에 대해 사유한다. 존재의 심층에 대한 이러한 사유는 이미지를 풍성하게 창출하는 힘이 되고 있다. 더 나아가 시인은 존재의 깊은 곳에서 생성되는 이미지들에서 세계에 닿아 있는 신의 손길을 사유하기도 한다. 조정인 시인의 두 번째 시집이 보여주는 이러한 세계는 그의 첫 시집인 『그리움이라는 짐승이 사는 움막』에서 이미 일정 부분 나타나 있었다. 이 시집에서도 조정인 시인의 특유한 시공간에 대한 사유가 나타나 있는데, 다음과 같은 시들은 이를 잘 보여준다.

지구의 이마 다 젖어든
저녁은 어디로부터 밀물져 오는 것일까

멀리 바라보이는 지평은
창이 많은 기선처럼 깜빡이네
정박하는 모든
아스라한 것들 닻 내리는 기척에
젖가슴 미동처럼 푸들대는
무른 땅덩이

시간의 물살에 쓸려 오래 씻긴
몇 날, 젖은 별떨기
저 닻별
일억 광년 어둠의 깊이에 닻줄 내리네

— 「닻을 내리다」 후반부

저기! 라고 가리키는 네 손가락 끝에서 태어나는 별, 혹은
손가락을 따라 하늘을 더듬는 눈 속에서 시작되는 별빛
카시오페아좌 아래
나뭇가지를 집어 흙 위에 별자리를 그린다
네 손끝에서 담뱃불이 깜박인다
모든 갓 태어나는 것들의 젖어 있음을 건너본다

나무 아랫도리를 휘감는 바람의 느릿한 움직임이 보인다
마음만 먹으면 한달음에
시간이 시작된 胎에 당도할 것 같은 어스름 녘
복병처럼 등뒤로 돌아가 네 붉은 능금 시계에 귀를 댄다

내 시간이 네 시간을 통정하여 경계를 지운다
엎질러진 시간, 어둠 속으로 우리가 각각 구별된 얼굴을 얻기 이전의
일그러진 얼굴들이 지나간다
숲 가득 출구를 찾는 태아들의 울음소리 낭자하다
손만 뻗으면 시간의 집 가장 깊은 방
이끼 덮인 손잡이에 지문을 남길 수 있을 테다

— 「별」 부분

「닻을 내리다」는 어둠이 대지에 "밀물져 오는" 저녁 풍경을 환몽적으로 묘사하고 있다. "창이 많은 기선처럼 깜빡이"는 지평의 땅덩이에서 시인은 "젖가슴 미동처럼 푸들대는" 떨림을 감지한다. 저녁이오고, 어둠이 깔리며 이제 "모든/아스라한 것들 닻" 내린다. 어두워져가는 하늘 저편에서도 닻별—시인의 주석에 따르면 '닻별'이란 "카시오페아좌에 붙인 다른 이름"인데—의 별빛이 어둠 속의 대지에로 닻을 내린다. 시인은 이 현상에 대해 "일억 광년 어둠의 깊이에 닻줄을 내"린다고 쓴다. 이 구절에서 시인의 우주적인 시공간의식이 나타난다. '광년'이란 공간적 거리를 시간을 통해 나타내는 개념이다. 저 창공 한편에서 빛나고 있는 카시오페아좌의 별과 시인이 서 있는 대지 사이에는 일억 광년 거리로 벌어져 있는 공간에 어둠이 깔려 있다. 그 아득한 거리의 어둠 속을 뚫고 일억 년 전의 저 별들은 자신의 존재를 젖은 모습으로 드러낸다. 시인은 이러한 묘사와 진술을 통해 어느 때와 같은 평범한 저녁의 풍경에서 우주의 광막한 시공간과 그 속에 존재하는 존재자들의 슬픔을 드러낸다. 왜 슬프지 아니하겠는가. 저기 "젖은 별떨기"와 같이 이 우주 속의 존재는 고독하게 떨고 있는 것이다.

그렇기에 시인은 「별」에서 카시오페아좌의 별들을 보면서 "모든 갓 태어나는 것들의 젖어있음을 건너본다"고 쓴다. 시인은 일억 광년 이전의 존재인 저 별들에서 존재자들이 탄생하는 순간을 상상하고 저 탄

생하고 있는 별들의 떨림은 고독의 슬픔으로 젖어 있기 때문이라고 상
상하는 것 같다. 젖어 있는 카시오페아좌가 창공에 등장함으로써, 이
날 저녁엔 일억 광년의 어둠이 가시화되고 시인은 "시간이 시작된 胎"
와 마주할 수 있게 된다. 그렇게 존재가 탄생하는 고독한 시간-"엎질
러진 시간"-이 가시화되자 "내 시간이 네 시간을 통정하여 경계를
지"우면서 "우리가 각각 구별된 얼굴을 얻기 이전의/일그러진 얼굴들
이 지나"가게 된다. 지금 이 저녁에, 시인은 구별이 존재하지 않고 "태
아들의 울음소리 낭자"한 태초의 시간이 현재와 뒤섞이며 번져나가는
현상을 감지하고 있는 것이다. 우주적인 범위의 시공간이 뒤섞이는 현
상을 포착하여 어떤 젖어 있는 시원을 촉감으로 감지하는 시인의 감성
은, 「주머니 속 저녁」에서는 "수렵시대 어디쯤 얼기설기 얹은/시간의
石塚이 피워 올리는/이 아득한 냄새"를 맡는 후각적 감지로 전환되기
도 한다.

하여 조정인 시인에게 시인이란 "몸의 선험이 내민 손에 이끌려"
"한 마리 버들치처럼 저녁을 관통하여 길을"(「주머니 속 저녁」) 걸어가
며 사는 사람이다. 그리하여 시인은 어둠이 내려앉고 있는 저녁, 우주
가 뿜어내는 존재의 징후들을 몸의 감각들로 반응하고 교신하면서 다
음과 같이 생각에 잠기곤 하는 것이다.

구름이 실린다 하루가 간섭받는다

하늘 끝에서
대륙을 뒤덮는 군대 같은 어둠이 밀려오고
플라타너스 너른 잎사귀를 저벅저벅
밟아오는 빗줄기
푸르르 진저리치는 잎사귀들, 날것의 냄새

이내 도시는 활활 타오르는 비의 숲에 갇혀

생각은 괄한 불길 속 관 하나의 너비에 들어앉는다

—「폭우 지나가다」 전반부

어둠이 밀려오는 저녁에 폭우가 내리고 시인은 진저리치는 플라타너스 잎사귀들에서 "날 것의 냄새"를 맡는다. 역시 비 내리는 이 저녁도 어떤 시원으로 시인을 데려가는 것, 그렇기에 시인은 날 것의 존재를 후각적으로 감지할 수 있었던 것이리라. 이러한 존재자들이 "푸르르 진저리치"며 풍겨대는 '날 것'의 이미지는 "활활 타오르는 비의 숲"이라는 역설적인 이미지로 전환된다. 비에 의해 벌거벗겨진 존재자들은 불로서 이루어진 자신들의 존재를 '활활' 드러내는 것이다. 겹겹이 옷을 입고 있었던 도시는 이렇게 타오르는 날 것의 존재들로 가득차고 시인은 "불길 속 관 하나의 너비"를 가진 생각에 빠진다. 불길로써 합창하는 이 시원의 도시에서 시인은 자궁을 생각하게 되고 죽음—관을 떠올리게 된 것일까? 그런데 그 죽음으로 이끌리는 '생각'은 평온한 소멸과는 유가 다르다. 생각은 "활활 타오르는" 불길 속에서 이루어지기 때문이다. 세계가 자신의 시원을 드러내면서 타오를 때 죽음의 생각은 이루어진다. 그래서 시인은 붉은 노을이 퍼지는 하늘에 "구름 한 점 걸려들어 퍼들"대는 현상에서 "어느 몰락한 왕조의 皇女가 무덤을 깨치고/이제 막 서녘을 향해 치닫는/불길, 요요한 붉새"(「노을과 장미 · 2」)를 보게 되는 것이다. 여기서 시인은 노을이라는 불이 번져나가는 구름에서 죽음—무덤—을 보는 동시에 부활의 역동적인 불길 역시 감지하여 이를 '붉새'라는 상징으로 표현한다.

『장미의 내용』은 조정인 시인의 첫 시집이 보여주었던 우주적인 감성을 바탕으로 형이상학적 사유를 이어받고 있다. 하지만 위에서 보았듯이 첫 시집에서는 주로 저녁 풍경의 묘사를 통해 그 사유를 드러냈다면, 『장미의 내용』에서는 어떤 사건을 통해 드러나는 세계의 형이상학적 의미에 대해 사유하고 진술한다. 가령 아래의 시를 보자.

　　　느리게 구르던 수차가 덜컹, 깊은 바퀴자국을 남깁니다
　　　사랑하는 동안 이곳은 늪지입니다

　　　전선에 맺힌 빗방울 하나가 저에게 다가오는 때를 기다리는 동안
　　　시간은 수밀도 익어가듯 깊어갑니다 말갛게 바닥을 탐색하던 빗방울이
　　　깜박, 저를 놓으며 온몸에 찰나의 광휘를 두릅니다

　　　빗방울이 제자릴 찾는 데는 삼천년이 걸린다는데 삼천년 너머,
　　　빗방울 하나가 허공에 떨고 있었을 그날에도
　　　하늘은 저리 푸르렀을까요?

　　　연일 소소한 바람이 많아진 비 갠 오후 흰 종이 위에
　　　—종일 나뭇잎이 웅성거린다, 적었습니다 깊어진 여백으로
　　　물푸레나무가 들어섭니다 다 셀 수 없는 마음입니다

　　　　　　　　　　　　　　　　　　　　　　　　　—「낙수」전문

　　수차가 "덜컹, 깊은 바퀴자국을" 남기는 사건이 벌어진다. 특별한 사
건은 아니다. 그런데 이 시에서 그 작은 바퀴자국은 커다란 '늪지'로
확장된다. 이러한 비약은 시간의 차원에서도 이루어진다. 빗방울이 떨
어지는 짧은 순간이 "삼천년 너머"의 시간으로 비월하는 것이다. 시인
은 지금 수치로 측정되는 근대적 시공간의 감각으로부터 해방되어 있
다. 어떻게 그러한 해방이 가능했을까? 시인에 따르면 "사랑하는 동
안"에 가능하다. 사랑할 때에야, 저 깊이 파인 바퀴자국에 고인 빗물은
늪으로 변모한다. 그런데 이 사랑은 첫 시집에 등장했던 불길처럼 격
렬하게 폭발하는 무엇은 아니다. 이 사랑은 도리어 잔잔하게 이루어진
다. 그것은 수차가 느리게 구르듯이, 천천히 진행되는 것이다. 그런데
그 사랑은 누구를 향한 사랑인가? 세계를, 세계에 존재하는 미세한 존

재자들을 향한 사랑이다. 시인은 저 "전선에 맺힌 빗방울 하나"를 사랑한다. 그 "빗방울 하나"를 사랑하기에 시인은 그 빗방울이 "저에게 다가오는 때를 기다리는" 것이다. "빗방울 하나"를 사랑하는 동안, 앞으로만 진행되는 기계적 시간은 "수밀도 익어가듯 깊어"가는 시간으로 변모한다. 익어가는 수밀도가 자신의 시간을 드러내지 않듯이 사랑이 익어가는 시간에서는 마치 시간이 정지해 있는 듯이 보일 것이다. 하지만 그 시간에서는 빗방울이 떨어지는 순간에 공간을 두르는 광휘를 포착할 수 있다.

사랑하는 사람인 시인은 빗방울이 낙하하는 그 광휘의 순간이 삼천년이나 걸려 일어나는 경이로운 일이라는 것을 안다. 그 순간은 삼천년이 압축되면서 일어나는 사건의 시간이다. 시인은 삼천년 너머 "빗방울 하나가 허공에 떨고 있었을 그날"을 상상한다. 수밀도 익어가듯 천천히 깊어지는 사랑의 시간은 이렇듯 거대한 세월을 넘나드는 시간이다. 그리하여 세계에 대한 그 사랑은, 시인이 어떤 존재의 흔적들에서 익어가는 시간의 질감을 감지할 수 있게 만든다. 「홍옥」에서 시인은 '육과'를 쪼갰을 때 그 육과 속을 파고들어가다 죽은 벌레 한 마리에서 "고물대는 우주"를 포착한다. 벌레 한 마리 역시 그 자체가 우주다. 홍옥 속에서 고물거리면서 살아나갔을 벌레의 자취는 하나의 우주를 드러낸다. 그 우주의 흔적은 벌레가 살다가 소멸해간 과정을 담고 있을 터, 시인은 "미처 눈도 못 뜬 어린 질문이 파놓은 샛길에는 우기와 건기가 지나간/시간의 질감이 역력히 남아 있다"(「홍옥」)고 쓴다. 세계를 사랑하고 있는 시인은 언제 어디서나 시간의 질감을 느낀다. "꽃을 쪼던 찌르레기 부리 끝 비린 향기와 쓸쓸쓸 쓰르라미 울음소리"에서, "나무 아래를 지나는 새끼 밴 어미고양이의 느릿한 걸음걸이"에서, "소녀를/만나러가는 소년의 바스락대는 그림자"(같은 시)에서도 시인은 시간의 질감을 감지하고는 포착한다.

그 시간의 질감은, 삼천년 너머의 시간이 지금 '낙수'를 통해 현현했을 때와 같이, 과거와 현재가 응축되는 순간 또는 삶과 죽음이 겹쳐지는 순간에서 형성되기도 할 것이다. 그렇기에 시간의 질감을 포착할 수 있는 시인은 삶 너머에 있는 죽음이 지금 이 시간 삶을 방문하고 있다는 것 역시 예민하게 감지할 수 있다. 시인은 「호젓한 간격」에서 "사라진 저편이 이쪽을 두드려온다"고 말한다. 이 시에서 그 저편이란 "지난여름"에 익사한, "물이 빠지고 나니 허리밖에 오지 않는 물속에" 쪼그려 앉아 있는 채로 발견된 익사자가 있는 시공간이다. "머리 위로 보자기처럼 물을 둘러쓴 사체"가 있는 그 저편은, "물의 어두운 행과 행, 소리와 소리"로 "11월의 짙은 저녁"을 보내고 있는 시인의 "늑골 아래로 밀려"온다. 그리고 이편과 저편이 겹치는 지대에서 "당신이 미미하게 겹쳐"지고, 이별한 당신에 대한 기억 속으로 죽음의 그림자가 퍼져나간다. 이미지를 통해 경계를 넘어 응축되는 시공간을 감지하고자 한 시인의 사랑은, 이렇듯 삶에 죽음과 상처가 스며들도록 만들기도 하는 것이다. 하지만 그 사랑은 "저에게 들이친 폭설을 다 건너서야 가까스로 다다랐을" "반짝이는 대추나무 새잎"에서 "침묵의 지문 맨 안쪽 돌기까지"의 "아득한/깊이"(「연둣빛까지는 얼마나 먼가」)를, 그 깊은 생명의 시간을 감지할 수 있게 해주기도 한다. 시인이 이렇게 생명의 깊이를 감지하는 일은 다음과 같이 고양이와 대면했을 때 이루어지기도 한다.

얼마나 깊은 데서 띄워 올린 언어인가 네 고요한 응시는
상황 너머로부터 검은 장미꽃잎만을 받아먹고 사육된 종족?

너는 간간 내게로 와서 모스크 불빛 같은 눈을 들어 갸우뚱
바라보고는 하지 제 심연의 슬픔이 외따로이 떠 있는 동그란 그곳에
그만 시큰하도록 발목이 빠져 사랑한다, 고백하고 말았는데

나를 따돌린 저편에서 간헐적으로 흘리는 네 토막울음은
사라지기 위해 있는 차가운 음악, 그날 너는 열에 들뜬 내 머리맡을
지키고 있었나 근심을 늦추지 않은 연약한 불꽃으로

고양이와 나는 각자의 침묵에서 두 점 파란 불꽃을 피워 흔들렸다
어둠속에 일어나 짐승의 반짝이는 물가에 나란히 앉아본 자는 안다
종(種)의 경계가 얼마나 부질없는 것인가를

우린 신의 식탁 아래서 빵부스러기를 줍는 이방의 존재들이지만
종종 이마를 맞대고 소곤거리는 사이다 그 작은 미간에 입술을 얹자
눈을 감는 너, 열렬히 나를 듣는

— 「고양이는 간간 상황 너머에 있다」 전문

시인은 자신을 바라보는 고양이의 "고요한 응시"가 "깊은 데서 띄워 올린 언어"라고 감탄하면서 "제 심연의 슬픔이 외따로이 떠 있는 동그 란 그곳에/그만 시큰하도록 발목이 빠져 사랑한다, 고백"한다. 시인은 빗방울을 사랑하게 되듯이 고양이의 눈을 보면서 고양이에 대한 사랑 에 빠진다. 그런데 이 시에서 전개되는 상황은 앞에서 보았던 상황과 는 좀 다르다. 시인이 무생물인 빗방울에서 우주적 시간의 깊이를 인 식하고 "대추나무 새잎"에서는 생명의 시간을 인식하였을 때와는 달 리, 이 시에서는 저 고양이와 시인이 서로 마주보고 있는 것이다. "각 자의 침묵에서 두 점 파란 불꽃을 피워 흔들"리면서 말이다. 전자의 인 식은 저 사물들과 시인이 마주본다기보다는 시인이 그 대상들을 바라 보는 데서 이루어졌다. 반면, 후자에서는 시인에게 고양이는 자신을 위해 어떤 행동을 할 의지를 갖고 있는 존재로 나타난다. "근심을 늦추 지 않는 근심으로" "네 토막 울음"을 통해 "너는 열에 들뜬 내 머리맡 을/지키고 있었"던 것이었다고 시인은 쓴다. 사랑의 대상인 고양이는 '나'를 지키기 위해 울어주는 존재다. 그래서 저 고양이는 "종의 경계

가 얼마나 부질없는 것인가를" 증언해준다.

　그런데 저 고양이는 더 나아가 신적인 존재이기도 하다. 날개가 너무 커서 "인간의 창문으로 들어오지 못해"(「고양이 물그릇에 손끝 담그기」) 슬픈 하느님이 '내' 창문으로 들여보낸 존재가 바로 저 고양이인 것이다. 그러므로 고양이에 대한 사랑은 신에 대한 사랑과 통한다. 마찬가지로 앞에서 살펴 본 빗방울에 대한 사랑 역시 신에 대한 사랑과 통할 것이다. 빗방울이 떨어지는 순간에서 신적 존재에 대한 사랑의 힘으로 삼천 년의 시간을 비월할 수 있었듯이, 시인은 저 고양이의 모습에서 "포유류 2억 5천만년의/무섭고 슬픈 깊이 – 고요한 생식기의 역사"(「천진」)로 비월하여 사유한다. 그런데 시인이 이렇듯 "고요한 생식기의 역사"를 사유할 수 있었던 것은 고양이가 "노란 똥이 흘러 있"는 아기기저귀가 버려진 쓰레기통을 뒤지고는 "입가에 묻은 똥을 핥으며 휴식중인" "비애스런 천진"(같은 시)의 모습을 보았기 때문이다. 저 꾸밈없는 천진한 모습이야말로 '날 것'의 이미지이며 2억 5천만 년 전에 존재하기 시작한 포유류의 시원을 드러내는 이미지이다. 카시오페아좌가 1억 광년의 어둠을 드러낸 것처럼 저 휴식 중인 고양이는 2억 5천만 년의 포유류의 "무섭고 슬픈 깊이"를 드러낸다. 그 "무섭고 슬픈 깊이"가 만들어지는 것은 이 광막한 우주 속에 존재하기 시작하여 삶을 지속한다는 것 자체가 지독하게 고독한 일이기 때문일 것이다.

　그러나 저 고독한 삶을 드러내는 존재 – "검은 장미꽃잎만을 먹고 사육된 존재" – 인 고양이는 종의 경계를 지우면서 울음을 통해 시인의 머리맡을 지키지 않았던가. 그렇다면 2억 5천만년이라는 포유류의 역사를 응축하여 드러내고 있는 저 고양이의 울음은 시인에게 어떻게 들릴 것인가? 「바람벽화」에서의 시인의 진술에 따르면, 고양이 울음은 우리 두뇌층에 있는 "포유동물 진화 2억 5천만년에 걸쳐 형성된 메아리"를 자극한다. 그 시에서 시인은 고양이 울음을 들으면서 "간빙기 너머로부터 포유류의 메아리가 아아아……" "바람을 찢고 튀어나온 석기인의 고함소리"가 "귓전을 날아"가는 것을 감지한다. 이 감지를 통해 시인은 우리가 포유류 전 진화의 역사가 응축되어 있는 존재라는 것을 공포 속에서 인식하게 되고, "횃불을 든 석기인의 떨림과 주홍빛 들소의 비명이 온몸에 번진" 시인은 "전송중인 메아리, 바람의 척추"가 된다. 고양이로부터 포유류의 시원—생식기의 역사—을 투시하고 2억 5천만년 진화의 메아리를 전송받게 된 시인은 인류의 시원인 석기인의 비명을 들을 수 있게 된 것이다. 그렇게 시인은 "죽은 자들이 필자인 기나긴 연재, 태어나지 못한 메아리들의 무덤"(「장미와 바람은 다 어떻게 보존되나」)을 쓰는 존재가 된다.

하여, 시인은 『장미의 내용』의 마지막에 실린 「숲」이란 시에서, "숲에서 비틀림의 에너지를 지켜보는 석기인의 순결한 희열을" 상상한다. 이때의 순결이란, 시인의 해설에 따르면, "분별이 끼어들기 이전의 순간 몰입상태 불현듯 눈이 멀어 전신이 눈이 되는, 신성의 얼굴과 마주한 백열상태"(같은 시)다. 이에 이어 시인은 이 시의 마지막 연에서 이렇게 말한다.

> 나는 지금 흔들리는 숲에서 한 사람을 그리워한다, 검은 수염에 뒤덮여 그는 다만 숲의 고요를 목도중일 것이다 숱 많은 눈썹 위로 숲의 빛이 내리쌓일 것이다 깜깜한 진흙반죽으로부터 고대인을 통과하여 영원히 인간게놈 정중부에 꽂히는 빛의 화살촉 신성은 자신의 관성으로 인간과 인간, 사물과 사물을 관통하며 시제는 현재다

시집의 대미를 장식하는 이 부분에서, '날 것'의 인간, 즉 경계선이 그어지지 않은 순결한 인간을 상상하고 그리워하던 시인은 인류를 포함한 이 세계에 저 시원으로부터 현재까지 신성이 계속 관통해왔다는 것을 주장하고 있다. 시인에 따르면 그 신성은, 하느님이 만든 진흙반

죽―인간―으로부터 저 석기인과 고대인을 거쳐 현 인류에 이르기까지, "인간게놈 정중부에 꽂히는 빛의 화살촉"으로서 인간과 인간, 사물과 사물을 관통하며 존재해 왔다는 것이다. 세계엔 신성의 빛이 스며들어가 있다. 그렇기에 신성의 빛은 꼭 태양으로부터 지상으로 떨어지면서 나타나는 것은 아니고 사물을 통해서도 드러나기도 한다. "먼바다에서 전화벨이 울고 꽃가지 뻗어왔다 목질(木質)의 침묵이 터뜨린 초신성,/흰 꽃더미 고래처럼 흘러들었다"(「초신성」)고 시인이 말하고 있듯이, 신성의 빛은 꽃나무에서 터지듯 피는 꽃에서도 나타난다. 여기서 그 흰 꽃더미는 마치 항성군의 폭발 이후 나타나는 밝은 빛들의 무리―초신성―로 비유되고 있는데, 그 꽃더미가 뿜어내고 있는 '초신성'에는 신의 말이 들어 있다. 그리하여 "해마다 잎사귀와 꽃의 말을 복원해내"는 꽃나무는 신의 말을 언제나 전달할 것이다. 물론 신의 말은 소리로 들리는 것은 아니다. 그렇기에 그 말은 청각 장애인도 알아들을 수 있다. 「붉어진 공기」에서 시인이 말하듯이, 그 신의 말이란 "들을 수 없는" 조각가 A씨가 듣곤 하는 "소리내지 않은 음악"과 같은 것이다. 그렇다면 그 음악이란 어떠한 성격을 가지고 있는 것일까? 「붉어진 공기」의 마지막 연을 보자.

> 작업장 바깥으로 공기의 웃음소리가 들려났다 공기의 그 많은
> 겹, 그 많은 깃, 그 오랜 잠을 향기라 불러내는 그의 손가락은
> 성대의 떨림을 헤아리는 대신 사물의 심연 속으로 내려가
> 개별적인 진동, 소리 내지 않는 음악을 듣게 된 것이다
> 생각해 보라 그가 듣는 꽃의 밑바닥을 흐르는 우주박동에 대해
> 사랑한다, 고백하리라 도모한 신의 은밀한 일들 지구라는 별이
> 한 송이 꽃을 피우기 위해 한 줌 눈물을 모으는 일에 대해

'그'는 조각가 A씨를 지칭한다. 그는 "성대의 떨림을 헤아리는 대신

사물의 심연 속으로 내려"간다. 공기의 떨림을 귀로 듣는 것이 아니라 손가락으로 만지는 그는 소리 내지 않는 사물들로부터 음악을 들을 줄 안다. 그리하여 그는 저 흰 꽃더미로부터 "밑바닥을 흐르는 우주박동"을 감지할 줄 안다. 그 우주박동에는 신이 도모한 "은밀한 일들"이 표현되어 있다. 그렇기에, 한 송이 꽃에서 우주박동을 들을 수 있을 때, 신성의 빛을 감지하고 신의 뜻을 알 수 있게 된다. 그때 시인은 저 꽃을 사랑한다는 고백을 하게 될 것이라고 말한다. 고양이에게 사랑한다는 고백의 말을 했을 때와 마찬가지로 말이다. 그 고백은 저 꽃을 통해 시인에게 은밀히 말을 거는 신의 말에 대한 응답이기도 하다. 그래서 빗방울에 대한 사랑 역시, 시인이 의식하든 의식하지 못하든 빗방울의 밑바닥에 담겨 있는 신의 은밀한 말에 대한 응답이었음이 여기서 드러난다. 신의 그 말은 "멀고 쓸쓸한 극지에서 태어난, 그보다 훨씬 먼 행성에 날아온 씨앗에서 움튼/사랑해, 라는 말"(「말들의 크레바스」)일 것이다. 지구는 저 1억 광년 떨어진 행성에서 날아온 씨앗을 잘 보전하고 "한 송이 꽃을 피우기 위해 한 줌 눈물을" 모으고 있다. 그 행성이란 존재의 시원, 신을 의미하기도 할 것이다. 그 시원으로부터 날아온 '신성의 빛─신의 말'은 '너를 사랑해'라는 말이었던 것. 그렇기에 존재하는 세계의 고독과 그로 인한 슬픔은 고양이의 울음이나 저 흰 꽃무더기 등으로 전달되는 신의 사랑으로 위로받을 수 있게 된다. 그리하여 존재하는 세계의 깊은 슬픔 자체가 기쁨으로 전화된다. 시인이 "살갗처럼 입고 다니던 다정한 슬픔도/문득, 그리고 아득한 축제인거야"(「축제」)라고 말하고 있듯이.

제2부

최춘희, 『소리 깊은 집』(문학과경계사, 2004)
이진명, 『단 한 사람』(열림원, 2004)

단독성과 영원성

1

단독성(singularity－독특성 또는 특이성으로도 번역된다)이란 개념은 근대적 사유의 틀에서는 생각되지 못해왔던 문제를 제기한다. 단독성이란 문제설정은 '나' 또는 어떤 '사건'의 무엇에로도 환원될 수 없는 유일무이성을 생각하자는 것이다. 근대적 사유는 그 유일무이한 존재자들과 사건을 보편/특수의 변증법 안에 밀어 넣어 생각해왔다. 근대적 사유의 전형적인 예는 '나', 또는 '그 사건'은 어떤 보편자의 움직임 속에서 발현된 하나의 현상이어서 그것을 보편자의 특수화로서 생각해야 한다는 것이다. 그 근대적 사유는 여러 제도를 통해 어떤 고유한 '한 사람'에게 이렇게 묻는다. "당신은 누구인가?", "당신은 무엇인가?"라고. 즉 그 사람의 정체성을 묻고, 그 사람은 대답을 강요당한다. 그런데 그 정체성은 그 사람 자신으로부터 나올 수 없다. 자신이 아닌 어떤 고정된 관념적이고 제도적인 타자로써 대답을 마련할 수밖에 없다. 난 어떤 집안의 가장, 어떤 나라의 국민, 어떤 직장의 과장, 누구의 아버지 등등. 하지만 이런 대답을 마음속에 품고 어떻게 살아야겠다고 다짐하더라도 이런 물음이 다시 제기되는 건 어쩔 수 없다. 그렇다면 다짐하고 있는 나는 누구인가?

근대적 사유의 틀 아래에서라면 우리는 악순환에 빠지거나 뒤로 살며시 제기되는 그 물음을 억눌러야 한다. 하지만 단독성의 문제설정은 이 악순환을 끊을 수 있다. 다른 물음을 제기함으로써 말이다. "난 어떤 존재인가? 난 어떻게 구성되어 있는가?"라는 물음. 이는 '무엇'이 되어야 한다는 집착을 버릴 때 가능한 물음이다. 세계 안에 존재하는 여러 존재자들은 각기 다른 양태로 존재한다. 그 양태들은 고유하다. 여러 존재자들은 그러므로 고유한 존재이다. 무엇으로도 환원할 수 없다. '나' 그리고 '너'도 마찬가지다. '나'나 '너'나 다른 양태로 존재한다. '나'는 어떤 고차적인 존재자─신─에 의해 창조되지 않았다. 신이 자신의 형상을 모델로 나를 창조했다면 나의 고유성은 없어질 것이다. 다른 많은 이들 역시 신과 같은 형상이라면 더욱 그렇다. 물론 '나'는 무에서 생긴 무엇이 아니다. 수많은 제도들과 인간들 속에서 살아가면서 그 관계의 선들이 '나'를 횡단하고 그리하여 선들의 마주침들이 나를 구성하고 또 구성해 가면서 생겨나고 존재하고 있는 '나'다. '나'는 분열적 존재자이지 무엇으로 고정된 존재자가 아니다. 그렇다면 '나'라는 '주체'를 더 이상 말할 수 있는가? 아직은 있다. 분열적인 '나'는 고유한 단독자로서 여전히 존재하고 있기 때문이다. 나의 육체는, 물론 변화하고 있지만(헤라클레이토스가 말하듯 동일한 강물에 두 번 발을 담글 수 없다), 여전히 나의 육체이어서 그 단독성은 없어지지 않는다. 어쩌면 너무 당연한 말이지만, 사상의 영역에선 이 평범한 사실을 잊기 쉽다. 그러나 육체적 고통을 겪은 사람은 너무도 이 사실을 안다. 내 고통을 남이 대신 아파해 줄 수 없다는 것을.

2

어떤 '작법'을 통해 감정을 그럴듯하게 표현하는 서정시가 아닌 진실한 서정시는 '나'의 고유성을 드러낸다. 그래서 고통이 진실한 시를 낳곤 하는가 보다. 고통, 특히 육체적 고통은 '나'에게 두말 할 것 없이 고유한 것이기 때문이다. 육체적 고통에서 촉발되어 씌어진 시들을 싣고 있는 최춘희의 세 번째 시집 『소리 깊은 집』은 '나'의 단독성과 고유성을 처절하게 드러내고 있다. 육체의 고통에 대한 '관심'을 통해 지금 여기에서 살고 있는 '나'의 유일무이성을 발견하고 또한 그 아픈 존재의 현장성 자체를 증발시키지 않고 표현한다. 고통이 더해질수록 세지는 희망의 강도는 그와는 다르게 흘러가는 현실과의 상충 때문에 더욱 육체의 고통을 배가시키게 될 것이다. 이러한 상황 속에 있는 '나'를 시인은 '하늘 물고기'로 상징화하고 다음과 같이 다소 과격하게 표현하고 있다.

> 허파 가득 햇빛 꽉 채운 물고기가 있었어 냄새나는 쥐오줌 얼룩과 미끈거리는 물이끼 수족관 떠나 넓고 푸른 하늘로 가고 싶어 지느러미 대신 새의 날개 꿈꾸었지 부족한 산소 때문에 석회질 같이 딱딱하게 굳어가는 폐를 위로하며 허옇게 배 뒤집혀 죽어나간 영혼의 물고기 떼 뜯어먹었어 인공의 산소방울 대신 새털구름 마시며 살고 싶은 그는 어느 날 이스트 넣은 빵처럼 부풀어 올라 내장이 터져버렸지 상처를 숨기는 건 마음먹은 것만큼 쉽지 않았어
> ―「하늘 물고기」 전문

이 시가 시인이 앓고 있는 병의 체험을 빗대어 쓰여진 것인지는 확실치 않지만, 어떤 상황, 마치 수족관 속의 물고기 같이 부자유스럽고 고통스러운 삶의 현장을 보여주고 있기는 하다. 수족관 속이라는 극단적으로 폐쇄된 상황은 현 사회의 알레고리일 수도 있지만 병동을 연상

시키기도 한다. '인공의 산소방울'은 산소 호흡기 또한 연상시킨다. '딱딱하게 굳어가는 폐'는 시인의 실제 병을 말하고 있는지 모른다. 그런데 '새의 날개'와 '새털구름 마시며 살고 싶'다는 시인의 꿈과 희망은 이루어지지 못하고 결국 '내장이 터져버'리고 만다. 인공의 산소방울 때문일까? 아니면 덧없는 희망과 물고기 떼의 영혼을 너무 많이 먹었기 때문일까? 여하튼 여기서 말하고 싶은 바는, 이 터져 버린 내장이, 드러난 상처라는 점이다. 위의 시의 마지막 문장에서 짐작할 수 있듯이, 상처는 '내장'에 숨기고 있었던 무엇이다. 하지만 터져버린 내장 때문에 상처는 이제 감출 수 없게 된다. 이 상처는 고유함 자체이다. 누구나 비슷한 상처를 갖고 있을지 모른다. 하지만 상처는 각자에게 고유한 고통―어떤 고통과도 바꿀 수 없는 고통, '그'만이 겪었을 고통을 표징한다. 그러므로 상처는 그 상해자의 환원될 수 없는 고통의 삶 자체를 드러낸다고 할 수 있다. 최춘희 시인이 '상처의 내부'(「무화과」)를 겉으로 드러내는 작업을 하고 있다면, 그녀의 시는 그녀가 살고 있는 삶의 단독성을 보여주고자 한다고 말할 수 있지 않을까?

그 단독성은 "고통으로/잘 익은/ 당신의/과육"(「복숭아」)과 같은 충일한 육체적 존재라 할 수 있다. 그래서 최춘희의 이전 시집에서는 볼 수 없었던, "진창에 엎어진 한 주검의 목구멍 뚫고/피 묻은 쇠꼬챙이 올라왔다"(「검은 부활절」)나 "붉은 살코기가,/핏물 뚝뚝 흐르는 이제 막 껍질 벗겨 낸/살진 엉덩짝이 던져지네 더운 피 뭉클뭉클, 비릿한 냄새/풍기며 꾸역꾸역 밀려나오는 내장들을 봐"와 같은 파손된 육체의 엽기적인 이미지가 이 시집에서 눈에 띄는 것일지 모른다. '나'의 단독성을 뼈저리게 알게 하는 육체적 고통을 드러내기 위해, 시인이 이러한 이미지를 상상하도록 이끌릴 수 있기 때문이다. 이 새도 매저 키즘적 이미지들은 각각의 시 속에서 묵시론적인 사회 비판을 향하도록 기능하지만 이 글에선 그것보다는 시인이 겪는 고통의 역반영이라고 보고 싶다. 이런 이미지들은 또한 자신의 육체의 훼손을 매저키즘 적으로 상상하는 데에도 또한 등장하고 있기 때문이다. "무쇠 솥 가득/ 희디흰 살과 뼈/나무주걱으로 휘"저어 '형체도 없이 뭉그러'진 나는 '잼 한종지'로 남겨진다는 상상(「잼 한 종지」)이나 "분쇄기에 나를 집 어넣고/초고속 버튼 눌"러 "피 한 방울 없이 곱게 빻아져/유골가루로 남겨진 나"라는 표현이 그러하다.

하지만 최춘희 시인은 과격한 시인은 아니다. 오히려 단정함이 본령 인 시인이다. 그녀는 죽음에의 욕망을 끝까지 가동시켜 기괴한 환상을 뿜어내진 않는다. '도랑물 소리'를 들으며 "흐드러지게 봄꽃 필 날 기 다리며//빠끔히 장지문 열고//바람의 마음//엿보"(「봄꽃 필 날 기다리 며」)는 마음을 가진 시인이다. 그 기다림의 힘은 추억에서 온다. "명주 실 같이 보드랍고 윤나는 시절"(「박주가리」)에 대한 추억. 시집의 전체 정조와는 달리 화사한 봄의 풍경을 부럽고 놀랍다는 듯이 묘사해준 시 편들이 간간이 눈에 띄는 것도 바로 그 풍경이 '꽃피던 시절'(「겨울 강 가에서」)을 시인에게 회상케 하기 때문일 것이다. 하지만 지금은 겨울 이고 "얼어붙은 빈 가지 파지처럼 쌓인 눈꽃 털며 강을 향해 허리 꺾" (같은 시)일 뿐이고 "소금 냄새 진하게 풍기는 거기에/낡고 빛바랜 이 야기 쌓여 바닷바람 속에 흩어"(「3월의 바닷가」)질 뿐이다. 그래서 기 다림은 더욱 절박해진다. 하지만 봄이 가고 가을이 오면 "기다림의 계 절이 돌아온 걸까//잘린 목 위에/또 하나의 데스마스크/올려놓"(「가을 그 뒤」)아야 하는 시인. 그리하여 기다림과 고통을 서로 배가시키는 회 로를 순환하는 시인의 처지는 "한 발은 땅 위에//또 한 발은 하늘에 걸 쳐놓았다//찬 바람 불면//핏줄 퍼렇게 드러난 종아리 걷고//비의 회초 리 맞는 너"(「쑥부쟁이」 전문)라고 표현된다. 더 비관적으로는 "빈 허 공 한 줌 움켜잡으려/버둥거리다/숨을 놓"(「슬픈 쟈스민」)치는 흰 꽃잎 들로도 표현되기도 하고, "산밑에 두고 온 비린 내 풍기는 생의 난전

이제 그만 털어버리"(「방아꽃」)고 싶은 욕망을 품게도 된다.

이러한 희망과 절망의 변주를 흔히 볼 수 있는 테마라고 치부할 수는 없다. 이 희망과 절망들은 외부에서 주입된 관념이 아니기 때문이다. 모든 사람들이 제각기 나름대로의 희망이 있고 좌절도 겪는다. 그러나 그 희망과 좌절은 자기 삶 자체에서 나온 것이라기보다는 세상이 만들어놓은 가치에 따라 이끌려진 욕망에서 비롯된 관념으로서의 그것일 경우가 많다. 최춘희 시인의 희망은 그런 류는 아니다. 몸이 분쇄되는 고통에서 비롯된 희망과 절망, 단독성을 발견하게 해주는 상처에서 비롯된 희망과 절망이다. 고통과 절망 속에서도 "독 오른 쐐기풀/시퍼런 낫에 베여도/비명 한 번 지르지 않고/뿌리째 뽑혀도 스스로 터뜨린 씨앗/하늘 향하여 길을 낸다"(「희망」)는 희망의 발견은, 그래서 견고해 보인다. 그것은 연기 같은 관념이 아니기 때문이다. 그 희망의 발견은 "꽃은 졌는데 떠나지 못하"는 "꽃 한 송이 찾지 못한 변방의 가객"이 "소름 돋는 한 시절/견디고 있"(「소리 깊은 집 7」)는 데에서 가능했을 것이다. 이 견딤을 지속시키는 육체를 시인은 이 시의 제목인 '소리 깊은 집'이라고 상징화시킨 걸까. '소리'의 의미가 모호하긴 해도 시인은 이 집에 대해서 "몸 전체로 받아낸 캄캄한 소리의 중량 갈비뼈를 부러뜨렸다 부릅뜬 눈알 허공을 움켜쥐고 놓지 않았다"(「소리 깊은 집 5」)라고 말하고 있는 것이다.

시인이 희망을 읽은, 하늘 향하여 길을 낸 '스스로 터뜨린 씨앗'은 다시 말하지만 관념의 대체물이 아니다. 그 씨앗은 육체적이고도 자연적인 어떤 과정이기 때문이다. 시인을 괴롭혔을 육체적 고통을 이겨내는 희망은 육체적일 수밖에 없다. "빛은 부서져 가루가 되고/그 언저리에 묻어나는/노오란 탯줄"(「달맞이 꽃」)을 시인은 보고 있다. 탯줄, 새로운 생명. 무엇으로도 바꿀 수 없는 단독자로서의 '나'는 하지만 고립된 존재가 아니다. 죽음이 와서 더 이상 단독자가 되기를 그치더라도,

씨앗을 뿌려 새로운 단독자를 탄생시킬 수 있다. 이는 자연적인 출산만을 의미하지 않는다. '나'의 삶이 타자에게 어떤 자극을 주어 그 타자가 새로운 삶을 살게도 하지 않겠는가? 그렇다면 그 타자의 삶은 '나'로부터 태어난다. 그리하여 타자는 '나'와 탯줄로 연결된다. 반대로 타자가 나에게 탯줄을 열 수도 있다. 단독자인 나는 그 탯줄을 통해 다시 태어날 수 있다.

> 새파란 탯줄 가르며
> 꽃의 음문
> 환하게
> 열리고
>
> 꽃의 길 하나
> 내게로 왔다
>
> ―「군자란이 꽃잎을 열 때」 부분

> 갓 태어난 아기의 아직 채 여물지 않은
> 우주의 숨구멍
> 세상 밖으로 한 걸음 내딛기 위해
> 길 하나 열고 있다
>
> ―「우주의 숨구멍」 부분

세계가 품고 있는 생명력이 열리고 그 음문―비밀에 접속했을 때 시인은 다시 태어난다. 그리고 이 발견을 씨앗처럼 세계에 다시 뿌릴 때 타자의 새로운 삶을 탄생시킬 수 있다. 이 씨앗이 바로 시라고 할 수 있을 것이다. 그리하여 단독성의 삶은 '우주의 숨구멍'으로 길 하나 열고 우주의 영원한 생성에 참여하게 된다.

3

　우리는 단독성에서 영원성으로 갑작스레 비약했다. 최춘희의 시집
에서 주로 읽은 바는 단독성의 표현이었다. 그리고 그녀의 시집은 단
독자의 고통이 주축이 되어 시편들의 변주를 이룬다고 생각되었다. 그
래서 영원성으로 논의를 옮길 때 어떤 무리를 느낀 독자가 있다면 그
것은 당연한 지도 모른다. 반면 이진명의 시집 『단 한사람』에선 한 단
독자가 어떻게 영원성의 영역과 접하게 되는가를 중심으로 읽어보고
자 한다. 그녀의 시집은 '나'의 고통보다는 타자의 삶에 대한 관찰과
애정, 그리고 그것을 통한 삶의 통찰, 발견이 주조를 이루고 있다. 이
주조에 대해선 이 시집 해설에서 권혁웅이 이미 '연대와 승화'라고 적
절히 해석한 바 있는데, 필자는 그 '연대와 승화'가 단독자의 영원성과
의 접속이라고 보고 싶다.

　좋은 시인은 자신이 단독자라는 것을 인식한다. 단독자라는 것은 고
립을 의미하지 않는다. 그 반대다. 단독자는 세상이 알게 모르게 인간
의 마음에 기입하는 가치나 욕망을 의심하는 사람이다. '나'에게 주어
진 것을 의심할 때, 즉 '나'의 본질이라고 생각해온 그 무엇이 사실은
나로부터 나온 것이 아니라 권력으로부터 부과된 것이 아닌가 생각할
수 있을 때, 단독성에 대한 사유가 가능하다. 세상이 부과한 그 무엇을
'나'라고 오인할 때 '나'는 보편의 한 계기가 되고 그 고유성을 잃어버
리게 된다. 그러나 이진명 시인은 '나'의 고유성, 그 '단 한 사람'의 단
독성을 문제 삼는다. 이 시집에서 시인의 출발 지점은 바로 나의 단독
성에 대한 발견 또는 인식에 있다.

> 가스레인지 위에 눌어붙은 찌개국물을 자기 일처럼 깨끗이 닦아줄 사람은
> 언제나처럼 단 한 사람
> 어젯날에도 그랬고 내일날에도 역시 그럴

너라는 나, 한 사람
우리 지구에는 수십 억 인구가 산다는데
단 한 사람인 그는
그 나는 별일까
진흙일까

— 「단 한 사람」 부분

'내'가 '단 한 사람'이라는 발견, 그 발견은 찌개국물을 닦는 나의 육체 활동으로부터 이루어진다. '너'는 나의 육체이다. 이 육체의 지속성이 '나'라는 단독성을 구성할 수 있는 지반이 된다. 그런데 이에 대한 발견에 그치지 않고 시인은 묻는다. 나는 별인가 진흙인가 라고. 이 물음은 '나는 무엇인가'라는 근대적 물음과는 다른 차원에 있다. 즉 주체성을 부과하는 나의 제도적 상징은 무엇인가라는 물음이 아니다. 이는, 나는 어떤 물질인가라는 물음이다. 또는 이 세계의 무한성, 시간적으로는 이 세계의 무한성에 어떻게 참여하고 있는가라는 물음이다. 저 하늘의 별과 같은 양태로 참여하고 있는가, 아니면 이 대지의 진흙과 같은 양태로 참여하고 있는가라는 물음이다. 사람이 죽으면 별이 된다는 말도 있다. 그렇다면 저 하늘의 수많은 별들은 모두 한 사람 한 사람의 영혼이다. 별이 함의하는 바를 이런 식으로 생각해보면 저 하늘에 떠 있는 별은 삶과 죽음을 초월한, 단독자의 존재로부터 승화된 무엇으로 볼 수 있다. 단독자인 나는 일상적 시간을 넘어 승화된 순간들, 죽음의 영역까지 끌어올릴 수 있는, 삶의 고양을 가져오는 순간들을 맞이하면서 살고 있는가라는 물음. 영원성을 삶의 시간 안에서 실현시키며 살고 있는가라는 물음이다.

반면 대지의 '진흙'은 타인과 살을 맞대며 살고 있는가라는 물음이다. 단독자인 나와 단독자인 너와의 육체적 비빔, 그것을 통해 우리들은 각자 이 대지를 구성하는 진흙의 한 알갱이가 될 수 있다. 더 나아가 타자들과의 섞임이 또한 나라는 단독자를 구성한다고 볼 때엔 '나'는 하나의 진흙 덩어리가 될 수 있다. 그리하여 '나'는 삶의 세계와 섞이면서 공간적인 무한함 속에 참여하게 된다. 별이냐 진흙이냐라는 물음은 난해하긴 하나 이 시집에서 핵심적인 두 키워드다.

세계에 참여하기 위해선 세계와 만나야 한다. 이 만남은 어떤 정체로 규정되어진 주체로서 같은 정체로 규정된 다른 주체를 만나 '우리'를 확인하는 만남이 아니다. 나와는 다른 단독자, 타자와의 만남이다. 이 만남은 자연스레 주어지진 않는다. 불러야 한다. 부르면 만남이 있을 것이다. "민벌레야, 그만 한숨처럼 불렀더니" "여기요, 여기요"(「민벌레」)라고 대답하여 민벌레와의 만남이 이루어질 수 있었다. 이 시인에 의하면 타자를 이해한다는 것은 부름을 통해, 만남을 통해 가능한 일이다. "명자나무를 익히다가/갑자기 큰소리로 명자야, 하고 불러버렸다/외로움과 시름이 탕, 깨어"(「명자나무」)났다고 시인은 말한다. 이 타자는 부름을 통해 애인도 될 수 있고 친구도 될 수 있다. 그런데 부름은 인간의 언어로만 가능한 것은 아니다. 부름의 소리는 빗소리도 될 수 있다. 「기쁜 일」에서 시인은 빗소리에 잠을 깨고는 "옛날 옛적 빗소리의 밤이 기억난 일이 별처럼 기쁘"다고 말한다. 시인은 이 평범한 소리와의 만남을 통한 과거와의 만남의 기쁨을 다음과 같이 격정적으로 토로하기도 한다.

여기 현관 밖 흙마당과 머리 누인 방바닥이 한바닥이 되었기에
소리를 만난 거다. 만나고 만 거다. 빗소리
소리의 소리다운 춤, 소리의 소리다운 목청
소리의 질주, 소리의 불, 소리의 칼
소리의 최후통첩 같은 모든 것을
먼동이 오려는가본데 옛 장대의 얼굴 전혀 돌리지 않는
소리의 생생한 獨樂 쳐다보며 눈물 고이는 일 기쁘구나

소리를 만날 수 있었던 것은 흙마당과 '내' 가 머리를 누인 방바닥이 한바닥이 되었기 때문에 가능했다. 명자나무나 민벌레와의 만남을 이룬 부름은 저 타자가 자기와 '한바닥' 에 있다고 생각할 때 가능했을 것이다. '내' 가 저 흙마당과 같아진다는 것은 시인의 다른 표현에 의하면 진흙으로서 '내' 가 존재한다는 것이다. 이 진흙이라는 수평의 존재 양태는 소리와의 만남을 가능케 하고 타자와의 만남, 민들레, 명자나무 더 나아가 시간을 초월하여 "불과 10년 전의 옛날 옛적/홀로 살던 문간방"의 시공간과의 만남 역시 이루어지게 한다. '내' 가 '별' 처럼 기뻐함은 바로 이 시간의 초월이 발생했기 때문이다. 즉 승화가, 시간을 넘어선 영원성과의 접촉이 이루어졌고 그래서 별 '처럼' 이란 '유비' 가 가능해지게 되었다.

단독자의 영원성으로의 고양은 춤이고 질주이자 불이며 칼이고 그리하여 '생생한 獨樂' 이라고 시인은 말한다. 하지만 이 영원성으로의 고양이 주는 獨樂은 자폐적이지 않다. 타자와의 만남—소리라는 감각적 실체를 매개로—을 통해 고양은 이루어지기 때문이다. 더 나아가 '나' 의 고양의 경험은 어떤 소녀의 '우주꽃씨' 로의 승화(「독거 초등학생」), 또는 평범한 사람들이 용이 되어 하늘로 날아오르는 승화(「龍門」 연작 1,2,3)를 발견하게 해줄 감성의 트임을 가져오기도 하기 때문이다. 이 시들은 타인인 단독자들이 어떻게 영원성과 접속하여 승화되어 날아가는가를 기록하고 있는데 특히 「독거 초등학생」은 무척 아름다운 시인데다가 "이 광막한 우주에 홀로 거할 수 있는 사람, 그럼 사람이" 된 소녀가 영원성으로 고양되어 가는 현상에 대한 시인의 지각을 꽤 꼼꼼하게 기록하고 있어서 인용할 만하다.

저 멀리 장수에서 산다는 소녀의 일을 신문 하단 몇 줄 기사에서 본 후로, 그곳으로부터 흔들려 오는 빛과 소리를 자꾸 느낀다. 몇 차례 곁인 듯 파고드는 가늘은 그것. 빛과 소리. 몇 날을 번갈아 왔다갔다하더니 어느 하룻날은 둘이 함께 왔다.

소리-플라스틱통 같은 데서, 플라스틱 컵일지, 쌀을 한 컵 두 컵 떠내는 소리. 역시 플라스틱 바가지일지, 떠낸 쌀을 담아 물 받는 소리. 조물조물 씻는 소리. 마지막 물 속 쌀알이 차륵이는 소리.
빛-파르르파르르 파르르파르르 파르르, 다섯 번이나 떨리다 들어오는 소녀의 방 형광불 빛. 펼친 공책 위에 새하얗게 깔리는 형광불빛. 형광불빛의 잔디밭. 잔디밭 위에 엎드린 소녀. 꽃 나무 나비가 모이는 공책 칸칸마다 또 파르라니 쏟아지는 잔디.

(중략)
나는 그 소녀의 독거초등학생이란 이름을 지우며 마지막으로 뒤돌아보았다. 그딴 이름 지워지자마자 소녀는 저 아득한 우주 꽃씨로 잠들었다. 우주 어둠이 내려와 펼쳐진 채인 소녀의 알림장 보호자 확인란에 별을 박았다. 빛나는 우주 사인을 했다. 소녀 잠들기 직전 소녀의 꽃손을 빌어쥐고서 했다.

한 소녀 가장과의 만남과 섞임은 진흙과 같이 물질적이다. 상상을 통해서이지만 소리와 빛이라는 감각을 통한 만남과 섞임이기 때문이다. 그 감각은 얼마나 구체적인가. 결코 관념적인 만남이 아니다. 유일자나 완전한 신이란 관념, 또는 그것을 떠받혀주는 전체라는 관념과는 거리가 먼 영원성으로 그 감각들은 우리를 데려간다. 소리-빛-잔디-꽃-우주의 꽃씨로 이어지는, 영원성으로 향하는 연상의 고양과 승화는 관념적, 종교적 초월이 아니다. 그 연상은 저 무한성과 영원성으로 삶이 트이는 순간의 획득 과정이다. 시인은 그 과정을 외부로부터의 억지 개입 없이 순수한 '단독자-시인'의 상상력으로 일궈나가고 있다.(일종의 자동기술이라고도 할 수 있다.) 그 상상력은 한 소녀를 통해 우주의 무한성과 영원성에 다다른다. 그렇다면 상상력을 통해 한 '단독자-타자'가 영원성과 접속하는 순간을 포착하는 길은 다시 '단독자-시인'이 영원성과 접속하는 길이라고 말할 수 있다.

그 영원성은 우리 삶과 세계에 대한 긍정과 그 존엄성을 신뢰할 수 있게 하는 무한한 아름다움을 말한다. 이 '아름다움-영원성'의 발견은 자신이 단독자임을 깨달을 때 가능하다. 나는 여기 그 무엇과도 바꿀 수 없는 존재자로서 이 광막한 우주에 홀로 거하고 있다. 하지만 난 고립되어 있지 않다. 이 세계와 우주가 내 옆에서 그리고 위에서 날 감싸안고 있으며 이 세계와의 만남을 통해 난 단독자로서 이 세계에 개방될 수 있다. 그리하여 나의 삶은 세계의 모든 존재자들의 생성 소멸 과정에 어떤 동인으로 작용할 것이며 나의 생명력은 '별'로 상징될 수 있는 영원성으로 이 영원한 세계에 남아 있을 것이다. 이러한 고유하고 영원한 단독자들이 이루어내는 세계가 바로 생성 변화하는 바로 '지금'의 세계다. 이 단독성과 영원성을 발견하고 긍정할 때, 그리하여 별이 될 타자와의 만남-섞임-진흙-을 이루어낼 때의 광경은 "수평의 부드러운 일직선" 또는 "한줄기 적적한 평화"(「뱀이 흐르는 하늘」)가 될 것이다. 왜냐하면 각자의 단독성을 인정하면서 삶을 고양시키는 일은 결국 평화의 세계를 구성하는 일이기 때문이다.

노향림, 『해에게선 깨진 종소리가 난다』(창비, 2005)
김명인, 『파문』(문학과지성사, 2005)

타자의 시간들

1

노향림은 독자의 예상을 뒤집는 파격적이면서 음울한 묘사를 즐겨 보여주던 시인이다. 김명인은 죽음과 삶에 대한 형이상학적인 명상을 보여주었다고 평가되어 왔다. 올 가을에 출판된 신작 시집에서, 두 시인은 예전 시 경향의 연장선상에서 죽음과 시간의 관계를 새롭게 탐색하고 있다. 절대적인 타자라 할 죽음은 직선적이면서 순환적인 근대의 시간을 일그러지게 만드는 힘을 갖는다. 직선적이고 순환적인 시간은, 동일성을 생산하는 시간이다. 다시 말해 미래를 현재화하는 시간이다. 주체가 장악하고 있는 현재가 원인이 되어 미래를 형성하게 되면, 시간은 직선을 긋는다. 그때, 주체가 장악하고 있는 현재에 의해 그 미래가 포섭-용해되기 때문에 사실상 미래는 현재로 회귀하는 순환이 이루어진다. 미래는 새로운 것이지만, 순환되는 새로움이다. 그래서 역설적으로, 시간은 새로우나 새롭지 않게 흐른다. 근대 자본주의가 생산하는 시간이 바로 이 새로움의 동일성의 시간, 직선적이고 순환적인 시간이다. 쏟아져 나오는 상품의 새로움과 동일성을 생각해보면 이에 수긍하기 쉬울 것이다.

노향림과 김명인은 근대적 삶을 점령하고 있는 이러한 시간과는 다른 시간을 찾아내려고 한다. 절대적인 타자인 죽음을 맞닥뜨림으로써 말이다. 죽음이라는 미래는 절대로 현재화할 수 없다. 죽음은 직선적인 시간의 개척도 주체로 순환하는 시간의 회귀도 근본적으로 불가능하게 만든다.[1] 이 글은 두 시인이 의도적으로 맞닥뜨린 죽음을 통해 어떤 시간을 보여주면서 시를 구성해나가고 있는지 살펴보려고 한다. 다른 시간을 발견하는 것은 다른 삶을 살기 위한 전초 작업이다. 시가 미학적으로 잘 짜인 구조물을 만드는 것에 그치는 것이 아니라 다른 삶을 이끄는 행위라고 한다면, 자본주의적 주체화를 강제하는 직선적이면서 순환적인 동일자적 시간과는 다른 타자의 시간을 발견하는 작업은 사회적이고 윤리적인 의의가 있다. 그래서 두 시인이 발견하고 드러낸 타자의 시간을 살피는 일은 그들의 시가 우리의 삶에서 갖는 어떤 의의를 드러내고 가치화하는 일이다.

2

노향림의 시집 『해에게선 깨진 종소리가 난다』가 보여주고 있는 세계는 주로 폐허다. 다음의 시가 전형적이다.

> 폐기된 주차장 끝에
> 하늘이 모니터 화면처럼 껌벅이며
> 걸쳐 있다.

---

[1] 여기에서 사용되고 있는 타자와 시간, 죽음 등의 개념은 『시간과 타자』(강영안 역, 문예출판사, 1996)에서 전개된 레비나스의 논의에 기초한 것이다.

몇 트럭씩 운무(雲霧)가 주차한 사이
어디론가 출근 버스에 줄지어 몸 싣고
달리는 사람들의 선명한 늦가을 아침이
번쩍인다.

낚시꾼 두엇만이 세월 뒤에서
할일 없이 릴낚싯대를 휘두른다.
무수한 기포가 일고
미늘에 눈부시게 걸릴 그것은 무엇인가.

늦시간들이 한가하게 살과 뼈를
비비는 종점.
산발한 머리채로 흔들리는 풀잎들이
벌레 튀는 소리를 먼 지상으로 타전한다.

키를 낮춘 윤중로 벚나무들
짚으로 싸맨 하반신은 아직 늠름하다.
유난히 배가 부른 외투 속에는
은빛 칼이 욕정의 남근(男根)처럼
숨겨져 있는지 모른다.

갈밭에서 부리 붉은 쇠오리떼
겁 없이 툭툭 마음 베어 튀어나온다
누가 일일이 검색하는가.
미처 작동을 끄지 못하는 늦가을을.

—「종점」 전문

묘사 대상이 되고 있는 풍경은 시선에 의해 유의미하게 조정되어 질
서화 되어 있지 않다. 즉 풍경을 질서지우는 원근법적 시공간[2]이 상실

---

2) "원근법에 따라 경관을 보는 것은 시간 뿐 아니라 공간의 질서를 다시 잡는다는 것을 전제
로 한다."(이—푸 투안, 구동회, 심승희 옮김, 『공간과 장소』(도서출판 대윤, 1995), 200면.)

되어 있다. 시간적 연속성도 공간적 통일감도 상실된 풍경이다. 물론 일관성은 있다. 권태에 빠진 시간과 "제 스스로 뒤집어"진 "폐허"(「도원일기」)로 몰락한 공간, 그 시공간 속에서 풍겨나는 퇴폐의 냄새가 시의 저변을 깔고 있다. 하지만 그 권태와 퇴폐는 시 형식 자체가 생명력 있는 유기성을 파괴해버리는 데서 나오는 것이기도 하다. 중심이 없이 부서진 시공간의 단편들이 몽타주 되고 있는 것이다. 이 시공간을 소리로 표현하자면, "깨진 종소리"(「해에게선 깨진 종소리가 난다」), "싸락눈으로 소리 죽여서 낟알처럼/아득히 날리는" "종소리"(「로드리고를 듣는다」)와 같다. 망가진 모니터의 침침한 화면처럼 껌뻑이는 화면과 어디로 가는지 모를 출근 버스, 할일 없이 낚싯대를 휘두르는 낚시꾼들, 산발한 풀잎들, 남근을 숨긴 벚나무들, 그리고 툭툭 튀어나오는 쇠오리떼. 이 모두는 깨지고 찢긴 풍경의 파편들이다.

이 풍경의 시간은 정지되어 있다. 즉, "시동 끈 시간"(「댓잎 소리」), "급제동이 걸린 시간"(「강변북로」), "종일 쌓여 있거나 넘어져 있는" 시간(「봄날은 가고」)이다. 다시 말해 어떤 생성을 유발하는 시간이 아니다. 역사를 만드는 시간의 톱니바퀴는 노향림 시집에서 더 이상 작동하지 않는다. "협궤철로엔 바다로 가는 가을행/기차가 다니지 않"고 "정지된 시간들은 바닥 모를 깊이로 빠져들며/금이 간 얼굴을 들고 망연히 서 있"(「가을 기차」)을 뿐이다. 기차가 움직인다고 하더라도, "텅 빈 삶을 적재하고" "제 힘 다해 키 낮추며 기어"서 "이따금 끊기다 이어놓은 희미한 길"을 갈 뿐인데, 게다가 그 길 위엔 "갈 곳 없는 시간이 막혀 있"(「철도원 2」)다. 생성이 없는 시간은 죽은 시간이다. 다음의 시는 이 죽음의 시간이 좀 더 선명하게 이미지화 되어 있다.

언덕 끝에 오도카니 주저앉은 남부 요양소.
매달린 얼굴들이 하나같이 창백하다.
망각이 크게 입 벌린

저 검은 입속의 검게 썩은 말들
히스트라짓 알약 냄새 밴
빈 병들로 쌓이거나 뒹굴며 있다.

— 「남부요양소」 1연

정지된 시간은 죽어 있는 시간이요 망각의 시간이다. 이 시간은 병들었다. 다시 말해 이 시간에서는 더 이상 미래를 생각할 수 없고, 그래서 과거가 필요하지 않으며, 다만 노쇠가 가져오는 고통이 현재를 채운다. 말들은 활력을 갖고 표현되지 못하여 입 속에서 검게 썩어갈 뿐이다. 왜 시인은 이렇게 병들고 죽음의 냄새가 풍기는 풍경을 바라보며 그려내는 걸까? 하나의 악취미인가? 아니면 시인의 내면이 이렇게 병들었다는 것을 보여주기 위해서인가? 병든 현실의 알레고리인가? 「꽃들은 경계를 넘어간다」라는 시를 읽어보면 이 모두 아닌 것 같다. 이 시에서 시인은 "그만 우수수 떨어"지는, "사람들처럼 땅에 떨어져" 눕는 꽃잎들을 보면서 슬픔을 느끼는 등의 애상적 감상을 토로하지 않는다. 시인은 "꽃 진 자리"에 벌써 "애벌래떼처럼 와글거"리는 시간을 찾아낸다. 부패되어 가는 꽃의 시체의 시간을 감지하는 것이다. 다시 말해 진 꽃의 실재인 죽음을 응시한다. 그리고 질문한다. "꽃들이 지면 어디로 가나요./무슨 경계를 넘어가나요./무슨 이름으로 묻히나요"라고 말이다.

이 질문은, 동일성의 세계가 통합할 수 없어서 배척해버리는 절대적 타자 죽음을, 이 세계 안에 자리 잡게 하겠다는 시인의 다짐을 표현한다. 죽음의 행로를 기록하겠다는 것, 이 의지가 폐허의 풍경을 드러내는 작업을 하게 한다. 그래서 그 풍경을 비판하려는 의도는 시인에게 없다. 이는 "죽은 나무에도/꽃이 핀다고 쭈글해진 젖꼭지를 드러낸" 노파들로부터 "그리운 것은 남아 왈칵, 목멘다"(「분꽃 지는 날」)는 정서를 이끌어내는 것을 보면 확인할 수 있다. 풍경으로부터 죽음이란 타자를 드러내기 위해 시인은 "말의 알갱이를 부스러뜨리"는 작업을 한다. 부서진 말들의 조합을 통해 구성된 파괴된 풍경은, 현대적 삶이 의미로 충만해 있다는 기만을 배포하는 스펙터클[3])에 충격을 준다. 여기에 죽음의 풍경이 갖는 사회적 의의가 있다.

그러나 죽음의 풍경이 기만을 파괴한다고 해도, '다른 삶'의 생성에 도움을 줄 수 없다는데 우리는 실망할 수도 있다. 하지만 기만의 희망보다는 절망적 실재를 드러내는 것이 더 가치가 있을지 모른다. 하나 노향림 시인도 '다른 삶'으로의 희망을 버리진 않는다. 시인은 등꽃의 이미지를 통해 잠시 그 다른 삶의 길을 잠깐 보여주기도 하는 것이다. 가령, 등꽃의 "그 독한 향기"는 "길 잃은 모양"인지 "나에게까지 건너오지 않"고 "속절없이 기다리는 동안/재로 삭아내려 꽂히는 한 움큼의 시간" 속에서 시인은 "까마득한 높이에서 무형의 길들이/피어나는 일은 꿈이었을까."(「꽃을 켜다」)라고 질문하여 시인 특유의 신중함을 보여주지만, 이어 「등꽃」이란 시에서 "고행자처럼/몸 비틀어 올리"는 등나무로부터 다음과 같은 이미지를 뽑아내고 있다.

> 영혼의 씨앗 박듯이
> 제 자신 속으로 걸어들어가
> 곡기 끊고 소리 끊은 채
> 없는 길을 내고 있는
> 등나무 한 채.
>
> ― 「등꽃」 마지막 연

---

3) 기 드보르에 의하면, 스펙터클은 직접적으로 삶에 속했던 모든 것이 표상으로 물러나는, 거꾸로 뒤집혀져 있는 세계, 더 이상 직접 파악될 수 없는 세계, 사람들이 이미지들을 바라봄으로써만 파악될 수 있는 세계이다.(이경숙 역, 『스펙타클의 사회』(현실문화연구, 1996), 10면, 13면, 16면.)

등꽃 향기가 나지 않는 것은 등나무가 제 자신 속으로 걸어 들어가 죽음의 지경까지 견디어내려고 하기 때문이다. 이때 등나무는 "없는 길"을 낸다. 이를 시인의 작업과 연결해 생각해보자. 죽음을 드러내는 저 풍경의 응시를 피하지 않는다면, 없는 길이 나오지 않을 것인가? "영혼의 씨앗 박듯이" 시인 자신의 내부로, 자신의 죽음에 이를 때까지, 주체를 뒤흔드는 응시를 새겨 넣는다면 말이다. 그리하여, 시선의 회복이나 주체의 회복이 아닌, 죽음을 통해 다른 삶으로 비약할 수 있는 길이 열릴 수 있지 않을까?[4] 이 시집은 이러한 과정의 가능성을 섬광처럼 스쳐지나가듯 보여주고 있다. 그 '다른 삶'의 발생은 독자의 몫이라는 듯이.

3

김명인의 여덟 번째 시집 『파문』의 주제는 제목대로 '파문'이다. 그리고 이 주제에 대한 천착이 김명인의 이전 단계의 시집과는 다른 차별성을 보여준다. 이 시집의 해설자 이숭원이 지적한대로 바로 이전에 출간된 시집 『바다의 아코디언』부터는 김명인 시의 새로운(상대적이지만) 단계를 보여주고 있다. 삶과 죽음과 시간에 대한 형이상학적 고찰을 보여주던 이전 단계와는 달리, 그 시집에서부터는 일상적인 삶에서 나타나는 현상들로부터 어떤 의미를 발견하여 제시하는 시 경향을 보

---

4) 여기서 쓰고 있는 시선과 응시의 개념은 라캉의 이론에서 가져온 것이다. 시선은 대상을 파악하여 소유하려는 주체의 욕망에서 비롯된다. 대상을 자신이 조작할 수 있는 무엇으로 대하려고 할 때 시선을 던진다. 소위 '작업' 하기 위해 던지는 눈길이다. 응시는 대상이 자신을 바라보고 있다는 것을 바라볼 때 이루어진다. 대상은 시선에 의해 포착되지 않는다. 응시가 이루어질 때 대상은 보는 자의 시선과 주체성을 파괴하고 자신을 타자로서 드러낸다. 그래서 응시는 죽음을 상기시킨다. 의식에 의해 조작되지 않은 실재인 응시의 대상은 절대적인 타자인 죽음을 머금고 있기 때문에 결코 주체에 의해 동일화될 수 없다.

여주고 있다. 다섯 번째 시집인 『바닷가의 장례』에서 시인은 바다의 물결을 보면서 "죽음은 연둣빛 흐린 물결로 네 몸 속에서도 출렁거리고 있다"(「바닷가의 장례」)는 진술을 한다면, 『바다의 아코디언』에서는 "파도는 몇 겹쯤 건반에 얹히더라도/지치거나 병들거나 늙는 법이 없어서/소리로 파이는 시간의 헛된 주름만 수시로/저의 生滅을 거듭할 뿐"(「바다의 아코디언」)이라고 진술한다. 전자의 진술이 삶 속에 내재하는, 또는 침입하는 죽음에 관계한 것이라면, 후자의 진술은 삶과 죽음이 반복되는, 그래서 역설적으로 영원히 젊은 삶에 관한 것이다. "시간의 헛된 주름"은 삶과 죽음이 영원하게 반복되는 삶이 만들어내는 무늬일 것이다.

『파문』에서의 '파문'이 바로 그러한 무늬다. 한데 '파문'에는 「바다의 아코디언」에서 보여준 주름의 이미지에 첨가되는 무엇이 있다. 파문을 일으키는 어떤 진원이 나타나는 순간이 그것이다. 그래서 『파문』에는 어떤 순간과 반복적인 주름─삶의 관계에 대한 성찰이 나타난다. 삶의 어떤 순간, 직선적이고 순환적인 시간을 파열시키며 다른 시간을 열어놓는 순간이 있다. 예기치 못한 어떤 풍경이 엄습할 때 그 순간은 도래한다. 그 풍경이 만들어낸 파문이 주름을 삶에 새겨놓는다. 이 시집 머리에 실린 『꽃뱀』은 바로 그 휙 지나가버리는 순간을 포착한다.

> 절벽 위 돌무더기가 만든 작은 틈새
> 스치듯 꽃뱀 한 마리 지나갔다
> 현기증 나는 벼랑 등지고 엉거주춤 서서
> 가파른 몸이 차오르던 통로와 우연히 마주친 것인데
> 그때 내가 본 것은 화사한 꽃무늬뿐이었을까
> 바닥 없는 적요 속으로 피어올랐던 꽃뱀의 시간이
> 눈앞에서 순식간에 제 사족을 지워버렸다
> 아직도 한순간을 지탱하는 잔상이라면
> 연필 한 자루로 이어놓으려던 파문 빨리 거둬들이자

잘린 무늬들 그 허술한 기억 속에는
아무리 메워도 메워지지 않는
말의 블랙홀이 있다 마주친 순간에는 꽃잎이던
허기진 낙화의 심상이여!
꽃뱀 스쳐간 절벽 위 캄캄한 구멍은
하늘의 별자리처럼 아뜩해서
내려가도 내려가도 바닥에 발이 닿지 않는다
끝내 지워버리지 못하는 두려운 시간만이
허물처럼 뿌옇게 비껴 있다

—「꽃뱀」 전문

　깊은 뜻을 오묘하게 새겨놓은, 절창이라 할 이 시에 대해선 시집 해설에서 이승원이 꽤 긴, 훌륭한 분석을 가하고 있어서 말을 더하면 쓸데없을 것 같다. 하나 이 글에서 관심을 두고 있는 '시간'과 관련하여 좀 더 말을 덧붙여보기로 한다. 시인이 꽃뱀을 마주한 상황부터 보자. 시인은 "현기증 나는 벼랑 등지고 엉거주춤 서"있다. 삶과 죽음의 경계가 종이 한 장 차이에 불과한 상황이다. 시인은 절대적 타자인 죽음과 마주서 있다. 이 상황이 직선적인 시간의 진행을 정지시킨다. 팽팽하게 삶과 죽음이 대치하고 있는 시간의 지속－"바닥 없는 적요"－속에서 꽃뱀이 순간 등장한다. 예기치 못한 하나의 사건이 벌어진 것이다. 주체에 동일화될 수 없는 어떤 시간(진정한 미래라 할)이 현재를 덮친 것이다. 이를 시인은 무엇이라 이름붙일 수 없어 '꽃뱀의 시간'이라고 부른다.

　꽃뱀의 출현은 파문을 만든다. 시인은 연필로 파문을 이어가려고 하나, 그 순간의 시간은 얼른 파문을 거둬들여 버린다. 꽃잎을 발견하고는 연필을 들어 그리려 하니 이미 꽃잎이 져버린 것과 같이. 그래서 사건과 재현 사이는 아뜩하도록 거리가 멀다. '말의 블랙홀' 저편에 꽃뱀이 있다. 하지만 시인은, 비록 "발이 닿지 않"더라도, 그 아뜩하면서도 황홀한 순간과의 마주침을 기록하려 한다. 그래서인지 파문의 흔적을 남기는, 예기치 못한 것의 도래, 그 '두려운 시간'을 포착하려는 노력과, 시간과 시간 사이에서 나타났다 거두어가는 파문의 본질과 삶에 있어서 그것의 의미에 대한 성찰을 이 시집 곳곳에서 발견할 수 있다. 우선, 「꽃뱀」에서도 보았듯이, 파문을 일으키는 예기치 못한 것의 도래는 어떤 절박함의 상황에 맞닥뜨렸을 때에 일어날 수 있다는 것을 볼 수 있다. 그 절박함의 상황은 죽음과 맞닿아 있는 상황을 말한다.

「매물에 들다」에서 시인은 내부수리 중인 등대에 오르다가 "어느 순간에 헛디"며 "수십 길 낭떠러지의 현기증!"을 느낀다. 그날 저녁엔 낮의 생식 때문인지 '곽란'으로 고통스러워한다. 그 와중에도 "오줌은 마려워" 담벼락에 기대 소변을 보려는 순간, 담벼락 너머에 "시커먼 동백 숲 등대가 치켜든 달이/넘치도록 한잔 밤바다 퍼 담아 내밀고 있"는 것을 보고는 "통증조차 온통 희푸른 파도 거품에게 팔아넘기고 만/달빛 황홀한 世間살이!"라며 순간 외친다. 시인의 복통은 등대를 오르다 겪었던 추락의 위험과 무관하지 않을 것이다. 그 섬뜩한 찰나의 위기에서 비롯된 공포가 시인의 육체적 고통으로 전화되었을 것이다. 죽음과 가까이 있는 고통의 시간[5]은 고통으로 인해 살아있다는 것 자체만 느끼는 존재의 시간이다.

이때, 시인이 낭떠러지로 떨어져 죽을 뻔한 그 등대 위에 달이 떠오르고, 그 풍경은 예기치 못한 사건으로서 시인에게 현현한다. 죽음과 삶의 경계선이 얇아졌던 곳이었던 등대는, 달과 어우러져 시인을 황홀하게 한다.

저 풍경이 만든 파문—파도거품은 고통을 삼켜 죽음을 괄호 치면서

---

5) 신체적 고통에 대해 레비나스는 "불가능한 無에 대한 호소와 더불어 죽음에의 가까움이 동시에 존재한다."고 말한다.(레비나스, 위의 책, 76면.)

산다는 것 자체의 아름다움을 강렬하게 드러내는 것이다. "범람하던 배꽃 천지 그 환하던 물살이/꽃 진 뒤에 이어질 꽃의 긴 부재 잊게 했었"(「배꽃 江」)던 것과 같이. 또한 「消燈」에서도, 시인은, "밤낮으로 밝혀놓은 수만 꽃燈"이 지는 모습—"봄비 속으로" "한 장씩 씻어 보내고 있"는 모습, 즉 소등—이 만들어내는 "저 파문에 겹쳐/느닷없이 병을 선고받은 친구를 떠올"리게 되는데, 그 모습은 "화사"하다. 친구의 예정된 죽음으로 인한 슬픔을, 소등의 파문이 극복하게 해준다. 그리하여 죽음이 삶의 긍정성에 녹아들어간다.

허나 죽음을 삶의 긍정의 힘으로 변환시키기 위해서는 파문을 발견하고 삶에 파문을 새겨야 가능하다. 그리고 앞에서 보았듯이 파문을 발견하기 위해선 죽음과 가까이 있어야 한다. 어떻게 죽음과 가까이 있는 삶이 가능한가? 자신을 끊임없이 허무는 것을 통해 파문을 받아들이며 꿈꾸는 삶을 사는 '분수'가, 시인에게 그 모델을 제공한다.

> 분수는 홀로의 분수로 허공에
> 社稷을 내다 걸지만
> 말로 지은 신전인 듯 누란의 기둥 끝없이 허물어져
> 변경 가장자리까지 사막의 모래 출렁거린다
> 일렁이는 빛살의 파문 둥글게 말아 물줄기 사이로
> 꾸려 넣은 무지개 生이
> 물이 꿈꾸는 또 다른 물일까
> 나는 제 분수도 모르면서 평일 오후 내내
> 분수대 옆 시멘트 계단에 주저앉아
> 공원의 분수가 어떻게 주름을 펼치는가
> 눈앞의 호사 끝없이 거둬들이는
> 저 분수대의 徒勞 물끄러미 바라본다, 푼수!
>
> ―「분수」 부분

분수가 "일렁이는 빛살의 파문"을 "둥글게 말아" "또 다른 물"이 되기를 꿈꾸기 위해선 끊임없이 자신을 허물어뜨리고 세우는 반복을 행해야 가능하다. 사실, 분수가 분수로 존재하기 위해선, 허공에 세운 물의 사직을 다시 세웠다 무너졌다 다시 세워야 하지 않겠는가? 죽음과 삶의 그 반복이 이루어내는 곡선이 빛살의 파문을 둥글게 말아 간직할 수 있다. 파문을 간직하기 위해, 즉 다른 삶, 다른 시간 속의 삶을 살기 위해, 분수는 하늘로 솟구쳤다가 땅으로 떨어지는 행위를 반복한다. 이 과정 속에서 빛의 파문이 계속해서 생겨나면서 물의 휘어짐에 말려 주름 잡히지만, 그 호사를 분수는 헛되이 계속 거둬들여야 한다. 분수의 물은 결국 땅에 떨어져야 하는 것이다. 하지만 그 삶과 죽음을 반복하는 도로의 삶이야말로 어떤 아름다움의 파문을 이어나갈 수 있다.

다른 삶을 꿈꾸고 있는 시인 역시 저 파문을 간직하고자 하는 분수처럼 주름 접힌 삶을 끝내 살아나가야 한다고 생각하고 있지 않겠는가. 그래서인지, 분수를 모르는 푼수 짓일지 모르나, 시인은 "평일 오후 내내" 하릴없이 변함없는 분수의 분출과 사그라짐을 물끄러미 바라본다. 이 지속되는 바라봄의 무료한 시간을 무엇이라고 할까? 시인이 절묘하게 다른 시에서 표현한 바를 빌리면, "시간이라는 하품"(「조이 미용실」), 또는 "바닥 없는 적요"라고 할 수 있지 않을까? 이 이완된 시간은 마음껏 늘어진 시간이라고도 할 수 있을 것이다. 시간이 늘어지면, 평평하고 잔잔한 호수에 던진 돌이 파문을 더욱 선명하게 새겨놓듯이, 어떤 순간이 퍼뜨리는 파문이 더욱 잘 퍼져나갈 수 있게 된다. 팽팽한 시간이 아니고 늘어진 시간이라야 주름 잡히기 쉽기 때문이다. 시인이 분수가 자아내는 풍경을 붙잡고 놓지 않았던 것도 그 때문일 것이다. 시집의 끝에 실린 「따듯한 적막」의 석양 풍경 역시 늘어진 시간 속에서 펼쳐지고 있다.

> 아직은 제 풍경을 거둘 때 아니라는 듯
> 들판에서 산 저쪽을 보면 그쪽 기슭이

환한 저녁의 깊숙한 바깥이 되어 있다
어딘가 활활 불 피운 단풍 숲 있어 그 불 곁으로
새들 자꾸만 날아가는가
늦가을이라면 어느새 꺼져버린 불씨도 있으니
그 먼 데까지 지쳐서 언 발 적신들
녹이지 못하는 울음소리 오래오래 오한에 떨리라
새 날개짓으로 시절을 분간하는 것은
앞서 걸어간 해와 뒤미처 당도하는 달이
지척 간에 얼룩 지우는 파문이 가을의 심금임을
비로소 깨닫는 일
하여 바삐 집으로 돌아가면서도
같은 하늘에서 함께 부스럭대는 해와 달을
밤과 죽음의 근심 밖으로 잠깐 튕겨두어도 좋겠다
조금 일찍 당도한 오늘 저녁의 서리가
남은 온기를 다 덮지 못한다면
구들장 한 뼘 넓이만큼 마음을 덮혀놓고
눈물 글썽거리더라도 들판 저쪽을
캄캄해질 때까지 바라봐야 하지 않겠느냐

— 「따뜻한 적막」 전문

늦가을, 가을과 겨울의 경계에 있는 어느 날에 시인은 낮과 밤의 경
계에 있는 시각을 맞이한다. 적막 가운데 들판 저쪽은 막 어두워지고
있다. 그래서 그쪽은 "환한 저녁의 깊숙한 바깥"이다. 그리고 곧, 밤과
낮이 겹치는 광경은 가을과 겨울이 겹치는 광경과 겹친다. 시인은 불
을 쬘 수 있는 단풍 숲인지 알고 들어갔으나 미처 늦어 언 발 녹이지
못하는 새들을 상상한다. 시인은 지금, 석양의 하늘과 하늘을 나는 새
들을 우두커니 바라보며 낮과 밤의 섞임을, 가을과 겨울의 섞임을, 그
리하여 삶과 죽음의 섞임을 생각하고 있는 것이다. 응시와 명상에 의
해 적막이 공간을 감싼다. 그리하여 시간은 늘어진다. 날이 저물어가
고, 해와 달이 지척의 거리만큼 가까워지면서 늘어진 시간이 주름지며

얼룩을 만든다. 이 얼룩을 가을과 겨울의 경계선, 삶과 죽음의 경계선에서 퍼덕거리는 새의 날개짓이 파문으로 퍼뜨린다. 비록 추운 곳에 당도할지라도 따뜻한 곳을 찾고자 하는, 파문을 만드는 그 날개짓이 바로 가을의 심금이라고 시인은 순간 깨닫는다. 가을의 삶이란 삶과 죽음의 엇갈림의 반복이 지어내는 주름을 낳는 저 날개짓이다!

삶의 심금이 다가오는 죽음의 밤에 퍼지는 파문이라면, 무너지는 삶에서 도망치지 않고 도리어 삶과 죽음을 반복하는 우리 삶의 운명을 받아들여 파문을 간직해야 하지 않겠는가? 이때 "밤과 죽음의 근심"을 삶의 "밖으로 잠깐 튕겨" 둘 수 있게 된다고 시인은 말한다. 그래서 아직 삶이란 온기가 남아 있을 때, 슬픔을 무릅쓰면서 밤과 낮이 섞이고 있는 들판 저쪽을 무료하게 바라보아야 하는 이유는 죽음을 대면한 삶을 그 자체로 긍정하며 살기 위해서이다. 시인은 「무료한 체류」에서 "이 무료를 마침내 완성시켜야 한다"고 말한 바 있는데, 이 긍정을 통해서 삶의 근본적인 '무료'를 완성시킬 수 있지 않겠는가? 그것은 모르겠다. 하지만 그 무료가 완성되더라도, 무료로서 남아 완성될 것이다. 삶은, 영원하게, 또는 무료하게, 삶과 죽음이 반복적으로 섞이면서 진행되어 갈 것이기 때문이다.

그 죽음과 맞닿은 무료의 시간 속에서, 어떤 사건이 섬광처럼 출현하며 파문을 일으키고는 순식간에 거두어들이는, 꽃뱀의 시간—날개짓의 시간이 생겨난다. 분수와 같이 그 시간을 둥글게 말아 넣는 주름진 삶, 자신을 허물어뜨릴 수 있는 삶만이 파문의 진동을 삶의 진동으로, '다른 삶'을 살기 위한 동력으로 전화시킬 수 있다. 시집 『파문』을 통해 시인은, 파문이 삶에게 주는 그 동력을 발견하고 삶의 장으로 끌어올리려 한다. 독자인 우리에게 그 파문의 힘을 파문으로 전해주기 위해서 말이다.

최영철, 『호루라기』(문학과지성사, 2006)
유홍준, 『나는, 웃는다』(창비, 2006)

일상에 내장된 잠재력의 발견

1

현대 사회의 특징 중 하나는 새로움의 일상화다. 이때의 새로움은 자본주의가 강박적으로 생산하는 시간성을 말한다. 다시 말해 신상품이 분비하는 환영의 새로움이다. 이상의 시제목이기도 한 "새로움의 백화점" 안에서 우리는 여전히 살고 있다. 이상이 그 시를 쓴지 70년이 더 지났지만 말이다. 양상이 좀 달라졌다 할 수 있는데, 현재 그 "새로움의 백화점"은 언제 어디서나 우리 앞에 나타난다는 게 다르다면 다르다. 우리를 둘러싸고 있는 숱한 매체들이 바로 구매를 유혹하는 상품들의 진열장, 현대적인 "새로움의 백화점"이 되고 있다. 새로움의 백화점이 지속적으로 전시하는 새로움은 점차 텅 빈 새로움의 연쇄가 되어가고 그리하여 새로움은 일상화된다. 이 일상화된 새로움 속에 우리의 구체적이고도 육체적인 삶은 포획되어 간다. 기 드보르의 사상을 빌어 말하면, 새로움을 뽐내는 상품의 스펙터클이 일반화되면서 실재의 삶은 보이지 않게 되고 삶 자체도 자신으로부터 소외된다. 일상이 삶 자체가 거주하는 터전이라면 자본이 분비하는 새로움의 스펙터클이 일상의 삶을 점령해버린다. 그래서 상품들의 그 화려한 스펙터클에도 불구하고 우리는 곧 권태에 빠지고, 우리가 지금 어디에 있는지, 무엇을 하고 있는지 스스로에게 묻게 된다.

하지만 현대적 삶이 이러한 자본이 분비하는 '새로움의 삶'에 의해 완전히 포섭되었다고 말할 수는 없을 것이다. 스펙터클이 사회를 완전히 포섭했다는 식의 음울한 생각은 보드리야르와 같은 포스트모더니스트에 의해 제기되었다. 그렇다면 자본관계를 변형시키거나 파괴한다는 전망은 애당초 불가능하게 될 것이다. 그러나 맑스가 말하듯이, 스스로 서 있는 것 같은데 또한 거꾸로 서 있는 것 같은 외양의 상품 뒤엔 노-자 관계가, 즉 피의 현실이 숨겨져 있다. 그래서 스펙터클, 그 환영의 삶은 완전할 수 없다. 그 스펙터클에 중독된 삶을 언제 그 피의 현실이 파괴할지 모르는 일이기 때문이다. 한편으로 차이를 만들어내는 인간의 능력을 자본이 흡수하여 새로움을 분비할 수 있는 자본의 능력이 생겼다고 본다면, 역시 자본의 포섭 능력엔 한계가 있다. 그 생산력이 자본의 포섭에 앞서 미리 존재하기 때문에, 차이의 생산력을 통제의 그물망으로 완전히 잡아둘 수는 없는 것이다. 그렇다면 두 개의 모더니티가 있다고 말할 수 있지 않을까. 새로운 삶, 차이의 삶을 만들어내는 모더니티와 새로운 상품을 만들어내는 자본의 모더니티. 자본의 모더니티는 차이의 능력을 착취하면서 그 능력을 잉여가치 창출을 위해 기능하게 통제한다.

이와는 달리 '차이의 모더니티'는, 촘촘하게 짜인 자본-국가 시스템에도 불구하고, 여기저기 시스템 바깥으로 넘쳐 나와 다른 삶과 세상을 요구하고 만들려는 힘이 구성한다. 이 모더니티는 우리의 차이 짓는 능력을 발휘하여 새로움의 일상에 의해 자본에 포섭된 삶을 우리 스스로 새롭게 만들어나갈 수 있으며, 이를 통해 우리는 소외에서 벗어나 일상을 자신의 실재 삶으로 재전유할 수 있음을 나타낸다. 그렇다면, 자본에 포섭된 일상이라도, 그 속에는 새로운 삶을 구성해나갈수 있는 힘이 내장되어 있다고 말할 수 있다. 실제로, 이 잠재된 힘이드러나는 경우를 우리는 여러 번 반복해서 확인할 수 있다. 전쟁의 스펙터클에 속지 않고 반전 운동을 벌이는 사람들, 신자유주의에 맞서대안세계화 운동을 벌이는 사람들이 바로 그러한 경우를 잘 보여준다.이런 운동뿐만이 아니다. 거대 기업 조직이 강요하는 삶의 방식에 저항하는 개인(가령, 내부 고발자)의 사소한 일상 속에서도 자본의 포섭망을 뜯어내는 힘과 만나곤 한다.

특히, 시에서 우리는 차이의 생산력을 볼 수 있지 않는가? 자본의 포섭과 국가의 통제에서 탈주하며 주체성을 새로이 구성해나가는 과정을 우리는 시에서 종종 발견하지 않는가? 특히 최영철과 유홍준의, 작년 하반기에 새로 펴낸 시집인 『호루라기』와 『나는, 웃는다』는, 자본주의적 일상을 비판하면서 그 일상을 다시 주체적으로 재전유하는 과정을 보여주고 있다. 일상의 재전유는 주어진 일상에 대한 비판이 선행되어야 한다. 최영철과 유홍준 두 시인은 각자 다른 방식으로 현대적일상을 비판해 왔다. 그런데 두 시인의 새 시집에선, 일상 비판을 넘어일상 속에 잠재해 있는 어떤 힘을 발견하려는 모습이 새로이 돋보인다. 그렇다고 그 새로움이 이 두 시인의 시세계에 갑자기 나타난 것은아니다. 이전 작업의 연속선상에서 어떤 변화가 이루어지고 있는 것이다. 지금부터 그 양상들을 살펴보고자 한다.

2

최영철은 알다시피 현대 일상의 문제점을 예리하게 끄집어내어 비판하면서 일상의 새로운 의미를 도출해온 시인이다. 일상 비판은 현대 문명이 만들어놓은 인위적인 질서에 대한 비판과 연결되는데, 그 준거는 뭇 생명들의 자연스러운 삶의 질서였다. 자연의 질서는 둥그렇지만, 현대의 질서는 네모나다.(『그림자 호수』(창작과비평사, 2003)의 「네모난 집」을 보라) 자연의 생명들은 모두 서로 순하게 작용하면서 각이 없는 세계를 만들지만, 현대인들은 사물을 잘라 짜 맞춰서 각지고 규격화된 세계를 만든다. 네모난 건물 속에 네모난 방을 층층으로 쌓아 주거공간을 마련한 아파트에서의 삶은, 네모의 세계가 만들어낸 일상을 전형적으로 드러낸다. 『그림자 호수』에 실린 「아래층 여자 그 아래층 남자」는 그 삶에 대한 시인의 비판적 시각이 잘 드러나고 있다. 시인은 그 시에서 "아세요 식사 후 거실 이쪽 저쪽 거닐며 콧노래 흥얼거릴 때, 점잖게 신문 보는 아래층 남자 대갈통 지그시 밟아주고 있다는 사실,"이라고 말하고 있다. 반면 같은 시집의 「그림자 호수」에서는, 수양버들의 그림자가 "슬금슬금/남의 집에 발을 찔러 넣어보는 살얼음들" "그 차가운 발목을/덮어"주고 있다. 현대인들은 따듯한 아파트에 살지만 아래층 남자의 머리를 밟으면서 살고 있는 반면에, 한파가 몰아닥치고 있는 호수 근처에 사는 수양버들은 자신의 그림자를 담요로 만들어 살얼음의 발목을 덮어주고 있는 것이다.

그래서인지 최영철의 시는 대부분 두 경향을 보여주었다고 생각된다. 한쪽은 현대적 일상에 대해 날카롭게 관찰하면서 비판하면서 일상적으로 고통당하고 있는 이들에 대한 깊은 연민을 보여주는, '비판적 일상시'라고 부를 수 있는 경향이다. 다른 쪽은 '생태적 서정시'라고 부를 수 있는 경향이다. 생태적 서정시는 주체의 정서를 드러내기 위해 자연을 기호화하여 사용하는 서정시가 아니다. 타자로서의 자연으로부터 삶을 회복하는 힘을 배우는 서정시다.(최영철의 시집 『일광욕하는 가구』(문학과지성사, 2000)의 해설에서 오형엽은, 이를 두고 "기존 서정시의 자아와 대상의 관계가 역전된 방식의 발상법에 근거하고 있"다고 말한 바 있다.) 여하튼, 필자가 보기에 이 두 경향은 서로 수렴되지 않은 채 최영철의 시에서 평행선을 달리고 있었다. 그런데 이번 시집에서는, 이 경향들이 계속 나란히 병존하면서도 또한 일상에서 수렴하는 양상도 보여주고 있다. 즉 일상 자체에서 생태적인 긍정성이 발견되고 있는 것이다. 일상은 슬픔과 고통의 처소였으나 이젠 희망을 발견할 수 있는 처소이기도 하다. 이 점이 새 시집에서 볼 수 있는 최영철 시인의 시적 변모 아닌가 생각된다.

이 변모에 대해 말하기 전에 먼저 말하고 싶은 점이 있다. 이번 시집엔 '생태적 자연시' 경향의 시들이 많이 줄고 흙탕물 같은 사람살이를 다룬 시들이 많아졌다. 그래서 '비판적 일상시' 경향의 시가 더 많아지면서 또한 더 강렬해졌다. 더욱 흉흉해진 세상 때문일까. 시인의 사회 비판의식이 더욱 예리해진 것이다. 가령, 「출구」는 현실과 가상을 구분 못하고 스크린 속의 시뮬레이션에 사로잡힌 인간들을 비꼬고 있다. 「재의 요새」는 바그다드 소녀를 윤간하는 미군의 '정충'과 바그다드를 파괴한 포탄이 동일한 폭력성에 기초한 것임을 보여준다. 또한 동시에, 이 윤간 소식을 브라운관으로 보는 우리 자신에게도 그 정충이 침입하고 있다는 시인의 인식을 보여주고 있다. 이 시는 바그다드 소녀의 윤간이 미국의 이라크 폭격과 동일한 사디즘적인 뿌리를 가지며 또한 그 폭력이 이 동양 변방의 사람들에게도 가해지고 있다는, 스펙터클에 가려진 진실을 강력하게 보여준다. 이 시와 비슷한 주제를 보여주는 「소름 돋는 봄」에서는, "폭격 멈춘 사막 위로 무역상의 전단지가 뿌려"지고 있는 모습과 "어머니 아버지가 죽어나간 집터"에서 "두 다리 잘린 소녀"가 "점령군이 던진" 검은 재가 달라붙은 빵조각을 씹고 있는 모습이 충격적으로 몽타주되어 묘사된다.

이라크 현 상황의 비참함을 보여준 시들을 '일상시'라고 말할 순 없겠지만, 그 비참이 일상과 무관하지 않다. 사실 우리는 매체를 통해 이 비참한 현실을 일상적으로 접하고 있다. 문제는 이 비참이 스펙터클로서 우리의 일상에 자리 잡고 존재한다는 것이다. 그래서 최영철 시인은 시를 통해 그 스펙터클한 비참 이면의 진짜 비참함을 환기시키고 또한 그 비참이 바로 우리의 문제라는 점을 들추어내려 한다. 그리하여 그 일상적인 비참의 스펙터클을 파괴하려고 한다. 이 비참한 시대의 진짜 비참한 진실을, 스펙터클을 찢고 시는 더욱 드러내야 할 의무가 있다고 시인은 생각했을 것 같다. 그래서 '생태적 서정시' 경향의 시가 전보다 줄어든 것이라고 추측해본다.

그렇다고 시인이 사회 비판적인 시에만 경도되지는 않는다. 앞에서 언급했듯이, 도리어 시인은 자연에서 발견해왔던 삶의 지혜와 즐거움을 일상 속에서도 발견해내기 시작한다. 가령, 시집의 첫머리에 실린 「춘정」에서는 둔덕 저쪽에서 풀 뜯고 있는 '나'와 초면의 '중년 아낙'과의 잠시 동안의 만남이 예쁘게 그려진다. "나도 보고 아낙도 나를" 보지만, '나'는 "서로 가까워지려는 걸음을 딴 데로 돌"린다. 하지만 '나'는 "홀아비로 늙고 있는 우리집 수컷 생각/저 아낙의 토끼가 암컷이면 좋겠다고/뜬금없는 생각을 이어가다가/금방 얼굴이 붉어"진다. 흔히 경험할 수 있는, 수줍게 얼굴을 붉게 만드는 이 사소한 일상적 사건이, 삶을 아름답게 한다. 일상의 삶은 비참한 것만은 아니다. 아니, 일상은 덤으로 무엇인가를 받는 경험을 마련해주기도 하는 것이다. 아래의 시를 읽어보자.

> 시장에 들어서며 만난 아낙에게 두부 한 모 사고
> 두부에게 잘게잘게 숨어든 콩 한 짐 얻고
> 주름투성이 꼬부랑 할멈에게 상치 한 다발 사고
> 푸른 밭뙈기 넘실대며 지나간
> 해와 바람의 입맞춤 한 아름 얻고
> 시장 돌아나오며 늘어선 아름드리 조선 소나무

어깨 두드려주는 덕담 한 마디씩 듣고
자리 못 구해 그 아래 보따리 푼 아지매
시들어가는 호박잎 한 다발 사고
호박이 넝쿨째 넝쿨째 내게로 굴러 들어오고
하루 공친 공사판 박씨 무어라 시부렁대는
낮술 주정 한 사발 얻어걸치고
아줌씨가 받아먹을 잘 달구어진 욕지거리
무단히 길 가던 내가 공으로 받아먹고
성난 볼때기 가만가만 어루만지는 저물녘 해
내 뒷덜미에 와서 편안히 눕고
내일 뜰 해는 저 산동네 입구 강아지 집에 먼저 와 있고
아무렴 그렇게 되로 주고 말로 받고
말로 주고 가마니로 얻고

—「어느 날의 횡재」 전문

　　정말 평범한 일상이 펼쳐져 있는 시다. 시장에서 집으로 오는 과정
에서 시인이 무엇인가 받은 목록을 그냥 죽 늘어놓았을 뿐, 뭐 특별한
일이 이 시 안엔 없다. 뭐 특별한 무엇을 받은 것도 아니다. 누구나 일
상에서 마주치지만 별 생각 없이 지나치는 그런 것들이다. 한데, 시장
에서 집으로 오는 과정에서 시인이 등가 교환을 행한 것은 두부 한모
와 상치 안 다발, 호박잎 한 다발일 뿐, 나머지는 모두 덤으로 받은 것
들이다. 콩 한 짐, 해와 바람의 입맞춤, 조선 소나무의 덕담, 공사판 박
씨의 낮술 주정, 아줌씨의 욕지거리 등이 그것들이다. 그런데 여기서
드러나는 무엇이 있다. 등가 교환 시스템으로 틀 지워진 자본주의적
일상 속에서도 이렇듯 "말로 주고 가마니로 얻"는 반자본주의적 교환
이 존재한다는 점이 그것이다. 일상에서 교환되는 것이 화폐와 상품만
이 아니라 저 욕지거리, 바람, 햇볕과 같은 것들도 있다는 것. 그리고
더 나아가 이 평범한 진실을 우리가 발견하고 살아나갈 때, 우리의 일

상은 좀 더 풍요로워지고 넓어지고 삶의 힘으로 넘쳐난다는 점도 드러난다. 등가 교환 시스템에서 벗어난 의식을 갖고 산다면, 우리는 횡재한 사람의 그것처럼 가볍고 활력적인 발걸음—삶—을 되찾을 수 있다. 이리 보면 이 단순해 보이는 시의 전언은 힘 있는 것이다.

스펙터클에 포섭된 일상에서, 시인은 어떻게 이러한 활력을 찾아낼 수 있었을까? 위의 시는, 스크린이나 모니터가 아닌 자연이나 사람과의 직접적인 일상적 만남 속에서 이러한 삶의 활력을 찾아낼 수 있다는 점을 암시하고 있다. 그런데 그 활력의 리듬은 비등가 교환이 이루어지는 마주침의 연쇄에서 마련되고 있다는데 주목된다. 그 연쇄가 만드는 흐름이 활력을 지속적으로 생산해내고 있는 것이다. 이 흐름은 등가교환이 원리인 자본주의적 현대성에서는 발견할 수 없다. 자본주의 역시 흐르면서 움직인다. 하지만, 손해 보지 않는다는 아주 냉혹한 원리에 따라 움직이는 화폐에 의해 그 흐름이 만들어진다. 그래서 그 흐름은 횡재한 이가 가질 수 있는 경쾌한 활력을 갖지 못한다. 반면 자본주의에 내재한 비자본주의적 외부에서 이루어지는 흐름이 삶에 활력을 가져오는 것이다. 이 흐름에 대해 의식할 때, 자본주의에서 비롯된 계량적 시간—시계의 시간—에서 우리는 벗어날 수 있다. 「여섯 시」, 「!」, 「그 시각」 등에서 현 시인의 시간 의식이 잘 드러난다. 지면 관계 상 자세히 다룰 수는 없으나, 「여섯 시」나 「그 시각」은 어떤 한 시각에 다양하게 진행되고 있는 흐름들, 어떤 순간에 나타나는 '퍼짐'을 포착하고 있고, 「!」는 "흘러내리다가/일순간 떨어지는 것들의 힘"을 보여주는 "오래 견딘 눈물 같은" 이슬을 통해, 흐름과 순간 그리고 견딤 사이의 연관 관계에 대한 성찰을 보여주고 있다는 점만 언급해둔다.

세계가 다양한 흐름으로, 다양한 흐름의 시공간으로 구성된다는 사실에 대한 인식이 일상에 대한 새로운 가치 부여를 가능하게 한다. 그래서 시인은 삶에 여유로운 태도를 가질 수 있게 된다. 일상에 강퍅한 비판적 시선만 보내지는 않게 되는 것이다. 가령, 시인은 「모텔이 많은 나라」에서 현대 문화를 비판하는 소재로 곧잘 나오는 러브 모텔의 양산을 다루고 있는데, 넉넉하고 유머러스한 태도를 보여주고 있어 인상적이다. 아이가 모텔 보고 저기 뭐하는 곳이냐고 묻자 '아빠'는 '엄마'가 "젖배 곯았던 아저씨들에게 젖주는 데"라고 말한다. '불륜'이 행해지는 모텔의 양산을 보고 흔히 타락한 세상의 징표라고 비판하곤 하지만, 시인은 그 현상 이면에서 젖이 필요한 사람들, 자신과 마찬가지로 외로워하고 있는 인생들을 보고 있다. 이런 넉넉한 태도는 유머를 낳는다. 유머는 모기의 '흡혈'을 내 몸 "곳곳에 묻힌 나쁜 피 지뢰 다 뽑아간 것"이라고, 더 나아가 "내 몸은 모기의 맥박 뛰는 식탁"(「야식저장고」)이라고 말하는 데서도 볼 수 있다. 또한, 휴전선의 철조망을 "세계 유일의 진품"이라며 파는, 역사의 상처까지도 상품화시키는 세태에 대해, 시인은 곧 "어서어서 다 팔아먹어 동이 나버려라"(「철조망 장사」)라고 돌려 말하는 여유를 보여준다.

시인은 사소하더라도 이러한 비자본주의적 흐름이 가진 힘이야말로 삶을 소외시키는 자본주의의 포섭에서 벗어날 수 있게 한다고 생각한다. 이 흐름은 「뒷간이 멀어서 생긴 일」에서 좀 더 구체적으로 형상화된다. 옛날 "할아버지 어머니 손주의 오줌"이 다 담겨 있는 요강을 개울에 씻을 때, 식구들의 오줌들이 "달리기에 느린 할머니 오줌을 아버지가 들쳐 업고/아이들 종종걸음이 놓칠세라 그 뒤를 따"라가다가 마구 소용돌이치며 "야호 함성을 지르며 하수구에 흘러들어"가는 형상이 그 대안적 흐름이다. 시인은 이에 덧붙여 "오줌은 그렇게 흘러가야 하는 것이라고/흘러가서 강이 되고 바다가 되"어야 한다고 말한다. 미래를 위해 과거가 희생(자본주의적 현대성)되지 않으며, 과거를 위해 미래가 희생(보수주의)되지 않는 사람살이, 세대들이 뒤섞이며 흘러가는 사람살이야말로 우리가 지향해야 할 삶이라는 뜻이리라.

하지만 자본주의 사회는 앞으로만 내달리려 한다. 미래를 위해 과거를 철저히 파괴하려고 한다. 시간과 세대가 섞여야 '야호 함성'과 같은 활력이 현재에 생길 수 있다면, 과거의 파괴는 현재를 파괴하는 것과 같다. 그래서 과거 경험이 풍부한 이 중년 시인은 파괴된 과거에 눈을 돌리는 일이 잦다. 시인은 그의 "그 고단한 생의 흔적"을 "말끔하게 지워"버린 철거지를 지나가며 "코딱지만 한 단칸방 가득 피어나던/따습던 저녁"(「철거지를 지나며」)을 회상하거나, 지금은 "무허가 냉방 빗물 떨어지는 비닐 하꼬방", "늙고 병든 할머니 머리맡에" "사지를 늘어뜨리고 있"는 호루라기에서 "힘차게 불어제끼면/먼 산이 일렬횡대로 뛰어오고/졸고 있던 새들이 푸드득 날아올랐"(「호루라기」)던 삶을 떠올린다. "국군통합병원이 헐리고/이 도시에서 가장 비싼 아파트 공사가 시작되면서" "엉성하게 다 부러진 골조를 엉성하게 내보이고 있"(「보리수여인숙」)는 '보리수여인숙'에 대한 회상도 눈에 띈다. 그 보리수여인숙은 다친 군인들이 연인을 몰래 만났던 기억, 연인을 기다리기 위해 월담했던 기억 등이 묻어 있는 곳이다. 그리고 실연의 쓰라린 경험들 역시 그 여인숙에 묻어 있을 터다. 그 귀중한 기억들은 여인숙의 파괴와 함께 모두 산산이 흩어져 버렸다.

이 시인이 과거를 떠올리는 일은 회고나 향수 취미 때문이 아니다. 그보다는 '현재'에 활력을 불어넣기 위해서다. 시인의 현재는 어떠한가? "해방가를 부르지도 못하고 승리의 노래를 부르지 못"했던 과거의 '나'는, 현재 "뒤늦게 운동권이 되어" "희미해진 옛 생각에" "자꾸 과격해져서 헬스클럽의 운동기구를 넘어가"다 "헬스클럽 강사의 핀잔"만 들으며 비루하게 살고 있다.(「어느날 나는 운동권이 되어」) 하지만 이 비루함 속에서 사는 시인에게 있어서도 과거는 다 타버린 연탄과 같은 것, 그 연탄은 "백발이 되고도" 시인을 "껴안은 가슴 풀지 못" 하고 있다. 그러나 시인을 껴안고 있는 그 연탄은 "숨막히도록 활활 타오른 그날에 대해" "영영 아무 말이 없"(「연탄」)다. 시인의 가슴 속에 갑 갑하게 남아 있는 연탄은 시인으로 하여금 과거의 타오름을 잊지 못하도록 하지만, 한편으론 과거처럼 타오르지 못한다. 시인은 현재에도 그 과거의 타오름이 다시 일어나기를 바랄 터다. 그래서 시인은 현재의 삶을 타오르게 하기 위해 과거를 땔감으로 사용한다.

가슴 안의 치미는 불덩이
꺼지지 않게
내 옛사랑 옛사랑 툭툭 분질러
던지는 것이니
내 옛사랑 옛사랑 따라온
저 바람의 날개짓으로
자꾸 불타오르는 것이니
중심에 오직 하나
그 밖에도 오직 하나
심장마저 깡그리 깡그리 빛으로 드는 것이니
달려온 빛의 등을 빌어 타고
그 안으로 안으로 날아가
꽂히는 것이니
활활 빛을 살라
불이 되는 것이니

— 「불놀이」 전문

시인은 가슴 속 불덩이를 꺼뜨리지 않게 타올랐던 옛사랑에 대한 기억을 땔감 삼는다. 옛사랑을 따라온 "바람의 날개짓"으로 달려온 빛이 "안으로 날아가/꽃"히자, 심장마저 빛으로 살라버려 불이 되게 한다. 사랑으로 벅차게 뛰었던 옛 심장이, 빛으로 날아와 현 심장을 태우고 있는 것이다. 그리하여 옛 심장이 현재에 재생된다. 옛 심장의 재생, 그것은 바로 벅찬 과거의 박동 소리가 다시 살아나는 것일 터, 그 북소리 같은 박동이 지금 다시 살아난다면 심장은 다시 불처럼 타오르게 될 것이다. 그렇다면, 예전에 "막걸리집"이 있었던 "새로 지은 고층건물 앞"에서, 시인이 먹걸리 냄새를 맡으려고 '콩콩' 대다가 돌연 "냄새에 빌붙어 살아남은 웬 북소리를" 듣게 되는 「막걸리북」의 장면은, 옛 심장의 귀환을 구체화한 것으로 볼 수 있다. 그 북소리는 "不穩했으나 不溫하지는 않았던" 시절 "앉은 자리에서 내린 막걸리만/받아들인 뱃가죽이 내는 소리"였는데, "한 시절이 다 가기도 전에 북은 찢어"지고 그 소리는 "잠잠해져 버"렸다. 하지만, 막걸리 냄새를 통해 시인은 과거의 그 불온의 불로 타오르던 북소리를 다시 현재로 불러들이는 데 성공한다.

그런데, 바로 옛날 사랑에 빠져있던 당시에 타올랐던 심장의 불일 그 북소리의 귀환은, 의식 또는 이성을 통해 이루어지지 않고 냄새와 같은 감각을 통해 이루어지고 있다. 시 및 예술은 감각의 집적이다. 불 같은 과거의 재생은 오로지 시와 예술을 통해 가능하다. 이성적인 추론이나 개념적인 이해로는 과거의 불이, 그 박동이 살아나지 않는다. 그래서 시인은 지금도 시를 쓰고 있는 것일 터, 지금 이 시간이 불타오르게 하기 위해서 시의 공간에 과거를 땔감으로 던지는 행위가 시 쓰기인 것이다. 한편, 과거에 타올랐던 불을 현재화한다는 이 기획은, 개인적인 차원에서 역사 사회적인 차원으로 확장될 수 있다. 최영철 시인도 이를 의식하고 있다. 가령, 「굿모닝 베트남」이나 「비전향 사십년」 등은 역사적 과거와 현재의 관계를 묻고 있다. 길게 다루고 싶은 좋은 시들이지만, 여기서 언급할 여유는 없을 듯하다. 글이 너무 길어졌다. 일독을 권하는 것으로 대신한다.

이렇게 여기까지 읽어오니, 하나의 물음이 생긴다. "그렇다면 미래는?"이라는 물음. 이는 전망에 대한 물음이다. 하지만 이 시집에서 미래에 대한 전망이 뚜렷이 보이진 않는다. 도리어 「내일 또 내일」을 읽어보면, 시인이 아직 전망을 아직 찾지 못했다는 징후를 볼 수 있다. 그 시에서, "내일 또 내일" 시장 바닥에 엎드려 "산낙지처럼 몸을 비틀"며 똑같이 살아갈, 아마도 다리 없는 걸인일 '그'의 처참한 삶처럼, 그 삶을 마주보아야 하는 자신도 "내일 또 내일" 똑같이 살게 되는 형벌에 처하게 될 것이라고 시인은 말한다. 여기서, 시인이 아직 처참한 삶을 변화시킬 수 있는 전망을 찾아내지 못했음을, 솔직하게 인정하는 시인의 정직성을 볼 수 있다. 하지만 시인에게 무엇인가를 더 요구하고 싶은 충동을 느끼게 되는 것도 사실이다. 과거를 땔감으로 하여 현재는 다시 타오를 수 있다. 하지만 어떠한 방향으로 불길을 흐르게 할 것인가도 생각되어야 한다. 전망이 어떻게 도출 될 수 있으며, 그 전망을 현재에 어떻게 함입시킬 것인가가 다시 고민되어야 한다. 필자는 비전 또는 전망에 대한 다양한 탐구를 현 한국시에 다시 요구해야 한다고 생각한다. 최영철 시인은 비참의 일상을 비판하면서도 그 일상에서 잠재력과 삶의 희망을 찾아내었다. 시인의 다음 작업은 그 일상의 잠재력에서 전망, 그 미래로 트이는 삶의 길을 찾아내는 고투가 두드러지지 않을까 조심스레 예측해본다.

3

최영철 시인의 경우처럼, 유홍준의 두 번째 시집 『나는, 웃는다』도 첫 시집 『喪家에 모인 구두들』을 이으면서 동시에 새로운 시적 모색을 보여준다. 첫 시집에서 시인은 평온해 보이는 현대적 일상을 그로테스크하게 비틀어 그 일상 이면에 작동되고 있는 폭력과 죽음을 드러냈다. 그 그로테스크함이 그의 시를 환상적인 세계의 묘사처럼 보이게도 했지만, 기실 그것은 일상의 실재 자체를 드러내려는 시도에서 비롯된 것이다. 시인은 그의 첫 시집 머리에 실린 시에서 "넘길 때마다 핏물이 묻어나오는 시집을 묶어 팔고 싶다"(「식육코너 앞에서」)고 말한다. 필자는 그 말을, 실재 현실이 바로 피비린내 나는 관계(가령, 오이디푸스적 가족관계와 착취적 노자관계)에 기초하여 구축되어 있다면 시 역시 피비린내 나야된다는 뜻으로 읽었다. 실제로 그 시집은, 일상 세계에 대한 감상적 접근을 철저히 배제하면서, 짓이겨진 현대인의 삶을 일관되게 드러내고 고발하고 있다. 삶을 밝게 채색하려는 어떠한 시도도 시인은 배격했다. 그리고 그 원칙은 각 시편에 고집스레 관철되고 있다.

유홍준은 독자에 영합하지 않는 시인이다. 도리어 그는 독자를 불편하게 만들려고 한다. 독자를 편안하게 하는 시, 한갓 교양 재산 목록에 등재되는 시는, 이 폭력에 기초한 세계를 뒷받침해주는 이데올로기에 불과하다고 그는 생각한 것이리라. 『나는, 웃는다』는 속물적 독자에 대한 시인의 경계심이 첫 시집보다 더 선명하게 표명되고 있다. 이에 따라 자신의 詩作에 대한 자의식도 더 심화된다. 가령, 「벌레 잡는 책」에서 시인은 "나는 수사를 이해하지 못하는 저자, 이 책이 없었다면, 벌레 잡는 이 책이 없었다면 미사여구에 밑줄 긋는 저 독자놈의 뒤통수를 갈겨주지 못했을 것이다"라고 말한다. 시인에게 책은 지식이나 교양을 담은 무엇이 아니다. "저 벌레를 때려잡"는데 사용되거나, 마찬가지로 미사여구에 줄을 긋고 외우고 다니는 속물적 교양인의 뒤통수를 갈기는데 사용된다. 때려잡기 위한 책, 그것이 시인이 쓰고자 하는 책이다. 그 책에 담아 놓은 글에는 수사가 없다. 시인은 독자를 가격하기 위해 철퇴같이 뭉툭한 글을 쓰고자 한다. 이 시인에게는, 다음과 같이 주석이 필요 없이 이해되는 글이 이상적이다.

너는 註釋없이 이해됐다
내 온몸에 글자 같은 가시가 뻗쳤다
가시나무 울타리를 나는 맨몸으로 비집고 들어갔다
가시 속에 살아도 즐거운 새처럼

경계를 무시하며

1초 만에 너를 모두 이해해버린 나를 이해해다오

가시와 가시 사이
탱자꽃 필 때

나는 너를 이해하는데 1초가 걸렸다

—「주석 없이」 전문

　주석 없이, 그래서 해석 없이도 이해되는 시, 그런데 독자에게 스며
들듯이 이해되는 것이 아니라 그의 "온몸에 글자 같은 가시가 뻗"칠 수
있는 시를 시인은 쓰고자 한다. 한편, 달리 보면 이 시는 시인이 詩作
할 때 세상에 임하는 자세를 보여주고 있다. 이에 따라 읽으면, 시인은
주석을 달지 않고 세계를 이해하려 한다. 거리를 두고 이해(해석)하는
것이 아니라, 세계와 대면하면서 생긴 "가시나무 울타리" 속으로 그
"경계를 무시하며" "맨몸으로 비집고 들어"가면서 이해하려 시도한다.
이때 "가시와 가시 사이"에서 탱자꽃이 핀다면, 그 1초, 그 순간에 세
계의 대상을 한꺼번에 이해할 수 있으리라고 시인은 생각한다. 그 순
간이 아마 시적인 순간일 터, 그 순간은 어떤 생성이 일어나는 사건의
시간이자 시의 근원이 마련되는 시간일 것이다. 유홍준 시인에게 그
시적 순간은 황홀하지만은 않다. 날카로운 가시들 사이에서 굴처럼 달
지 못한 탱자의 꽃이 피는 순간, 즉 쓰고 아픈 순간이 이 시인의 시적
순간인 것이다. 그에게 시의 근원은 바로 저 가시들 사이에서 피는, 쓰
디 쓴 열매의 꽃이다.
　그래서 시인은 자신의 시를 '惡文', "끝이 갈라진 성기로"(「몽블랑
만년필」) 조루증 환자가 사정해버리듯이 새기는 악문이라고도 말한다.
교양주의를 혐오하고 주석 없이 세계를 이해하려는 시인으로선, 저 폭

발하듯 빨리 새기는 악문이 미사여구와 수사로 가득 찬 글보다 훨씬 진실하다고 생각할 테다. 한편, 악문을 쓰는 조루증 환자라는 시인의 이미지화는, 시인에 대한 기존의 이미지를 조롱하고 파괴하는 작업이기도 하다. 이 시인에게 시인이란 작자는 고매하거나 천재적인 사람이 아니다. 「마스크를 쓴 개」에서의 정의에 따르면, 시인은 "마스크를 쓴", "두 발로 걷는" 개다. 그 개는 "음악을 듣고 책을 읽"고 "행복이란 무엇인가" "골똘히 생각"하지만, 곧 "집에서 쫓겨날까봐 걱정이 태산"인, "늘 혼자 다"니면서 "똥을 누고 말끔히 뒤를 닦는" 모순적인 일상을 살아가는 작자다. 그 개가 끼고 있는 "너무나 오랫동안 길든 마스크는 얼굴이 되어 벗겨지지 않"아서, 그 개는 "마스크 위에 화장을" 해야 한다. 그런데 "진종일 시의 뼈다귀 하나만을 물고 핥고 빨고" 노는 이 개의 마스크는 바로 '시인'이란 직함이다.

'시인'으로서 살아가면서 자신의 맨얼굴을 잃어버리고 '시인'이란 마스크에 사로잡혀 모순적인 삶을 살아가는 시인들—아마 시인 자신을 포함하여—을 이 시는 풍자하고 있다. 하지만 한편으로는, 이 시인 족속을 시인이 그렇게 비판하고 있다고만은 생각되지 않는다. 이러한 이미지화가 비판이 되기 위해서는, 원래 시인은 고매한 일을 하는 자라는 전제가 필요하다. 그런데 이 시의 노림수는 시인의 전통적인 낭만주의적 이미지를 "시인은 가면 쓴 개일 뿐이야"라고 말하면서 전복시키는 데 있다. 즉, 시인이 개 같은 삶을 산다고 슬퍼하는 데에 이 시의 주제가 놓여 있지는 않는 것이다.

한편, 시인의 전복 충동은 전통 서정시의 세계에도 미친다. 시인은 자연에서 삶의 본질을 찾곤 하는 전통 서정시를 명시적으로 거부한다. 「소음은, 나의 노래」에서, "도시로 나와 이십여년, 소음굴 속에서만" 산 시인은 "마침내 騷音人으로 나의 체질은 바뀌"어서 "이제 소음 없이는 못 자는 소음인"이 되었다고, "저 봄 언덕에 꽃이 피거나 말거나"

"매음굴보다 더 지독한" '소음굴' "너 없이는 못"산다고 선언한다. 봄 언덕에 핀 꽃을 노래하는 세계가 전통 서정시의 세계라 할 수 있을 터다. 하지만 유홍준 시인에겐 소음이 "나의 자장가"요, 소음보다 "적막을 견디는 것이 더 힘"든 것이다. 「기계는 기계의 염주 베어링을 돌린다」에서도 시인은 스님의 염불이나 수녀님의 기도보다는 "소음이라 부르는 기계의 염불 소음송(騷音頌)을 외우며" '생산도(生産道)'를 닦는 편을 택한다. 매음굴보다 지독한 '소음굴'에 정들어 버린 시인으로서는 자연의 아름다움이나 본질과 동일화하려는 전통 서정의 세계에 발붙일 수 없을 테다. 그 역시 전통 서정시가 시적 대상으로 삼는 풍경이나 사물에 접근하지만, 전통 서정시가 그것들에 부여하는 의미와는 완전히 상반된 의미를 부여한다. 「사하촌의 봄」은 그러한 전통 서정시의 전복을 잘 보여주고 있다. 반(전통)서정적인 절창이라 부를 만한 시로, 여기 전문 인용한다.

곰팡이가 피었다 곰팡이가 슬었다
연화대(蓮花臺) 위 부처의 눈동자에
허옇게

백태(白苔)가 꼈다

시치미 뚝 떼고 제 똥 위에 꼿꼿하게 앉아 있는 부처,
저 지독한 부처의 똥 냄새를 지우려고 날이면 날마다 피워대는
대웅전의 싸구려?향 냄새

뭐라고, 대웅전이 아니라 여긴 영안실이라고?
뭐라고, 영안실이 아니라 여긴
똥 덩어리 위에 허연 곰팡이 피어 있는 천년 묵은

해우소(解優所)라고? 뭐라고, 연화대가 아니라

부처가 앉아 있는 저곳은 궁둥이 싸늘한 변기, 뭐라고?

치질 걸린 부처처럼 퍼질러 앉아 바라보는
절 밑 사하촌……

담장 밑에 쪼그려 앉아 동백 몇 그루
지금
시뻘건 꽃 떨구고 있는 중, 시뻘건 피똥 싸지르고 있는 중

삼라만상 꽃들의 똥 냄새에 취해 재배 삼배 절을 올리고
엉거주춤 괴춤 추스르고픈 오늘은
오래 오래 변비 앓았던 꽃들의 배설일

백태 낀 부처의 눈동자 속으로
뻐얼건
동백 꽃덩어리들 뚝 뚝 싸갈기는 봄날

　여기에서 시인은, 부처의 눈동자에서 백태를 보고, 대웅전의 싸구려 향냄새에서 부처의 똥냄새를 맡으며, 백련은 허연 곰팡이로 형상화한다. 떨어지는 동백꽃은 동백 몇 그루가 "시뻘건 피똥 싸지르고 있"는 모습이다. 그리고 그 꽃향기는 꽃들의 똥냄새다. 전통 서정시가 즐겨 그리는 고적한 풍경이 지금 완전히 배설물의 아수라장으로 표현되고 있는 것이다. 낙화하는 동백꽃에서 우리가 곧잘 느끼곤 하는 익숙한 서정은, 완전히 파괴된다.
　시인은 「빌어먹을 동백꽃」에서, 동백꽃의 이 피똥 같은 낙화가 자연 풍경에서만이 아니라 바로 우리의 일상에서도 계속 일어나고 있음을 보여주고 있다. "막 이혼한 여자가 옷가지를 챙겨 덜덜덜덜 가방을 끌고 지나갈 때"도, "내 아들놈이 리모콘을 돌릴 때"도 동백꽃은 떨어진다. 배설은 언제 어디서나 일어나고 있으며, 세계는 그 피비린내 나는

배설물로 가득 찬다. 피똥으로 가득 차 있는 세계, 이것이 이 시집에서 보여준 시인의 세계 인식이다. 첫 시집에서도 시인은 일상에서 은밀하게 풍겨나던 피비린내를 줄곧 드러냈다. 이 시집에서는 그 일상의 피비린내가 똥냄새로 대체된다. 피비린내에서 똥냄새로 시적 대상이 전환된 것은 시인의 세계 인식이 다소 변모했음을 보여준다. 피비린내가 함의하고 있는 세계의 폭력성보다는 배설로 상징되는 인간의 적나라한 동물적 삶, 그 문화적 포장을 벗겨낸 삶을 시인은 지금 더 중요시하여 드러내려 하고 있는 것이다. 하지만 그 전환이 시세계의 본질적인 변화는 아니다. 어떤 일관성 속에서의 변화다. 그 일관성은, 세계가 보여주는 허위적인 겉모습의 이면을 폭로하려는 시인의 변함없는 의지에 의해 확보된다.

한편, 세계는 똥으로만 가득 차 있지는 않다. 세계는 부패하는 살덩어리로 채워져 있기도 하다. 똥이 있으려면 똥을 싸는 자도 있어야 하지 않는가. 똥을 싸는 동백이나 부처도 있어야 한다. 동물, 바로 고깃덩어리만이 똥을 싼다. 인간 역시 먹고 싸는 고깃덩어리다. 시인은 휴머니즘에 기초한 나르시시즘적인 감언이설을 배격한다. 인간은 동물보다 우월한 존재가 아니다. 국거리 쇠고기 한 근을 사면서 저울에 올려진 "주검의 일부"를 보면서, 시인은 "인간들의 약속이란 고작/이 한 근의 무게가 모자란다고 보태거나 넘친다고 떼어내는 것?"(「저울의 귀환」)이라는 저울의 신랄한 말을 듣는다. 인간의 자본주의 문명이란, 저 주검의 조각들인 살코기들을 저울에 재면서 떼거나 보태며 가격에 맞게 무게를 맞춰보는 것에 불과하다. 즉 인간들도 역시 자신의 살을 위해 동물의 살을 먹고 있을 뿐이며, 자본주의 문명이란 그 먹는 양을 돈을 통해 통제하는 것에 불과한 것이다. 그리하여 시인 자신도 역시 "백열 근짜리/사지 덜렁거리는 인육"(같은 시)임을 확인한다.

시인의 눈엔 인간 역시 살덩어리로 보인다. 그래서 시인에겐 절단된 인간 신체도 저울에 올리기 위해 이리저리 잘라낸 살덩어리와 같다. 가령, 더럽게 "눈곱 낀 연못" 속에 "눈병 앓는 눈처럼" 던져진 "고무장딴지" 의족과 "연못가 벤치 위" "비린내 심한 제 비늘을 말리고 있"는 "한 토막 잉어"가 동일시된다.(「의족」) 비록 의족이지만, 그것 역시 한때 어떤 이의 신체 일부였다. 토막 난 잉어와 의족의 동일시는 인간 신체를 살덩어리로 보는 시인의 관점을 잘 보여준다. 한편 유기체로부터 도려내진 신체 일부는 부패의 이미지와 통한다. 절단된 신체는 떨어져 나간 살점이다. 떨어져나간 살점은 주검과 마찬가지로 썩어버릴 테다. 썩어가는 고깃덩어리의 이미지는 「지구의 가을」에 잘 나타나 있다. 그 시에서 가을은 썩어가는 웃음의 계절, 더 구체적으로는 "네 억지웃음 띤 오른뺨이 썩어가는", 살이 썩어 구멍이 뚫리고 진물이 흐르는 계절이다. 왜 시인은 가을에서 지독한 부패의 이미지를 건져 올리는 것일까? 확실하지는 않지만, 죽음의 겨울로 가는 길 위의 정거장으로서 가을을 생각한다면, 부패로 인해 구멍 뚫린 고깃덩어리의 이미지는 가을과 연결될 수 있다. 부패 역시 완전한 죽음—소멸—으로 가는 정거장이라고 볼 수 있기 때문이다.

세계가 살덩어리로 채워져 있고, 그 살덩어리의 절단과 부패는 죽음과 연결된다는 시인의 시적 사유는 강렬하고 충격적인 시를 생산한다. 하지만 그 사유가 어떤 출구를 찾지 못하고 시에서 반복된다면, 詩作의 한계가 오기도 할 테다. 딱 어떤 시라고 언급은 하지 않겠으나, 이 시집 안의 일부 시에서 억지스러움이나 긴장이 떨어지는 느낌을 받게 되는 것은 이 때문일 것이다. 우리의 상징계를 붕괴시키는 그 강렬한 인육 덩어리의 이미지들을 반복해서 만들어내게 되면, 충격의 강도는 점점 떨어지게 된다. 그래서 시인은 더욱 그로테스크한 이미지를 일부러 생산하려고 애쓰게 된다. 하지만 이때엔 벌써, 독자는 억지로 조작되었다는 느낌을 갖게 되는 것이다. 평론가 구모룡은 "유홍준에게 있어 독자와의 게임이라는 지적 유희의 측면은 때로 그의 시가 지닌 환멸의식의 진정성을 약화시킨다. 이는 그의 시가 환멸을 대상화하려는 발상을 넘어 사물에 대한 지적 조작의 혐의를 안게 되는 경우이다."(구모룡, 『시의 옹호』, 302면)라고 지적하고 있는데, 그도 유홍준 시가 빠질 수 있는 어떤 함정을 필자처럼 느끼고 있었던 것이리라. 이 때문일까? 시인 역시 어떤 출구의 필요성을 알고 있었을 터, 이 시집의 몇몇 시에서 놀라운 시적 전환을 시도하고 있는 것이다. 가장 놀라운 전환은, 첫 시집에서 증오의 대상이었던 폭력적인 아버지가 이 시집에서는 생명을 주는 존재로 나타난다는 것이다.

그의 아버지가 갑자기 선한 존재로 등장하진 않는다. 「아교」에서 아버지는 "술 취해 어머니랑 싸우다가" 개다리소반을 던져 박살내는, 여전히 폭력적인 성격의 소유자다. 하지만 놀랍게도, 아버지는 곧 "자신의 과오를 수습"하기 위해 개다리소반의 "살점 떨어져나간 무릎이며 복사뼈며/어깻죽지를 깜쪽같이" 아교를 사용해 붙이는 것이다. 첫 시집에서라면 시인의 기억은 아버지가 개다리소반을 박살내는 장면에 멈추어 있었을 것이다. 그런데 이 시집에서 기억은, 박살낸 개다리소반을 아버지 스스로 수리하는 장면으로까지 나아가고 있다. 더 나아가 시인은 "이제 개종을 하"여 "아버지의 아교도가 되"고 싶다는 말까지 하고 있다. 그 개종은 무엇을 뜻하는가? 앞에서, 세계는 배설물과 부패하는 살덩어리로 이루어져 있다는 시인의 세계 인식을 본 바 있다. 그런데 「아교」에서는 바로 그 절단된 신체들이, 그 떨어져나간 살점들이 다시 접합될 수 있다는, 그것도 그 신체를 파괴한 아버지에 의해 회복될 수 있다는 인식이 그 세계 인식에 첨가되고 있는 것이다. 즉 아버지의 종교인 '아교도'로의 시인의 개종은, 아버지는 비록 세계를 파괴했지만 또한 그 파괴로 인해 상처 입은 세계를 고쳐주는 존재이기도 하다는 믿음을, 그리고 세계는 찢겨나간 살덩어리로 이루어져 있지만 다시 꿰매어 되살릴 수 있다는 믿음을 시인이 갖게 되었음을 의미한다.

「포도나무 아버지」는 시인과 '아버지'와의 극적인 화해를 보여주는 시다. 시인은 세계를 부순 아버지가 사실 당신 자신의 살점도 뜯어놓고 있었음을, 그리고 그 살점을 아들인 자신에게 먹이고 있었음을 깨닫는다. 아버지는 파괴의 존재만이 아니라 자신의 핏줄을 뜯어 아들에게 주는 존재다. 그는 "굵은 당신의 팔뚝에서 핏줄 한 가닥을 뽑아 나에게 내미"시는 아버지인 것이다. 아버지는 도려낸 자신의 핏줄, 그 살점이자 주검을 주어 아들이 삶을 살게 해준다. 시를 따라 읽어보자. 아들은 그 핏줄을 포도밭 깊숙이 옮겨 심자 아버지의 심장과 눈동자가 주렁주렁 달리는 포도나무가 열린다. 아들은 아버지의 심장과 눈동자인 포도를 따 시장에 판다. 아버지는 어떤 대가도 바라지 않는다. "얘야 내 포도를 네가 먹으니 즐겁구나 얘야 내 포도를 네가 팔아 새 옷을 사 입으니 보기 좋구나"하며 흡족해 할 뿐이다. '나'는 아버지의 살점들을 먹고 남은 것을 팔아 옷을 사 입는다.

이로써 시인은 살점들이 여기 저기 널린 세계와 화해하게 된다. 그 화해는, 아버지가 파괴한 세계의 살점─그것은 아버지의 살점이기도 한─을 내가 먹고 자랐다는 것을 이해함으로써 이루어진다. 아버지는 자신의 살점을 살덩어리 아들에 접합시켜 파괴된 세계(아버지가 파괴한 것이라고 하더라도)를 수선해 왔음을, 그리하여 아들이 삶을 살게 해 왔음을 시인은 이제 안다. 저 부패와 죽음의 세계는 그래서 부정적이지만은 않다. 우리는 발라진 살점, 그 주검과 접합하면서 살아 왔기 때문이다. 그래서 서민아파트 같은 벌통 앞에 "흩어져 있는 벌들의 주검"(「꿀맛」)이 남긴 꿀은 달다. 이 시구를 통해, 시인은 우리가 즐기는 어떤 향유든 피비린내 나는 죽음을 통해 얻는다는 점을 환기시키면서도, 한편으로 그 죽음 덕분에 우리가 단 맛을 향유하며 살 수 있다는 점도 드러내고 있다. 그러므로 죽음은 환멸을 가져오기만 하는 무엇은 아닌 것이다.

여하튼, 그 주검들로 인해 우리는 이 세계를 '달게' 향유할 수 있다. 그렇다면 그 죽은 살점의 세계엔 아름다움이 있다고 말할 수 있지 않을까. '달다'는 감각이 미각의 아름다움이라고 한다면 말이다. 「검은 관 위의 백합」은 '살점-주검'들이 널브러져 있는 세계에서 '단 맛-아름다움'을 발견하려는 시도를 보여준다. '관 위의 백합'은 "있는 대로 목구멍을 열어젖히고" "비명을 지"르면서 "죽음을 불러내는 트럼펫"이다. 화자는 그 썩어가는 시체 위의 "흰 백합 트럼펫을" 불러 죽음을 더욱 더 불러낸다. 앞에서 보았듯이 주검은 살아있는 자들을 살리기도 하는 것, 더 이상 혐오스러운 무엇이 아니다. 아니, 그래서 썩어가는 주검엔 어떤 성스러운 아름다움까지 있다. 주검 위에 놓인, 죽음을 끌어당기고 있는 백합은 그 아름다움을 표현한다. 시인은 그 백합 트럼펫을 연주함으로써, 백합으로 표현된 죽음의 아름다움을 활성화시키려 한다. 백합 트럼펫 연주는 명계로의 아름다운 길을 마련할 터, 시인은 그 음악에 뒤따라가는 걸음(尾行)을 미행(美行)이라고 명명한다.

> 인간의 길은 모두 바다로 가서 빠져 죽는다, 라고 쓴 엽서를 전해주고 우체부가 오후의 오솔길로 사라진다
>
> 오솔길이 하늘을 향해 기어오른다 아직 어린 구렁이 새끼 한 마리 제 아름다운 몸을 오솔길처럼 구부렸다 폈다 황천행,
>
> 수련중이다
>
> 美行이다
>
> —「尾行」전문

오솔길로 사라진 우체부, 그는 어디로 갔을까? 바다로 가지 않았을

까? 그렇다면 그가 전해준 엽서는 우체부 자신의 죽음으로 쓴 것이다. 그리고 그가 걸어간 오솔길은 죽음으로 가는 길이다. 그런데 그 오솔길이, "하늘을 향해 기어"올라 지표면에서 뜨기 시작하는 것이다. 그 장면은 마치 "어린 구렁이 새끼 한 마리"가 "제 아름다운 몸을" 구부렸다 펴는 모습이다. 상승하는 오솔길과 꿈틀대는 구렁이 새끼가 중첩되면서, 길의 풍경은 하늘로 올라가는 '황천행'을 '수련'하는 것 같이 보인다. 그 수련의 모습은 구렁이의 몸과 같은 아름다움을 뿜어낸다. 하늘로 융기하며 죽음으로 이끄는 풍경이, 아름답다. 앞에서 언급했듯이, 소멸로 향해 가는 길을 완전한 죽음으로 이행하는 부패 과정으로서도 생각할 수 있다면, 썩어가고 있는 고깃덩어리의 일상 세계도 이렇듯 아름다울 수 있는 것이다. 그리하여 우리의 일상도 혐오스럽지만은 않다. 죽음과 삶이 꼬여 있는 회로를 이해하게 된다면, 파괴된 이 세계의 일상에서 죽음으로부터 생성되는 생명의 잠재력(이를 아름다움이라 할 수 있다. 아름다움이 꿀과 같이 단 감각에서 오는 것이라면 말이다)을 발견할 수 있다. 그래서 이 시집에서 가장 아름다운 시 중 하나인 「복숭아밭에서 온 여자」는 유홍준 시 세계에서 일탈한 시라고 말할 수 없다. 그의 시세계가 갖고 있는 내적 논리가 이 시를 탄생시켰다 할 것이다. 이 시의 전문은 다음과 같다.

새벽열차가 복숭아밭을 지난다 단물 빠진 껌을 씹으며 여자 하나가 올라탄다 화사하다 싸구려 비닐구두를 구겨 신고 있다 털퍼덕, 허벅지 위에 비닐가방을 올려놓고 빨간 손끝으로 떽 떽 검은 풍선껌을 불고 있다 복숭아, 복숭아 냄새가 난다 저 여자 이내 잠이 들어 군복 입은 사내 어깨에 머리를 처박는다 생면부지 사내의 어깨 빌려 멀고도 먼 꿈을 꾼다 새벽기차표를 끊을 때 군복 입은 사내 곁엔 젊은 여자를 앉히는 이상한 역무원이 있다 몸 섞지 않고도 부부가 되어 종점까지 가는 사람들이 있다 퉤, 껌을 뱉듯 아침이 온다 두루마리 비닐같은 아침햇살이 복숭아밭을 덮는다 깨울 수도 없을 만치 깊이 잠든 싸구려 원피스 볼따구니에 밝고 환하고 고운 햇살 한 움큼이 어룽거리고 있다

이 시에 대해 필자는 이미 한번 자세히 언급한 적이 있으므로(『애지』 2006년 가을호), 여기서 상론은 하지 않겠으나, 인용할만한 좋은 시라 생각되어 간략히 살펴보기로 한다. 싸구려 매춘부로 보이는 어떤 여자가 새벽 열차에서 우연히 군복 입은 사내와 같이 앉게 되고, 이내 그 사내의 어깨에 기대 잠드는 흔하고 평범한 일상사를 이 시는 묘사하고 있다. 하지만 그 풍경에 어떤 미세한 변화가 일어난다. "비닐 같은 아침햇살" 한 움큼이, 마치 버림받은 인생에 입맞춤하는 천사처럼, "싸구려 원피스"를 입고 비루하게 살아가고 있을 이 여자의 "볼따구니에" "어룽거리"기 시작하는 것이다. 여기서 우리는 이 "싸구려 비닐" 같이 사는 여자로부터 아지랑이처럼 피어오르는 어떤 아름다움을 발견하게 된다. 지금, 어떤 아름다움이 밝고 환한 햇살로서 그녀에게 강림하고 있다.

이 시가 죽음의 아름다움을 펼치고 있지 않지만, 이 세계의 비루함에 강림한 아름다움의 발견은 죽음으로의 걸음이 美行일 수 있다는 점을 시인이 발견해냈기에 가능한 일이었다. 즉 파괴되어 부패해 가고 있는 세계도 아름다울 수 있다는 인식이, 저 삶이 파괴되어 가고 있을 여자의 일상 위로 가볍게 상승하는 아름다움을 발견할 수 있게 했던 것이다. 그런데 그 아름다움은, 부패한 고깃덩어리와 같은 일상의 내부에 깊숙이 존재하는, 아침햇살 같이 눈부신 어떤 힘, 죽어가는 삶을 다시 되살릴 수 있는 잠재력이라고 말할 수 있다. 여자와 군복 입은 사내와의 '접합'을 통해, 그 일상에 내장된 힘의 잠재성은 드러난다. 사내의 어깨는 "처박은" 그녀의 머리로 따듯하다. 그녀 역시 사내의 어깨를 빌려 꿈을 꿀 수 있게 된다. 그녀가 사내의 어깨에 머리를 기대고 있지 않았다면, '볼따구니'에 비친 햇살은 전혀 아름답지 않았을지 모른다. 아니, 두 살덩어리의 접합이, 그 "흉터끼리 뽀뽀"(「나는, 웃는다」)가, 저 햇살의 아름다움을 불러온다고도 말할 수 있다. 이 두 삶은,

이제 살점 같은 서로의 삶을 뜯어먹으면서 다시 살아나갈 수 있게 될 테다. 새로운 생명의 아름다움이 햇살로서 빛나고 있는 것이다.

그런데, 햇살로 피어오르며 나타난 그 아름다움은, 지금 기화되어 사라지고 있지 않는가? 마치 눈처럼 녹아 사라지고 있지 않는가? 아침이 지나가면 이 눈부신 장면은 곧 칙칙한 일상의 모습으로 되돌아올 것 같다. 저 장면의 아름다움은 곧 연기처럼 허공으로 사라질 것 같아서, 손으로 잡으려 해도 잡히지 않을 것 같다. 이 시에서 상큼한 아름다움을 느끼면서도 허망함의 뒷맛이 깊은 것은 이 때문이다. 「의자 위의 흰 눈」에서 시인이 말하듯이, "멀고먼 곳에서" 오느라 지쳐버린, 그래서 "햇살이 퍼지자" "의자 위에 잠시 앉았다 쉬어 가는" 저 '흰눈'을 "붙잡을 수 없"는 것과 같이, 가볍게 순간 상승하며 드러난 일상의 아름다움을 붙잡아 놓을 수는 없는 것이다. 그래서 이 아름다움을 드러낸 시는 "기대기만 하면//녹아버리는" "얼음시"(「얼음나라 체류기」)다. 이 녹아버리는 허망한 아름다움을 "한 아름의 실감"으로 현실화시킬 수는 없는 것일까. 아직은 그 길이 이 시집에선 보이지 않는다. 하지만 이 현실화가 앞으로 이 시인의 시적 과제가 될지도 모른다. 시인은 「한 아름의 실감」에서, "백번 안아도 허공"인 허공을 안는 것보다는 "아름에 꽉 차는 오동포동한 여자"를 안고 싶다고, 그 "한 아름의 실감"이 아름답다고 말하고 있기 때문이다. 그래서 시인의 다음 작업이, 일상에서 발견해냈던 그 사라지는 아름다움−생명력의 잠재성−을, 실감 있게 안을 수 있는 단단한 형상으로 구성해내는 데에 역점을 두지 않을까 기대하게 된다. 그것은 일상에 내장된 생명의 잠재성−아름다움−을 현실화하는 작업이 될 것이다.

이수익, 『꽃나무 아래의 키스』(천년의시작, 2007)
조성국, 『슬그머니』(실천문학사, 2007)

강렬한 삶과 생명의 힘

이수익 시인은 시력 44년이 되었지만 여전히 열정적이다. 시인은 신간 시집 『꽃나무 아래의 키스』에서, 오래된 시력을 갖고 있는 시인들이 보여주곤 하는 삶의 지혜라든가 깨달음에로 접근하지 않고 도리어 삶과 죽음의 경계선에 서 있고자 하는 모습을 보여준다. 그는 평온을 거부하고, 시인은 어떤 절정의 위치에 서 있어야 비로소 진정한 시를 쓸 수 있으리라고 생각한다. 이수익 시인은 예전부터 어떤 극단적인 것을 보여주려고 노력해왔다. 시인 자신이 시선집 『불과 얼음의 콘서트』(나남, 2002)에서 "내가 삶과 사물을 바라보는 마음에는 그 존재의 속성 중에서 뜨겁고 치열하고 극단적인 면을 탐색하여 이를 형상화하고자 하는 욕구가 있다."고 밝혔듯이 말이다. 시인은 이 시집에서도 극단적인 존재의 속성을 치열하게 포착하려고 한다. 이의 포착과 이에 대한 형상화는 상당한 정신적 에너지가 소비되어야 하는 일로, 심적인 안정을 주는 여러 유혹들에 흔들리지 않아야 하고, 타협하지도 말아야 한다. 「아득한 추모」에서 이육사 시인을 추모하고 있는 이수익 시인은, 여전히 진정한 시는 이육사의 그것처럼 극한에 존재한다고 생각하고 있는 것이다.

그런데 이 시집은 이수익의 예전 시와는 다른 면모도 보여주고 있다. 이 시집에서 특히 시간에 대한 사유가 두드러지게 나타나고 있다는 점이 그것이다. 그런데 이 시간에 대한 사유 역시 삶의 극한 지점인 죽음과 삶의 경계선에서 드러나고 있다. 그렇다고 존재와 소멸의 경계선에 놓인 시간에 대한 이 사유는, 결코 관념적이거나 형이상학적으로 행해지지 않는다. 시인 자신이 죽음의 접근을 몸으로 느끼고 있기 때문이다. 이수익에게서 죽음은 관념의 유희 대상이라기보다는 삶에 개입하여 다시 삶을 구축하게 하는 실체다. 시인이 보여주는 죽음의 장면들, 가령 "보드블록 위에" "꼼짝없이/죽어 있"는 "지렁이 한 마리"(「길일」)의 모습은 관념이 아니라 실체인 것이다. 그 지렁이의 죽음은 시인의 삶에 죽음의 육체성을 심는다. 그 지렁이의 주검은 바로 시인의 운명을 보여주고 있는 것이다.

이 주검을 포착한다는 것은, 삶의 시간에 죽음이라는 비시간을 삽입하는 일이다. 시간의 흐름에 비시간을 삽입할 때 '순간'이 도래한다. 이수익 시인은 「아직 우리는 말하지 않았다」에서 "우리가 본 것은/순간의 시간, 시간이 뿌리고 가는 떨리는 흔적,/흔적이 소멸하는 풍경"이라고 말한다. 이 드러났다 소멸하는 흔적의 발견, 그 '순간의 시간'의 포착이 이 시집의 주제 중의 하나이다. 가령 시인은 고무풍선을 불고 있는 작은 아이의 모습에서 "최대한 부풀어오르는 지점과 터져서 찢어지는 지점"을 발견하면서, "풍선과 아이가, 사람들과 풍선이, 한순간에 집요하게/서로 묶여있는 지금"(「삼각관계」)의 시간을 포착하고 있다. 또한 그는 바이올린 독주자에서 "한 발자국 물러설 수 없는 발걸음을 디뎌/완벽하게 죽음의 벼랑 끝을 밟고/지나가야"하는 "순교자처럼 비장"한 모습을 보고, "펄럭이는 불꽃/그늘이/침묵하는 청중들의 가슴 위로/철렁, 내려앉는"(「불꽃의 시간」) 시간성을 포착하기도 한다.

삶과 죽음의 경계선에서 시적 순간, '불꽃의 시간'이 도래하기 때문에 시인은 폐허나 버려진 것들에 주목한다. 용도가 다해 폐기된 것은 죽음을 상기시키에, 삶을 죽음과 접촉할 수 있게 하기 때문이다. 「배후는 따듯하다」에서 시인이 "구겨진 풍경의 액자를 만들며/어둠 속을 비스듬히 누워 있"는 "몸이 뜯긴, 오래된, 주거불명의" 자전거에 주목하는 것도 그 때문일 것이다. 이 폐기된 것이 시인의 삶에 죽음과의 접촉을 만들어낼 터, 그 죽음의 포착으로 삶은 새롭게 조명된다. 시인은 이 시에서 "이제는 더 이상 뜯길 것 없으므로/자유가 너희를 화평케" 할 것이라는 인식을 보여주고 있는데, 이에 따른다면 삶이란 바로 죽음에 이르기까지 뜯기며 살아가는 것이요, 자유란 바로 모든 것을 다 내주고 "무관심에 길들여진 편안함"에 이르렀을 때 얻을 수 있다.

'뜯김'은 죽음으로 가는 과정이면서 죽음과 마주치는 사건이다. 뜯김을 통해 몸의 일부분은 없어진다. 그것은 작은 죽음, 또는 완전한 무─죽음─에 이를 때까지의 예비 과정이라고 할 수 있다. 시가 순간의 시간을 재구성하는 것이라면, 시인은 삶과 죽음이 마주치는 순간들─뜯김의 순간들─을 포착하고 재구성해야 한다. 그래서 시인은 자해(自害)하는 사람이다. "제 몸을 부수며" 우는 종에서 이수익 시인이 "핏빛 자해(自害)의 울음소리"를 내는 자화상을 보듯이 말이다. 그런데 그 종이 "마침내 깨어지면 울음도" 그칠 터여서, 그 울음소리야 말로 "살아있음의 명백한 증거"(「자화상」)다. 다시 말해 자해의 고통으로 인한 울음이 삶을 증거하는 것이다. 그는 「그리움」에서 시를 "개 같은 그리움"이라고 정의 내린다. 그리움이 가져오는 것이 바로 종의 울음일 것이다. 시인은 그리움으로 인해 고통스럽게 운다. 그리움의 고통이 닥친 순간에 시는 써진다.

그리하여 시인으로서의 삶은 그 울음 자체요, 울음이 바로 시가 될 것이다. 그리고 그 그리움의 고통은 사랑으로부터 비롯될 것이다. 이수익 시인에게 있어서 사랑은 무엇인가? 그는 「끝」에서, "벼락처럼/상처처럼/해일처럼" 있는 '끝'인 '사랑'에 "내가 먼저 그곳으로 가려 한다"고 말하고 있다. 그 '끝'인 사랑은 "칼날처럼/섬처럼/비명처럼" 있다는 시인의 진술로 보아 삶과 죽음의 날카로운 경계선에 놓여 있는 무엇일 것이다. 즉 한 발자국만 나아가면 죽음으로 떨어지는 벼랑 끝에서의 삶이야말로 시인에게는 사랑의 삶이다. 그래서 이수익 시인은 "그래, 시는 마침내/죽음의 바다에서/나와 함께 죽는다"(「그리움」)고 비장하게 말한다. '끝', 그 절정에 대한 사랑이 시를 쓰게 한다. 삶과 죽음의 경계에서 쓰는 시는, 결국 죽음의 바다로 빠질 것이다. 하지만 그는, 시가 시인과 함께 죽음으로 빠질 운명이기 때문에 시는 써지는 것이며, 아름다운 것이라고 생각한다. 「사랑의 기쁨」에서 시인이 "사무치는 절정"인 그 '끝'은 "사랑, 단 한 번/핏빛 목숨 같은 사랑"으로, "불꽃 생명 환희/그 다음/죽음의 나락 오고"마는 것이라고 말하듯이 말이다. 그래서 사랑은 "쾌락 속에 든 사약(死藥)"이다. 시인은 여기서 그 사랑의 위험성을 말하고자 하지 않는다. 시인은 그 사약을 달게 마시리라고 말한다. 죽음을 무릅쓴 사랑이야말로, 죽음과 맞닿은 절정의 삶—삶과 죽음 사이에서 불꽃처럼 터지는 순간의 삶—이야말로 '핏빛 목숨', 열정적인 삶이기 때문이리라.

　이수익 시인의 미학은 그러므로 여유로운 완상의 그것이 아니다. 그가 시적 대상에서 포착하려는 것들은 삶의 고통스러운 절정, 그 순간들의 흔적이다. 극단의 무엇에서 그는 아름다움을 찾아낸다. 그 아름다움은 결코 조화로운 무엇에서 발현되는 것이 아니고 삶과 죽음 사이에서의 절박하고 위태로운 모습에서 발현된다. 시인은 「상처와 만나다」에서, "몇 날 밤의 한파가 겨우 기세를 꺾은" 어떤 날에 "사력을 다하듯 따스한 햇살폭포 쪽을 향하여/해바라기 한 것이 하도 아픈 뒤틀림이" 된 인도고무나무 잎사귀들을 발견한다. 그는 그 잎사귀들의 '볼

구의 몸짓'에서, "살아야 한다고, 살고 싶다고, 제 육체를 한껏 비틀어/버릴 수밖에 없었던 저 단말마의 비명", 즉 "고통의 극점"을 포착한다. 몸을 비틀어 올린 잎사귀들에서 어떤 극점, 절정, 순간을 시인은 읽어내고 있는 것이다.

'극단의 미학'이라고도 할 이수익의 미학은 「꽃은 부드럽지 않다」에 잘 표명되어 있다. 시인은 "꽃은/네가 말하듯, 그렇게 아름다운 추상이/아니"라고 말한다. "꽃은 지금/절박한 실존으로/제 생의 위태로운 극단 위를/피고 있"다는 것이다. 그에 의하면, 꽃은 추상적인 아름다움을 보여주는 것이 아니다. 꽃의 아름다운 자태는 구체적인 실존의 삶을 통해 발현된 것이다. 즉 꽃의 아름다움은 "저 하나 우뚝 피어나기 위해 옆옆의 꽃을/밀치고 누르거나/혹은 짓밟으며/불꽃 튀는 관능의 빛깔과 향기와 자태를/하늘 가운데 눈물겹게 드러내려 하고 있"는 데서 드러나는 것이다. 꽃들은 그 과정을 통해 "저리도 제피를 말리면서/시들고 있"다. 아름다움은 죽음과 맞닿아 있는 절박한 실존의 극단에서, 죽어가면서 획득되는 무엇이다. 요컨대 시인은 아름다움을 극단으로 돌진하는 삶, 사랑하는 삶에서 찾는다. 그 삶을 강렬한 삶이라고 명명할 수 있다. 시인은 그 강렬한 삶을 다음과 같이 뱀으로부터 찾아낸다.

지하 통로
뱀 한 마리 미끄러지듯
전율하며 달려가고 있다.

오로지
표적을 향해
맹목의 정신으로 줄달음치는
저
일 촉 화살처럼,

불타는 살의는 미친 듯이 씩씩거리며
제 얼굴에 부딪치는 암흑의 벽면을
깨뜨린다, 무지하게.

뱀이 스쳐간 자리에는 피투성이,
피투성이 되어 넘어진 적막의 살점들이 살아 퍼덕인다.

—「파열」 전문

　"암흑의 벽면을" "맹목의 정신으로 줄달음"쳐서 깨뜨리면서 스스로
파괴되는 뱀의 저돌적인 삶이야말로, 강렬하다. 뱀의 이 행위로 인해
파열되는 암흑의 적막은, 도리어 생명을 부여받는다. 피투성이가 된
적막의 살점들이 "뱀이 스쳐간 자리"에 널려 있게 되지만, 그것은 곧
"살아 퍼덕"이게 되는 것이다. 뱀의 강렬한 삶은 암흑과 대결하는, 즉
죽음의 세계와 부딪치는 삶이지만, 주변의 삶을 다시 '퍼덕'이게 한다.
삶과 죽음의 경계선인 극단의 지점에 돌입하면서 살아가고 있는 뱀은
스스로도 피투성이가 되는 삶을 살지만 적막을 파열시키고 삶을 삶답
게 만든다. 그 삶은, "당당히 보복하리라는 일념"으로 "적의에 떨리는
몸을 바짝 웅크리"고는 "동그란 두 눈엔 인광처럼 새파란 불을 켜서/
저주의 불꽃을 날리"는, 그럼으로써 "어둠의 내부를 샅샅이 뒤지고 있
는/저/불운한 피의 테러리스트"(「들고양이」)인 들고양이의 삶과 닮았
다. 그 들고양이는 어둠 속에서 무엇인가를 발견하면, 그 어둠의 '벽
면', 죽음의 세계의 벽면에 돌진할 것이기 때문이다. 들고양이가 날리
는 '저주의 불꽃'은 바로 돌진으로 인한 '파열'이 일어나기 직전의 긴
장된 순간을 드러낸다.
　이 시집에서 이수익 시인은 이렇듯 삶의 강렬성이 드러나는 순간을
포착하고 있다. 그 강렬성은 삶과 죽음이 마주칠 때 일어나는 파열의
순간에 드러난다. 그래서 그 극단의 순간은, 어떤 부딪침에 의해 일어

나는 '불꽃'으로 명명된다. 하나 불꽃의 삶은 화려한 무엇이 아니다. 다시 말하면 암흑의 벽면에 돌진하는 뱀이나, 어둠을 노려보는 들고양이의 모습은 그것들에게는 특별한 행위가 아니다. 그것들의 일상적인 행위에서 시인은 삶의 강렬한 순간을 포착한 것일 뿐이다. 그것들의 일상에서 시인이 삶의 강렬성을 포착할 수 있었던 것은, 그것들이 야생적인 삶을 살고 있기 때문이다. 재지 않고 세계에 몸을 던지는 그 야생성이 삶을 불꽃으로 타오르게 만든다. 그런데 야생적인 삶을 사는 사람들은 바로 육체노동자 아니겠는가. 그렇다면 재지 않고 일에 돌진하며 살아가는 육체노동자의 삶은 불꽃처럼 빛날 터이다.

> 느긋하게 한숨 자고
> 가득한 포만으로 식사를 끝낸
> 젊은 노무자들은
> 합숙소를 떠나 일터로 향하는 길
> 천천히 발걸음 옮긴다.
>
> 충전된 힘으로 그들은
> 오늘도 일을 만나
> 무섭게 들소처럼 제 몸을 던지리라.
>
> 그리고 이 시간쯤엔
> 휴식을 위해 합숙소로 돌아오는 이들도
> 있다. 그들 가슴은
> 기력을 탕진한 이후의, 나른한 피로에 젖어
> 펄럭이고
>
> 더러는 남아 있는 기운이
> 거친 슬픔과 뒤섞이며, 때로는
> 기분을 받아줄 대상도 없이 제 스스로에게
> 씨팔,

욕설이라도 내뱉고 싶을 것이다.

널따랗게 열려 있는 수색역 차고지를
묵묵히 드나드는
빛나는 검은 육체, 젊은 사내들 같은

열차, 그리고 열차들.

　　　　　　　　　　　　　　　— 「수색역(水色驛)」 전문

　이 시는 열차를 노동자에 빗대어 형상화하고 있다. 하지만 육체노동
자에 대한 시인의 시선 역시 느낄 수 있는 시다. 묘사된 열차의 삶이
바로 노동자의 삶이라고 볼 수 있기 때문이다. 뱀이 암흑 벽면에 돌진
하듯이, 노동자들은 일에 들소처럼 제 몸을 던지면서 살아나간다. "휴
식을 위해 합숙소로 돌아오는 이들"은 고된 노동으로 "기력을 탕진"하
고, "거친 슬픔"으로 "기분을 받아줄 대상도 없이 제 스스로에게" "욕
설을 내뱉고 싶"어하기도 한다. 그러나 그들은 욕설 한 마디만 내뱉을
뿐 묵묵하다. 노동에 종사해야 하는 그들의 삶은 뱀이나 들소의 삶처
럼 야생적이다. 야생의 삶은 강렬한 삶이다. 강렬한 삶은 불꽃처럼 빛
나는 순간들로 이루어진다. 야생적인 노동자의 삶 역시 강렬하다. 그
래서 그들의 검은 육체는 빛난다. 이 빛나는 노동자의 형상이, 이 시집
의 해설자가 말한 이수익 시인의 "시적 변화를 암시하는 조짐"의 하나
아닐까 생각된다. 여기서 이수익 시인이 자신의 시선집 서문에서 언급
한 "나의 유미주의적 시작 관점"이 노동자의 생활과 만나고 있는 것이
다. 생활이 시적 대상으로 될 때 시는 역사—사회와 만나게 될 터, 시
인의 시작에 어떤 변화가 올지 시인의 다음 작업을 기대해 볼 일이다.
그러한 기대를 해볼 수 있는 것은, 이 시집을 보면 알 수 있듯이, 시인
이 강렬함이나 극단을 추구할 만큼 충분히 젊기 때문이다. 젊음은 변
화를 요구하기 마련이다.

제
2
부

이수익 시인이 그려낸 노동자의 형상이 노동 현장 외부로부터의 조명에 의해 구축되었다면, 노동자로서의 극한적인 삶을 직접 겪은 조성국 시인은 그의 첫 시집 『슬그머니』에서 이를 노동 현장 내부로부터 형상화하고 있다. 특히 이 시인의 지난 삶을 엿볼 수 있는 3부의 시들에서, 수배와 노동운동의 힘든 나날들이 과장이나 감정의 과다한 누설 없이 담담하게 회상되면서 형상화되고 있다. 시인은 "운동 한답시고,/온통 몸에 밴 룸펜 땟자국 절단하며" "실팍한 노조 하나 꿈꾸었지"만, "신출내기 비명 소릴 들으며/신물쓴물 다 게우다 뛰쳐나와버린" "조출철야 프레스 밟았던 거기"(「마음의 감옥」)를 잊지 못하고 있다. "부르르 진저리쳐지는/기억까지 그악스레 되살아나"는 이유는 아마도 "엄지발가락 잘라 이식 받은 손가락을/코밑에 장난스레 갖다 대며/꼬랑내 안 나느냐고 묻던 그 녀석"이 있었기 때문일 것이다. 노조 결성을 꿈꾸며 위장 취업한 이 인텔리출신 시적 화자에게 가장 깊은 기억을 새긴 것은, 회사와의 투쟁 경험도 아니고 노조 결성을 위한 조직 작업도 아니다. 그것은 손가락이 잘렸으나 밝게 장난치던 '그 녀석'의 생명력이다. 어찌 '그 녀석'도 화나고 슬프지 아니하겠는가. 그는 자신의 신체가 파괴되어야 하는 현실을 증오하기도 하고 분해하기도 할 것이다. 하지만 그는 그 슬픔과 증오를 털어버리는 장난으로 삶을 일층 더 굳세게 살아가려고 한다. 시적 화자는 그러한 힘과 유모어를 보여준 노동자들의 형상을 잊지 못한다. 그는 그 형상에서 인간의 존엄성을, 사람과 사람 사이의 진정한 유대를 느낄 수 있었기 때문이리라.

시 「신출내기」를 읽으면, 공장 안에서의 유대는 상처 입은 사람들끼리 이루어지는 것임을 알 수 있다. 여기서 상처는 마음의 상처와 같은 것이 아니다. 육체에 직접적으로 새겨진 상처다. 공장 신출내기인 시적 화자는 "초면치레 내 악수를 꺼리던 사람들/눈총받으며" 일을 해야 했다. 하지만 팔뚝에 살점이 파이는 상처를 입고 "그 사람들도 한 번쯤 경험했을 서러움의 흔적처럼/뚜렷한 몇십 바늘 봉합수술 자국"을 몸에 지니고 나서야 "먹구리빛 팔뚝에 박힌 흉터의/공장장이 야근 밥상을 마주하며/슬그머니 의자도 숙부드럽게 빼어"주기 시작한다. 서로의 흉터, 그 서러움의 흔적이 노동자들 사이의 이심전심을 일구어내고, 비로소 상처 입고 학대받는 사람들끼리의 유대가 이루어지는 것이다. 그리고 이 유대가 새로운 희망을 갖게 할 것이다. 그래서 화자는 "이 황홀한 상처의 길을/걸어보기로 작정할 참"이라고 다짐한다.

이러한 '황홀한 상처'가 만드는 유대감은 관념적인 민족적 유대감과는 다르다. 노동자끼리의 유대감은 신체가 만들어내는 것이다. 그래서 손가락 세 개가 잘린 필리핀 노동자와, 살점이 파이는 상처를 입은 노동자의 유대감은 형제끼리의 그것보다 더 깊을 수 있다. 「어떤 각오」는 상해를 당한 필리핀 노동자와 베트남 어미가 "출생신고도 못한 다섯살배기/사내아이와 목하 산수 공부"하는 장면을 묘사하고 있는데, 그 묘사는 외면적이지 않다. 특히 손가락이 일곱 개뿐인 필리핀인 아비는 "일곱 더하기 셋"을 가르치면서 발가락을 내밀어 열을 채우는 장면은, 묘사자가 흉터 가진 사람으로서의 필리핀인에 대한 공감이 없었다면 포착하기 어려운 것이다. 시인은 상처 입은 사람끼리의 깊은 유대감을 갖고 이주노동자들을 묘사하고 있는 것, 다음과 같은 이 시의 말미 역시 시인은 어떤 유대감을 갖고 썼을 것이다.

낡은 안전화 끈 질끈 조여 매고
수은등 화한 작업장 내딛던 어미는
연일 철야라도 시키면 하겠다고 이를 악물고
아비는 불법체류자로 신고당하더라도
이번 달엔 체불 임금을
꼭 받아야겠다고 맘먹었다

시인은 여기서 이 이주노동자들의 생활고와 현실 상황을 몇 줄로 압축하여 보여주면서, 묘사에만 그치지 않고 이들의 어떤 단호하고도 눈물겨운 의지를 드러내고 있다. 그 소박하지만 위대한 의지는 퍽 강렬하다. 어미는 연일 철야 노동이라도 해야 하는 상황에 처해 있다. 아비가 계속 임금을 받지 못하고 있기 때문이다. 사업주는 불법체류자로 신고하겠다는 위협을 가하면서 아비에게 임금을 주지 않으려고 한다. 하지만 아비는 철야를 결심하는 어미를 보면서 신고당하더라도 반드시 체불임금을 받아내겠다고 맘먹는다. 아비의 이 결심은 분노와 사랑 속에 자신의 전존재를 던지려는 것이다.

「어떤 각오」는 빼어난 노동시다. 이 시는, 노동자들을 단호하게, 더 나아가 거칠게 만드는 것이 그들의 몸을 한갓 기계로 생각하는 악덕 자본주의 때문이라는 점을 이주노동자의 형상을 통해 함축적으로 보여준다. 현 자본주의는 노동자들을 극한적인 상황에 몰아놓고 있다. 그래서 그들은 야생적이 되지 않을 수 없다. 그 야생성은 순해 보이기만 하는 암컷 발바리가 "조막만 한 혓바닥을 아등바등 내밀어/꿈틀거리는 제 새끼를 살뜰히 핥다가/희번덕 치켜뜨는 적의한 눈빛"(「그 눈빛」)을 보이는 것과 같다. 체불임금을 받으러가는 필리핀인 아비의 눈빛 역시 그러했을 것이다. 상처 입은 사람들은 유머로 자신의 고통스러운 처지를 이겨내려고도 하지만, 또한 세상에 대한 '적의한 눈빛' 역시 갖고 있을 테다. 그것은 주린 사람들의 눈빛이자 되살아난 "민무늬 토기 적 야생 습관"(「청동기의 집」)에서 발광되는 사나워진 눈빛이다.

그러나 그 눈빛에서 조성국 시인은 '경전'을 읽는다. 「눈빛, 내 마음의 경전」에서 시인은 "절뚝이는 다리의" '외눈박이' 노동자를 형상화하고 있다. '일급 재단사'인 그 역시 고된 노동에 의해 육체가 찢어지는 아픔을 겪은 사람이다. 몸이 불편한지 "주름살 굵게 팬 이마의 땀 훔치고/가쁜 숨 하얗게 몰아쉬"는 그가 신출내기 시적 화자를 쏘아보는 그의 눈빛은 아마도 매서웠을 것이다. 하지만 그의 눈빛은 "투명유리 파편을 피해/나를 밀쳐내며/쓸어져선 애써 부릅떠 보이기도 했던" 것이어서, 적의만 있진 않다. 위협적으로 보이긴 하지만 동료 노동자를 살리기 위해 몸을 날릴 수 있는 자의 눈빛이기 때문이다. 그래서 그 눈빛 안쪽엔 깊은 동료애가 숨 쉬고 있는 것이다. 겹으로 싸여 있는 그 눈빛에서 시인은 깊은 인간성을 보게 된다. 그래서 시인은 눈빛을 "내 마음의 경전"이라고 명명한 것이리라.

'나'를 쏘아보는 눈빛이 나의 마음에 무늬를 새기게 된 것은 응시의 결과다. 나는 저 사람의 눈을 응시하고 있다. 이는 시선을 던지는 것이 아니다. 시선은 저 대상을 해석하여 포획하려는 주체의 시도다. 응시에서는 이와 달리 대상 스스로가 수수께끼처럼 드러난다. 드러난 응시의 대상은 보는 자의 무의식적인 내면과 연결된다. 눈빛은, 나의 무의식을 자극하는, 저 응시 대상의 눈에서 나오는 빛이다. 저 눈빛에 의해 보는 자의 무의식은 흔들리고, 마음에 어떤 무늬가 새겨지는 것이다. 「흔적」에서 시인이 "삭발 단식 울먹이는 아낙의/성난 가슴에 바싹 달라붙어서/빈 젖을 빨며 총총 쏘아보는/아이의 천진한 눈동자"를 쳐다보고는, 곧 "에먼 데로 눈꼬리 흘리고 돌아"온 후 '밤에' "불끈,/종주먹질 해댔던 것"은, 아이의 눈빛이 그만큼 화자의 무의식을 뒤흔들었기 때문일 것이다.

그런데 응시 대상은 어떤 '흔적'으로 나타난다. 흔적은 비밀을 감추고 있다. 흔적은 무엇인가의 흔적이다. 그런데 흔적에는, 그 무엇인가의 존재가 암시만 되어 있을 뿐 감추어져 있는 것이다. 조성국 시인은 이 시집의 몇몇 시에서 이러한 흔적을 찾아내어 포착하는 노력을 보여주고 있다. 흔적은 드러난 현상보다 더욱 많은 의미를 감추고 있기에 시적이라고 할 수 있다. 그렇다면 흔적을 찾아나서는 시인은 결국 시적인 것을 찾아 나서고 있는 셈이다. 조성국 시인은 흔적, 그 시적인 것을 발견함으로써, 어떤 현상의 이면에 숨겨져 있는 의미들을 드러내고, 삶의 가능성을 다시 생각하려고 한다.

가령, 「중생」에서 시인은 "때깔 고운 저 연꽃 송이에/흐린 방죽이 일거에 화안"한 현상을 포착하면서, 그 연꽃송이들이 핀 자리가 "죽은 생쥐 뱃구레 썩는 데", "구더기 떼 끓던 자리였"다는 것을 발견하고 드러낸다. 고운 연꽃 송이가 시적인 것이 아니라 바로 구더기 떼 끓던 죽은 생쥐의 썩은 뱃구레가 시적인 것이다. 이 시적인 것을 통해 아름다운 연꽃에 숨겨져 있는 의미, 생명은 죽음을 발판 삼아 피어난다는 의미를 시인은 드러내고 있다.

조성국 시인이 드러낸 이 의미, 죽음이 생명을 낳는다는 "생물의 조화"(「적멸」)는 '희망'과 같이 새로운 의미로 증폭될 수 있다. 상처 입은 노동자와 같이 억압받는 자는 늘 패배해 왔다. 혁명에서와 같이 그들이 승리하는 경우도 있었다. 하지만 혁명 이후의 체제는 곧 그들을 억압하곤 했다. 인류에게 희망은 보이지 않는 듯하다. 하지만 시인이 포착한 연꽃처럼, 그들의 죽음 위에 새롭고 고운 생명이 피어날 수 있다면 억압받는 자의 패배와 희생은 헛되지 않다고 말할 수 있다. 즉, 시인에 의하면 "죽은 청설모의/육탈된 흰 머리뼈 틈새로/참나무 움이 여럿"하는 것이 삶과 죽음의 조화이기에, 비통한 패배와 죽음 이후에도 희망을 가질 수 있는 것이다. 이수익 시인이 삶을 죽음에 접근시켜 극단의 삶, 강렬한 삶을 획득하고자 했다면, 조성국 시인은 죽음에서 삶의 새로운 생성을 포착하여 희망의 근거를 마련하려고 했다고 할 수 있다. 그래서 시인은 시 「망월묘지」에서 80년 5월 광주의 희생자들이 다시 새로운 생명을 낳고, 그럼으로써 부활하는 모습을 보여줄 수 있었다.

봉분 한편에서는
키만 말쑥하니 자란 채
꽃이나 아니나

서너 망울 피기도 전에 져버린
지난여름의
감국 몇 그루를 자양분 삼아
여릿한 떡잎이
젖이나 되는 양
봄빛을 쑥쑥 빨아 먹더니
밤이 되어서는 반딧불
두서넛이 다투어 빛났다

　"감국 몇 그루"의 죽음을 "자양분 삼아" 떡잎은 자라나는 이 생몰의
조화는 망월 묘지의 묻힌 희생자들의 봉분 옆에서 일어나고 있다. 망
월묘지에 묻힌 "감국 몇 그루"를 바로 오월 광주의 희생자를 빗댄 것이
라면, 시인은 이 생몰이 조화하는 현장을 보여주어 지금 우리들의 삶
도 희생자들을 자양분 삼아 자라날 수 있었다는 것을 드러내려고 했다
고 하겠다. 한편 시인은 자라나는 떡잎 덕분에 희생자들의 환생인 반
딧불이 밤에 빛날 수 있다는 것도 보여주고 있다. 희생자들로 인해 성
장한 떡잎은 또한 그 희생자들을 재생시킨다. 다시 말하면 희생으로서
의 죽음이 새로운 삶을 가능하게 한다. 그 삶은 자양분이었던 죽음에
다시 생명을 부여한다. 그런데 이러한 생명의 순환을 가능하게 하는
것은 생명을 부여하는 봄빛이다. 봄은 재생의 계절이다. 떡잎은 이 재
생의 빛을 "젖이나 되는 양" "쑥쑥 빨아 먹"어야 살아나갈 수 있다. 이
봄빛 아래에서 죽음과 삶이 조화된 망월묘지는, 오월의 광주를 찬란하
게 부활시킨다.
　시인이 보여주는 이러한 영원 회귀적 세계관을 아날로지적인 세계
관이라고도 할 수 있을 것이다. 이러한 세계관은 「흰 동백」에서 잘 나
타난다. 시인은 이 시에서 "굵은 여우비 지난 골함석집/고자누룩한 터
알에 낮게 엎드린 산모가" "툇마루에 자지러질 듯 기지개 켜는/새끼

입에 그 탱탱 분 것을 물리는" 장면을 포착한다. 새로운 생명이 탄생하고, 아기는 떡잎이 봄빛을 빨아먹듯 산모의 젖을 빨고 있는 장면이다. 그런데 이 감동적인 장면이 곧 세계의 탄생을 불러온다. "그때서야 젖내 풀풀대던 햇봄의 마당귀,/동박새 숨어 살다 날아간 동백나무에/꽃망울이 푸하얗게 맺히"기 시작하는 것이다. 아이의 탄생과 더불어 꽃망울이 맺힌다. 이 꽃망울 역시 봄빛을 젖인 양 빨아들여 맺힐 수 있었을 것이다. 산모가 젖을 물릴 때 마당귀의 꽃망울도 봄빛을 받아 맺히기 시작하는 이 생명의 합창은 만물이 조응하는 아날로지의 세계다. 이 세계에서는 죽음은 곧 삶으로 전화될 것이다. 이 세계의 법칙은 생몰의 조화다. 인간이 만든 억압적인 문명 세계－국가와 자본주의－가 이 아날로지의 세계를 완전히 파괴할 수 없다면, 억압당하며 희생되는 사람들은 여전히 희망을 가질 수 있다. 아날로지의 세계에선 죽은 자들이 다른 생명체를 통해 다시 부활하기 때문이다. 시의 한 원리를 아날로지라고 한다면, 조성국 시인에게, 시는 문명에 의해 파괴되어가는 이 아날로지 세계의 회복을 위해 존재한다. 그에게 있어서 시는 억압당한 자들의 희망을, 그리고 그들이 해방되는 미래를 품고 있는 존재자인 것이다.

정진규, 『껍질』(세계사, 2007)
정호승, 『포옹』(창비, 2007)

두 중진 시인의 새로운 시작(詩作)
― 벼랑에서의 운필과 탈인간의 윤리

1

한국 근대시는 세계를 예민하게 받아들이면서 아프게 반응하는 주체의 모습을 보여주어 왔다. 그런데 이 모습은 개인의 아픔만을 지시하지 않는다. 근대시는 개인의 서정을 통하여 시대의 고통을 섬세하게 드러내어 시대에 대한 반성을 이끌었다. 특히 일제 강점기와 그 이후 긴 나날의 독재체제를 견디어야 했던 한국의 시인들은 불행의 의식을 시를 통해 보여주면서 그 체제에서의 삶이 행복할 수 없다는 진실을 내밀하게 드러내는 저항을 한 바 있다. 알다시피 1990년대 이후, 절차적 민주주의가 어느 정도 자리를 잡았고 국가의 폭압은 예전보다는 줄어들었다. 그래도 시인들은 여전히 행복을 노래하지 않는다. 왜 그런가? 불행의 원인이 시대에 있지 않았던 것일까? 아닐 것이다. 비록 절차적 민주주의는 자리 잡혔지만, 모든 능력이 돈 버는 능력으로 환원되는 자본의 지배가 사회 곳곳에 더욱 전일화 되었기 때문에 많은 사람들이 불행에 빠져 있다. 물론 개개인의 불행을 모두 자본 탓이라고

하긴 힘들겠지만, 적어도 많은 이들의 불행이 자본 축적에 기여해야만 살아나갈 수 있는 이 시스템에 자신의 삶을 껴 맞추어야 하는 현실에서 비롯된 것은 사실이다.

자본주의는 주-객 이분법에 기초한 근대적 사상을 실현시키고 있다. 너는 너의 삶의 주체라고 자본주의는 선언한다. 그래서 자본주의는 "돈이 없기 때문에 발생하는 너의 불행은 바로 너 때문이다. 너가 너의 삶의 주체니까."라고 말한다. 인간 주체를 중심으로 놓는 서양 근대사상은 알다시피 객체를 점령하는 행위를 정당화 해왔다. 그렇다면 자본주의를 철폐했을 때 행복을 노래할 수 있을까? 현실 사회주의에서는 시인들이 그 체제에서의 삶이 구가하고 있는 행복을 정말로 노래하곤 했다. 아니, 사실은 행복을 노래할 것을 강요당했다. 시인들은 자기감정을 속여야만 했던 것이다. 자기감정을 속여야 하는 이들의 불행은 결국 현실 사회주의를 붕괴시켰다. 현실 사회주의 역시 주체와 객체의 이분법에 기초한 근대 사상을 바탕으로 역사의 주체를 상정했다. 그 주체는 프롤레타리아라고 선언되었지만, 결국 그 선언을 행한 당이 실상 역사의 주체가 되었다는 것은 다 아는 바다. 프롤레타리아는 주체가 되어야 한다고 당에 의해 강요당했을 따름이었다. 강요당하는 삶이 어떻게 자유롭고 행복할 수 있겠는가? 인간 주체를 우위에 두는 주-객 이분법의 근대사상은 개인을 주체로 놓는 자본주의나 당을 주체로 놓은 현실 사회주의 체제 모두에 작동되고 있었고, 그 결과 두 체제 모두 자연을 무분별하게 개발하여 심각한 환경 문제를 야기했다.

현재 우리가 맞닥뜨리고 있는 자본주의의 전일화는 주체가 타인을 포함한 객체를 점령할 대상으로 여기게 만들어서 인간과 사물 및 인간과 인간 간의 관계를 파괴시키고 있으며 사고의 질료인 언어를 수단화한다. 이러한 관계 속에서의 삶이 행복해질 수 없음은 당연하다. 그래서 시인들은 여전히 불행을 노래하고, 더 나아가 '주체-인간' 중심주의를 회의한다. '주체-인간' 중심주의에서 벗어날 때 대상과의 관계를 사랑으로 맺을 수 있고, 그때 역설적으로 우리는 정말 주체적으로 살 수 있게 될지 모른다. 대상을 점령하고 파괴해야 할 객체로 대할 때 도리어 삶은 그 객체에 의해 규정되고 속박되기 때문이다. 원래 삶은 더불어 살고 있는 것이다. '더불어'를 받아들이고 '더불어'의 관계 맺음을 창조적으로 만들어나가는 삶이야말로 주체적일 수 있다. 그래서 불행을 노래하고 '주체-인간' 중심주의를 비판하면서 대상과 새로운 관계를 맺으려고 하는 시인들은 진실로 주체적인 삶을 살기 위한 훈련을 시로써 행하고 있다고 할 수 있다.

이제 살펴볼 신간 시집들인 정진규의 『껍질』과 정호승의 『포옹』은 모두 인간 중심주의를 비판하고 이에서 벗어나는 삶의 윤리를 모색하고 있다. 일찍이 정진규 시인은 『몸詩』를 상재한 1990년대 초부터 시에서의 자아 중심주의를 비판하고 주체-객체 이분법을 해체할 것을 주장했다. 이러한 사유를 더욱 진전시키고 발전시킨 시집이 『껍질』이다. 정호승 시인은 사랑의 상실과 희구를 서정적으로 노래함으로써 현대 사회에서의 파괴된 인간관계를 간접적으로 비판해 왔다. 『포옹』에서는 사랑이 상실된 삶을 더욱 과격하게 아파하며 죽음에의 욕망까지 보여주고 있다. 더 나아가 인간 중심주의에서 벗어나 사물과의 관계를 재인식하고 재설정하려는 모습도 보여준다. 이 시집들을 읽으면서 시력이 사오십 년에 가까운 이 시인들의 시가 여전히 참신하고 생동감 있는 힘을 갖고 있다는 생각을 했다. 그러한 힘을 시에 갖출 수 있는 것은, 이 시인들이 신인 못지않게 세계를 새로이 받아들이면서 또한 날카롭게 인식하고 예민하게 감각하려는 노력을 게을리 하지 않았기 때문일 것이다.

2

　정진규 시인은 『몸詩』를 상재하면서부터 대상을 자아가 조작할 객체로 다루지 않고 그 대상 자체(몸)를 몸으로 받아들이면서 자아와 대상의 촉각적인 '넘나듦'을 시에 실현시키려고 시도해 왔다. 시인은 그 시도를 밀고나가면서 『알詩』, 『도둑이 다녀가셨다』, 『本色』, 그리고 이제 살펴 볼 『껍질』 등 독창적인 시집을 펴내게 된다. 『몸詩』에서 시작된 정진규의 시에 대한 새로운 사상은 거론한 각 시집에서 더욱 깊고 예리하게 변환되고 있다. 『몸詩』에서는 "시간 속의 우리 존재와 영원 속의 우리 존재를 함께 지니는 실체"인 '몸'(「자서」)을 발견하는 과정을 보여주었다면, 『알詩』에서는 몸 중에서도 "그것 자체가 완성이며 원형"인 "하나의 小宇宙"인, "몸을 이루고 있는, 몸으로 경계를 지워낸 이 절대 순수생명체"인 '알'(「자서」)의 발견을 보여주었다. 『도둑이 다녀가셨다』에서는 도둑을 손님으로 부를 수 있는 이순(耳順)의 윤리학 — 섭생법(攝生法) — 을 모색하고 『本色』에서는 몸을 몸으로써 유지시키며 동시에 생성해나가는 몸의 리듬 — 이는 사물의 본색 중 하나일 터다 — 등을 탐색했다. 시력(詩歷)이 50년이 다 되어가지만 정진규 시인은 어디에 안주하지 않고 자신이 발견한 무엇에 깊게 파고들어가는 정진을 멈추지 않는다. 참 부지런한 시인이다.

　신간 시집인 『껍질』에서 정진규 시인의 사유는 예전보다 더욱 예리하게 깊어졌다. 또한 시편들 한편 한편에 고전적인 품위와 가늠하기 힘든 깊이를 갖고 있어서 허술한 접근을 허락하지 않고 있다. 이전에는 볼 수 없었던 내용을 담은 시론인 「詩의 緣起本性에 대하여」는 역설적인 '필연적 우연'에 대한 시인의 사유를 보여준다. '연기설'이란 우연인 것처럼 보이는 어떠한 마주침도 그 안에는 운명적인 원인이 작용하고 있으며, 또한 그 마주침은 또 다른 마주침을 생성시킨다는 불교의 설법이라고 이해하고 있다. 하지만 이를 꼭 동양의 불교적인 사유라고 말할 필요는 없다. 연기설은 초현실주의자들이 말하는 '객관적 우연'과도 닮은 것이다. 여하튼, 기계적 인과론으로는 파악할 수 없기에 이해하기 난해한 이 연기는, 존재하지만 표면에 드러나지 않은 세계(가령, 무의식)에서 작동하고 있는 것일 게다. 초현실주의자들이 무의식 차원에서 작동하는 '객관적 우연'의 원리에 기대 예술을 창작했듯이, 정진규 시인 역시 이 시집에서 연기에 기대 시를 창작하고자 한다. 시인은 이 시론에서 "대상의 운명적인 緣起는 또 다른 緣起를 불러 그것을 생물론 빚는다는 사실"을 발견하고, "작품은 쉴 새 없이 작품을" 부른다는 것과 "대상의 존재성은 쉴 새 없는 접속의 상태로 흐름 위에 무늬를 짓고 있"음을 깨달았다고 보고한다. 그리고 "그걸 보고 듣고 채취하는 즐거운 노동이 바로 시"라고 말한다.

　어떤 대상과의 마주침을 통해 보이지 않게 작동하고 있는 어떤 연기, 운명을 깨닫게 될 때, 그때 대상은 정진규 시인이 특유하게 규정하고 있는 상징이 될 것이다. 정진규 시인에게서 상징이란 물질의 옷을 입은 관념이 아니다. 상징은 실물, 즉 『몸詩』에서 일찍이 밝혔던 "시간 속의 우리 존재와 영원 속의 우리 존재를 함께 지니는 실체"다. 시인은 시 「별무덤」에서 일본 觀心寺에 있다는 별무덤 벽화에 대해 "형상이 아니라 필시 상징이 분명할 그 실체"라고 말한다. 방금 언급한 시론에서는 이 시를 쓰게 된 내력을, 그 연기본성을 이야기하고 있는데 여기서 잠시 살펴볼만 하다. 불교 방송에서 하는 일본의 관심사에 대한 소개를 보면서 시인은 그 소개가 자신이 어젯밤에 보았던 책 『시인을 위한 물리학』의 내용과 무관하지 않다는 것을 깨닫는다. 우연한, 하지만 어떤 감추어진 운명이 작동하는 마주침이다. 이 마주침은 시인이 직접 관심사에 가서 그 벽화를 보도록 이끌었고 그 결과 「별무덤」을 쓰게 되었다. 실체인 일본 관심사의 별무덤 벽화는 그리하여 시인에게 연기를 감지하게 하는 어떤 상징으로 화한다. 그 별무덤 벽화는 "하늘과 땅이 한몸이 된 그 長大한 무덤"(같은 시)이라는 상징적인 의미를 갖게 되는 것이다. 『껍질』에는 이러한 실체이자 상징인 대상들이 많이 등장한다. 가령 아래의 시 「달항아리」에서 '달항아리'라는 실체는 시의 창작과 정, 즉 '運筆'의 상징이 된다.

> 한여름 내내 천 개의 애벌구이에 한여름 내내를 쓴 적이 있다 붓이 잘 나가지 않았다 들끓는 나를 靑華로 달랜 적이 있다 자주 어지럽던 슬픔의 運筆을 구워낸 적이 있다 슬픔에 사흘 밤 사흘 낮 불을 지피자 항아리가 빚어졌다 슬픔이 항아리를 빚어냈다 터질 듯 달항아리로 떴다 속을 비워냈다 터질 듯 비워냈다 그때부터 그런 아궁이 하날 지니게 되었다 너는 떠나고 어제는 진종일 혼자서 장작을 팼다 이번 한여름에도 사흘 밤 사흘 낮 불을 때야 할 모양이다 슬픔의 運筆이 또다시 시작되었다 벌써 호되다

자유로운 시상이 전개되는 이 시에서 일단 주목되는 시어는 '운필'이다. 이 시에서 한 편의 시를 써나가는 운필은 항아리를 구워내는 행위와 같다. 그런데 흙의 속을 비워내면서 항아리의 형을 만들듯이 시인의 시작에서는 생각의 속을 "터질 듯 비워"내어 시의 형을 만든다. 흙이 항아리의 질료라면 시의 질료는 언어, 언어로 이루어진 생각 자체일 것이기 때문이다. 사유하는 인간의 삶이 언어로 이루어져 있다고 한다면, 그 질료를 인간의 삶이라고 말할 수도 있겠다. 그렇다면 시인은 생각—인간으로서의 삶 자체—의 속을 비워 시의 형을 만든다. 그리고 저 낮은 곳에서 마음을 들끓게 하는 슬픔에서 애벌구이에 필요한 열을 가져온다. 이 운필의 과정은 이 시집을 여는 시 「삽」에서도 볼 수 있다. 이 시에서 그 비워내는 작업은 파는 작업으로 나타난다. 시인은 "땅을 여는 연장"인 "이 삽 한자루로 너를 파고자 했다 내 무덤 하나 짓고자 했다"고 말하고 있다. 둥근 봉분의 모양은 항아리를 엎어놓은

모양이 아니겠는가. 인간으로서의 삶을 비워 항아리를 만드는 과정은 삽으로 땅(또는 '너')을 열어(비워) 무덤을 만드는 과정과 유사할 터다. 그리고 삶이 다 비워진 무덤엔 껍질만 들어설 터다. "무덤 하나 짓고 자" 하는 과정 역시 항아리 만들기와 마찬가지로 인간으로서의 삶을 비워내는 과정인 시 쓰기라고 한다면, 시 쓰기는 "나를 염(殮)하"는 과정이다.

그런데 정진규 시인은 「삽」에서 말의 오묘한 감각에 대해, 그리고 그 감각이 불러내는 상징에 대해 말하고 있어 주목된다. 즉, "삽이란 발음이, 소리가 요즈음 들어 겁나게 좋다"면서 "삽, 땅을 여는 연장인데 왜 이토록 입술 얌전하게 다물어 소리를 거두어들이는 것일까 속내가 있다"는 것이다. 이렇게 음성—이 역시 물질적인 실체인데—을 세심하게 감각하고 그로부터 어떤 상징적 의미를 이끌어내는 장면은 「꽃 피는 시절」에서도 만날 수 있다. 그 시에서 시인은 "시를 쓸 때 그때마다 나는 꽃이 된다"면서, "꽃 핀다 그리고 이렇다 꽃, 사람인 내가 스스로 잡을 수 없는 중심, 꽃의 'ㅗ모음'이 시방 넓고 깊게 상처를 안으로 받아들이고 있다 … 소리내보라 시방 세상이 다 빨려 들어가 있다"고 꽃이라는 말의 음성 감각에 대해 말한다. 그리고 시는 "최초의 향기로 열리기 때문"에 이 "황홀한 상처"인 꽃과 같다고 말한다. 항아리처럼 움푹 파인 꽃이 시라면, 그 시는 꽃이란 문자의 "잡을 수 없는 중심"인 'ㅗ모음'을 통해 상처가 빨려들어 피어난 것이라고 할 수 있겠다.

그 입술이 동그랗게 오므라지는 'ㅗ모음'은 "온몸이 뚫려 있는", "온몸이 문"인 "정직한 象形文字"(「나는 자꾸 音樂을 꺼내겠다」) '동그라미 살'을 연상시킨다. 항아리와 무덤, 꽃의 동그란 모양이 바로 그 정직한 상형문자일 터, 그렇다면 시란 온몸이 뚫려 있어 세상의 모든 것과 드나드는 무엇이다. 이 뚫려 있는 동그라미에 대한 사유가 예전 정진규 시에서 더 진전된 새로운 차원을 열고 있다고 생각되는데, 시인이 이 뚫린 구멍을 통해 '몸–시'가 만들어질 수 있다는 깨달음을 가져오고 있기에 그렇다. 그래서 예전 시집에서보다 『껍질』은 동사의 세계가 더 많이 있다. 연기의 시론에서 볼 수 있듯이, 이 시집에서 시인은 몸의 발견, 완성된 몸인 알의 발견, 사물의 본색의 발견을 넘어 세계에서 발생하는 움직임들의 원리를 찾아내려고 하기 때문이다. 그 일환으로 시인은 "온몸이 뚫려 있는" 동그라미라는 상징을 발견하여 몸이 만들어지는 과정에 주목한다. 「새는 게 上策이다」는 그 과정을 밑받침하는 원리에 대해 진술하고 있다고 생각된다.

새지 않으면 소리가 되지 않는다 음악이 되지 않는다 노래가 되지 않는다 구멍으로 새어야 소리가 된다 막히면 끝장이다 한 소식도 들을 수 없다 새는 게 상책이다 새지 않으면 사랑도 되지 않는다 몸을 만들지 못한다 새끼를 만들지도 못한다 막히면 끝장이다 새는 게 上策이다 달도 뜨지 않는 그런 여자 하나가 바다가 출렁대지도 않는 그런 여자 하나가 오지도 않는 보름사리 때를 부르며 슬피 울고 간다 새는 게 上策이다

정진규 시인은, 이 뚫린 동그라미를 통해 무엇인가 "새지 않으면", 어떠한 몸도 만들어질 수 없다는 것을 발견한다. 샐 수 있는 구멍이 있어야 소리가, 노래가 만들어질 수 있다. 이 구멍이 없으면 사랑도, 몸도, 새끼도 만들어낼 수 없다. 이 구멍, 뚫려 있는 동그라미는 온 몸이 뚫려 있어 세상을 다 빨아들일 수 있는 황홀한 상처인 꽃과 같을 터, 그것은 또한 '새끼'를 낳는 여자의 음문이기도 할 것이다. 즉 시는 여자의 음문과 같다. 그렇다면 시인은 삽으로 그 상처인 구멍을 파고, 그 구멍을 통해 자신의 삶을 새어나가게 하여 "터질 듯 비워"내는 일을 하고 있는 셈이다. 다시 말해 시 쓰기는 성행위와 같다. 그런데 시인은 「껍질」에서 "어머니로부터 빠듯이 세상에 밀려 나온 나는 또 한번 나를 내 몸으로 세상 밖 저쪽으로 그렇게 밀어내고 싶다"고 욕망하면서

"나의 구멍은 어디인가 나갈 구멍을 찾고 있다 쉽지 않구나 어디인가 빠듯한 틈이여!"라고 안타까워한다. 시를 쓰고자 하는 욕망이 자신의 삶, 자신의 몸을 세상 밖으로 밀어내고 싶은 욕망이라면, 그 욕망을 달성하기 위해서는 자신의 몸에 어머니의 산도와 같은 황홀한 상처, 몸이 새어나갈 수 있는 구멍이 있어야 하는 것이다. 시를 쓰기 위해서는, 시인은 여자의 몸을 갖고 있어야 되는 것이다. 그렇다면 정진규 시인의 시 쓰기는 자신의 몸에 여자의 음문을 파는 행위이기도 하다고 말할 수 있지 않을까.

하나의 시 쓰기가 완성될 때 시인의 몸은 안의 몸이 다 빠져나가고 결국 "온전한 껍질"로만 남게 될 것이다. 그런데 시인은 빠져나간 몸에 주목하는 것이 아니라 바로 이 껍질에 주목한다. 그 껍질은, 시인이 「마른 들깻단」에서 말하듯이 "잘 늙은 사람내"가 나는"다 털고 난 마른 들깻단"과 같을 것이다. 그 들깻단에서 시인은 "저러히 반짝거"리는 슬픔을 보고 있다. 삶을 이루었던 몸을 다 밀어내고 난 후 남은 껍질에서 '늙음'이 가질 수 있는 슬픈 아름다움을, 즉 시를 시인은 발견하고 있는 것이다. 이 시집에서 시인이 아픔을 토로하며 죽음에 가까이 다가가고 있는 시들이 많은 것은 이와 관련 있을 것이다. 정말 삶을 다 내놓아 껍질만 남을 때 몸은 죽음과 맞닿아 있게 될 테니까 말이다. "저 황홀! 저승까지 몸 적시는 劇藥들, 꽃밭에 함부로 들지 마라 全生이 끝나고 있다"(「櫻花」 전문)고 시인이 경고할 때, 이는 바로 꽃밭에서 시를 써왔던 시인 자신의 경험을 이야기하는 것일 게다. 저 황홀한 상처인 꽃들, 즉 시들. 그 시를 지으면서 시인은 점차 껍질이 되어가고, 전 생애가 끝나가고 있다는, "크고 두려운 무게로 나를 가두고 떨리게"(「비극에 대하여」)하는 예감에 사로잡히게 된다. 하지만 이 두려운 예감 속에서도 시인은 어떤 능력을 얻게 된다. 그것은 "신열에 들뜬 꽃 핀 몸으로 외나무다리를 건너"본 후 짐작하게 된 "神通의 길 하나"

를 "드나들"(「죽음」) 수 있는 능력이다. 이 능력을 바탕으로 시인은 계속 시를 쓰게 될 터인데, 그것은 「山菊」에서 시인이 하는 말에 의하면 "아직 다 내놓지 못했"기 때문이기도 하다.

아직 무게가 나간다 가뿐하게 일어서 떠난 당신들의 뒷모습이, 하얀 고무신 뒤꿈치가 한참 보인다 비탈길 오른쪽으론 어머니의 진솔 버선목이 보인다 혼자 남았다 아직 다 내놓지 못했다 다 물어내지 못했다 조금 더 있어보자 여름이 한참 가고 있다 아직 몸이 비둔하구나 누더기가 되었다 누더기는 무게가 나간다 잘 개켜지지도 않는다 지난밤 나를 개키며 밖을 내어다본다 임박했는가 오늘은 하얀 山菊이 피었다

시인은 "가뿐하게 일어서" 저 세상으로 간 "당신들의 뒷모습"을 이젠 볼 수 있다. 저 세상에 계신 어머니의 "진솔 버선목"도 볼 수 있다. 하지만 혼자 남은 시인은 아직 "몸이 비둔하"다. 아직 온전한 껍질이 되지 못하고 "잘 개켜지지도 않는" 누더기로 남아 있을 뿐이다. "아직 다 내놓지 못했"기 때문이다. 그래서 이 세상에 "조금 더 있어보자"고 다짐한다. 하지만 무엇이 "임박했"다는 예감―아마도 죽음에의 예감일 것이다― 속에서 말이다. '임박했다'는 느낌은 무엇인가가 자신 쪽으로 다가오고 있다는 긴박감이다. 「立春 2」에서 시인이 "못 견디게 몸조이는 그게 온다"고 했을 때의 그 느낌이다. 다가오는 '그게'는 '벼랑'이다. 벼랑―죽음의 임박―에 있다는 느낌 속에서, 죽음의 세계와 넘나들면서 시인은 시를 쓰며 삶을 질기게 이어나간다. 하지만 시인은 이 삶에 대하여 "시들시들한 게 오히려 질긴 바 있다 죽어가는 것들의 질기게 꼴림!"이라고 말한다. 여전히 이 삶은 "질기게 꼴"릴 수 있는, 욕망에 반응할 수 있는 몸을 갖고 있다. 그리고 이 삶은 마른 들깻단처럼 슬픔으로 반짝이는 아름다움을 가지고 있다.

그런데 "어머니의 저승 냄새"(「저승새들의 집」)를 맡을 수 있게 된

시인은 저 세상과 이 세상 사이를 드나들기 위하여 그 사이의 허공에 거주하게 된다. 「새들은 왜 발 아래 허공 벼랑을 두는가」에서 시인은 "天上을 드나들자면 죽음을 드나들자면 허공 벼랑을 차고 오르는 힘, 그만한 높이가 필수"라면서 "사람들도 곳곳마다 높은 자리마다 하늘다락을 올려" 짓는데 "나도 사랑의 벼랑 끝에 누각 한 채 지어 놓고 서성이다 세월만 탕진했다 天上에 계신 어머니께서 다녀가신 흔적만 겨우 몇 번 짚었다"고 말하고 있다. 지상과 천상 사이에 있는 벼랑 끝 누각이 바로 시인이 거주하는 곳이다. 아직 시인은 완벽하게 천상과 왕래하지는 못하지만, 임박한 죽음과 삶 사이에서 아슬아슬하게 살아나가면서 천상의 어머니가 다녀가신 흔적들을 찾아낼 수는 있게 되었다. 죽음의 임박을 예감하면서 "이승과 저승을 함께 묶은/함께 쓰는"(「죽음을 경배하며」) 시를 써나가는 것, 결국 삶이 무덤으로만 남게 되는 그날 까지 무덤과 같은 시를 짓는 것. 이것이 정진규 시인의 시작의 현재라고 말할 수 있겠다. 앞으로 어떻게 시인의 시세계가 전개될지 모른다. 정진규는 탐구를 멈추지 않으면서 새로운 세계를 발견하고 구성해나가는 부지런한 시인이기 때문이다. 그렇지만 이 삶과 죽음 사이의 벼랑 끝에 아슬아슬하게 거주하면서 행하는 운필을 바탕으로 또 다른 시세계가 열리지 않겠는가 짐작해본다. 앞에서 잠깐 언급한 「죽음을 경배하며」는 매우 아름다운 시로, 『껍질』의 세계를 압축적으로 보여주는 시라고 생각하여 전문 인용해본다.

鐘 하나가
하늘과 땅 사이
온몸 파르르 떨고 있다

하늘이다
새들이 왕래하고 있었다 새들의 발톱들이

깊은 글자로 할퀸 不立文字들을
몇 구절 解讀했다
이승과 저승을 함께 묶은
함께 쓰는
結繩文字라는 게 있구나

밤이 되면 다만
반딧불이들이 몸으로 반짝거렸다
무덤을 날고 있었다
길을 비추어주고 있었다
아직 조금 남은 길을 가고 있는 모양이었다

관능이 은유를 지우고 은유가 관능을 감추었던
고단했으리
一生이 끝이 났다
벗어 두고 간 모자 하나로 남았다
또다시 은유로 태어났는가
봉분 하나로 남았다
다 건넜는가
오늘 그의 뱃전에 달빛 부서진다
비로소 몸이 풀린다

3

　정호승 시인은 알다시피 사랑과 슬픔, 희망을 주제로 한 따스한 서
정시를 써오면서 독자들의 많은 사랑을 받아 왔다. 그런데 신작 시집
『포옹』에서는 예전의 시세계와는 다소 다른 세계를 보여주고 있다고
생각된다. 이 시집의 시는 예전보다 더 비관적인 색채가 농후하다. 그
리고 더 암시적이고 상징적인 단시도 꽤 보인다. 이렇게 의미가 압축
되어 난해한 시는 정호승의 시에 그다지 많지 않았다고 기억한다. 시

인의 삶에 어떤 고통이 닥친 것일까. 시인과 개인적으로 알지 못하는 필자로선 이에 대해 알 순 없지만, 시를 보면 시인이 현재 힘들어하고 있다는 것을 짐작하게 된다. 물론, 글의 서두에서 말했듯이, 시인의 고통은 개인적인 차원에서가 아니라 사회적인 차원, 또는 철학적인 차원에서 사유되어야 한다. 시인의 고통은 사회적인 불행을 가리킨다. 하지만 또한 시인 개인의 주체성 역시 시 읽기에서 사유되어야 하기에, 이 시집에서 보여주는 시인의 세계 인식과 고통의 특이성, 그리고 그 고통을 극복하려는 시인의 노력도 같이 사유되어야 할 것이다. 시집에 첫 번째로 실린 시 「빈틈」부터 읽어보자.

> 살얼음 낀 겨울 논바닥에
> 기러기 한 마리
> 툭
> 떨어져 죽어 있는 것은
> 하늘에
> 빈틈이 있기 때문이다

언뜻 보면 시인이 말하려는 바를 알기 힘든, 앞서 말한 암시적이고 상징적인 단시다. 하지만 죽음에 대해 말하고 있는 시인의 어조가 암울하다는 것은 느낄 수 있다. 시인은 죽은 기러기를 묘사하고, 이 기러기의 죽음과 하늘의 빈틈을 인과 관계로 엮고 있다. 도시 위의 인간이 맨홀에 빠져 죽듯이 하늘에도 빈틈이 있어 날아가는 새들이 그곳에 빠져 죽은 것일까. 이 시를 「끈」과 같이 읽으면 시인이 말하려는 바를 좀 더 짐작할 수 있다. 「끈」에서는 "가는 발목에 끈이 묶여/날지 못하는" "한 마리/저 땅 위의/새"가 등장한다. 이 새는 "오가는 행인들의 발길에 가차없이 차이"지만, "푸른 하늘조차 내려와 도와주지 않는"다. 여기서 하늘은 도와줄 수 능력이 있는 주체, 즉 신을 의미하는 것으로 보인다. 그렇다면 시인은 저 새들의 죽음이 신의 '빈틈' 때문에 일어나고, 속박당한 새를 신이 도와주지 않는다는 사실에 분노하고 있을지 모른다. 여하튼 신이 거주하는 천상의 공간인 하늘도 이 두 시에서 완벽한 구원의 장소가 아닌 것으로 드러난다. 현실에 기초한 종교적인 사유를 해왔던 정호승 시인에게 어떤 신앙의 회의가 온 것일까? 구원의 희망을 좀처럼 찾지 못하겠다는 비관적인 의식이 이 시들에 깔려 있는 것이다.

죽어 있는 새, 저 묶여 있는 새는 물론 현재를 살아가고 있는 사람들의 삶도 지시해주고 있다. 그의 비관은 도저히 출구를 찾지 못하는 사람들을 양산하고 있는 한국 사회의 현실에 대한 비통에서 비롯된 것이다. 「전깃줄」에서 "우리 세 식구 영원히 함께할 수 있도록 줄로 묶고 갑니다"는 유서를 쓰고 전깃줄로 몸을 묶고 죽은 "어느 젊은 아빠"의 모습이 바로 죽어 있는 새와 묶여 있는 새를 합친 이미지다. 비상할 수 있는 젊은 나이에 그 아빠는 스스로 전깃줄을 묶고 아이들과 함께 죽어야 하는 현실. 그 가족은 주택가 셋방에 살고 있었던 것으로 보아 무척이나 가난했을 것이다. 가난한 그들을 죽음으로 몰아넣은 주체는 사람들을 "알만 낳고 살"다가 결국 "통닭이 되는 일 외엔 아무 일도 남아 있지 않는", "거죽만 남은 폐계"(「폐계」)처럼 취급하는 세상이다. 세상에 의해 폐기되어 좌절하는 사람들과 같은 시대를 산다는 일은 감성이 예민한 시인에게 비통한 마음을 갖게 했을 것이다. 게다가 아래의 시 「걸인」에서 볼 수 있듯이, 정호승 시인은 이들과 공명하면서 이들로 변환되는 자인 것이다.

> 나는 그대의 불전함
> 지하철 바닥을 기어가는 배고픈 불전함
> 동전 한닢 떨어지는 소리가 천년이 걸린다

내가 손을 내밀지 않아도

내 손이 먼저 무량수전 마룻바닥을 기어가듯

천년을 기어가

그대에게 적선의 손을 내미나니

뿌리치지 마시라 부디

무량수전이 어디 부석사에만 있었던가

우리가 흔들리며 타고 가는 지하철

여기가 바로 무량수전 아니던가

나는 그대의 불전함

다 닳은 타이어 조각을 대고 꿈틀꿈틀 무릎도 없이

지하철 바닥을 기어가는 가난한 불전함

동전 한닢 떨어지는 소리가

또 천년이 걸린다

종교적인 공간은 특정한 장소에 있는 것은 아니다. 종교적인 구원은
사찰이나 교회에서만 이루어지지 않는다. 바로 지하철 안에서도 이심
전심의 공간이 만들어질 수 있고, 동전 한 닢에도 천년을 넘나드는 불
심의 실현이 이루어질 수 있다. 물론 대개의 사람들은 특정 장소에서
만 종교적인 인간으로 변하고 일상 공간에서는 싸늘한 현대인으로 돌
아와 산다. 시인은 자신이 지하철 바닥을 기는 저 폐기된 인간으로 변
모하여 자신이 불전함이니 바로 이 자리에서 종교적인 마음을 실현시
키라고 사람들에게 말한다. 물론 바로 무릎 없이 지하철 바닥을 가고
있는 사람을 보고 시인은 저 돈바구니가 불전함이로구나 생각하게 되
어 시를 썼을 것이다. 그런데 화자가 '나'로 설정되면서, 종교심을 갖
고 있는 시인과 저 걸인은 상호 변환될 수 있게 된다. 시인은 저 폐기
된 걸인의 절망과 고통을 대리체험하기 시작하고 그로부터 벗어나기
힘든 현실에 깊이 비탄하게 된다. 시인의 "지금까지 내가 살아온 것은/
바다가 보이는 여관방에 누더기 한 벌 걸어놓은 일이라"(「누더기」)는

다소 자학적인 발언은 좌절한 사람들이 되어보면서, 그리고 그 역시 정말로 좌절하게 되면서 감당해야 했던 마음의 고통 때문에 나온 것일지 모른다.

더 나아가 시인은 자신의 죽음에 대한 욕망을 품게 되기도 한다. 그것은 감당하기 힘든 그 고통으로부터 벗어나고 싶었기 때문일 것이다. 예를 들어 보면, 시인은 「가방」에서 "나를 가방 속에 구겨넣고 출근할 때가 있"는데, "가방 속에 구겨져 있으면 인간이 되지 않아서 좋"으며 "나는 가방이므로 더 이상 대출상환금을 갚지 않아도 좋다"(「가방」)는 진술에서 그 욕망을 찾아볼 수 있다. 인간의 삶보다 그냥 사물로서의 삶이, 어떠한 거짓도 하지 않아도 되고 돈을 벌어서 빚을 갚아야 하는 의무도 지지 않아도 되기에 시인은 더 좋다고 한다. 소망이 보통 상승의 욕망을 품는 것을 의미한다고 할 때, 구겨진 가방이 되고 싶다는 소망은 소망의 전도라고 할 수 있겠다. 저 만물의 영장 인간에서 추락하여 구겨진 가방이 되고 싶다니! 하지만 이러한 전도된 소망은 결코 비현실적이지 않다. 피곤한 몸을 이끌고 온갖 걱정을 품은 채 지하철을 타고 출근하는 사람이라면, 저 무심하게 구겨진 사물들이 되고픈 생각을 가지지 않는 사람이 과연 있을까? 인간으로 태어나기 이전으로 돌아가고 싶다는 소망, 자극에 반응하지 않아도 되는 사물로 돌아가고 싶다는 소망은 죽음에의 욕망이라 할 것이다. 이 시에서도 시인은 "한강대교 아래로 휙 내던져져 물속 깊이깊이 가라앉아 가다가/고요히 나를 찾아온 물고기들과 뜨겁게 키스를 나누었을 때/나는 그 얼마나 행복했던가"라고 말한다. 물속으로 들어가고 싶다는 욕망은 알다시피 자궁 회귀 욕망이고 태어나기 이전의 상태로 소멸하려는 욕망이다.

소멸에의 욕망은 사막여우를 따라 "사막의 사막 속으로 도망쳐버"리고 "너의 먹잇감이나 되어"(「사막여우」)주고 싶다거나, 더 극단적으로는 "잔설이 남아 있는 낙엽더미에" "고요히 덮여 있"는 시체가 되어 발견되고 싶지 않다는 기원으로 나타나기도 한다. 하지만 이러한 욕망이 삶에 대한 욕망을 마냥 저버리는 것은 아니다. 프로이트가 지적했듯이 타나토스와 에로스는 뒤섞여 나타난다. 시인이 죽음에 접근하는 것은 "누구를 믿어야 죽어도 살까"(「옥산 휴게소」)라는 질문에 대답하기 위해서다. 시인은 새로운 삶을 욕망하기 때문에 죽음을 욕망하는 것일지 모른다. 새로운 삶이 가능하기 위해서는 기존의 삶이 파괴되어야 하지 않겠는가. 그 죽음─삶을 시인은 관과 함께 타는 꽃에서 발견하고 있는 것 같다. 타버린 꽃은 "이미 쓰레기"일 테지만, 그 "꽃은 쓰레기가 되면서 비로소 꽃을 피운다"(「꽃을 태우다」)고 시인은 말하고 있다. 그 불의 "꽃이 만든 저 모닥불"에 "어린 상주들이 다가와 언 몸을 녹"일 수 있으며, "내리자마자 불길 속으로 흔적도 없이 사라지는 저 눈송이들"은 그 불 '꽃'에 용해되면서 "봄이 오면 다라니경을 읽으며/제비꽃으로 피어나 수줍게 웃"을 것이기 때문이다. 죽은 자와 더불어 죽으면서 다시 사는 꽃들처럼, 정호승 시인도 죽음으로 이끌리는 사람들과 더불어 죽으면서 새로운 삶을 살 수 있길 바란다.

그러면 어떤 삶을 죽여야 할 것인가? 정호승 시인은 '인간'의 삶을 버리고자 한다. 글의 서두에서 언급한 바 있는, 근대 사상의 바탕이 된 '인간 주체'를 버릴 것. 시인이 「물길」에서 말하듯이 "슬픈 인간의 길을 다 버리고/물의 길을 따라가는/어린 물고기를 따라"가기, 혹은 "기어이 인간을 버리고 혼자 울고 싶을 때/나는 강가로 나가 물고기의 허리를 껴안고"(「나는 물고기에서 말한다」) 울기. 그렇다면 물고기의 길은 어떠한 길인가? 그것은 침묵의 길이다. 시인은 물고기들은 "침묵 외에는 그 어떠한 말도 하지 않"는다고 말한다. 물의 길을 살아내기란 물고기의 침묵, 그 말 없는 말이라는 역설을 살아가는 것이다. 이 역설의 삶은 "넘어지지 않으려고 할 때만 꼭 넘어"지고, "넘어져도 좋다고 생각하면 넘어지지 않"는 삶의 역설을 깨닫고 "일으켜 세우기 위해 나를 넘어뜨리고/넘어뜨리기 위해 다시 일으켜세"(「넘어짐에 대하여」)우는 삶을 살아가는 것이다. 그것은 또한 "돌파구는 밖에서 누가 열어주는 것도 아니고/안에서 누가 열 수 있는 것도 아"니어서 "마음을 열어놓고 기다리면/스스로 열리는 문"(「돌파구」)이라는 이치를 깨닫는 삶이기도 하다. 혹은 다음과 같이 벽에 걸리는 '인간의 삶'이 아니라 벽 자체가 되는 삶이다.

> 나는 나를 벽에 걸어놓아야만 벽이 아름다워지는 줄 알았다
> 내가 벽에 걸려 있어야만 인간이 아름다워지는 줄 알았다
> 밤하늘이 아름다운 것은
> 스러져 보이지 않는 별들 때문이라는 것을 알지 못하고
> 캄캄한 내 눈물의 빈 방에
> 한줄기 밝은 햇살이 비치는 것은
> 사라져 보이지 않는 어둠 때문이라는 것을 알지 못하고
> 빈 벽이 되고 나서 비로소 나는 벽이 되었다
>
> ─「빈 벽」 부분

　근대에서는 빈 벽과 같은 자연 세계에서 인간이 도드라져 나오는 과정이야말로 인간 역사의 의미요 인간의 아름다움이라고 생각되어 왔다. 가령 근대인은 도심의 웅장한 빌딩 숲을 보면서 아름다움을 느끼며 인간의 거대한 힘을 자랑스럽게 생각하곤 한다. 이러한 인간주의는 개인의 내면에도 각인이 되어, 사람들은 대개 자신의 삶의 의미이자 아름다움은 흰 벽과 같은 배경 위에 자신을 화려하게 드러내는 것을 성취하는 데 있다고 생각한다. 시인 역시 자신도 그렇게 생각해왔다고 말한다. 하지만 시인은 햇살의 아름다움은 어둠 때문이요, 밤하늘의 아름다움은 "스러져 보이지 않는 별들 때문이라는 것을 알"게 된다. 이에 따르면 바로 이 무색의 배경인 빈 벽 덕분에 인간인 '나'의 아름다움은 발견될 수 있는 것이다. 그렇다면 정작 아름다운 것은 바로 이 아

무 것도 없는 빈 벽 아닌가.

물고기를 따라가는 길이란 아마도 이 침묵하는 말인 빈 벽이 되는 길이리라. 그것은 인간의 일상사를 지탱해주는 배경인 사물이 되는 것이다. 여기서 인간적 시각의 놀라운 전복이 일어난다. 인간의 필요에 특정하게 봉사하기 위해 만들어진 사물들이 인간의 실존적인 삶을 지탱시킨다는 시각이 그것이다. 사르트르는 사물의 본질은 그 목적에 있다고 하고 이에 인간의 실존을 대립시켰다. 하지만 정호승 시인의 사유에서는 필요에 따라 사용되다가 폐기되는 사물들은 사실 자본주의 사회에서의 인간과 다를 바 없는 것이다. 그런데 더 나아가 정호승의 사물들은 빈 벽처럼 인간의 실존을 지탱하고 뒷받침한다. 그래서인지 그러한 사물들은 따뜻한 마음을 가졌다. 앞에서 인용했던 「전깃줄」에서 일가족의 자살에 쓰였던 전깃줄은 "그들이 함께할 수 있도록 끝까지 묶어주지 못한 일이 안타까워" 한다.

좌변기는 어떠한가? 좌변기는 「좌변기에 대한 고마움」의 시구를 따른다면 "내 어머니의/또 다른 육체"이다. 시인은 좌변기가 "이 세상 모든 어머니의/자궁의 일부로 만들어졌다"면서 좌변기에 감사드린다. 좌변기는 그의 삶을 어머니처럼 품어 지탱시켜주는 존재다. 좌변기에서 어머니를 보는 시인의 상상력에서는 시인이 벽과 같은 사물이 되지 않으라는 법이 없는 것이다. 더 나아가 "냉장고가 내 아내고 세탁기가 내 딸이"며 "어떤 날은 텔레비전이 내 아들이고 늙은 소파가 내 어머니"(「집 없는 집」)가 될 수도 있는 것이다. 벽이 된 시인은 저기 침묵한 채 놓여 있는 사물들과 가족과 같은 교감을 할 터이고, 사물들의 말 없는 말을 들을 수 있을 터이다. 이리하여 정호승 시인은 자신 속의 인간을 죽여 사물로서 다시 새로 태어나게 되었다. 이 새로운 삶은, 저기 던져져 침묵하고 있는 사물들, 동물들, 폐계들, 자살을 생각하는 자들, 좌절한 자들, 장애우들, 걸인들, 노숙자들로부터 말 없는 말을 듣고 그들에게도 말을 걸어 교감할 수 있는 삶이 될 것이다. 시인은 이 새로운 삶이 가져올 생활을 「수화합창」에서 다음과 같이 행복한 어조로 진술하고 있다. 전문 인용해보자.

봄비를 맞으며 걸어가는 초등학생들의 맑은 발소리를 듣는다
봄눈을 맞으며 보리밭을 밟는 아버지의 다정한 발소리를 듣는다
햇살을 보고 살며시 웃음 터뜨리는 아침이슬들의 웃음소리를 듣는다
한순간 정신없이 퍼붓는 소나기에 나뭇잎들이 장난을 치며 목욕하는 소리
를 듣는다
나무들과 뜨겁게 사랑을 나누는 참매미들의 요란한 합창소리를 듣는다
절벽에 부딪혔다가 슬쩍 웃으면서 물러나는 수줍은 강물소리를 듣는다
나뭇가지에 앉은 새들이 일제히 나뭇가지를 흔들며 떠나가는 소리를 듣는다
가랑잎들이 굴러가다가 사람들 발에 밟혀 우는 소리가 들린다
오솔길을 기어가는 달팽이들이 사람들의 발에 소리 없이 밟히는 소리가 들
린다
번개 몰래 심심하면 먹구름을 때리는 천둥소리가 들린다
엄마를 찾아 산그늘로만 산그늘로만 날아다니는 아기 산새의 울음소리가
들린다
달빛과 별빛이 서로 손을 꼭 잡고 잠드는 소리가 들린다

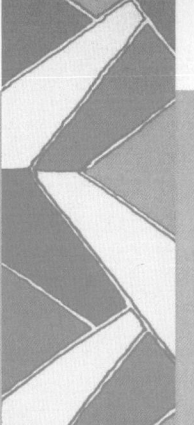

제3부

김종철, 『등신불 시편』(문학수첩, 2001).

역설을 견디는 방중술로서의 시

시가 인간 삶의 역설을 끌어안고 드러내는 문학 장르임은 잘 알려져 있다. 인간 삶이 역설이라 함은, 삶을 지탱해나가고 만들어나가는 언어 자체가 역설적인 것이기 때문이다. 언어 자체는 있으면서도 없는 것이다. 언어는 텅 빈 것이면서도 물질적이다. 내가 소나무라고 발화했을 때, '소나무'라는 기표는 실제 소나무의 그 어느 것도 반영하거나 기표에 침투해 들어와 있지 않다(텅 비어 있다). 하지만 소나무라는 기표의 물질성은 우리 삶의 물질적 환경 속에서 만들어지고 발화되는 것이기에 그냥 헛된 것만은 아니다. 가령 소나무라는 발화는 학교 선생님이 소나무 그림을 가리켰을 때의 대답일 수도 있다. 이때 선생님의 물음에 잘못 대답했을 땐 나에게 회초리라는 물질적 가학이 가해질 것이다. 즉 언어는 빈 것이면서도 자기에게 물리적인 결과를 가져오는 동인이 될 수도 있는 것이다. 언어가 물질적이라 함은 이런 의미이다.

그런데 이런 언어의 역설은 우리의 언어 생활 속에서 쉽게 잊혀진다. 그래서 언어의 그 진공을 염두에 두지 않고 삶을 살아나갈 때 우리는 언어가 만들어 놓은 함정에 쉽게 빠진다. 空인 언어에 의해 고통스러운 마음에 사로잡혀 불행한 삶을 살아갈 수도 있다. 특히 물화된 사회 속에서 언어의 물화까지도 이루어진 현대의 삶에서 언어는 자신의 空을 강고한 물질성으로 가리고 권력을 휘두르게 된다. 그리고 거꾸로, 이 강고한 물질이 된 언어 속에서의 삶은 삶 전체를 無에 빠뜨리게 한다. 시가 언어의 물화, 기계화, 자동화에 저항하는 이유와 정당성이 바로 물화된 언어에 오염된 현대 속의 삶이 삶 자체의 의미에 위기를 던지고 있다는 데서 온다.

시의 저항 방법은 여러 가지가 있을 수 있으나 바로 언어의 色 속에서 空을 마련하는 방법도 있을 것이다. 그것은 無임을 잊어버리고 강고한 물질이자 권력이 된 현대의 언어에 구멍을 내는 '게릴라'의 싸움일 것이다. 색과 공의 엉킴을 사색하면서 쓰여진 시편들을 담고 있는 김종철의 신작 시집 『등신불 시편』에서 필자는 이런 '게릴라'를 보게 된다. 이런 게릴라 전술을 시인이 의식했는지는 분명치 않다. 하지만 필자는, 사실 좋은 시인들은 물화된 삶을 균열시키는 게릴라 전사가 아닌가 생각하고 있다. 필자의 관심은 각 시인들의 게릴라 정신은 무엇이며 그 전술은 어떤 것인가에 있다. 김종철의 이 시도 예외가 아니다.

김종철의 시들은 매우 철학적이다. 물론 세계에 대한 사유를 담는 철학은 게릴라와는 거리가 멀 터. 철학함은 게릴라와 같은 전술적 차원이라기보다는 전략을 짜는 큰 틀을 마련하기 위한 사색일 것이기 때문이다. 그런데 그의 시가 철학적 사유를 담되 게릴라와 같은 전술 무기가 될 수 있는 것은, 무와 있음 사이에 있는 언어와 삶의 역설 자체에 대해 사색하기 때문이다. 그의 시는 언어를 조직하여 언어와 삶을 받치고 있는 심연을 드러내면서 삶의 역설을 드러낸다. 그것은 자기도 모르는 사이 자동화되고 굳어진, 물화된 삶을 떠받치는 이데올로기들에 '낯설게 하기'로서 충격을 주고 균열을 만드는 것이다. 왜냐하면 그의 시는 무의식화되고 자동화된 우리의 상식과 믿음, 생활의 부스러기에 불과하게 된 행복의 꿈, 이런 것들을 바로 무의 문턱으로 내몰기 때문이다.

 그렇다고 그가 '무'의 철학을 내세운다거나 하지는 않는다. 언어와, 그것에 의해 조직된 삶을 무라고 말할 수는 없다. 시인은 삶을 무로 환원시키지 않는다. 그는 무와 물질, 공과 색의 뒤엉킴에 주목하는 것이다. 그 뒤엉킴의 자리가 김종철의 시에서 육체라고 할 수 있다. 관념-언어에 의해 오염되지 않는 육체는 그냥 있는 것이지만 의미화되지 않았을 경우, 그 측면에선 무와 같기도 한 것이다. 하지만 의미의 세계로 가득 들어찬 우리네 세계는 언어-의미에 오염되지 않는 육체는 없을 것이다. 정신의 육체에 대한 정복 과정이 바로 문화의 역사 아니겠는가. 시인은 유와 무가 뒤엉킨 자리라 할 육체에 관심을 기울이면서도 바로 의미화된 육체의 의미를 제거하려고 한다. 그때의 육체는 바로 부처가 몸으로 현현한 불타버린 육체 '등신불'이며 '맨발의 부처'(「맨발의 유채꽃-등신불 시편 8」)라고 표현된다. 또한 의미의 제거는 "오늘 하루 나는 없다, 없다. 없다/생등신불이/이처럼 쉽게 될 줄이야!" (「나는 없다, 없다, 없다-등신불 시편 9」)와 같이 생등신불 되기와 같은 것이다. 의미가 제거된 육체는 다음과 같이 '빈 몸'이란 상징을 얻기도 한다.

> 등신불을 보았다
> 살아서도 산 적 없고
> 죽어서도 죽은 적 없는 그를 만났다
> 그가 없는 빈 몸에
> 오늘은 떠돌이가 들어와
> 평생을 살다 간다

> —「등신불-등신불 시편 1」 전문

육체이면서도 불타 죽은 육체라는 면에서, 하지만 그 죽은 육체를 통해 산 부처를 만날 수 있다는 면에서, 등신불은 삶과 죽음의 경계를 허문다. 이 역설 속에서 그것은 몸은 있으되 빈 몸인, 있으되 없는 존재가 되며, 그리하여 어떤 공간을 만들어낸다. 있으되 없는 빈 공간은 떠돌이가 살 공간을 만들어주는 것이다. 의미의 무의미, 무의미의 의미를 넘나들며 이루어진 공간은 바로 떠돌이의 삶에 있어선 안식처일 것이다. 경계를 넘나드는 삶이야말로 떠돌이의 삶일 테니 말이다. 등신불의 존재는 바로 현대 사회 속에서 자리잡아 헛된 욕망에 사로잡혀 사는 사람들의 삶에 대해 그 무의미성을 지시해주면서도 무의미를 안고 사는 떠돌이에겐 의미를 안겨준다. 삶이란 떠돌이의 그것과 같은 것이 진실이라고 말이다. 그렇다면 등신불의 존재는 바로 삶의 진실과 의미를 마련해준다 할 수 있다.

그래서 그의 몸은 비었지만, 그 속엔 '여러 것', "몇 마리의 야수와 작은 예배/여자의 손톱자국까지"(「본다—등신불 시편 12」) 들어 살 수 있다. 빈 몸의 공간은, 인간의 삶—야수와 같은 삶 그 자체를 언어를 통해 의미화시키고 탈색시킨 인간의 삶—에서 벗어난 삶이 살 수 있는 공간이다. 하지만 불교적 변증법은 단순화시키는 법이 없다. 그 곳엔 야수의 삶만이 들어가 살지 않는다. 이미 인간의 삶이란 야수의 삶과 다를 터, 문제는 언어를 통해 비언어의 삶에 다가가는 것이다. 인간성을 통해 '야수성—자연성'과 자유에 다가가는 것이다. 떠돌이가 바로 그 자유에 다가가는 인간 아니겠는가. 그래서 그 '빈 몸' 안엔 야수만이 있는 것이 아니라 신을 기리고 사랑하는 '예배'도 있다. 야수와 예배를 결합시킨 상징이 바로 여자의 손톱자국이 아닐까. 야수성과 사랑이 결합된 여자의 손톱자국. 그래서 그 공간을 두고 시인은 "사람의 길과 짐승의 길이/나란히 골 패어 길게 굽어져 있는/저 마음의 돌밭"(같은 시)이라고 말한다.

그러기에 등신불은 인간의 육체적 삶을 도외시하지 않으며 도리어 그 육체적 삶 속에서 깨달음을 가져다 줄 것이다. 깨달음은 자연에 순응하는 육체적 삶, 인간의 자연적 삶이란 역설 속에서 올 것이다. 그것은 인간적 영민함에서 오지 않는다. 어리석음 속에서 다가온다. "깨침도 없이 깨치는 그것!"(「깨침도 없이－등신불 시편 11」)으로서 온다. 깨침이란 완료형은 없고 '깨치는' 과정만이 있을 뿐이다. 왜냐하면 육체적 삶은 과정일 뿐 어떤 완료도 없기 때문이다. 완료는 의미를 덧씌우는 것일 따름이라면 말이다. 그래서 그 과정으로서 '깨치는 그것'은 "등신 지랄하는 그것!"(같은 시)이다. 등신불의 '아랫도리 연장'의 '대가리'도 '왼쪽으로 구부러져 있는 길 하나', '세상의 똥구멍'(「심심하다－등신불 시편 4」)을 가리키지 않았는가.

육체적 삶 속에서 깨치는 길을 걷는 방도를 시인은 『소녀경』에서 찾는다. 일종의 성불(成佛)의 '길을 위한 양생술의 기록으로서, 방중술을 가르치는 『소녀경』을 대하는 것이다. 어떻게 보면, 일종의 선문답 같은 이 시집 1부 '등신불 시편'보다 2부 '소녀경 시편'이 더욱 난해한데, 성불을 性과 관련시키는 낯설음 때문이기도 하지만, 섹스를 통해 삶과 죽음, 의미와 무의미의 문제를 더욱 묘하고도 깊게 파고 들어가기 때문이다.

앞에서 우리는 물화된 언어로 둘러싸인 우리네 삶을 넘어서는 시도로서 '빈 몸'인 등신불 속에 떠돌이로서의 삶을 의탁하여 자연이되 인간적인 육체적 삶의 추구를 볼 수 있었다. 성인이면 누구나 경험하는 섹스의 세계－육체적 삶을 더욱 명료히 드러내는 그 세계－에 대한 탐구 속에서 시인은 깨달음의 세계로 가는 다리를 놓으려 한다. 이 섹스 행위는 부처를 보기 위한 의례적 행위로서 나타난다고도 할 수 있는 것이다. 섹스는 구멍 속에 들어갔다 나오기인데, 이 구멍은 인간에게 예나 지금이나 삶과 죽음을 아우르는 깊은 상징이다. 우리는 구멍 속에서 나고 땅 구멍 속으로 들어간다. 그리고 남성은 구멍 속으로 들어 갔다 나옴을 반복하며 새 생명의 씨를 뿌리기도 하고 무의미의 '자연 적 삶―쾌락의 삶'을 체험하곤 한다. 그러나 자연적 삶이란 인간에겐 죽음과 닿아있는―무의미란 죽음과 같은 심연이기에―것이기도 하다.

> 구멍 속에 들어갔다가 나올 때
> 우리들은 늘 죽어서 나온다
> 어떤 때는 반쯤 죽어서 나온다
> 그런 날에는 벼랑 한없이 나가떨어지듯
> 코를 골며 잠만 잤다
>
> ......
>
> 소녀경이 이르기를
> 구멍 속에 들어갔다 나올 때는
> 죽지 말고 똑 살아서 나와야 된다고
> 당부하였다
> 죽어도 죽지 않고 사는 법
> 소녀경이 내 나이 오십을 가르쳤다
>
> ――「구멍에 대하여―소녀경 시편 2」 부분

소녀경은 일종의 양생술이기 때문에 삶을 죽음에 빠뜨리는 행위를 막으면서 충만하게 기르는 방법을 알려주는 책이다. 하지만 그 책은 삶이 죽음과 만나보지 않고 생활 자체로만 살아나가는 것 역시 진정한 삶이라 가르치지 않는다. 소녀경은 쾌락―'육체적 자연적 삶', 즉 죽음 의 세계―속에서 삶의 힘을 길러나갈 수 있는 길을 보여주려 한다. 이 를 위해서 소녀경은 저 심연의 세계 속으로 들어가되 살아서 나오는 방도를 알려준다. '죽어도 죽지 않고 사는 법'이라고 할 방도 말이다. 이는 오르페우스가 지옥에 들어갔다가 나오는 방도와 같다. 오르페우스의 노래와 같은 방도로서의 소녀경. 어떻게 보면 그 방도는 바로 시다. 시란 '물화된 언어—의미의 세계'에서 언어와 '무의미—죽음'을 만나게 하는 것이기 때문이다. 아름다움의 세계란 바로 이런 쾌와 만나되, 쾌에 빠져 죽음에 이르지 않고 쾌를 삶으로 이끄는 세계 아닐까. 이런 생각은 시인의 생각에서 너무 멀리 벗어나는 것 같지만, 시인의 위의 시를 읽고 곰곰이 생각해보면 소녀경과 오르페우스를 연결시켜 생각하는 것이 그리 큰 무리는 아닐지 모른다. 「파본처럼—소녀경 시편 3」에서 오십을 바라보는 아내 옆에 따라 누워 있는, 非性的이라 할 어머니의 환상에, 소녀경의 '파본처럼'이라고 말을 대담하게 붙일 수 있었던 것은, 소녀경이 시와 예술의 본질을 드러내고 있다고 시인이 생각하고 있기 때문인지 모른다.

그런데 소녀경이 보여주는 방도는 매우 구체적이다. 「도는 법—소녀경 시편 10」을 보면 "무릇 하늘은 왼쪽으로 돌고/땅은 오른 쪽으로 돈다/남자는 반드시 하늘과 같이 왼쪽에서 오른쪽으로/여자는 반드시 땅과 같이 오른쪽에서/왼쪽으로/남자는 위로부터 아래로/여자는 아래로부터 위로"라며 소녀경의 내용을 옮기고, "옛사람이나 지금 사람,/이 흐르는 물에 걸림 없으니"라고 논평한다. 소녀경이 가르치는 '죽어도 죽지 않고 사는 법'이란 이렇게 하늘과 땅, 자연의 흐름과 인간 육체의 흐름을 맞추는 것이다. 걸림없는 흐름을 만드는 것이다. 이때 "이 짓 하나로 성불할 수 있음을" 알게 되고(「이 짓 하나로!—소녀경 시편 12」), 成佛은 性佛과 같이 된다.

3부의 「산중문답 시편」들은 시인이 인간의 가장 일상적 삶의 하나인 섹스 속에서 양생하는 법을 발견하고 부처를 찾을 수 있는 방도를 깨우치면서, 동시에 삶에 대한 그윽하고 깊은 시선과 자연을 인간 삶과 융해시키는 원대한 시야를 가지게 되었음을 보여주고 있다. "먼 발치에서 너를 보았다/앙상한 흰 산맥의 갈비뼈가/길가 화장터의 장작도미 위에/누워 타고 있었다//네팔과 내팔 사이에!"(「네팔에서-산중문답 시편 1」)와 같은 시는 산들의 여러 맥들을 '흰 산맥의 갈비뼈'라고 하는 발랄한 상상력을 보여줌과 동시에 원대한 산맥과 나의 거리를 '네 팔과 내 팔 사이'라는 공간 속에 놓아 응축하고 단축하는 대담한 사유를 보여주고 있다.

이 거대한 자연 속에서 시인은 "세상살이가 별 것 아니었다"(「낮은 곳으로-산중문답 시편 4」)라는 통찰을 얻기도 한다. 하지만 자연은 그 별 것 아닌 세상살이에 대해 무한한 애정을 가지고 대하도록 추억의 공간으로 이끌기도 하며(「산중문답 시편」 10, 13), 친우에 대한 우정 어린 기억의 시편들을 낳게 하기도 한다. 그렇다면 세상살이가 별 것 아니라 함은 삶의 의미가 별 것 없다는 의미라기보다는 세상살이 역시 자연의 하나일 뿐이요, 그러기에 어떤 커다란 의미보다는 작은 기억들과 친우들과의 기억들이 더욱 아름답고 소중하다는 뜻일 것이다. 그래서 자연은, 사람살이에서 어느 하나 소중하지 않을 것이 없으며 나 자신과 '너'를 사랑하고 더욱 열심히 같이 생활해나가야 함을 깨우치게 하는 존재로서 나타난다. 그러기에 「시화호를 바라보며-산중문답 12」에서 보듯, 자연을 망가뜨리는 인간의 문명은 시인에게 비판의 시선을 면할 수 없다.

지금까지의 독서를 통해 보면, 김종철 시인의 시집은 인간 문명의 삶-물화된 언어에 오염된 삶-대한 게릴라적 파괴이면서도, 역설적 공간인 등신불의 '육체-비육체'를 통해 그런 삶에서 벗어나 대안적 삶을 탐구하고, 그 벗어남의 방도를 '방중술-양생술'로서의 시를 통해 "배우고 익힐수록 즐"(「性佛-소녀경 시편 14」)거워 하는 것이다. 그리하여 이 시집은 생활을 다시 긍정하는 길을 보여주고 있다고 간추려 말할 수 있겠다. 이 길은 어떤 결론에 안주하는 것이 아니라 불교적 변증법-역설-의 긴장에 의해 푸르르 떨리는 외줄과 같은 길이다.

권달웅, 『감처럼』(모아드림, 2003)

댓잎 끝에서 흔들리는 바다의 푸른 힘

현재 우리 삶이 처해 있는 현실을 돌아보면 참담한 느낌을 감출 수 없다. 암담하고 답답하다. 40줄이 넘으면 회사에서 쫓겨난다. 수험생들은 자살한다. 대학 졸업자들은 취업하지 못하고 있다. 몇 백억 대 뇌물성 정치 자금이 기업으로부터 정당에로 흘러 들어간다. 노동자는 분신자살한다. 독일에서 온 어떤 철학자는 전향을 강요당하고, 언론에선 그의 철학은 하나도 소개하지 않은 채 간첩을 기정사실화한다. 늘어나는 홈리스들. 가정 경제가 파탄난 사람들이 속출한다. 어쩌면 한국 사회의 모순들이 한꺼번에 터져 나오고 있는 듯한 게 지금 현실이다. 이런 상황에서 피곤하다는 말은 어쩌면 속 편한 소리라고도 할 수 있다. 하지만 소위 필자도 들어가 있을 식자층들은 이 문제들을 어디서부터 어떻게 풀어야할지 해답을 꺼내지 못하고 있는 것이 사실이다. 이런 상황 속에서 심각한 정서적, 가치관적 혼란이 한국 사회를 더욱 천박하게 만들고 있다.

그래서 시의 기능과 사명은 더욱 중대해졌다고 할 수 있다. 일단, 좋은 시는 정직하다. 거짓이 일상적이고 정상적인 삶의 방법으로 여겨지는 사회에서, 시의 정직성은 희귀하다고까지 할 수 있을 것이다. 좋은 시는 시인 방황을 정직하게 드러내면서도, 방황에 그치지 않고 새로운 인식이나 갑갑한 현실 속의 삶에 어떤 돌파구를 찾는다. 그것은 인간과 문명, 자연과 삶에 대한 근본적인 질문을 던지고 그에 해답을 찾으려고 노력함으로써 이루어진다. 그 노력이 어느 정도 성공하게 되면, 시인은 새로운 가치와 삶의 방도를 우리에게 여러 이미지로써 제시하여 혼란 속의 현대인들이 자기 삶을 찾도록 돕는다. 권달웅의 신간 시선집은 현재 요구되는 이런 시의 기능과 필요성에 잘 부합하는 시집이다.

　권달웅의 30년 간 시작을 정리하는 시집 『감처럼』은 놀랍게도 시 세계의 굴곡이 거의 보이지 않는다. 마치 신작 시집 같다. 권달웅은 젊은 시절에 이미 하나의 정신 세계를 구축하고 이를 평생 밀고 나간 사람 같다. 이는 불성실과는 거리가 멀다. 도리어 한 권의 시집을 내기 위해 살았다고 할 수 있는 보들레르의 성실함을 갖고 있다. 권달웅은 자기 세계와 삶을 계속 갈고 닦기 위해 시를 쓴다. 그는 쉽게 자기 세계를 변화시키는 부류의 시인과는 선을 긋고 있다. 바로 시와 삶에 대한 이 우직한 태도가 바로 이 시인의 시 세계라고도 할 수 있다. 즉 시 세계의 굴곡 없음이 바로 그의 시 세계의 특징을 보여주는 것이다.

　권달웅의 시법은 이 시집의 첫 시 「감처럼」에 잘 나타나 있듯이 단아한 서정성을 그 매력으로 하고 있다. 시집을 통독하면, 시인은 결벽이라고 할 만큼 군더더기를 좀체 남기지 않는다는 것을 알 수 있다. 논평자들 및 시인 자신도 말하고 있듯이 시인은 자연의 오묘함과 순리를 깨달으려고 한다. 무엇보다도 무위자연의 노장적 세계관을 가짐으로써 이 복마전 같은 현대 생활의 피폐함에서 탈출하려고 한다. 하지만 현대인이 자연에 접근하기란 쉽지 않을 터, 특히 언어를 통해 무위로 접근하기 위해선 역설이 필요하다. 그 역설은 시가 감당할 수 있는 것이다. 감정과 언어의 절제는 바로 언어를 통해 자연에 접근한다는 역설을 구현하는 시법이다. 자연에 접근하기 위해서는 현대인의 시각을 제거해나가야 할 터인데 그러기 위해선 되도록 맑은 눈으로 자연을 보려고 노력하고 자연의 자연스러움을 받아들여야 한다. 이 수용이 이루어질 수 있도록 언어를 사용할 때, 비록 불충분하지만 자연이 자연 그대로 현상하는데 접근한다.

　　여름 비 그치고
　　청산에 무지개가 걸렸다

　　자벌레 한 마리가
　　물푸레나무잎을 뜯어먹다가
　　발딱 고개를 쳐들고 있다

　　물푸레나무 가지처럼

　　산까치 소리가 산을 울린다

—「자벌레 한 마리가」 전문

이 시뿐만 아니라 「백선」, 「금낭화」, 「망초꽃」, 「능소화」, 「해오라기난초」를 보면, 시인은 꽃과 같은 작은 사물과 자연에 대해 담백하게 묘사하면서 숨겨져 있는 자연 속의 아날로지를 찾아내고 있음을 볼 수 있다. 자연은 그야말로 있는 그대로 있는 것이지만 언어로 자연을 묘사하기 위해선 특정한 시법이 필요하다. 왜냐하면 언어 자체가 세계를 분절하는 것이요 자연이 아닌 것이기에 언어가 언어를 넘어서야 있는 그대로의 자연이 암시되어 현현될 수 있기 때문이다. 이를 위해 아날로지가 하나의 방법이 될 수 있다. 자연은 언어와 같이 분절된 것이 아니라 서로 무수한 끈으로 연결되어 있는 사물과 생명으로 마련되어져 있다. 아날로지는 언어에 의해 분절된 세계를 다시 연결하는 작업을 통해 연속적인 자연의 참모습을 드러낸다. 위의 시에선 무지개와 자벌레 한 마리, 물푸레나무와 산까치가 서로 조응한 자연의 한 모습이 신비스러울 정도로 단순하게 드러난다. 그 뒤에 까치 울음소리가 허공을 깨며 울려 퍼진다. 이 음향이 여러 사물과 생명체들의 조응을 다시 이끌어낸다.

그런데 시인은 '지금 여기에서의 삶'에서 달아나기 위해 있는 그대로의 자연을 발견하고는 그 자연 속으로 들어가 살고자 하는 '현실도피'적인 시인이 아니다. 그에게 자연은 '지금 여기에서의 삶'을 바로 살기 위한 윤리를 제공하는 곳이다. 그는 자연의 바로 보기를 통해 자연 자체가 드러나도록 하고, 그 드러난 자연에서 지금 여기에서의 삶을 살아나갈 지표를 발견한다. 그 윤리적 지표는 권달웅에게 있어서 무엇일까? 우선, 깨끗해지기다.

순환의 논리가 아닌 생산과 폐기의 논리로 움직이는 인공의 세계는 자연스런 소멸을 받아들이지 않는다. 다만 실용의 논리에 따라 사물은 폐기되거나 개조된다. 이런 세계 속에서는 이익의 여부에 따라 모든 가치를 부여할 수밖에 없다. 이때 자연의 순수한 순리는 없어진다. 인공 세계 속의 삶은 자연을 잃어버리게 된다. 시인은 자본주의 문명이 만들어 놓은 비뚤어진 인간성을 바로 잡기 위해서는 인공의 때를 벗어버리고 자연 자체의 윤리를 받아들여야 한다고 생각한다. 자연은 깨끗하다. 자연의 냇물에 몸을 담가 인공의 때를 벗기자. 권달웅의 윤리적 전언은 바로 깨끗하자는 것이 우선이다. "깨끗하라, 깨끗하라, 오늘 하루 망우리 산기슭엔 누구를 위한 돌을 쪼으는지 아름다운 이름을 새기는 정소리가 가득하구나"(「망우리 길」)라고 저 망자들의 공간인 망우리 공동묘지 산기슭은 시인에게 명하고 있다. 죽음만이 삶 전체에게 명할 수 있다. 이 깨끗함의 윤리는 어떻게 도출되고 있는지 살펴보기로 한다.

시인은 세태의 바람을 견뎌낼 수 있는 법을 자연의 관찰로부터 습득한다. "너무 푸르러서 휘어지고/휘어짐으로써 꺾이지 않는 버드나무야,/더 깊은 마음에 이르는 푸른 힘"(「버드나무 그늘」)을 가진 버드나무나 "세상을 바라보는/흔들바위야,/깨어지고 깎이고/흔들흔들 흔들리면서도/흔들리지 않고/천둥과 눈비에도 함묵하며/청정하게 선"(「흔들바위의 명상」) 흔들바위와 같은 자연물들은 세태의 바람을 맞으면서도 자신을 잃지 않고 살아나가는 삶을 알레고리적으로 나타낸다. 그런데 버드나무의 휘어짐은 강압적인 세월의 힘을 받아 생기는 현상일 터이다. 시인은 그것을 너무 푸르러서 휘어진다고 해석한다. 버드나무는 세태의 바람을 맞고도 꺾이지 않지만 대나무처럼 꼿꼿하게 자신을 버틸 힘이 없다. 다만 '푸른 힘', 순수함의 힘만을 가지고 있다. 이 순수함의 힘이 세상의 폭력과 천박성을 견디게 한다. 하지만 순수한 만큼 여릴 것이고 그래서 고통도 크다. 자신의 몸이 뒤틀리는 것은 그 때문이다.

물론 버드나무와 같은 삶의 방식만 있는 것은 아니다. 흔들바위와 같이 흔들리지만 교묘히 중심을 잡고 있어서 넘어지지 않는 삶의 방식도 있다. 꼿꼿한 삶의 방식도 있다. 대나무가 바로 그러한 자연물이다. 대나무는 "모든 어려움을/마디로 맺고 끊으면서 대나무는/중심의 줄기 하나로"(「대나무」) 산다. 이 대나무의 생리를 열심히 관찰한 결과 다음과 같은 아름다운 발견이 이루어지기도 한다.

바람이 불면 대나무에서
온갖 울림소리가 났다
파도에 찢기면서 파도에 일어서는
바다의 푸른 힘이
댓잎 끝에 몰려와 있었다
달밤이면 댓잎 그림자가

잠 못이루는 내 창가에서
서걱거리며 흔들렸다
밤새도록 푸른 댓잎에서
물새 울음소리가 들렸다

—「대바람소리」부분

이 시는 바람에 흔들리는 대나무 잎에서 나는 소리와 물새 울음소리가 동일시되는 과정을 교묘한 연상 기법으로 그려내고 있다. 또한 이 동일시를 매개로, 파도에 찢기면서도 파도에 일어서는 법을 아는 푸른 바다-그 바다의 푸른 힘은 바로 버드나무의 순수성이 가진 힘과 같은 힘을 터인데-와 푸른 대나무의 잎이 가진 힘이 겹쳐진다. 이를 통해 얻어진 "바다의 푸른 힘이/댓잎 끝에 몰려와 있었다"라는 구절은 실로 절묘한 구절이다. 더 나아가 댓잎에서 물새 울음소리를 듣는다는 건 여간한 상상력이 아니다. 바다와 잎의 흔들림에서 힘을 포착하는 것도 자연에 대한 깊은 관찰과 사색이 없으면 불가능한 발견일 것이다.

권달웅은 이 흔들림 속에서도 꿋꿋이 일어설 수 있는 힘, 그것이 자연의 힘이고 현대를 살아나갈 수 있는 힘이라고 생각한다. 버드나무, 대나무, 흔들바위와 같이 세상의 풍파에 견디면서 자신을 지키는 삶의 방식은 자신의 아집을 버림으로써 달성될 것이다. 아집은 욕심에서 비롯되는 것이요, 욕심은 실용주의에 기반한 자본주의 문명이 계속 부풀리고 있다. 아집에서 벗어나 진정한 자유를 찾기 위해선 깨끗한 계곡 물과 같이 되어야 한다. 즉 깨끗함의 윤리가 필요하다. 깨끗함의 윤리 역시 자연에 사심 없이 몸을 기댈 때 얻어질 수 있다.

사람을 멀리 하고
소나무 빽빽한 산에서
맑은 마음 그대로 내려오는 물소리가
소란한 내 귀를 씻고

사라집니다

선유동 빽빽한 소나무숲에서
깃이 고운 새 한 마리 날아와
내 마음 가까이서
놀다 갑니다

— 「선유동의 물소리」 부분

'사람을 멀리' 한 물소리는 우리를 깨끗하게 해준다. 또한 마음에 새 한 마리 날아와 자유로이 놀 수 있는 자유의 공간을 만들어준다. 그래서 순수의 윤리는 자유의 윤리이다. 시인이 보기에 자유는 자연 그대로의 삶에 도달할 때 이루어진다. 이 경지는 여러 시에서 생생한 이미지로 제시되고 있다. "물 위에서 뛰어다니"는 소금장이 떼와 "맑은 물 위에 떨어"진 "마지막 지는 단풍잎"이 어울려 "저들도 물 흐르듯/흐르는 세상을 알고/자유를 누리는 듯/단풍잎을 밀고/이러저리 뛰어다니네"(「소금장이 떼」)와 같은 구절, "사람에게 길들여지지 않은/야생의 말이 뛰고 있"는 '산굼부리'(「산굼부리로 가는 길」)라는 공간의 형상화, "수천 개의 눈을 굴리며/바람 불면 부는 대로/한가히 떠"가는 '먹잠자리 한 마리'(「먹잠자리 한 마리」), "사람이 아닌/초록 물고기들이 뛰고 있"는 '생명 반짝이는 강'(「비 갠 어라연」) 등은 모두 자연의 생명력의 자유로운 개화를 보여주고 있다. 즉 자유는 생명의 억압 없는 개화이다. 다시 말해 자연이 자유이고 자유가 생명이다. 억압되지 않는 자연의 공간은 "평화롭게 지느러미 흔드는"(「작은 평화」), 어항 속의 평화로운 '금붕어' 들의 세계이기도 하다. 그러니까 자연=자유=생명=평화이다.

앞에서도 말했듯이, 권달웅 시인은 현실을 도피하려고 자연에서 사는 법을 배우고자 하는 건 아니다. 시인이 발견하고 역설하는 자연의 윤리는 혼탁한 현실에 맞서 삶의 자유를 쟁취하는 윤리이기 때문이다. 또한 자연은 자유이자 생명이고 평화이기 때문이다. 그런데 더 나아가 이 윤리는 홀로 자유로움을 추구하면서 살고자하는 자기 수양과 만족의 윤리를 넘어선다. 진정한 자유를 아는 자는 자유를 억압하고 박탈하는 현실에 대해 분노하고 안타까워하게 된다. 현대가 만들어내고 있는 삶의 공간에서는, 시인에게 생명력과 자유의 표징인 동물들은 살아갈 수 없다. "옛 시절에는/광릉 울창한 숲에서/클락클락 크낙새가 울었"지만 지금의 현실에서는 "크낙새는 보이지 않고/지금은 따르르르 나무를 쪼으던 정소리만/내 몸 속에 흩어"(「크낙새를 찾습니다」)진다고 시인은 말한다. 또한 곤줄박이는 "어디선가 쨍그렁 하는 쇳소리에/깜짝 놀라 하늘로 날아간다"(「곤줄박이」)

좀 더 구체적이면서 역사적으로 이 현대의 공간을 상징하는 곳은 한국의 비무장지대다. 이 시는 지뢰 매설지역과 녹슨 탱크 지역, 그리고 그 지역을 뛰고 나는 산양과 노랑나비를 대비하여 폭력의 한국 역사를 더욱 부각시키고 있다. "구멍 뚫어진 철모에서 풀꽃이 솟아나 피고 있었다"라는 이미지는 역사의 비극을 선명하게 보여준다. 이 이미지는 인간이 만들어낸 전쟁터의 피폐함 속에서도 자연의 힘은 여전히 자라난다는 희망을 제시하기도 하지만, 선명한 대비로 인해 인간의 역사와 문명이 가진 허망함이 짙게 나타나기도 하다.

역사와 현실에 대한 비판적 사유는 각양각색으로 사는 민중들 삶에 시인의 눈을 돌리게 만든다. 민중의 삶이야말로 자연과 가장 가까운 존재이기 때문이다. 민중의 삶이 고통스러운 것은 자본주의 현대가 자연을 억압하고 내쫓은 것과 같은 이유에서이다. 또한, 자연과 같이 싱싱하게 생명력 있는 존재가 인간 세상에선 민중이다. "살아가는 냄새가 물씬거리"는 「수산 시장」에서 시인이 민중의 어떤 면을 어떻게 보는지 확인할 수 있다.

시인은 자연 현상을 통해 민중의 생명력을 보여주길 즐긴다. "살아야겠다 살아야겠다고/악착같이 메달리"는 '도꼬마리 열매'(「가을강」)나 "떨어져도 다시 기어오르는 것들/몸으로만 살아가는 것들"(「풀벌레」)인 풀벌레가 그것이다. 그런데 이들 생명력은 앞에서 본 자유의 경지 속에 마음껏 발산되는 싱싱한 생명력과 거리가 멀다. 고통받는 삶에도 불구하고 어떻게 해서든 살아나가려는 생명들이 민중들의 삶이다. 하지만 시인은 민중의 삶에서 수동성만을 보지 않는다. "새해 낙산의상대에서 솟아오르는 해"에서 "어둠을 불지르고 어둠 속에서 타오르는 불덩어리, 피로 물든 그 사월과 오월의 총소리 민중의 함성까지 쏘아 올리며 뜨겁게 솟아올랐다 타오르는 불덩어리, 고통을 안고 새롭게 솟아오르는 고통의 불덩어리."(「해맞이」)를 본다. 민중의 삶을 자연 현상에 유추한 것은 앞에 언급한 시와 같지만, 여기선 그 어조가 많이 달라져 있다. 역시 민중의 삶은 고통이지만, 타오르는 고통이자 그래서 어둠을 불지르는 태양이다. 그 태양은 4월 혁명과 5월 광주의 투쟁과 연결된다. 이렇듯 시인이 자연의 관찰에서 얻는 바는, 결코 수동적인 것에만 관련되지 않는다. 고통을 혁명으로 승화시키는 강렬도를 발견하기도 한다. 그런데 불덩어리인 태양은 어디서 그 불타오를 수 있는 에너지를 얻어올 수 있을까?

아지랑이 타오르는
봄산에 들어서면
잃어버린 날이 떠오른다
봄산에 들어서면
사람이 그리워지고
사랑하는 사람이나
미운 사람의 마음까지
점점 따뜻하게 한다

......

그리운 사람아
이 분홍빛 바람 속에서는
얼었던 눈도 사랑도
절로 녹을 수밖에는 없다
절로 타오를 수밖에는 없다

— 「봄산」 부분

타오르기, 그건 사랑의 힘일 것이다. 불이 산소와 만나 더욱 뜨겁게 타오르듯이 사랑의 힘은 사람들 사이의 불을 더욱 타오르게 한다. 이 사랑으로 꽉 들어찬 이가 바로 모든 사람들이 그리워하는 어머니다. 시인은 자연의 생명력을 가장 잘 보여주는 세계로서 주위 민중들의 삶에 눈을 돌렸다면, 여기서 시인은 다시 자신의 삶 깊숙이 박혀 있는 정서의 핵인 어머니에게로 시선을 옮겨 천착한다. 이 시집엔 시인의 어머니에 대한 절절한 그리움을 보여주는 시가 많다. 하지만 그 시들은 그리움이란 정서에만 그 의미가 한정되지 않는다. 불타오르는 민중의 사랑이 어머니의 무조건적인 사랑으로부터 모범을 찾아낼 수 있기에 그렇다. 가령, "내 어머니 사랑의 열매"인 "빨갛게 흐드러진 감"(「감이 익은 집」)의 붉은 색은 바로 불의 이미지와 연결되는 것이다. 그리고 아래 시에 등장하는 꽃의 연보라빛은 뜨겁게 타오르기 직전의 불 색깔일 테다.

저물 무렵
먼 길 걸어 친정 온 딸을
맨발로 뛰어나가
껴안고 우는 어머니의 가슴에
피어나는 연보라빛 꽃

말 못하는 꽃
산그늘 같은 꽃

—「오동꽃」 전문

꽃을 피워내는 힘이야말로 불이며 사랑이고, 언어 너머 자연 자체의
생명력, 자연이 가진 힘의 정수다. 세계를 둘러보고는 다시 유년 시절
어머니의 사랑으로 되돌아가는 시인의 흔들리는 뒷모습은 쓸쓸하기보
다는 든든해 보인다. 그 흔들리는 모습은, 해의 타오름을 준비하는 새
벽녘에 흔들리고 있는 댓잎의 모습과 같기 때문이다.

배한봉, 『악기점』(세계사, 2004)

시간을 '개화' 시키는 자연의 힘과 아름다움

배한봉은 시인이다. 시인 아닌 시인이 어디 있겠냐마는, 시를 삶의 모든 것으로 생각하는 시인이 있는데, 바로 배한봉이 그런 사람이라는 의미에서다. 그에게서 삶은 시와 분리되지 않는다. 어쩌면 시를 위해 삶이 있다고 할 수 있다. 그는 시를 진정한 삶이라고 생각하기 때문이다. 하지만 그에게 시는 인공적인 무엇이 아니다. 시는 자연에서 발견하는 것이다. 즉, 시는 자연 속에 감추어져 있는 어떤 본질이다. 시인은 그 본질을 찾아내는 자일뿐이다. 그렇기에 진정한 삶은 자연의 본질을 찾고 닮고자 할 때 이루어진다. 배한봉의 세 번째 시집은 자연과 더불어 생활하면서 깨닫게 되는 진정한 삶─시의 삶에 대한 기록이다.

그래서인지 이 시집은 시인 개인의 구체적인 삶보다는, 자연의 본질적인 모습을 그 주인공으로 삼고 있다. 첫 번째 시집이라 할 『흑조』에서는 세 번째 시집에서도 발견할 수 있는 자연을 통한 깨달음을 보여주면서도, 시인 개인의 열망과 실패의 긴장이 끌어내는 서정─개인의 역사와 연결되는 서정─이 그 깨달음 뒤에 짙게 깔려 있었다. 두 번째 시집 『우포늪 왁새』에서는 문명이 저지르는 자연 파괴의 질주에서 벗어나 아직 그 자연의 생명력을 유지하며 신화적 세계를 품고 있는 우포늪에 교감하고 동화하면서, 자신의 삶을 변화시키고자 하는 시인의 시도가 돋보였다. 이러한 두 번째 시집을 거친 후에 상재되었기 때문인지, 세 번째 시집에서 시인은 언뜻 언뜻 '시'를 보여주고 들려주는 자연에 즐겁게 이끌려 들어가고 있다.

하지만 배한봉 시인이 자연을 완상하면서 찬미하거나 마냥 미학적으로 즐기거나 하는 시인은 아니다. 자연의 시가 가진 아름다움은 윤리성을 담고 있다. 사실 자연 찬미는 후기 자본주의 사회에서 자연을 상품화하는 전술에 얽혀 들어가기 쉽다. 자연이라는 기표 자체가 성립될 수 없는 것일 수 있다. 문명이나 문화라는 기표의 대쌍으로 그 의미가 형성되는 것이 '자연'이라면, 이미 '자연'의 의미 자체도 인간 문화의 낙인이 찍힌 기호인 것이다. 그래서 노자의 "도는 도이되, 도가 아니다."라는 철학이 필요한지도 모른다. 자연은 있되 없다는 인식. 후기 자본주의는 이런 인식을 무시하고 문명과 대비되는 '자연'이란 기표를 내세우면서 다시 식민화한다. 다시 말해 자연을 파괴한 후 삶에서 자연의 '희귀성'을 내세우면서 중요성을 각인시키고 그리하여 다시 자연을 소비하도록 상품화한다. 우리가 이젠 자연스럽게 소비하고 있는 생수가 그러하지 아니한가.

배한봉의 시는 생수와 같은 '자연 소비품'이 아니다. 배한봉은 '자연'을 소비하는 풍조를 매우 비판적으로 바라본다. 『우포늪 왁새』에 실린 마지막 시 「그들이 황무지를 가진 것은」에서, "먼지 일으키며 차를 타고 달려온 그들은/늪을 보러 온 것이 아니라 소문을 좇아 온 것이다/차 안에서 에어컨 바람이나 쐬면서/아주 경제적으로 1억 4천만년을 읽는다"라며 자연을 관광의 대상으로 또는 기분전환의 대상으로 '경제적으로' 보는 사람들을 비꼰다. 시인이 발견하는 자연의 시는 문명과 대비되어 드러나는 자연의 아름다움 따위의 것이 아니다. 시ー아름다움은 우주의 질서에 참여하여 생명을 유지하기 위해 행하는 노동(배한 봉은 노동을 인간만의 활동으로만 보지 않는다. 자연, 특히 나무도 노동한다.)의 징표―땀과 같은―와 같은 것이다. 시인은 "온몸으로 일하고 온몸으로 노래하는/나무는 시인이다"(「나무는 스스로 그늘이다」)라고 말하고 있거니와, 다음과 같이도 말하고 있다.

> 보아라, 악착같이 매달린
> 살찐 열매들 건사하느라
> 뼈마디마다 힘을 꽉 주고 있는 나무들
> 햇빛이 눈부신 것은 열매 때문이 아니라
> 무겁게 휘늘어진 저,
> 영혼이 아름답기 때문이다
>
> 나는 오늘
> 세상에서 제일 힘센 팔 다리를 만난 거다
> 노동의 순결을 아는 자만이
> 가 닿을 수 있는 나무의 나라
>
> ―「만추」 부분

순결함, 열매를 달고 늘어진 가지들이 자식들을 건사하기 위해 "뼈마디마다 힘을 꽉 주"면서 일하는 영혼의 순결함을 보여준다. 시인에게는 이야말로 자연 속의 아름다움이며 시다. '순결'은 윤리적인 범주에 속한다. 배한봉이 생각하는 아름다움은 이런 윤리성이 밑받침되어 있다. 그래서 든든하다. 그는 삶의 진실(윤리)을 깨닫는 동시에 아름다움을 느끼는데 그 깨달음은 선사의 그 무엇이 아니라 생활하는 자, 노동하는 자의 무엇이기 때문이다. 이러한 면이 그의 시가 여타의 자연시와 차별성을 갖게 한다. 자연 속에서, 더 나아가 자연을 통해 노동하고 생활하는 자만이, "노동의 순결을 아는 자만이" "나무의 나라"에 가

닿을 수 있다고 쓸 수 있는 것이다. 그래서 배한봉에게서 문명과 자연의 추상적인 대립은 나타나지 않는다. 인간의 자기 재생산을 위한 노동은 문명 속에서 이루어지지만, 그것이 자연의 노동과 같이 순결한 것이라면 그 노동하는 인간 역시 나무와 같이 자연이라고 할 수 있기 때문이다. 시인이 일하는 '아버지'로부터 본 것도 '나무 시인'이다.

> 복숭아를 따는 아버지 굽은 등에
> 벌 한 마리 앉았다
> 몸에 복숭아 단내 스몄기 때문이라는
> 아버지는 어느새 복숭아나무 되어 있다
> 덥다고 툴툴거린 내 말의 낙과들이
> 검은 풀 속에서 상해갈 때
> 왱왱, 아버지 땀이 쓴 시경을 읽는 벌 한 마리
> 기다려라, 요놈 제 일 끝낼 때까지
> 내 시선 붙잡으며 가만가만 흔들리는
> 아버지 얼굴에 소금기 허옇게 반짝거린다
> 팔십 평생 몸이 피운 소금꽃
> 미물도 그냥 지나치지 못하는 꽃을 피운
> 농부의 땀은 곧 생명의 힘
>
> ── 「땀, 시경(詩經)」 부분

복숭아 단내가 났기 때문에 아버지는 복숭아나무가 된다. 복숭아 단내는 아마 복숭아나무의 땀 냄새일 것이다. 배한봉 시인은 나무도 땀을 흘린다고 생각한다. 나무 역시 '순결'한 노동을 하고 있기 때문, 시인은 다른 시에서 "보아라, 나뭇잎이 저리도 짙푸른 것은/제 어깨에 엮어진 식구들의 밥줄/이어 가느라 흘린 나무들 땀이 빛나기 때문"(「자연에 누워」)이라고 읊은 바 있다. '땀'을 매개로 하여 아버지는 나무가 되고 반대로 나무가 아버지로 된다. 그 땀은 벌 한 마리가 앉을 정도로 단내가 난다. 향기롭다. 더 나아가 땀은 농부의 평생 힘이 피운 '소금꽃', 꽃의 아름다움이다. 소금꽃이 만들어낸 여러 흔적들이 시를 만든다. 시인은 이미 "결핍의 행간에 간을 치고 상처를 씻어 내고/마침내 꽃을 피우는/시의 소금창고 하나를 가질 수 있을까"(「소금꽃」)라고 열망한 바 있다. 배한봉은 시인은 '소금 같은 시 정신'을 가지고 있어야 한다고 생각하는데 소금이야말로 어떤 결정체, 인간이나 자연의 평생의 노동이 이룰 수 있는 진주와 같은 것이기 때문이다. 더 나아가 배한봉 시인은 시이자 아름다움일 그 소금꽃의 '흔들림'을 벌들이 읽고 있다는 것을 발견한다.

> 꽃이 흔들리는 것은 바람 때문이 아니라
> 제 몸 속 암술 수술의 음표들이 가락
> 퉁기기 때문이리, 벌 나비 찾아드는 것 또한
> 그 가락 장단이 향기 뿜어 내기 때문이리
> 그대여, 사랑은 눈부신 그 음표들이
> 열매 맺고 향기롭게 익는 일과 같을 것이니,
> 우리는 어떤 가락 장단으로 세상을 걷고
> 어떤 열매 키우며 서로 바라보는 것이냐
>
> —「꽃 속의 음표」 부분

복숭아 단내이자 아버지의 땀내가 벌을 유혹할 정도로 향기로운 것은, '소금꽃' 속 암술 수술의 음표들이 퉁기는 가락 때문이다. 소금꽃이 써낸 시경은 바로 암술 수술의 사랑이 이루어낸 가락이고 익어가는 삶의 향기이다. 식구들의 밥줄을 잇기 위해 노동하는 데서 오는 땀(소금꽃)은 다시 말해 식구들에 대한 사랑의 향기요 조화로운 가락 장단이다. 그리하여 시는 음표들을 퉁기는 음악이기도 하여서 벌들이 "시경 읽는 소리 가득"할 때 과수밭은 악기점이 된다. 이제 과수밭의 나무들 하나 하나가 "몸 속에/악기를 하나씩 가지고 있"(「악기점」)어서 제각기 가락과 장단을 뿜어낼 것인데, 악기는 꽃일 것이요, '나'는 벌과 같이 그 악기를 읽으러−조율하러 과수밭에 간다. 그러니 시인은 자연 속에 있는 노동과 삶의 진실인 '꽃−악기−시'를 읽고 조율하는 사람이다. 그런데 시를 쓰고 가락과 장단을 뿜어내는 건 시인에 의해서가 아니라 자연 스스로의 노동과 아름다움에 의해서이다. 시인인 나는 자연의 시를 받아 읽으며 조율도 하지만 "어느새 악기들은 나를 조율하는 조율사가 되어" 버린다. "나를 조율하"는 데서 더 나아가 나무는 "세계를 조율하고 지휘"하기까지 한다. 여기서 시인의 상상력은 우주적 스케일로 급격하게 비상한다. 나무가 뿜어내는 음악과 시가 세계를 그 진실에 따라 움직이게 하고 조화롭게 한다는 생각으로 비약하는 것이다. 나무는 이 온 자연과 우주와 소통하면서 자기 몸속 현을 퉁기는 존재이기 때문이다.

> 나무는 연주를 마칠 때마다 몸 속에
> 하나씩 나이테를 그린다
> 나무 몸 속에 매미와 뻐꾸기
> 태양과 별의 숙명이 머물고
> 나무는 명상한다. 정적과 혼돈 뒤섞인
> 끝없는 생명에 대하여
>
> 한 알 과일을 먹은 뒤 오래도록
> 우리 입 속에 남는 과일의 향연
> 목구멍을 타고 넘어간 과즙이여
> 나무 악기의 음률이여
> 오래도록 행복해지는 우리여
> 나무 악기의 빛, 나무 악기의 어둠
> 허공과 영혼을 소진하고, 시간을 금빛으로 소진하고
> 이 세계의 생명으로 스며드는 침묵의 탄주여
> 대지로부터 하늘로 치솟는 악기의 소용돌이여

　　　　　　　　　　　　　　　　　　　　—「악기점」 부분

나무가 자기의 온몸으로 일하여 맺은 한 알 과일 안에는 온 우주의 드라마가 들어가 있다. 그 과일이 선사하는 감미로운 미각은 나무가 "허공과 영혼을 소진"하면서 온몸으로 연주하는 음악의 음률이다. 별과 태양을 바라보며 행한 깊은 명상에서 우러나오는 달디 단 음악에 '우리'는 "오래도록 행복해"질 수 있다. 그 행복감은 목구멍으로 넘어온 과즙의 맛을 통해, 나무가 온몸을 바쳐 이루어낸, 우주의 음악 같은 질서에 우리도 즐겁게 참여할 수 있기 때문에 온다. 저 하늘에 떠 있는 "태양과 별의 숙명"이 바로 그 우주의 음악일 터인데, 우리는 과즙을 통해 별과 태양을 맛보며 상승하는 것이다.

하늘로의 상승은 "이 세계의 생명"이 우리에게 선사하는 에너지로부터 가능하게 된다. 우주의 에너지를 전달하는 나무의 음악은 그런데 역설적으로 침묵이다. "아이스크림 핥듯 햇빛을 먹는 혀"(「나무의 혀」)를 갖고 있는 나무는 "온몸으로 삐죽삐죽 수천 수만의 혀를 내"밀면서 "그 무질서함 속에/완벽한 질서를 새"기는데, 그 혀들은 "소곤거리는 고요한 침묵"을 우리에게 들려주는 것이다. 이때 "우둑우둑, 비밀한 생명의 힘이 내 심장까지 전해"지게 된다. 그 하늘로 치솟는 '나무−악기'의 음률−'묵여뢰(默如雷)' 같은 침묵−을 들으며 우리도 역시 세계의 생명에 참여하고 충일감을 느끼며 하늘 위로 상승할 수 있다. 시인은 이 음악적 상승에 대하여 "내 몸 속 수백 수천의 풍뎅이 떼가/미처 내가 켜지 못한 철아쟁 하나를 품고/하늘로, 하늘로 날아오른다"(「철아쟁 소리를 듣다」)라고 이미지화 한다.

충일한 생명의 힘은 불의 이미지로 시인의 상상력을 인도한다. 겨울, 감나무를 보면서 시인은 그것이 "가지마다 등불로 타"(「감나무 등불」)오른 것이라고 상상한다. "대지에 마지막 불꽃 점화하며/산화해 갈" "저 영혼들의 불"인 감나무를 만지자, 시인은 "제 생을 다해 가장 뜨거워진 힘이/내 핏줄을 파고"드는 것을 느낀다. 시인에게 있어 나무가 생명을 다 바쳐 낳은 저 감 한 알이 바로 생명의 힘이요 불이다. 물론 불은 언젠가 꺼질 것이고 저 감 역시 땅에 떨어지리라. 하지만 떨어지는 감—불—은 타오르는 강렬한 힘을 우리에게 각인시키고 추위를 이겨낼 수 있게 한다. 또한 감이 떨어지더라도 나무는 또 다른 생명의 힘을 우리에게 보여줄 수도 있다. 가령 아래의 시에서, 시인은 대담하게도, "홍시 떨어진 뒤"의 가지 위에 쌓인 언 눈을 보고 '흰 불'이라고 명명한다.

쌓인 눈이 얼고
얼어서 지상에서 가장 완벽한 각궁(角弓)으로 거듭 태어난
시위를 당겨라, 별빛으로 만든 살을 날리면
어둠의 가장 깊은 곳에서
허공을 가르는 금속성 바람 소리
시위를 당겨라, 오랫동안 놓지 못한 그 무엇은
가장 높은 꼭대기의 가지로 달을 사냥하는 것
사냥한 달을 나뭇가지에 꿰어
불에 구워 먹는 것

후두둑 가지 끝 얼음 꽃이 떨어진다
고요히 타오르는 흰 불
비로소 나무는 긴 휴식에 들고
나는 너에게 긴 사랑의 편지를 쓴다
캄캄하게 밝은 흰 불
지상에서 가장 투명하게 타올라 뿌리로 스미는 불의 책

—「흰 불」 부분

상상의 비약이 대담하게 전개되는 시다. 하지만 시인이란 아담의 언어를 갖고 싶어 하는 사람 아닌가. 시인은 눈을 흰 불이라고 최초로 명명하는 아담이다. 하지만 이 명명은 아무 질서 없이 자의적으로 이루

어지지 않는다. 고도의 유추적 상상력을 통해 우주의 질서에 다가감으로써 이루어진다. 가령, 이 시가 보여주듯이, 가지 위에 쌓여 언 눈에서 각궁을 상상하기 위해선 어떤 도약이 필요한데, 언 눈의 반짝임이 그 도약의 지렛대가 되어 유추적 상상력에 의해 언 눈에서 "별빛으로 만든 살"을 끌어낸다. 높이 솟은 나무의 맨 위쪽, 눈을 이고 있는 가지 끝에 꿰인 듯 걸려 있는 노란 달의 모습을 상상해보면, 시인의 상상이 그렇게 무리라고는 생각되지 않는다. '흰 불'이 나뭇가지에 꿰어 놓은 달을 굽고 달은 점점 노래진다. 아마 눈의 흰색에 대비되기 때문이긴 하겠지만 정말 노랗게 달이 구워지는 것 같지 아니한가.

이 흰 불을 시인은 '얼음꽃'이라고도 명명한다. 앞에서 보았듯이 이 시인에게 있어서 꽃은 불인 것이다. 노동의 진주인 땀은 바로 생명력의 개화였다. 그리고 생명의 뜨거운 힘은 우리를 상승시키는 불이었다. 그래서 꽃은 불이다. 달을 구워내는 노동하는 불일 흰 눈은 얼음꽃이다. 물론 얼음꽃은 감처럼 땅에 '후두둑' 떨어질 것이다. 그리고 나무뿌리 속으로, 타오르면서 스미는 불이 될 것이다. 그러면서 나무는 '불의 책'이 될 것이요, '나'는 이 장엄한 광경 앞에서 우주적 사랑의 강렬함을 느낄 것이며, 그래서 "너에게 긴 사랑의 편지를" 쓸 것이다. 이렇듯 배한봉 시인은 우리가 지나칠 어떤 광경에서 강렬함을, 생명력을, 시를 발견해나간다. 그 광경의 발견은 "밤과 나의 거리를 지우는", "만질수록 싱싱하게 출렁이는/시간의 개화"(「산막에서 하룻밤」)가 이루어지는 순간을 포착하는 것이다. 이 순간이야말로 "감과 물방울 사이/환한 그늘 둥글게 말아 올린", "작은 우주의 둥근 멈칫거림"인 "자연이 쓰는 시"(「둥근 멈칫거림」)와 시인이 동화되는 순간이다. 이로써 계량적인 자본주의적 시간에서 벗어난, 삶과 생명이 합일되는 시의 시간을 시인은 획득한다.

그의 농업 노동은 우주의 시적인 의미를 더 깊이 깨닫게 하고 발견하게 한다. 그래서 서두에서 말했듯이 배한봉 시인은 정말 시인인 것이다. 삶이 시와 분리되어 있지 않은 시인. 노동의 삶은 시를 쓰게 하고 시는 노동과 삶의 의미를 더 상승시킨다. 시, 노동, 삶을 이렇듯 화해시키는 시인은 우리 시단에서 그다지 많지 않을 것이다. 하지만 이 시집에서 어떤 균열이 느껴지는 부분도 있다. 전지를 하면서, "곁가지 잘라 내면, 생은 정말 좋은 열매 매달까"(「내 옆에서 나무들이 울었다」)라면서 시인은 그리움에 휩싸인다. 전지 역시 어쩌면 인간을 위해 가하는 자연에 대한 폭력 아닐까? 그렇다면 인간의 노동을 자연의 자생적인 '노동'과 동일시한다는 건 근본적으로 불가능한 건 아닐까? 시인은 그러한 의심까지 하지는 않는 듯하다. 하지만 전지에서 자기 삶의 "차갑고 우울한 시간을 잘라" 내는 것을 연상함으로써, 자연과 삶의 어떤 불화를 무의식적으로 표명하고 있는 것이 아닌가 한다. 그래서 저 꽃들 속에서 "황금사원에 가 닿는 빛의 통로"(「우포늪 물옥잠」)를 발견하고자 열망하는 시인은, 전지를 할 즈음이면 가끔 외로움에 빠져들 것 같다. 이 시집에서 부모님을 제외한 타인이 부재하는 것은 그 징후라고도 할 수 있다. 시인은 순결한 노동과 '자연 – 우주'의 생명력의 아름다움에서 시를 발견해 나갔다. 그러나 다음 시집에서는 '불순'할 수 있는 다양한 사람들을 만나면서, 그들로부터 시적인 것을 발견하려고 하지는 않을까? 다음 작업을 기다려보기로 하자.

아이러니의 인식과 삶의 힘

좋은 시인은 아이러니를 발견하는 사람이다. 사실 우리 존재 자체가 아이러니다. '나'는 개체로서 존재하지만 또한 '우리'로서 존재한다. '나'는 특이한(그 무엇으로도 환원할 수 없는) 단독성(singularity)을 가지지만 홀로 존재할 수 없다. 역으로 '우리'는 무수한 개체의 존재를 통해 성립할 수 있다. 언어 역시 마찬가지다. '나'의 특이한 발화 행위는 사회적–역사적으로 생성된 랑그('우리'라고 할 수 있는)가 없으면 불가능하다. 랑그는 반대로 개별적 발화가 없으면 성립되지 않는다. 그 개별적 발화는 모든 '나'에 의해 이루어진다. '우리'는 '나'를 구성하는데 랑그처럼 필수불가결하고 '나'는 '우리'를 구성하는데 발화처럼 필수불가결하다. '나'의 특이한 단독성은 '우리'라는 일반성 위에서 성립된다. '나–우리'는 이렇듯 아이러니컬하게 서로를 전제한다. 하지만 나, 그리고 우리는 이 아이러니의 삶을 인식하지 않는다. 우리가 우리 자신을 성찰하지 못할 정도로 피곤한 삶을 살고 있거나 어떤 도그마에 사로잡혀 살고 있기 때문이다. 아이러니는 상호 반대로 전환되는 존재 방식이자 이에 합당한 사유 방식이다. 이러한 미묘한 아이러니를 권태와 피곤, 도그마가 알 리 없다.

시인은 우리의 삶을 진실에 접근시킴으로써 권태와 피곤, 도그마로부터 구출하려 한다. 그는 삶의 한 단면에서 아이러니를 발견하고 제시하여 우리로 하여금 삶에 대한 다른 시각을 갖게 한다. 이 작업을 위해선, 삶의 표면 뒤의 이면을 볼 수 있는 눈을 시인은 갖고 있어야 한다. 이는 수사적으로 혹은 기교적으로 아이러니를 사용하는 것과는 그 성격이 다르다. 시인이 아이러니를 발견한다는 말은 삶의 진실을 찾아 나선다는 말이다. 삶 자체가 아이러니컬한 성격을 갖고 있으니 말이다.

고영 역시 삶의 아이러니컬한 진실을 찾아 나서는 시인이다. 그는 아이러니를 현란하게 구사하는 시인이 아니다. 겸손하고 가슴 따뜻한 시인이다. 겸손하다는 말은 함부로 목소리를 높이지 않으며, 기교를 손쉽게 부리지 않는다는 것을 뜻한다. 가슴이 따뜻하다는 말은 나를 구성하는 '우리'—사람만이 아니라 동물, 심지어 사물까지 포함한—안의 단독자들이 짊어진 운명에 대해 자신을 투사하여 감동하거나 슬퍼할 줄 알고 그래서 자신의 삶을 반성할 줄 안다는 의미다. 반성은 '내'가 '우리'에로 참여하고 그 참여 이후에 다시 '나'로 귀환하는 사유 행위이다. 그렇다면 반성 자체가 아이러니적인 사유라 할 수 있다.

따뜻하고 반성적인 고영의 시는, 그가 시인으로서 쉬지 않고 아이러니를 살아간다는 것을 보여준다. 그래서 그는 자족적인 감정 토로나 사유의 수사적 서술에 빠지지 않는다. 가령, 그는 "풍만한 달은/자극적이어서 좋다/이봐요, 어서 들어와요,/보름달 속에 손을 밀어 넣으니/따뜻한 강물이 만져진다/물어뜯은 이빨자국/할퀸 손톱물결도 보인다"(「달에 젖다」)라고 말하는 것이다. 고영 시인은 유방처럼 물컹할 것 같은 강물의 보름달을 만지며 그 따스함을 관능적인 서정을 통해 노래하면서도, 그 보름달에서 '이빨자국'과 손톱자국과 같은, 관능성과는 상반된 성격을 갖는 상처들을 본다. 그는 따스한 서정의 풍경 속의 이면을 볼 줄 안다. 이는 그가 아이러니컬한 삶을 회피하지 않고 시 쓰기를 통해 살고자 했기에 가능했을 것이다. 그는 그가 살아나가는 삶의 아이러니에서 겸손하게 시를 길어 올린다. 그래서 시 자체가 아이러니를 드러내게 된다. 다음의 시가 보여주는 아이러니를 읽어보자.

> 다리몽둥이가 썩는 줄도 모르고
> 가죽소파는 지금
> 강물을 앉히고 있다
> 어깨 위에 햇볕, 바람,
> 날개 젖은 잠자리도 앉히고 있다
>
> 견디지 못할 체중이란
> 이 세상엔 없다
> 다리몽둥이 썩어가는 살 속
> 그 작은 틈새로
> 물고기들이 몰려와 알을 낳는다
>
> —「강물을 앉힌 소파」 부분

아마 수많은 사람들을 앉히고 쉬게 하다 이젠 "삐져나온 스프링 흔들"려 버려진 소파, 이 폐기된 하나의 삶은 하지만 이 시에서 다시 생명의 서식처로 나타난다. 죽어가는 삶이 계속 삶을 양육한다. 썩어가는 소파의 살 속에서 물고기들은 알을 낳는다. 폐기당한 한 사물의 운명은 슬픈 일이지만, 시인은 이에 대해 서글픈 감상, 또는 허무주의적 상념에 빠지지 않고 그 현상을 끈질기게 주목하여 이면을 발견한다. 그는 하잘 것 없는 사물에서 어떤 위대함—"견디지 못할 체중이란/이 세상에 없"을 정도의, 강물까지 앉힐 정도의 어쩌면 세상에서 가장 위대한 소파—을 발견해내고 있는 것이다. 이 발견을 현재의 삶에 대한 반성으로 이끌어 올리면 타자로서의 소파는 '우리—나'의 삶을 구성하는 하나의 독특한 벽돌이 될 것이다. 역으로 이 독특한 사물은 '나-우리'의 삶을 담아내게 됨을 발견하게 될 것이다.

이러한 반성의 계기는 저 '소파-사물'이 침묵하고 있다는 데에 있다. 이 '사물-소파'는 침묵하고 있다. 그래서 비밀을 품는다. 침묵이 비밀을 낳지 비밀이 침묵을 낳는 것은 아니다. 그래서 시인은 "오래된 가구일수록 비밀도 많고 사연도 많다/저 가구들이 삶을 계속 영위할 수 있는 이유는/순전히 무거운 입 때문이다"(「가구의 비밀」)라고 말한다. 죽어가는 소파가 삶의 공간을 열어준다는 아이러니컬한 인식은, 현재의 나의 삶으로 끌어 올리는 반성을 통해 소파가 '나'의 인생-삶의 시간-의 발설되지 않은 비밀을 담고 있다는 인식으로 나아가는 것이다. 그래서 소파는 인류의 온 시간을 침묵 속에 비밀로서 담고 있는, 저 "하늘의 오래된 가구인 해와 달 그리고 별"과 같은 존재다.

더 나아가 시인은 저 사물의 침묵 덕분으로 "지금껏 온 누리의 희망이 되고 있"다(같은 시)고 말한다. 이 대목이 문맥상 좀 갑작스러워서 잘 이해하기 힘드나, 비밀이 있어야 희망이 있다고 시인은 생각하고 있는 듯하다. 다시 말해 알지 못하는 것이 있어야 우린 다른 것을 꿈꿀 수 있다. "나는 이제 불 꺼진 숲을 희망이라고 말하고 싶다"(「불 꺼진 숲을 희망이라 말하고 싶다」)는 그의 진술도 이러한 의미와 관련된 것으로 보인다. 그렇다면 저 희망이 되고 있는 소파는 시인이 추구하는 삶, 아니 그가 추구하는 시를 가리키는 것이 아닐까. 소파처럼 시는 죽음으로써 삶을 품고 침묵으로써 비밀의 존재를 알려야 하는 것 아닐까. 다시 말해 시는 비밀의 특정 내용을 알리는 것이 아니라 저 사라져 가는, 혹은 죽어버린 존재자들에는 발설하지 말아야 할, 발설할 수 없는 비밀이 있다는 이면의 사실을 드러내는 아이러니가 있지 않을까. 그럼으로써 독자로 하여금 아직 현실화되지 않은 어떤 다른 희망을 꿈꿀 수 있도록 해야 하지 않을까. 이렇게 생각해서인지 시인은 비교적

많은 시에서 죽음에 대한 성찰을 보여주고 있다. 예컨대 다음의 시들은 삶의 비밀을 품고 있는 죽은 존재자들을 보여주고 있는 듯하다.

　　1) 제가 끌고 온 둥근 길을 집어던지고/다시 원점에 선 박달나무/톱날에 잘린 평평한 밑둥에/짤막한 유연을 남겼다.//밑둥에 새겨 논 木版 遺書/둥글게 말린 박달나무의 행적을 본다./최후까지 장렬했던 박달나무의 안간힘이다./제자리를 맴도는 박달나무의 길이/단단한 뼈대를 만드는/가장 박달나무다운 길이었으니

— 「박달나무의 유서를 보다」 부분

　　2) 아스팔트 도로 한가운데/붉은 내장이 다 드러나 있는/족제비 한 마리//등에 업은 차바퀴자국이/끝없는 나락으로/인도하고 있다//달궈진 온돌 아스팔트 바닥에/제 보드라운 털로/무덤잔디를 입혔다//길을 놓치지 않으려고/족제비는 발톱으로/바닥을 움켜지고 있다

— 「따뜻한 무덤」 전문

　　3) 칼날을 물고 늘어지는 도마 위의 광어/회를 뜨는 사내의 손길이 자꾸 미끄러진다/거품이 뜨는 수면 위로 눈은 내리고/밤길을 힘겹게 걸어온 바람이/집요하게 횟집 문을 두드리고 있다/살점을 털린 광어의 마지막 숨결이/앙상한 뼈를 달래고 있다

— 「거품이 뜨는 수면 위로 눈은 내리고」 부분

　　몇 편의 시를 더 추가할 수 있겠지만, 일단 이 시들을 들어본다. 이 세편의 시에서 우선 주목되는 것은 죽음을 맞이한 생명들—박달나무, 족제비, 광어—의 상태가 묘사되면서 어떤 무언가의 비밀이 드러나고 있다는 점이다. 우리는 그 비밀의 내용을 알 수는 없다. 박달나무, 족제비, 광어가 어떠한 삶을 살았으며 어떤 체험과 기억을 갖고 있는지 우린 모른다. 하지만, 이 주검들은 삶의 마지막에 행했을 '안간힘'을, '움켜쥠'을, '물고 늘어짐'을 보여준다. 시가 우리에게 보여주지 않으

면서 속으로 품고 있는 것은 저 존재자들의 삶이지만, 시가 정작 우리에게 보여주고 있는 것은 그들의 죽음이다. 그런데 저 삶을 지금 막 다마친 주검들의 침묵 속에서, 소파가 드러내는 침묵 속의 비밀처럼, 그리고 해와 달과 별처럼 삶의 비밀이 역설적으로 비밀로서 빛나게 된다. 그 빛은 안간힘과 움켜쥠과 물고 늘어짐이 발산하는 빛이다. 이 빛을 통해 '삶의 비밀'이 드러나면서, 우리는 어떤 비약의 감정을 느끼게 된다. 즉 아이러니컬하게 삶에 대한 희망을 품게 될 수 있는 것이다. 이것이 고영 시인이 보여준 죽음의 아이러니라고 할 수 있다.

위의 시편들에서 참혹한 죽음은 그 반대물로 전화되고 있음을 읽을 수 있다. 1)을 보자. 잘린 박달나무의 나이테는 박달나무가 그냥 그 자리에 있었던 것이 아니라 제자리에서지만 계속 맴돌면서 살아나갔음을, 그것이 단단한 뼈대를 만드는 삶이었음을, 잘려 죽기 전까지 제 자신을 돌리는 안간힘을 끝까지 다 했음을 우리에게 보여준다. 저 정지하고 있는 듯한 박달나무는 기실 거대한 운동 속에서 살아나갔던 것이다. 2)에서 족제비의 죽음은 숭고하기까지 하다. 족제비는 죽기 직전까지 "길을 놓치지 않으려고" 했다. 족제비는 길을, 자신의 삶을 배반하지 않았다. 족제비의 삶은 길 위의 삶이었으리라. 죽음 역시 길 위에서의 죽음이었다. 족제비는 자신의 삶을 일말의 빈틈없이 완성했다. 그 삶의 완성은 아마 "제 보드라운 털로/무덤잔디를 입"힐 수 있었다는 데에서 극명히 드러난다. 자신의 삶의 완성은 자신의 몸으로 무덤을 만드는 것 아니겠는가. 여기서 죽음은 삶을 둥글게 말아 올리는 능동성을 갖고 있다. 3)의 시. '광어의 마지막 남은 숨결'은 '밤길을 힘겹게 걸어온 바람'과 몽타주 되고 있다. 광어는 무참하게 죽임을 당했다. 하지만 그 죽음은 외롭지 않다. 저 지친 영혼인 바람이 광어의 털린 살점에서 위안을 얻으려 문을 두드리고 있는 것이다. 주검과 바람의 대비는 무척 추상적이긴 하지만, 삶과 죽음의 순환을 희미하게 암시한다.

비극적인 톤이 강한 이 시는, 하지만 죽음을 끝 모르는 아득한 구멍에 빠뜨리지 않는다. 죽음은 다시 삶과 소통된다.

　죽음의 아이러니를 통해 삶의 비밀이 비밀로서 빛날 수 있게 되면서 독자들인 '나─우리'의 삶은 비상을 꿈꿀 수 있게 된다. 죽음을 통해 삶의 강렬성이 환기되기 때문이다. 썩어가는 소파에 삶의 공간이 열리는 것 같이 말이다. 그런데 이런 죽어버린 대상에 시적인 조명을 가하는 일은, 시인에 의하면 "날개가 굳어 더이상 날지 못"하는 "이십 년 된 뻐꾸기 시계"에 "몸 속 꼭지 바늘을 돌려/내 시간을 맞"추고 "내 울음을 맞"추어 "푸드득, 화석이 날아"(「푸드득, 화석이 날아간다」)가게 하는 일과 같다. 시인은 죽음에 삶을 길어 올리는 힘이 있다는 아이러니를 인식할 줄 안다. 죽음에서 삶의 비밀이 빛나고 있음을 발견할 줄 안다. 이 인식, 발견은 수동적이지 않다. "몸 속 꼭지 바늘을 돌"릴 수 있어야 그 인식은 가능하다. 내 몸, 내 삶의 시간을 날지 못하는 저 대상─뻐꾸기─에 맞출 줄 알아야 한다. 이제 폐기되어 버린 대상들을 내 몸 속으로 받아들이고 나의 삶과 하나로 만들어줄 수 있을 때 그것들은 살아나기 시작한다. 이때 죽음 속에서 삶을, 비참 속에서 희망을, 정지 속에서 운동을 눈물 속에서 기쁨을, 즉 아이러니를 찾아낼 수 있다. 그리하여 시인은 새로운 발견과 인식을 가질 수 있을 터이다.

　그래서 어떤 대상을 내 몸 속으로 끌고 들어올 수 있는 능력이 또한 아이러니를 찾는 시인에게 필요할 터이다. 이를 아날로지─유추의 능력이라 할 것이다. 고영 시인도 이를 잘 알고 있어서 이렇게 읊은 바 있다.

> 내 귓속에는 막다른 골목이 있고,
> 사람 사는 세상에서 밀려난 작은 소리들이
> 따각따각 걸어 들어와
> 어둡고 찬 바닥에 몸을 누이는 슬픈 골목이 있고,

(중략)

내 귓속 막다른 골목에는
소리들을 보호해주는 작고 아름다운 달팽이집이 있고,
아주 가끔
따뜻한 기도소리가 들어와 묵기도 하는
작지만 큰 세상이 있고,

— 「달팽이집이 있는 골목」 부분

그런데 앞에서도 본 시인의 아이러니컬한 인식은 여기서도 돋보인다. 그가 자신의 몸속에 청각을 통해 끌어들이는 대상들은 모두 세상으로부터 소외되어 슬픈, 하지만 따뜻한, 작은 소리들이다. 아이러니컬하게도 그 작은 소리들은 큰 세상을 만들어낸다. 죽음 속에서 삶의 비밀을 본 시인은 이 위선의 세계에서 소외되어 작은 것들이야말로 삶의 진정성을 보여준다고 생각한 것일 터, 그렇다면 소외에 의한 삶의 고통이 위대한 삶을 만들 것이다. 위대한 삶은 잘못된 세상에 대한 부정을 행하는 삶인데, 고통받고 소외된 이들만이 진정으로 이 부정을 끝까지 행할 수 있기 때문이다. 즉, 소외된 삶의 고통은 세상을 뒤바꿀 수 있는 위대성을 잉태하고 있다. 그래서 시인은 거대한 사회에서 밀려난 작은 삶들에서 급진성을 읽어내는 것일 게다.

기차보다 은밀한 창을 달고
기차보다 먼저 기적을 울리고
기차보다 먼저 흔들리고
기차보다 먼저 괴로워하고
기차보다 공격적인,
기차보다 다분히 혁명적인,

개나리꽃들이

간이역 철길 위에
급진적으로 피어 있다

— 「삼월」 부분

　기차는 근대성의 상징이다. 자본주의적 근대성을 비판한 사회주의
자 레닌이 혁명을 역사의 기관차라고 비유한 것은, 그의 비판이 근대
성의 자장 안에서 행해졌다는 것을 말해준다. 그런데 고영 시인은 이
근대성의 막대한 힘과 속도를 보여주는 기차 옆에 피어 있는 평범한
개나리꽃의 존재 자체가 바로 혁명적이고 급진적이라 말한다. 왜일까?
시인은 이에 대해 별 설명을 해주진 않지만, '먼저'라는 단어가 세 번
이나 반복되고 있음을 보면, 기차보다 무엇이든 '먼저' 행할 수 있는
능력이 개나리꽃에 있기에 그 꽃이 공격적이고 혁명적이라고 하는 것
같다. 기차는 힘과 속도의 상징 아닌가? 어떻게 개나리가 먼저 무엇을
할 수 있단 말인가? 하지만 시인이 '빨리'라는 속도의 범주에 속하는
말을 사용하고 있지 않고 있다는 점에 유의해야 한다. '먼저'는 속도와
관련이 없다. 주지하다시피 속도는 근대에 들어와서 중요시되었다. 기
차의 발명 역시 더 빠른 속도에 대한 필요성과 욕망에서 비롯된 것이
다. 속도에 대한 강박은 근대에 들어와서 생겨난 것이다. 하지만 '먼
저'는 속도의 빠름 보다 먼저 있다. 근대적 범주보다 먼저 있는 범주이
다. '먼저'는 어떤 것보다도 더 먼저 있을 것이다. 어떤 상태의 선재를
'먼저'는 가리킨다.

　개나리꽃이 기차보다 먼저 무엇을 행할 수 있는 것은 근대가 낳은
기차란 물체보다 그 꽃이 하나의 생명으로써 이미 이전에 존재해 있기
때문이다. 즉 봄, 삶의 개화는 언제나 먼저 있었다. 겨울이 오겠지만
다시 삼월은 올 것이고 삶은 또 다시 피어날 것이다. '삶―생명'의 표
현인 개나리꽃은 그래서 기차보다 먼저 자기 생명을 드러내면서, 봄이

오고 있다는 것을 알리는 기적을 울리며 흔들릴 것이다. 그리고 흔들리는 그만큼 괴로워할 것이다. 고통을 통해 삶은 자기 증명을 한다. 죽음이 삶의 생명성을 더욱 강렬하게 드러내듯이 말이다. 그래서 고통받고 소외된 작은 존재자들은 이러한 측면에서도 위대한 것이다. 이렇게 보면 기차는 아무리해도 개나리꽃이 펼쳐내는 생명의 선재성과 위대성을 따라올 수 없다.

그래서, 맑스가 말한 바대로 급진적(radical)이라 함은 뿌리까지 파고 들어가는 것이라면, 기차보다 먼저 있는 개나리꽃의 삶 자체가 바로 급진적이라 할 것이다. 삶 자체의 뿌리—생명력—를 개나리꽃이 보여주며 살아나가고 있기 때문이다. 그리고 자본주의에 의해 물화된 삶을 바꾸는 것이 혁명이라면, 삶의 뿌리를 보여주고 있는 개나리꽃의 존재가 물화에 의해 비롯된 '빠른 속도'를 향한 강박의 삶보다 더욱 혁명에 빛을 비춘다 할 것이다. 혁명은 가장 앞서 있어야 가능하지만, 또한 그것은 무엇보다도 가장 먼저 있는 생명력(물화에 의해 침식되어 온)을 회복하는 것을 의미한다. 이는 또 하나의 역사적 사회적 아이러니다.

위의 시는 김수영의 「풀」을 현재적(actual)으로 해석하여 변조한 시다. 한데, 김수영의 같은 시에 또 다른 변조를 한 「心劍」 역시 작고 약한 풀에서 검과 같은 날카로움과 강인함을 읽어내어 풀이 가진 역설적 아이러니를 보여준다.

풀을 뽑다 손가락을 베었다

풀잎도 날을 곧추 세우면
한 자루 훌륭한 劍이 된다는 것을
손가락 피를 빨며 알았다

풀은 드러나지 않게

바람에 맞선다
제 한 몸 지키기 위한 최후의 수단으로
풀은 劍을 뽑는다

풀은 공격적이지 않고
다른 영역을 탐내지 않고
풀은 풀을 베지 않는다

　시인은 풀을 충일한 생명 그 자체라고 생각한다. 그래서 풀이 다른 영역을 탐내지 않는다고 말한다. 풀이 충일한 존재라면 다른 영역을 탐낼 이유가 없기 때문이다. 충일성 그 자체인 풀은, 자기 자신을 벨리도 없다. 생명이 꽉 차 있기에 풀 안엔 어떤 빈틈이 없다. 생명은 생명이기에 죽음을 모른다. 풀이 풀을, 즉 생명이 생명을 칼로 베어 죽인다는 것은 말이 되지 않는다.

　다만 그 충일한 생명을 제거하려는 외부의 침입에, 바람에 대해서만 풀은 칼을 뽑는다. 아마 풀에서 시인은 저 작은 소리를 내는 누추한 사람들의 생명력을 보고 있는지 모른다. "마약처럼 위험"한 "세상이라는 거대한 숲"(「불 꺼진 숲을 희망이라 말하고 싶다」)은 자신의 삶에서 소외당한 사람들의 고통을 양산해낸다. 바람은 그들을 이리저리 흔들리게 한다. 하지만 삶이 완전히 박탈당할 위기에 처하면 그 사람들은 '최후의 수단으로' 검을 뽑을 것이다. 이 맥락에서 그들의 위대성을 다시 말할 수 있다. 이렇듯 "드러나지 않게/바람에 맞"서는 숨겨진 거대한 힘을 갖고 있다는 데에 그들의 위대성이 있는 것이다. 그 힘은 권력이 아니라, 풀이 갖고 있는 것과 같은 생명력의 충일성에서 자연발생적으로 나오는 순결한 힘이다.

　고영 시인은 이러한 성찰들을 통해, 고통받고 소외되어 작게 쪼그라들어 있지만 그래서 아이러니컬하게 위대한 타자들을 발견한다. 그리고 그 타자들과 육체적으로 섞이면서, 봄 더 큰 세상을 자신의 몸속으로 받아들일 수 있게 된다. 그리하여 그의 몸속에선 '나' 와 '타자' 들이 뒤섞여 '우리' 라는 일반성이 자리 잡게 되었다. 시인은 그 우리의 일반성 위에 또 다른 삶의 단독성과 특이한 시를 생성시킬 것이다. 삶의 복잡성과 아이러니를 발견하려는 시인의 노력은, 타자들이 이룩한 거대한 역사적 사회적 장소에로, 아이러니컬한 도정을 통해, 그를 이끌었다. 그리하여 좀 더 풍성하고 독특한 삶을 시인은 맞이하게 될 것이다. 고영의 시는 이 지점까지의 여정을 보여주고 있다. 필자는 이 여정을 따라가면서 '고영의 시' 라는 어떤 타자를 시인처럼 몸속으로 받아들이려 했다. 그리하여 시인이 발견하고 참여하려 한 '우리' 의 일반성에 나 역시 시 읽기를 통해 승차하고자 했다. 이 글은 바로 그 과정을 기록한 것이다. 다시 말해 필자 역시 시 읽기를 통해 시인 속의 '우리' 를 몸속으로 받아들여 일반성을 구성하고 그 위에 이 글의 특이성을 생성시키려고 한 것이다. 이 특이성이 다시 '우리' 라는 일반성의 구성에 일조하기를 바라면서 말이다. 그래서인지 이 글이 고영 시에 대한 무리한 읽기가 된 건 아닌지 모르겠다. 그렇다면, 그것은 고영의 시에 "내 시간을 맞"추고 "내 울음을 맞"추어 그 시를 내 몸속에 받아들이려는 욕망에서 비롯된 것일 게다. 하지만 이를 통해 필자와 고영의 시가 '우리' 로 한 차원 상승되어 구성될 수 있다면, 기쁜 일 아니겠는가?

문성해, 『아주 친근한 소용돌이』(랜덤하우스, 2007)

담담하게 성취한 시적 새로움

모더니티의 원리 중 하나는 '새로움'이다. 근대 자본주의는 잉여가 치율을 높이기 위해서 자신을 갱신하지 않으면 존재할 수 없는, 새로움이 강박적으로 강요되는 체제다. 자본주의를 동력으로 삼고 있는 모더니티는 새로움의 요구에서 벗어날 수 없다. 근대 문학 역시 마찬가지로 그 요구에서 자유롭지 못했다. 문학의 모더니티는 작가와 시인에게 늘 새로움을 요구해 왔다. 하지만 문학은 자본주의 모더니티에 완전히 종속된 존재는 아니었다. 문학은 자본주의 모더니티와 비판적 거리를 두면서 그 모더니티가 파괴한 삶에 대해 증언하고 가시화해오기도 했다. 새로움이라는 모더니티의 요구에 등을 돌리지 않으면서도(등을 돌린다면, 이미 근대문학의 길을 벗어났다고 할 수 있다.), 근대 문학은 자신의 새로움이 자본주의가 강박적으로 추구하는 추상적인 새로움—동질적인 시간 속에서의 새로움—이 아니라 다른 삶을 이끌어낼 수 있는 질적 차이—다른 시간을 가져오는—와 같은 새로움이 되고자 했다.

2005년, '미래파'가 한국 시의 미래라는 주장이 제기되었고 이에 대한 논쟁이 시단에서 넓게 퍼져나갔다. 현재 그 논의는 별 소득이 없이 소강상태에 빠져 있고, 그 의제 밑에서 논쟁이 다시 불붙을 것이라고 생각되진 않지만, 어쨌든 미래파 논란은 시단에 신선한 충격을 준 것 같긴 하다. 몇 명의 시인들을 미래파라고 지명하고 이들의 시가 한국 시의 미래라는 식의 주장은 설득력이 약하고 성급한 것이긴 했지만, 너무나 얌전해져서 정체 상태에 빠져 있던 평단—특히 시 분야—에 상당한 자극을 주었다고는 생각한다. 그리고 이때 불거진 문제가 시의 새로움이었다. 시에서 새로움이란 무엇인가, 새롭다면 다 좋은 것인가, 새로움과 예전 것과의 관계는 무엇인가 등의 문제가 다시 사고되기 시작했다. 한편으로 새로운 시를 보여주기 시작한 젊은 시인들의 시에 대하여 '새로운 서정'이라는 명명이 이루어지고 더불어 서정에 대한 논의도 함께 일어났는데, 이 서정의 문제에 대해서도 '새로움'이라는 가치를 둘러싸고 논의가 전개될 수밖에 없었다. 이렇게 보면 새로움에 대한 논란은 근대문학의 운명에서 필연적으로 발생하는 것이라고 생각되기도 한다.

모더니티가 강박하는 공허한 '새로움'과는 다른 문학적 새로움은 무엇이어야 하며, 더 발본적으로는 과연 새로움이 문학적 가치가 될 수 있는가의 문제는 해결하기 어려운 난제다. 필자의 생각으로는, 새로움이 추상적으로 절대적인 가치가 될 때, 그것은 자본주의 모더니티가 강박하는 새로움에 문학이 포획되었음을 의미한다. 하지만 새로움 자체를 부정하는 것도 문제다. 그렇게 된다면 시적 혁신을 부정하게 되고, 시단의 보수화가 이루어질 것이다. 모더니티의 새로운 것에 대한 강박적 추구에 대한 경계가, 새로운 것에 대해 무조건적인 의심의 눈초리를 던지는 식으로 나아가서는 안될 것이다. 새로움에 대한 무분별한 찬양도, 새로움에 대한 반발적인 경계도 시를 위해 피해야 할 일이다.

아마도 모더니티의 강박적 새로움과는 다른 새로움의 내용을 문학과 시가 확보해야지 문제는 풀릴 터, 필자는 시의 새로움이 질적 차이, 또는 보편적인 동일성으로 환원될 수 없는 특이성의 획득으로 그 내용을 채울 때 유의미한 가치가 될 수 있다고 생각한다. 어떤 대상에서 고유한 시적 투시를 통해 타인이 발견하지 못한 다른 면을 발견하고, 이 인식을 효과적으로 전달하기 위한 시인 나름의 방식을 개척하여 시작(詩作)할 때, 새로운 시가 생산될 수 있을 것이다. 시인이 갖고 있는 인식이나 말하고자 하는 내용은 다른 이들과 별 차이가 없는데, 이를 현란한 수사나 기괴한 표현으로 마치 다른 무엇인양 보여주고 있다면 이에 대해 시적 새로움을 말하기 어렵다. 다시 말해 새로움을 과시하기 위한 과잉된 표현이 시적 새로움을 자동적으로 확보할 수 있게 해주진 않는다. 물론 그렇다고 새로운 표현 형식 자체를 폄하하고자 하는 말은 아니다. 새로운 표현 형식을 가장하지만 실상 그 내용은 그다지 새로울 것이 없는 시들이 존재할 수 있다는 것을 다만 지적해두고 싶은 것이다.

새로움을 가장하는 화려한 수사나 요설을 멀리하면서도, 조용하게 시적 새로움을 성취하는 경우를 종종 보게 된다. 근래에는 문성해의 신간 시집 『아주 친근한 소용돌이』에서 이러한 시적 새로움을 발견할 수 있었다. 그는 첫 번째 시집 『자라』에서 시적 대상에 대한 통상적인 반응을 파괴하는 시를 보여준 바 있었다. 이 시집에서도 그는 사물에 대한 시각을 고유하게 확보하면서 새로운 시적 인식을 획득하고 있고, 그 인식에 적합한 방식을 통해 독특한 표현을 시도하고 있다. 문성해의 시가 가진 특질을 먼저 말한다면, 그는 서정적 도취를 좀처럼 자신의 시작(詩作)에 허용하지 않는다는 점이다. 그렇다고 드러난 사물을 속속들이 묘사하는 즉물적인 방법을 취하는 것도 아니다.

그의 묘사는 가령, "담장이건 죽은 나무건 가리지 않고 머리를 올리고야 만다/목 아래가 다 잘린 돼지 머리도 처음에는 저처럼 힘줄이 너덜거렸을 터/한 번도 아랫도리로 서본 적 없는 꽃들이/죽은 측백나무에 덩그렇게 머리가 얹혀 웃고 있다"(「능소화」)와 같은 표현에서 그 특성을 발휘한다. 측백나무에 얹혀 축 늘어져 있는 능소화에서 잘린 돼지머리의 너덜거리는 힘줄을 연상한다는 것은 시인이 서정적인 문법을 거부하고 삶에 대한 냉정한 시선을 갖고 있다는 것을 보여준다. 세계는 그렇게 조화롭거나 아름답지 않다는, 세계에는 폭력이 난무하고 고통으로 가득 차 있다는 시인의 냉철한 시선. 하지만 그 냉철함이 어떤 슬픔을 동반하고 있다. 그래서 시인의 시작 방향은 어떤 대상에서 추함을 끄집어내려는 즉물주의와는 다르다. 그보다는, 화려해 보이는 능소화의 속내를 투시하여 한 삶의 처참한 내력을 찾아내고는, 그는 은근히 아파하고 있다. 표면적으로는 반서정적이지만, 그의 시에는 슬픔의 정서가 은근하게 녹아들어 있는 것이다. 그래서 그의 시는 통상적인 서정에서 벗어나지만, 이를 서정의 확장으로 보아야 할 것이지 서정의 부정으로 생각해서는 안 될 것이다.

여하튼 시인은 슬픔의 정서를 통상적인 서정의 방식으로는 드러내지 않는다. 반대로 그는 대상에 씌운 겉치장들—화려한 수사 같은 것—을 벌거벗기고 날 것의 삶을 찾아내고는, 이를 '정면으로' 그려내는 표현 방식을 택한다. 이 표현 방식이 문성해 시의 새로움이라 할 것이다. 가령, "부용화나 능소화나 목백일홍 같은 것들은/속내 같은 거 우회로 같은 거 은유 같은 거 빌리지 않고 정면으로 핀다/그래 나 미쳤다고 솔직하게 핀다"(「여름 꽃들」)는 진술에서 시인의 시작 방향을 엿볼 수 있다. 저 여름 꽃들처럼 은유와 같은 우회로 없이 정면으로 말하기. 시인은 주체의 감흥을 저 여름 꽃들에 씌우려고 하지 않는다. 저 꽃들의 흐드러지게 핀 자태 그 자체를 수사 없이 그냥 미쳤다고 말한다. 그 탄성과 같은 표현은 만발한 꽃들이 보여주는 눈부신 아름다움에 압도되었음을 의미하기도 하겠지만, 이 탄성을 그대로 진술한 것은 시인이 대상을 꾸미는 데 관심이 없다는 것도 알려준다. 시인은 어떤 대상이 주는 직접적인 인상을 곧바로 발설함으로써 대상 자체의 진상에 더 가깝게 다가갈 수 있다고 생각한다. 포착한 날 것의 삶을 표현하기 위해서는 심오한 은유보다는 다음과 같은 단순한 직유가 더 적합한 것이다.

> 가지가 다 잘리고
> 몸통만 남은 나무 한 그루
>
> 돌아온 외다리 같이
> 누군가 휘두르다 꽂아놓은 몽둥이같이
> 들판에 꽂힌 삽자루같이
>
> 오로지 묵언, 정진 중인지
> 혼자 오래오래 환상통을 앓는지
>
> 어린 잎들
> 막무가내 매달리는 봄 나무들 사이
>
> 뭉툭하게
> 손가락 욕을 한다
> 늙은 잇몸에 박힌 마지막 이빨같이
> 외설같이
>
> ―「조금의 직유」 전문

  가지가 다 잘리고 몸통만 남은 나무에서 시인은 무슨 쓸쓸함이나 아련함과 같은 서정을 느끼지 않는다. 반대로 그는 불구가 되어 배제된 존재를 그 나무에서 읽는다. 저 존재가 드러내는 비참이, 시인이 무슨 은유를 사용하는 것을 막고 "외설같이"와 같은 직설적인 직유를 사용하도록 강제한다. 몽둥이, 외다리, 삽자루 같이 버려진 나무에게 어떤 따스한 마음이 남아 있을 것인가? 저 "늙은 잇몸에 박힌 마지막 이빨 같"은 나무는 가운데 손가락을 치밀며 세상을 더럽히고 싶을 것이다. 이렇듯 대상에서 손가락 욕을 하는 외설성을 직시하는 것, 그것은 그 대상을 폄하하는 것이 아니고 도리어 대상에 대한 어떤 존중에서 비롯된다. 삶의 본질은 아름다움이라기보다는 고통이라는 것을 시인은 알고 있기 때문이다. "밖이었던 세상은 안이 되고 봉오리 안은 밖이 되"는 개화(開花)마저, "면도칼로 가지를 찢고 나온 혈소판들"이 "나오자마자 응고되어 꽃잎이 되었던 것"으로, "저 꽃들도 잔뜩 피흘린"(「환생」) 고통의 소산임을 시인은 읽고 있는 것이다. 대상을 보는 자의 입맛대로 미화하지 않고 그 대상에 내장되어 있는 고통을 파악하고 드러내는 것—그것이 추한 것이 될 지라도—이야말로 이 시인에게는 대상을 존중하는 일이다.

미화에 대한 거부는, 인간사를 대상으로 한 시작에서 불행한 사람들에게 시선을 돌리도록 한다. 고통스럽게 사는 사람들이 엄연히 존재하는 상황에서, 삶에 대한 서정적인 미화는 삶의 본질을 드러내지 못한다고 시인은 생각했을 것이다. 그래서 시인이 생각하는 "삶의 오리지널들,/골수분자들"은 "빗물에 늘어진 바지를 걷지도 않고 가는 사람들", 즉 "수족이 불편한 노인이거나/커다란 뿔테 안경을 코 끝에 걸친 아줌마거나/실실 웃고 가는 남자들"(「비가 오면 오리지널이 된다」)이다. 이 축 늘어지거나 실성한 듯 걸어가고 있는 사람들이야말로 수족이 잘린 나무나 피를 흘리며 피는 꽃들과 같이 삶의 고통을 거짓 없이 드러낸다. 삶의 오리지널인 이들을 존중하기 위해서는 그 삶들이 드러내는 누추함을 꾸밈없이 드러내야 한다. 이들 삶의 누추함을 서정적으로 미화하거나 한다면, 도리어 이들의 삶을 서정적 주체가 훼손하는 것이 된다. 비참의 미화는 그 비참을 소비할 수 있는 무엇으로 만들기 때문이다. 삶의 누추를 누추한 방식으로 드러내야 온갖 행복의 시뮬레이션을 세상에 유포하는 자본주의 문화의 허위성을 드러낼 수 있다. 그런데 시인은 이 누추한 삶을 드러내기만 하지는 않고 다음과 같이 어떤 정서를 동반해 표명한다.

목발을 짚고 가는 사람의
한쪽 바짓가랑이가 질끈 묶여 있다
잊었던 상처의 너펄거림을 참을 수 없음이여

보이지 않기 위해
보지 않기 위해
무언가를 묶는 일은
흐느끼는 마음과
흐르는 눈물을
묶는 일과 같아

단 한 번의 소매를 걷는 일
바짓가랑이를 묶는 일이
이처럼 숭고해질 수 있다면
다리 없는 개가
없는 다리를 저어
허공을 간다

— 「이보다 더 숭고할 순 없다」 전문

시인은 잘린 다리 때문에 너펄거리는 바짓가랑이를 묶은 어떤 이의 모습에서 "흐느끼는 마음과/흐르는 눈물을/묶"은, 동여맨 설움을 포착하고, 어떤 숭고함을 경험한다. 그는 "보이지 않기 위해/보지 않기 위해" 설움을 묶는다. 드러내지 않으려는 그 설움이 거대하고 복합적인 감정을 불러일으킨다. 그 동여맨 바짓가랑이는 저이의 전 생애가 담긴 고통을, 그러니까 잘린 다리로 살았다는 데에서 오는 고통뿐만 아니라 그 다리를 보이지 않고 보지 않으려고 노력해야 했을 설움을 한꺼번에 드러내고 있는 것이다. 저 목발 짚은 사람의 참을 수 없을 만큼 누적된 고통이 너펄거리는 바지로부터 가늠할 수 없을 정도로 현현한다. 숭고란 주체의 오성을 초과하여 어떤 대상이 현현할 때 경험된다. 즉 어떤 대상에서 가늠할 수 없어 어떤 현기증을 느끼게 될 때 우리는 숭고를 느낀다고 말한다. 저 가늠할 수 없는 응축된 고통에 우리는 어떠한 말도 할 수 없다. 그것에 우리는 외면하거나 전율할 뿐이다. 그래서 시인은 흔히 볼 수 있는 저 장면에 대해 "이보다 더 숭고할 순 없다"고 말한다.

이 시인에게 숭고란 거대한 자연의 경관을 보면서 경험되곤 하는 것이 아니라 세상의 존재자들이 겪을 수 있는 거대한 고통 앞에서 경험되는 것이다. 활짝 핀 꽃에서 피비린내 나는 삶의 실상을 포착하고 있는 시인은 저 불구의 몸을 하고 있는 왜소한 사람으로부터 숭고를 경험하고 있다. 시인은 그러니까 전통적인 미학을 뒤집어놓고 있다. 시인이 소중하다고 생각하는 것은 미학이 아니라 윤리학이다. 세계가 비참한 것이라면, 그 비참을 딛고 누리는 행복이란 근본부터 거짓된 것이 아닐까? 시인이 삶의 비참성을 조명할 때, 우리는 그러한 질문을 던지게 된다. 시를 통해 윤리적인 작업을 해나가려는 시인은, 가늠하기 힘든 고통이 현현하는 숭고한 이미지에 시선을 맞춘다. 가령, 아마도 앵벌이일, "지하철 안에 몸을 꼿꼿이 세우고 서 있"는 아이의 올이 풀린 스웨터와 끈 풀린 낡은 운동화(「나도 모르는 사이 별」)가 바로 그러한 숭고한 이미지다.

문성해 시인에게 시 쓰기 작업은 배제된 이들의 풀린 운동화 끈과 스웨터 울을 주워 다시 감고는, 그 실들로 무엇인가를 깁고 떼어 붙이는 일이다. 「대화수선집」은 시인의 삶에 대한 알레고리를 보여준다. 그 시에 등장하는, "안과 밖을 뒤집고/매듭을 풀었다 매었다 하는 그 여

자"처럼, 시인도 언어를 해체했다 다시 깁는 작업을 해나가는 사람이
다. 부서진 삶의 조각들을 모아 다시 기우면서 해체하는, 이 목적지 없
이 끊임없이 계속되는 수선 작업은 "극단의 삶을 사는" 것이다. 수선집
의 여자처럼 문성해 시인은 "울음과 이 고요를 언젠가는 기워보리라고
생각"하고 있을 것이다. 조용하게 고통에 찬 존재를 드러내는 "울음과
이 고요"를 시인은 깁는다. 이를 통해 화려한 수사 없이, 배제된 대상
의 날 것 그대로를 수놓는다. 그리하여 그는 나름대로의 시작술을 만
들어낸다. 이러한 특이성의 획득이야말로, '시적 새로움'에 값하는 것
아니겠는가.

제4부

천수호, 『아주 붉은 현기증』(민음사, 2009)
김일영, 『뻬비꽃이 아주 피기 전에』(실천문학사, 2009)

모더니티의 그늘과 기억의 힘

2003년 신춘문예로 동시에 등단한 천수호와 김일영 시인이 첫 시집 『아주 붉은 현기증』(민음사)와 『뻬비꽃이 아주 피기 전에』(실천문학사)를 발간했다. 이 시집들에는 두 시인의 유년을 엿볼 수 있는 시들이 꽤 많다. 많은 시인들이 첫 시집에서 현재 자신의 삶에 내장되어 있는 내밀한 기억들을 탐사하곤 한다. 이는 자신의 본질을 찾고자 하는 열망으로부터 시 쓰기가 시작되는 경우가 많기 때문일 것이다. 천수호와 김일영 시인의 첫 시집도 기억 깊숙이 보관되어 있는 체험들을 상기함으로써 자신의 시간을 되찾으려는 모습을 보여준다. 자신의 삶을 되찾는다는 것, 그것은 모더니티의 일상에 의해 침식되어버린 시간을 되살린다는 의미를 갖고 있다. 모더니티의 텅 빈 반복을 통해 관통되는 직선의 시간은 알다시피 삶 자체를 충전시키는 기억을 파괴하여 망각시킨다. 모더니티는 주어진 목표를 향해 노동을 반복하면서 살아가야 하는, 언제나 결핍 속에서 앞으로만 나아가야 하는 시간을 현대인에게 강제한다. 그래서 시 쓰기를 통한 유년 시절의 상기는, 모더니티에 응전한다는 적극적인 의미를 갖는 행위다. 하지만 여기에도 함정이 있을

수 있다. 상기 행위가 모더니티와의 긴장을 잃어버리면서 한갓 현실도
피로 빠지게 되는 경우가 있곤 하기 때문이다. 천수호와 김일영은 그
러한 함정에 빠지지 않고 유년에 대한 상기의 힘을 모더니티에 대해
비판적으로 탐구하는 힘으로 전화시키고 있다고 생각된다.

천수호 시인의 시부터 살펴보자. 그는, 지금은 사라져 흔적으로만
존재하는 과거의 삶이 반대로 미래의 길을 비춘다고 생각한다. "세상
에 무덤만큼 환한 등불이 있을까/삶의 지표는 분명한 저 등불 속에 있
다"(「사양길」)고 그는 말하고 있는 것이다. 어떻게 무덤이 삶의 길을
비추는 등불이 될 수 있을까? 그에 따르면 죽음은 곧 재생과 연결되기
때문이다. 같은 시에서 시인은 무덤이 "엄마 가슴 속으로 쑤욱 집어 넣
는 아이 손처럼/지상으로 블룩, 주먹 들이"민다고 말한다. 지상은 엄마
의 "젖무덤"이며 무덤은 그 젖무덤 속으로 손을 집어넣는 아이의 손이
다. 무덤은 아이이고, 그래서 환하다. 우리는 아이를 보면 그의 미래를
상상한다. 아이라는 존재 자체가 미래로의 길을 비추는 것이다. 그런
데 천수호 시인에게는 죽은 자들의 흔적인 무덤이 미래를 비춘다. 이
는 죽은 자들에 대한 기억이 삶의 현재와 미래를 조명한다는 의미일
터, 그래서 그에게서 기억은 삶을 살아가는 데 있어서 중심의 자리를
차지하고 있다. 그가 "고향 대구가 가까워"지면서 "배꼽이 당기기 시
작"하고, 반대로 "고향을 벗어날수록 점점" '배꼽 태엽'이 풀린다고
(「배꼽을 감아라」) 말하는 것도 이와 관련된다. 즉 이 시인에게서 탯줄
은 여전히 끊어지지 않았다. 탯줄은 여전히 고향과 연결되어 있다. 지
금도 그의 삶은 죽은 자들의 무덤이 있을 고향의 삶과 분리되지 않았
다. 다만 고향과 멀어질수록 '배꼽 태엽'은 풀려버려 "공중으로 들어
올렸던 손과 발을/텅, 떨"구게 된다.

탯줄이 태아에게 영양분을 공급하는 통로라고 할 때, 고향에 다가갈
수록 탯줄이 당겨진다는 것은 고향에 대한 기억, 죽은 자에 대한 기억

이 현재의 삶에 영양분을 제공한다는 의미일 테다. 그러니까 그 기억은 의식적이라기보다는 육체적인 것이다. 가령 시인은 「감물」에서, 아마 일찍 저 세상으로 간 큰언니에 대한 기억을 '초경 자국'에서 떠올리고 있다. "떫은, 목메는 감물 흔적이다//일찍 떠난 내 큰언니의 초경 자국,/한 방울 남짓 떨구고 간/그 댕기 머리 뒷모습"을 "삼십 년 넘도록 지우지 못한다"라고 시인은 말한다. '감물 흔적'이 "일찍 떠난 내 큰 언니의 초경 자국"을 연상시키고 그 흔적은 '나'의 "가슴엔 한 점 얼룩이 돋아/도톨하게 만져"지도록 만든다. 죽은 자인 언니에 대한 기억은 가슴에 돋아난 얼룩으로, 즉 육체적으로 현상한다. 그 기억은 물론 "떫은, 목메"게 하는 것이다. 고통스러운 기억이다. 하지만 잊지 못할 기억이기도 하다. 가슴에 돋아나는 그 슬픈 기억들이 바로 천수호를 현재의 시인으로 만든 것들이다. 다시 말하면 그 기억들은 시인의 삶을 바로 그의 삶이라고 말할 수 있도록 만들어주는 본질과 같은 것, 삶을 공허하게 만드는 모더니티의 회로에서 그의 삶을 지켜주는 힘-양분-이 되는 어떤 것이다. 천수호 시인의 시 쓰기는 그 양분을 흡수하기 위해 고향에서의 삶을 기억하는 행위라고 할 수 있다.

하지만 기억이 현재의 삶 자체가 될 수는 없다. 태아와 어머니가 탯줄로 이어졌다고 하더라도 둘은 엄연히 다른 개체인 것처럼. 마찬가지로 자신의 삶을 만들어주었던 고향에서의 기억과 지금 살아가고 있는 삶과 동일시될 수는 없는 일이다. 기억은 구성되는 것이다. 과거의 실재와 지금 행하고 있는 과거에 대한 기억은 일치될 수 없다. 그래서 「드로잉」에서 어머니 얼굴을 선으로 그려보는 시인의 시도가 성공하지 못하는 것이다. 그 시에서 시적 화자는 어머니 얼굴을 "선으로 이어 볼 수 있겠다 싶어" 드로잉을 하지만 "낡은 스웨터의 보푸라기"처럼 그 얼굴은 "실뭉치처럼 풀려나"갈 뿐이다. 기억의 재현은 과거를, 타인을 재생시킬 수는 없다. 이는 어떤 절망감을 시인에게 가져다주었을 것이다. 시인이 "기억은 좀처럼 열매 맺지 않고"(「트럭은 밧줄을 끌고」)라고 말했을 때, 그 절망감의 일단을 엿볼 수 있다. 기억은 시인의 정체성을 잃지 않게 하지만, 한편 기억만으로는 지금 현실의 열매를 맺게하지는 못할 테다. 기억이 열매 맺기 위해서는 지금의 현실과 기억을 교통시켜야 할 것이다. 하지만 시인은 예민하다. 기억에서의 삶과 그삶 너머에 있는 현실을 쉽게 화해시켜 통일시킬 수 없다는 것을 그는느낀다. 저 현실은 "맨살에 와 닿는 뭉커덩한 느낌"(도시, 도무지」)만준다. 이 '뭉커덩한' 현실이 기억이라는 양분을 얻어 어떤 단단한 열매를 맺게 된다는 일은 쉬운 일이 아니다.

　이와 관련하여 「저수지 속으로 난 길」의 "삐걱거리는 목어가 둑 아래 구불텅한 길을 내려다보려고 몸을 출렁인다 잉어는 물 위의 빈집이궁금하여 주둥이로 툭툭 건드린다 잉어와 목어의 눈이 잠깐 부딪친다마주보는 두 길이 다르다"는 말은, 시인의 시선과 현실—타자—의 시선이 "잠깐 부딪"칠지라도 하나가 될 수 없음을 의미하는 것으로도 읽힌다. 하지만 시인은 이 시에서 시인과 다른 길을 바라보고 있는 그 현실과 어떻게든 교섭하고자 한다. 저 "길을 끊는 저수지" 속으로 난 다른 길을 찾아내고자 한다. 저 세계는 시적 화자가 걸어갈 길을 끊고 있지만, 그는 저수지 속에 돌을 던지고 "같이 아프기로" 함으로써, 즉"온몸으로 돌을 받는 저수지"처럼 "내 몸속으로 돌이 떨어"지는 고통을 함께 겪으면서 다른 길을 찾으려고 한다. 이는 저수지의 고통을 상상 속에서 추체험하는 것을 의미할 것이다. 그렇다면 그 추체험은 시인의 기억과 저 세계가 만날 수 있는 길을 마련해줄 수 있다. 그러나이를 위해서는 우선 세계의 상황을 상상력을 통해 재발견하여야 한다.시인이 "미끄럼틀이 밀어낸 아이가 말려 들어"가고, "뒷골목 그늘을씹던 도둑고양이도 빨려 들어"가는, "등나무가 보듬는 그늘"(「그늘」)에서 잡식성 이구아나를 발견하는 것이 바로 그러한 작업이다.

그런데 그 이구아나는 "세상 온갖 것들 다 품어 보고 있"지만 "저녁이 오면 버려"지는 것이다. 이 유니크한 시 「그늘」에서, 이구아나 같은 그늘의 발견이 고향과 탯줄로 연결되어 있는 시인에게 어떤 의미를 갖는지는 명확하지 않다. 다만 저 그늘에 대한 관찰만이 두드러지고 있다. 아직 시인의 정체성을 구성하는 기억과 재발견된 세계와의 교섭은 드러나지 않는다. 이를 보면, 「저수지 속으로 난 길」에서 시인은 그 교섭의 길을 발견하긴 했으나, 그 길을 직접 걸어가는 일은 뒤로 미룬 듯이 보인다. 「그늘」에서는 시인은 눈에 들어오는 세계를 해석하여 재발견하려는 의지만 보여주고 있기 때문이다. 하지만 이렇듯 세계에 대해 다른 시각을 가지고 무엇인가를 발견하려는 노력 자체가 의미 있을 수 있다. 그 노력은 "입 냄새 지독한 허공 밀어내며/몸만 들썩이는"(같은 시) 아파트 단지의 그늘을, 즉 아파트로 상징되는 모더니티의 그늘을 드러낸다. 그런데 그 그늘을 드러낼 수 있는 비판적 관찰력은 고향에서의 삶에 대한 기억에 의해 얻게 된 것일지도 모른다. 삶을 충전시켰던 어떤 경험(그 경험이 큰언니의 상실과 같은 슬픈 것일지라도)이 모든 것을 다 품는 듯한 모더니티의 삶이란 허공만 밀어내는 것일 뿐이라는 사실을 감지하게 했을지 모른다. 그래서 시인은 모더니티에 "말려 들어"가지 않기 위해서, 비록 현실에서 열매를 맺지 못할지라도 기억하기를 포기하지 않으려고 할 것이다.
　　그러나 기억하기란 졸면서 꾸는 꿈, 즉 일종의 백일몽이라고 한다면, 그 꿈꾸기는 모더니티의 삶에서 위험한 행위다. 모더니티의 삶에서는 앞으로 나아가기 위해 삶을 채찍질하는 의식만 중요시되기 때문이다. 꿈꾸는 삶이란 모더니티의 삶을 교란시킬 수 있으므로, 모더니티는 꿈꾸는 삶을 병든 것으로, 제거되어야 하는 것으로 취급한다. 시인이 「빨간 잠」에서, 붉은 가시 끝에 앉아 "저기 저 꿈속인 양 졸고 있"는 잠자리를 보고 위태로움을 느끼는 것은 그 때문 아닐까. 하지만 그 위태로움에 대해 시인은 '아름답다'고 말한다. "아름다움은 저렇게/알면서도 위태롭게 졸고 싶은 것/등이 붉은, 아주 붉은 현기증이다"라는 것이다. 몸으로 기억하는 삶, 꿈꾸는 삶은 바로 저 잠자리처럼 위태롭게 졸고 있는 것일 게다. 꿈꾸기는 "'아름답다'라는 말의 벼랑 위/붉은 가시 끝"에 앉아, 탯줄로 고향의 양분을 얻듯이, 수혈해야 한다. 그 수혈의 모습이 등에 드러나기 때문에 저 잠자리─시인─의 등은 붉은 것이리라. 그녀의 등에는 붉은 피가 위태롭게, 그래서 아름답게 드러난다. 그 아름다움은 붉은 현기증을 불러일으킨다. 천수호에게서 시인이란, 이렇듯 모더니티로부터 "꺾이기 쉬운 목을 가"진, 위태롭게 아름다운 존재다. 아마도 그 자신도 이렇듯 붉은 현기증을 일으키는 시를 쓰고자 마음먹고 있을 것이다.

김일영의 시집에서도 유년 시절에 대한 기억을 주제로 한 시들과 만나볼 수 있다. 그런데 그의 기억은 어둡고 외롭다. 표제작 「삐비꽃이 아주 피기 전에」는 유년 시절을 보낸 고향의 이미지가 잘 드러난다. 그곳은 "애들 소리 사라진 언덕에 앉으면 석양은/머리가 하얀 사람들 애벌레처럼 담긴 마당에/관절염의 다리를 쉬다 가고/빚으로 산 황소가 무릎을 꺾으며/경운기 녹슬고 있는 묵전을 쳐다보는 곳/그대가 파도 소리에 안겨 젖을 빨던/그 작은 섬"이다. 이 시인에게 기억은 천수호의 '초경 자국'과 같은 어떤 흔적을 통해 상기되는 것이 아니라 선명한 영상을 통해 이루어진다. 의식에 떠오르는 그 선명한 기억은 가난하고 버려지고 늙고 아픈 무엇으로 현상한다. 시인에게 섬에서의 유년 시절은 자연과의 행복한 합일을 이루며 즐겁게 보냈던 것으로 기억되지 않는다. 시인은 그 시절을 답답하고 외롭고 아프게 보냈던 것 같다. "먼 섬 자락에 잘려진 길로 한 남자가 사라지고/남자를 따라간 길은 돌아오지 않았"던 섬, 젊은 뱃사람들이 수장되어 돌아오지 못하고 섬을 떠난 사람들은 돌아오고 싶어 하지 않는 섬, 그래서 살아남은 노인들만이 관절염처럼 무력하고 아프게 살아가는 섬이 시인의 고향이기에, 그곳을 살아가야 하는 "소년의 마음에선 고름이 흘러나오고/불빛은 오색(五色) 유리가시가 되어 방 안에 어지"(「함께 우는 섬」)러웠던 것이다.

　방안의 전등 불빛이 유리가시처럼 아프게 시인을 찔렀다는, 통절한 이미지로 상기되는 고향. 그곳에 대한 김일영 시인의 기억은 이 고름과 같이 누런 전등의 유리가시처럼 아픈 무엇이다. 그곳에서 시인의 외로움을 달래주고 허기를 채워주었던 것은 저 파도 소리였던 것 같다. 그 파도 소리를 어머니의 젖 삼아 유년을 견딘 것이다. 파도 소리가 어떻게 어머니의 젖이 될 수 있었을까? 파도 소리는 이 고름 같은 섬의 바깥인 바다 건너에 이곳과는 다른 어떤 세계가 있다는 것을 그에게 끊임없이 알려주면서 삶의 허기를 달래주었기 때문 아닐까. 그럴 수도 있겠지만 어머니가 "목숨의 깊이에 다녀"(「숨비소리 1」)오는 해녀여서 항상 저 바다 속에 있었기 때문이기도 할 것이다. 즉 파도 소리는 소년에게 다른 삶이 가능하다는 희망을 불어넣어주는 것이었지만 한편으로 어머니를 계속 환기시키는 것이기도 했던 것이다. 이는 시인이, 항상 바다로 일 나가셨을 어머니를 대신하여 저 파도 소리를 젖 삼아 외로이 허기를 견디며 지내야 했다는 것을 의미한다. 이 허기는 단지 정신적인 의미만을 가지지는 않는다. 시인의 유년을 관통하는 경험은 육체적인 배고픔인 것이다. "벽에 걸린 아버지 옷이 축축 늘어지는 방 안에서/사람들은 가지런한 이빨들처럼/둘러앉아 새끼를 꽜다/가끔 그들의 입에서 새소리가 삐져나왔다//끄윽끄윽 저 새소리 끄윽끄윽/그때마다 배가 고파/내 손을 놔줘요 아버지"(「장화를 갖고 싶어」)라고 시인은 기억하고 있다.

　이 새소리로 표현되는 배고픔은, 같은 시에서의 "행렬을 끌고 언덕을 넘어가는/아버지 꽃가마"와 같은 구절을 보면, 아버지의 죽음과 연관되어 있는 것임을 짐작할 수 있다. 그래서 방 안에는 아버지의 옷만

이 축축 늘어지고 있고, 아마도 가족일 듯한 '사람들'은 새끼를 꼬는 일을 해야 했던 것이다. 아버지의 부재는 웅덩이 속에 "물컹하게 숨어 있을 아버지 체온"을 느낄 수 있길 열망하게 한다. 이 불가능한 열망을 안고 살아가는 삶은 시인에게 "오후의 바다를 향해/목숨을 질질 흘리면서" "악몽 속을 허우적거리며/남은 몸이 악몽인 듯"가는, "창자가 흘러나온 개구리"(「바다로 간 개구리」)로 상징되지 않는가 한다. 상처를 안고 저 열망하는 오후의 바다로 헤엄쳐가야 하는 개구리의 악몽은 헤엄치는 몸 까지도 악몽이 되어버리게 만든다. 김일영 시인의 고향에 대한 기억은 자궁과 같이 평온한 이미지가 아니라 이 악몽과 같은 것이다. 그런데 시인은 왜 이 악몽을 기억하고 시로 쓰는 것일까? 저 개구리처럼 악몽이 된 몸을 이끌고 그는 지금도 헤엄쳐가고 있기 때문일 것이다. 현재의 몸이 악몽 자체이기 때문에 기억하기라는 악몽은 지금의 몸이 왜 악몽인가를 탐구하는 작업이 될 것이다. 그렇기에 김일영 시인이 기억을 시작(詩作)하는 작업 역시 현재 자신의 본질이 무엇이고 그것은 어떻게 구성되어 있는지 살피는 일인 것이다.

그런데 그 작업의 특이성은, 시인이 유년에 대한 기억을 로맨틱한 환상으로 재구성하는 것이 아니라 그 시절의 허기진 현실을 가차 없이 드러낸다는 것에 있다. 이는 시인이 가난의 경험으로부터 얻게 되었을 리얼리스트로서의 의식 때문에 가능한 것이었으리라. 몸이 되어버린 악몽은 한갓 환상이 아니다. 그 악몽은, 가난과 배제와 상실과 고독과 고통과 죽음의 현실이 몸에 새겨진 것이다. 그 현실이 몸에 새겨질 수 있었던 것은, 그에게 육박해온 비참의 현실을 외면하거나 어떤 환상으로 가리지 않고 있는 그대로 받아들이면서 아파했기 때문일 터, 이 과정에서 현실의 비참과 고통을 드러내려는 리얼리스트의 태도가 형성되었을 것이다. 그래서 이 리얼리스트적인 태도는, 현재 눈앞에 놓여 있는 현실과 그 속의 삶을 시화(詩化)할 때에도 폭력적으로 배제되고 파괴된 삶을 드러내게 만들 것이다. 가령, 철거되는 마을의 모습을 묘사한 「남아 있는 불빛들」의 "담담하게 집을 꾸리던 옆집 아이 얼굴이/종이 쓰레기와 어울려 밤새 동네를 쏘다닌다"와 같은 시구에서 그러한 시작 태도를 볼 수 있다. 시인은 철거되는 동네에서 놀고 있는 아이들의 모습에서 어떤 순진무구나 생동성을 찾아내기보다는, 그들이 쓰레기와 같이 취급되어버리는 현실, 즉 모더니티의 그늘을 드러낸다.

하지만 현실의 부정성을 조명하는 시인을 보고, 그가 비관주의에 빠졌다고 말할 수는 없다. 시인은 내장이 빠져나온 채 헤엄쳐가야 하는, 악몽이 된 삶에 대해 말하면서도, 그와 동시에 바다를 향해 헤엄쳐가는 개구리의 삶의 의지를 그와 동시에 긍정적으로 조명하고 있기 때문이다. 내장이 터진 채 헤엄쳐가는 개구리는 삶의 존엄성을 드러내는 것이기도 하다. 악몽이 된 삶을 살아나가는 것, 그것은 비웃을만한 무엇이 아니라 존엄한 삶이 이루어내는 기적과 같은 무엇이다. 위에서 인용한 「남아 있는 불빛들」의 끝은 "부서진 집들을 움켜진 어둠 속에서도/몇 개의 불빛들 아직 밝다"라면서 맺어진다. 저 몇 채 안남은 집들도 결국 철거되겠지만, 그러나 아직 희망을 잃지 않고 불빛을 밝히는 사람들이 있는 것이다. 저 불빛은 아마도 시인이 섬에서 어머니의 젖 삼아 안겼던 파도소리와 같은 희망일 터, 그것은 비참의 현실 속에서도 희망을 포기하지 않는 삶의 존엄성으로 밝게 빛난다. 「모자(母子)와 가지」에서도 이와 같은 삶의 존엄을 볼 수 있다. 시인은 "시장통 파라솔" 귀퉁이 아래에서 젖먹이를 안고 "찢어진 젖병 꼭지를 바꾸려 했는지/아니면 늙고 병든 시어머니/진통제라도 몇 알 사려 했는지" 가지를 팔고 있는 어떤 여인을 관찰한다. "사람들 붐비는 대형마트"가 바로 옆에 있는데 가지가 잘 팔릴 리 만무하다. 하지만 그녀는 "빗방울은 오래 내릴 작정인지 부슬부슬 내"리는 '시장통'을 떠날 수 없어서 "어디 아픈 곳이 없는지/가지들을 뒤집어도 보고/물방울을 몰래 닦아도" 본다. 이때 저 가지는 그녀의 삶의 존엄성으로 빛나기 시작할 테다. 시인은 저 가지를 '싱싱'하다고 말한다.

　김일영 시의 독특성은 폐기된 사물을 조명하면서, 그로부터 삶의 어떤 의지를 상상하고 발견하는 데에서도 나타난다. 「사철나무 그늘 안에서」는 "사철나무 아래" "비석처럼 서서/대문 쪽을 바라"보며 먼 데서 찾아오는 추억으로 "낮빛이 좋"은 "버려진 냉장고"를 조명한다. 그 냉장고는, 그녀를 추억하며 "라일락 향을 마당에 뿌"리는 '나'와 겹쳐진다. 「세숫대야」에서는, "밭에서 노을처럼 익은 얼굴과/계란같은 아이들 씻기던 습관으로/녹슨 달도 씻기"려고 떨어지는 소나기 "한 방울이라도 더 모으기 위해" "몸을 힘껏" 피는 찌그러진 세숫대야가 등장한다. 시인은 그 세숫대야가 "텅빈 속으로 울면서 빗방울을 받아내고 있"다고 말한다. 「깃털이 죽지 않고」에서는, "타이어는 짓밟힌 새를 거듭 짓밟고 가지만/솜털이 깊숙이 기억된 항로가/바람을 붙잡"아 "깃털이 죽지 않고 손을" 들고 있는 모습이 조명된다. 모더니티에 의해 폐기된 삶이지만, 몸에 새겨진 추억과 기억, 습관이 그 사물들로 하여금 삶을 포기하지 않고 무엇인가 욕망하고 행동하게 만든다. 그래서 시인은 현실의 부정성을 회피하지 않고 직시하여 그것에 고통 받긴 하지만, 그 비참의 현실을 넘어서는 삶의 힘을 신뢰한다. 그는 "별빛이 언 강에 떨어져 깨지는 것을 보며 울었"지만 "그러나 떨어진 별의 자리에 또 별은 돋고/별들은 아직 저마다의 거리만큼 빛이"(「벙어리 별」) 난다고 믿는 것이다. "떨어져 깨져"나가는 삶은 추억과 기억, 습관으로 현상하는 삶의 힘으로 다시 돋아날 것이다. 이 시집에서 보기 드물게 밝은 느낌을 주는 아래의 풍경은, 바로 이 삶의 힘이 낳은 것이리라.

> 저 높은 우물 밖에는 새들이 공중으로 튀어 오르고
> 이 산 저 산 나무들 자리를 옮기며 뿌리를 담근다
> 구름은 몸을 흘어 눈물을 짓고

자릴 비운 하늘이 축축해
풀들의 웃음소리로 언덕이 부풀어 오르는 곳
날 선 모서리를 가진 것들은 스스로 다친 상처를 다듬고
서로 땀을 닦아주는 개쑥들이
간질간질한 마음을 도랑물에 띄우는 곳
이웃집 굴뚝 연기 사이
서늘해지는 가슴들
새벽이면 온통 제 얼굴을 드러내는 곳
우물 밖에는 지금 달빛이 부서져 내리고

　　　　　　　　　　—「우물 밖에는 지금」 전문

최두석, 『투구꽃』(창비, 2009)
김명인, 『꽃차례』(문학과지성사, 2009)

자연으로부터 길어낸 사유와 '사이'의
시공간에 대한 탐구

　최두석 시인의 신작 시집 『투구꽃』의 시들을 읽고 나서 시집 말미에 실린 '시인의 말'을 읽었다. "'사회 속의 인간과 자연 속의 인간이 어떻게 조화를 이루며 사나' 하는 묵은 화두를 일용한 양식처럼 쪼아먹고 있다."라는 문구가 눈에 들어왔다. 고개를 끄덕이게 된다. 어떤 평자가 이야기 했듯이 최두석 시인은 정직하고자 하는 시인이다. 시인 자신이 "지나치게 도발적인 꽃은 외면하고 싶어진다"(「선운산 꽃무릇」)고 쓰고 있듯이, 그는 시에 장식적인 언어나 화려하고 난해한 어법을 도입하지 않는다. 그래서인지 시가 보내는 전언이 바로 시인의 말과 그대로 통한다는 느낌이 들 때가 많다. 그는 시가 하나의 가면이 되기를 원치 않는다. 그는 마음이 시를 쓸 준비가 되기를 기다렸다가 이제 찻잔에 따를 정도로 향이 울어났다고 생각하면 쓰기 시작하는 시인일 것 같다. 그래서 자신의 시에 대한 시인의 말 역시 별 꾸밈이 없다고 생각되어 그 말에 따라 시인의 시를 읽어도 무방하겠다는 생각도 들었다. 그만큼 최두석 시인의 시편들은 투명하다고 하겠다.
　최두석 시인의 어법은 어떻게 보면 단순하다고 할 수 있겠는데, 그 단순성이 투명성을 이끈다고도 생각된다. 그렇다면 그 단순하고 투명한 시를 쓸 수 있는 동인은 어디에서 온 것일까? 이 시집에서 시인이 주목하고 있는 대상들인 자연물들의 생태에서 온다고 생각된다. 시인은 그러한 자연물들, 특히 여러 가지 꽃들과 나무들에 주목하고, 그 생태와 의미를 시적으로 포착하면서, 동시에 그것들과 동화되고자 하는 모습을 이 시집 여러 군데에서 보여주고 있다. 그런데 저 꽃들과 나무들에 무엇을 덧붙일 수 있겠는가? 저것들은 그대로 존재할 뿐인 것이다. 그렇기에 그 자연물들과 동화하면서 써지는 시엔 괜한 욕심에서 비롯되는 화려한 수사가 낄 수 없다.

그런데 이 시집을 읽으면서, 시인이 정결하고자 하는 욕망으로 인해 인간적인 것에 대한 혐오까지 가지게 된 것 아닐까 생각되었다. 특히 "사람들 발길이 닿지 않는 강 건너에만/산철쭉 꽃이 피는 사정과/이편 아닌 저편이 늘 아름다운 연유"(「강 건너 산철쭉」)에 대해, "바람결에 쓸리는 물살"이 질문하는 장면을 시인이 연출할 때 그러한 생각이 강하게 들었다. 이 시구에 따르면, 아름다운 것과 "사람들 발길"은 물과 기름처럼 결코 섞일 수 없는 것이다. 이러한 생각이 그렇게 근거 없는 것은 아닐 것이, 시인은 미물의 삶이 인간에 의해 비웃음 당할 만한 것이 아니라고, 생명의 가치라는 척도에서 보면 인간보다 더욱 드라마틱하고 감동적인 면이 있다고 말하고 있는 것이다.

세파에 시달리다
스스로 누추해지고 비참해져
버러지 같다 하는 누이야
그런데 버러지도 하찮게 살지 않아
모든 애벌레는 허물을 벗어
온몸으로 허물을 벗고 또 벗어
날개를 다는 거야

서남해 난바다 홍도에는
청띠제비나비가 살지
절벽에 부딪치는 파도 위를 날아
진초록 후박나무숲에 이르는
나비의 비행을 상상해봐
후박잎을 먹고 자란 애벌레가
빛나는 비취빛 띠를 두른
나비가 되어 날아오르기까지
온 몸으로 허물을 벗고
또 허물을 벗는 모습 떠올려봐.

— 「청띠제비나비」 전문

　　누이는 자신의 삶이 마치 벌레와 같은 삶이 되어버렸음을 하소연하고 싶어서 '버러지'를 대화 안으로 끌어들였을 것이다. 하지만, 누이의 그 약한 언동에 일침을 가하고자 하는 의도도 있었겠지만, 시적 화자는 곧바로 나비로 변할 애벌레의 삶이 그렇게 호락호락하지 않는 것임을 강조한다. 그 별 것 아닌 존재일 것 같은 애벌레 역시 "나비가 되어 날아오르기까지" 엄청난 고난과 생명력으로 "온 몸으로 허물을 벗고 또 벗"는다는 것이다. 여기서 시인의 두 가지 인식이 드러난다. 하나는 자연물에 대해 인간이 그릇된 인식과 태도를 가지고 있다는 것이며, 두 번째는 비록 인간이 미물로 취급하는 자연물일지라도 그 자연물에는 위대한 삶의 드라마가 있다는 것이다. 이러한 인식을 가지고 있는 시인에게는 인간의 이익에 맞추어 자연을 취급함으로써 자연의 삶이 고통 받게 된다면 분노할 만한 일인 것이다. 예를 들면, 시인은 「김굉필 은행나무」에서 "사회로 희생된/김굉필을 기려 심은 은행나무"에 대해 "어찌 나무가 예를 알랴/아니 사람의 도덕에 구속되랴/척박한 땅의 윤리주의자들이여"라고 비판하고, "다만 깊이 뿌리내릴 수 없"는 나무의 "암반에 막혀 뒤틀린 뿌리의 고통을 보라"며 일갈한다. 시인의 눈에는 사람의 법도에 맞추어 한 생명체인 은행나무를 도구화하는 인간의 행태가 반생명적으로 보였을 테다. 반면, 「박달나무」에서 볼 수 있듯이, 시인에게 "숲에서 잘 자란 나무"는 삶을 치유할 수 있는 신성한 힘을 가지고 있다. 후반부를 인용해본다.

> 박달나무를 안고서
> 눈감고 귀기울이다보면
> 나무는 옛 신화처럼 무성해지고
> 뿌리는 힘차게 깊이 뻗어가
> 땅속의 약물을 길어올려
> 내 짓무른 상처에 발라주기도 하는데
> 상처에서 불현듯 새 잎이 돋는 듯한
> 황홀감을 느끼게도 되는 것이다.

박달나무가 이렇듯 인간의 상처를 치유할 수 있는 힘을 가지고 있는 것은, 박달나무 자체가 자신의 상처를 스스로 치유할 수 있는 능력이 있기 때문이다. 박달나무는, 시인에 따르면 "상처에 앉은 딱지처럼/껍질이 벗겨지면서/새 살이 돋"아야 "튼실하게 자라는" 나무다. 그렇기에 박달나무는 치유와 재생의 능력을 상징하는 것이다. 시인은 그 상징인 나무를 껴안는다는 의식(儀式)을 통하여 자신의 상처를 치유하고자 한다. 그런데 시인은 더 나아가 이러한 상징적 능력이 확대되면 그 나무는 신화적인 힘을 가질 수 있으리라고 생각하는 듯하다. 신화야말로 역사의 상처를 치유하고 그 신화를 믿는 종족의 활력을 불러일으키는 기능을 하지 않았던가. "옛 신화처럼 무성해"진다는 것은 치유와 재생의 상징인 박달나무가 한 개인의 차원이 아니라 좀 더 집단적인 차원에서 상징적 의미를 갖는다는 것을 암시한다. 「참성단 소사나무」는 바로 그러한 신화적 기능을 했던 '소사나무'에 대한 시다. "하늘과 단군을 기려/제사 지내는 마니산 참성단에/신목처럼 서 있는 소사나무"

는 저 고조선에서 몽골의 침략기를 거쳐 지금에 이르기까지 한국의 모든 역사를 "묵묵히 지켜보아" 왔을 나무다. 그 나무는 삶의 초기에는 신화적 의미를 가지고 있었을 터, 물론 지금은 사람들에게 단순한 나무에 불과하다. 하지만 저 나무는 "홀로 찾아간 내게" 의연해지고 겸손해지라는 가르침을 주는 존재로 변형된다. 시인에게 저 나무는 삶의 힘을 북돋는 신화적 기능을 다시 가지게 되는 것이다. 허나 그 가르침은 위압적이지 않다. 다만 나무는 자신이 품은 무성한 이야기들로 시인에게 가르침을 준다.

> 하늘 향해 뻗은 가느다란 가지마다
> 빈틈없이 잎을 달고 있는 모습 보시게
> 가느다란 가지만이 잎을 다는 생의 경이를 보시게
>
> 우람한 역사의 줄기를 살찌우고
> 우수수 낙엽이 되어 종적 없이 사라질
> 초록 이파리같이 빛나는 이야기들 보시게
>
> 느티나무가 자라 옹이투성이 거목이 될 때까지
> 사람들의 마음속에서 자라다 부러진
> 까치집 삭정이 같은 이야기들 보시게.
>
> —「느티나무」 후반부

이 시에 따르면 "우람한 역사의 줄기를 살찌우"는 것은 결국 "종적 없이 사라질" 초록 이파리 같은 이야기들이다. 눈에 잘 띠지는 않지만 역사는 그러한 사람들의 "마음속에서 자라다 부러진" 이야기들로 이루어져 있다는 것이다. 역사 역시 그 뜻이 이야기 아니던가. 저 부러질 듯 "가느다란 가지"에 빈틈없이 달린 이야기들이 모여 "우람한 역사"인 "옹이투성이 거목"의 이야기가 된다. 다시 말하면, 사람들의 희망과 지혜가 담겨 있는, 허나 어쩌면 평범한 이야기들로 이루어진, 그 무성한 "옛 신화들"이 저 역사를 만들며, 시인에게 가르침을 주는 것은 바로 그 이야기들이다. 여기에서 최두석 시인이 발전시킨 바 있는 '이야기 시'가 떠오르는 것은 자연스럽다. 최두석 시의 독자라면 그의 초기 시편들이 얼마나 다채로운 '이야기 시'로 채워져 있는지 잘 알고 있을 것이다. 하지만 이 시집에서는 그 '이야기'들이 구체적으로 나타난 시는, 원님에 의해 죽임을 당하고 아내를 빼앗긴 광대의 이야기를 담은 「재인폭포」 이외에는 거의 없다. 저 나무가 시인에게 주는 '빛나는 이야기'들이 무엇인지 시인은 구체적으로 드러내 보여주고 있지는 않고 있는 것이다. 여기에서 시인이 나무로부터 또 다른 성격의 가르침을 받고 있는 아래의 시가 주목된다.

> 화엄사 구층암에는 모과나무가 있고
> 모과나무 기둥도 있다
> 산 나무는 당연히 꽃 피우고 열매 맺는데
> 죽은 나무 기둥은 지붕을 힘껏 떠받치고 있다
> 삶과 죽음을 함께 보라는 가르침이다
>
> 삶과 죽음이 모두 자연의 모습이라지만
> 어떻게 죽느냐가 신성한 후광을 씌우기도 하고
> 버러지처럼 비루하게도 한다
> 그리하여 죽음으로 삶의 진정을 증명하기도 한다
>
> ── 「화엄사 구층암 모과나무」 전반부

시인은 저 모과나무와 모과나무 기둥을 동시에 보면서 "삶과 죽음을 함께 보라는 가르침"을 얻는다. 거기에서 "어떻게 죽느냐"의 문제를 성찰한다. "죽음으로 삶의 진정을 증명"할 수 있기 때문이다. 그렇다면 죽음의 형식이 삶의 의미와 보람을 드러내줄 것이다. 그래서 장작이나 장롱이 되지 않고 기둥이 된 모과나무의 주검은 어떠한 삶을 보여주는 것인지 시인은 생각할 터이다. 자연은 무차별적인 무엇이 아니다. "삶과 죽음이 모두 자연의 모습이라지만" 자연은 다른 죽음의 형식으로 자신의 차이를 드러낼 수 있는 것이다. 시인은 나무에서 역사를 밑바닥에서 구성하는 이야기만 보는 것이 아니라 이렇듯 삶과 죽음의 의미 자체도 보고 있다. 앞에서 언급했듯이 이 시집에서 시인은 나무가 품고 있는 이야기 하나 하나를 풀어내기보다는 자연물이 드러내는 삶의 의미를 포착하려고 시도하는 시가 많은데, 그것은 그만큼 시인이 현재 어떻게 살 것인가의 문제에 맞닥뜨리고 있는 중이기 때문일 것이다. 그래서 시인은 자연에 숨겨진 이야기의 가르침이 서정적 주체에게 주는 변용을 기록하는 작업을 이 시집의 시작(詩作) 목표로 삼았을지 모른다.

이 시집의 표제작인 「투구꽃」에서 시인의 그러한 시작 태도를 엿볼 수 있다. "애증이 엇갈릴 때/그리하여 문득 슬퍼질 때" 시인은 "투구꽃의 도발적인 자태를 떠올"리는 데, 그 상기에서 "약이 되면서 동시에/독이 되는 일 얼마나 많은가 궁리"한다. 투구꽃에서 사랑싸움의 이야기—구체적인 내용은 드러나 있지 않지만—를 읽어 내고는, 시인은 그로부터 촉발되어 "세상에 어떤 사랑이 독이 되는지", 사랑이라는 정념의 아름다움이 가진 위험에 대해 사유하는 것이다. 허나 이는 반대로 삶의 아름다움이란 약은 독을 회피해서는 얻을 수 없다는 뜻도 될 터, 시인이 "뜨거운 배를 움켜쥐"며 약이자 독인 "투구꽃 뿌리를 잘게 잘라 씹"는 것은 그 때문일 것이다. 삶과 죽음의 동시성을 보여주었던 모과나무에 대한 시와 마찬가지로 「투구꽃」은 약과 독, 정열과 파괴의 동시성을 포착하고 있다. 그럼으로써 시인은 삶과 죽음의 모순이 빚어내는 생의 깊이를 자연으로부터 인식하는 데로 나아간다.

그런데 이러한 인식으로부터 자연 속의 인간과 사회 속의 인간이 조화하면서 살 수 있는 길을 찾아낼 수 있는 것은 아닐까? 사회를 위해 자연을 도구화하는 것에 대해 시인이 비판하는 모습을 앞에서 살펴본 바 있다. 시인은 그에 반대하면서 자연의 자연스러움이 가진 생명력을, 그 치유력을 찬양했다. 이에 따른다면 사회 속의 삶은 자연의 생태를 본받으며 치유될 수 있다. 시인이 지향하는 바도 그러한 방식으로 사회 속의 삶을 정화시키고자 하는 데 있을 것이다. 하지만 한편으로 이러한 지향은 사회 속의 삶이 가진 복잡성을 해명할 수 없게 될 수도 있다는 단점이 있다. 자칫 사회와 자연이 추상적으로 대립되면서 자연에의 추구를 통해 일방적으로 대립이 해결될 수 있다는 생각을 낳을 수 있는 것이다. 그러한 생각은 비현실성으로 떨어질 위험이 있다. 하지만 시인은 이 위험에 대해 충분히 의식하고 있다고 생각된다. 그는 모과나무와 투구꽃에 대한 관찰을 통해 자연으로부터 인간의 삶이 가진 모순성과 의미를 사유하는 것을 보면 그렇다. 자연을 통해 사회 속에서의 삶의 의미들을 성찰하는 이러한 사유는, "사회 속의 인간과 자연 속의 인간"이 추상적인 대립을 넘어 조화를 이룰 수 있는, 그 구체적인 방향을 발견하는 실마리가 될 수 있기 때문이다.

김명인 시인의 아홉 번째 시집 『꽃차례』는, 시인의 이전 시집이 그러했듯이 깊은 철학적 성찰을 담고 있다. 이 시집의 해설자가 잘 설명했듯이 이 시집의 시편들엔 시간에 대한 시인의 사유가 스며들어가 있다. 김명인 시인은 줄곧 삶과 죽음, 그리고 그에 얽혀 있는 시간에 대한 철학적 성찰을 보여줘 왔다. 가령 일곱 번째 시집인 『바다의 아코디언』에서는 삶과 죽음의 반복과 시간의 영원성을 일상으로부터 발견해내고 있고, 다음에 상재된 『파문』에서는 직선적이면서 순환적인 일상적 시간을 파열시키며 파문을 일으키는 어떤 순간을 포착하여 드러냈다. 그런데 이번 시집 『꽃차례』는 '사이'라는 시공간에 대한 성찰을 보여주고 있다고 생각된다. '사이'에 대한 시인의 사유는 이 시집을 여는 시 「천지간」에서부터 나타난다. 시는 "저녁이 와서 하는 일이란/천지간에 어둠을 깔아놓는 일/그걸 거두려고 이튿날의 아침 해가 솟아오르기까지/밤은 밤대로 저를 지키려고 사방을 꽉 잠가둔다"는 구절로 시작한다. 단순한 상황이다. 하늘과 땅 사이를 저녁과 아침 사이인 밤이 채우고 있다.

그런데 아침은 밤을 거두기 위해 해가 솟아오르고 밤은 자신을 지키기 위해 "사방을 꽉 잠"그려고 한다고 시인은 말한다. 하지만 지금은 여름밤이어서, "여름밤은 너무 짧아 수평선 채 잠그지 못"한다는 것이다. 그래서 밤과 아침 사이의 시간 사이에 공간적인 틈이 생긴다. 그 틈은 하늘과 땅 사이 안의, 또 하나의 사이-틈이다. 그때 그 틈에서 "두 사내가 빠져나와 모래톱에 마주 앉"고는, 「고도를 기다리며」의 두 주인공마냥, "할 말이 산더미처럼 쌓였어" "사방을 빼곡이 채운 이 어둠 좀 봐" 등의 실없는 말을 나눈다. 하지만 "어느새 아침 해가 솟아/두 사람을 해안선 이쪽저쪽으로 갈라놓"게 되고 "그 경계인 듯 파도가/다시 하루를 구기며 허옇게 부서진다." 느닷없이 나타난 두 사내가 누구인지 정확히 알 수 없지만, 시인 내면의 두 목소리가 아닐까 추측할 수 있다. 즉 사이 안의 사이 공간-틈-이 생기자, 밤에 대해 말하고자 하는 시인의 두 목소리가 나타나게 된 것이다. 그렇다면, 시집 맨 앞에 실린 이 시는, 이 시집의 시편들이 그러한 사이의 틈에서 써진 것이라는 의미를 암시하고 있는 것은 아닐까. '사이'를 시의 전면으로 내 건 아래의 시를 읽어보자.

종일토록 툇마루에 나가 앉았지만
가지 위의 저 새
어디서 울다 왔는지
모른다, 나는, 잠시 그쳤다 오는 가랑비 사이

구름과 햇살 사이 햇살과 구름 그늘이
들판을 번갈아 다독이는 사이
이 파동과 저 파문 사이

저 가지에서 이 가지로
옮겨 오는 새와 옮겨 앉는 울음 사이
이 가지에서 저 가지로
울고 가는 새와 울러 오는 새

사이

울고 간 새와 울고 있는 새 사이
피는 꽃과 피었던 꽃

사이

구름 가지 흔들어 놓고
모두 어디로들 날아가버린 것일까?

　　　　　　　　　　—「새와 비, 울음과 구름 사이」 전문

　시인은 사이가 모든 존재들의 시공간적 조건이라고 말하고 싶은 걸까? 시인에 따르면, '사이'는 "구름과 햇살 사이"에도 있으며, 햇살과 구름의 그늘이 "들판을 번갈아 다독이는 사이"의, "이 파동과 저 파문 사이"에도 있는 것이다. 사이를 축으로 사물들은 움직이며 결합되고 또 흩어진다. 생각해보면, 사물의 운동은 사이가 있음으로 가능하며 사물의 운동이 일으키는 파동은 사이를 두고 파문을 낳는다. 사이가 있어야 만물은 결합되고 분해될 수 있다. 삶과 죽음도 출생과 소멸 사이라는 시간의 사이에서 이루어진다. 만물의 변화와 생성, 소멸의 기반은 어찌 보면 '사이'인 것이다. 하지만 우리의 인식은 그 '사이'를 놓치기 일쑤다. 우리는 '사이' 보다는 물체를 바라보는 것에 익숙하기 때문이다. 그래서 무슨 일인가 일어나도, 우리는 그 일어나는 과정을 보지 못하곤 한다. 어떤 사건의 일어남은 저 '사이'에서 벌어지고 있기 때문이다. '사이'를 놓치고 있는 한, "피는 꽃과 피었던 꽃"의 사이에 무슨 일이 벌어졌는지 인식하지 못하게 되고 결국 "구름 가지 흔들어 놓고/모두 어디로들 날아가버린 것일까?"라고 질문할 수밖에 없게 된다. 그래서 김명인 시인은 저 사이의 시공간 속을 들여다보고자 한다. 즉 그는 빛과 어둠 사이, 아침과 밤 사이, 삶과 죽음 사이의 틈새를 포착하고자 하는 것이다.

'사이'는 이 시집의 두 번째 실린 시인 「쌍가락지」에도 나타난다. "서쪽까지 걸어간 해가/테두리 이울며 지고 있"는 풍경으로 시작하는 이 시에서, 그 테두리는 "가운데를 뻥 뚫어 주홍빛 살결로 채운/가락지"로 표현된다. 이때는 해와 달이 교차하는 시간일 터, 그래서 "해의 누이 달"은 아마도 해에게 "헤어지지 말아요!"라고 속삭인다. 하지만 그 가락지는 무엇으로도 채워질 수 없는, "혈육으로 깁지 못하는 저녁"이다. 달과 해는 헤어질 수밖에 없는 것이다. 일몰이 연출한 그 붉은 테두리는 만물의 존재 조건인 사이의 현현이기에 그 사이 자체는 사라질 수 없다. 게다가 "모든 일몰은 죽음으로" 가는 것이요, "다시 내장되거나/캄캄하게 태어나는 빛!"이라고 할 때, 그 구멍은 죽음과 죽음의 지속과 죽음의 죽음 — "캄캄하게 태어나는 빛!" — 의 틈으로서 생성되는 것이다. 하지만 그 "속이 환"한 틈이 존재하지 않는다면, 세계의 변화 역시 가능하지 않을 것이다. 죽음과 삶 사이는 기워질 수 없다.[1] 그런

---

1) 이와 관련하여 「나비」가 주목된다. 그 시는 죽음과 삶 사이의 시공간에서 무엇이 일어나고 있는지 조명한다. 꽃상여가 지나가고 "둔덕 저편"으로부터 여학생들의 "꽃밭을 깔고 앉았던 깔깔대는 웃음소리"가 들린다. 장엄과 발랄함, 죽음과 생기 사이를 "검은 상복으로 예

데 그 기워지지 않는 사이의 시공간에는 아래의 시와 같은 '지속'이 흐르고 있을 수 있다.

> 등으로 가슴으로 후들기는 수많은 오늘의 변장들
> 다시 펼칠 일 없는
> 부재로만 이어져갈 내력이라서
> 이 휘파람 속으로만 불다 그칠 뿐,
> 축진 구름이나 깨물며 저기 노을 진다
>
> 그대와 함께 펼쳤지만 읽지 못한 사연도 풍경일까
> 끝내 덮을 수 없어서
> 갈피 사이 세월이라는 독법(讀法) 불쑥 끼워 넣었건만!

— 「지속」 후반부

낮과 밤 사이를 드러내고 있는 저 노을 지는 시공간에서는 "부재로만 이어져갈 내력"이 지속되고 있다. 그 사이의 시공간에서는, "오늘의 변장들"을 "다시 펼칠 일 없"다. 그 시공간에서는 부재라는 맨얼굴이 걸맞을 테다. 사이의 시공간은 바로 부재에 다름 아닐 것이기 때문이다. 앞에서도 언급했듯이 사이가 만들어낸 구멍은 기워질 수 없다. 해와 달이 교차하는 사이의 시공간에서 그 둘은 스쳐지나갈 뿐 결국 만나지 못할 운명이듯이 말이다. 사이의 시공간에서는 있음과 없음, 삶과 죽음이 구멍을 사이에 두고 겹쳐져 있는 것이기도 해서, 그 사이 안에서 산다는 것은 부재 또는 죽음을 동반하면서 사는 것이다. 해에게 헤어지지 말자고 애원하는 달은 결국 해의 부재 속에서 사는 것과 마

장한 호랑나비 한 쌍"이 날아가면서 "귀기(鬼氣) 서린 상사화 꽃판 흔들어놓"는다. 가벼우면서도 무거운 이미지의 이 호랑나비는 꽃 사이를 움직이면서 꽃판 흔들며 사이의 시간을 횡단한다. 그 나비의 움직임은 죽음과 생 사이에서 번져가는 "파동과 파문의 사이"를 드러낸다 하겠다.

찬가지인 것이다. 이제 '그대'와의 사이에 사이가 만들어졌고 그 사이는 기워질 수 없을 테니, 시인은 그대의 부재와 함께 살아가야 할 것이다. 하지만 그는 "그대와 함께 펼쳤지만 읽지 못한 사연"을 "끝내 덮을 수 없"는 미련이 남아 있다. 그래서 그 책의 갈피—이 역시 사이를 뜻하겠는데—의 사이에 "세월이라는 독법 불쑥 끼워 넣"어 그대와 함께 펼쳤던 책을 읽어보고자 한다. 허나 시인은 끝내 그 책을 읽을 수 있었다고 말하지 못한다. 세월이 그대와 함께 한 시간과 지금 사이를 기워줄 수 있다고 그는 생각했겠지만, 그것은 불가능할 것이다. 세월에도 역시 사이가 있어서, 그 '갈피'에 세월을 채워 넣는다고 해도 그 세월의 시간엔 다시 여기 저기 구멍이 뚫릴 것이기 때문이다.

그대의 부재는 사라질 수 없으며, 그래서 「독창(毒瘡)」의 표현을 빌려와 말하자면, 그 부재는 "지우지 못할 흉터"로서 몸에 남을 것이다. 이 시를 따라 생각해보면, 부재가 흉터가 되어버린 것은 "치명에 들려서라도 돌파하고 싶었던/연애"의 끝에서 이별을 견디지 못해 "내가 내 몸을 후벼" 팠기 때문임을 짐작할 수 있다. 이에 따르면 지독한 연애 이후 그대와 함께한 삶은 "제 허물이더라도/벗은 허물 다시 껴입을 수 없는" 허물처럼 되어버렸다. 그리하여 이제 다시는 입을 수 없는 허물이 되어버린 연애와 흉터만 남은 현재 사이를, 난파한 삶만이 '지속'되게 될 테다. 그 지속 속에서 시인은 무엇을 할 것인가? "끝내 덮을 수 없"는 미련을 떨쳐버릴 것인가? 욕망을 가지고 사는 한, 그럴 수는 없을 것이다. 그래서 시인은 「꽃차례」에서처럼 시를 쓸 것이다. 즉 시인은 시간의 갈피 사이가 드러나기를 바라며 풍경을 예민하게 바라보다가, "들릴락 말락 곁의 풀 더미에게 중얼거리는 불꽃의 말"을 "벌 받는 것처럼 벌 받는 것처럼/꽃 진 자리", 그 사이에 "뜨거운 재의 이름"을 "다시 써"볼 것이다. 그때 "저 작은 풀꽃이 펼쳐내는 이별 앞에/병든 몸이 병과 함께 비로소 글썽거리는, 해거름!", 즉 삶과 죽음 사이의 시

공간인 일몰을 맞이하게 될 것이다. 아래의 시는, 그 일몰의 시공간에
서 시인이 바라본 자기 자신의 모습을 보여주고 있다고 생각된다.

> 가장자리부터 녹이고 있는
> 얼어붙은 호수의 중심에 그가 서 있다
>
> 어떤 사랑은 제 안의 번개로
> 저의 길 금이 가도록 쩍쩍 밟는 것
> 마침내 산산조각이 나더라도
> 빙판 위로 내디딘 발걸음 돌이킬 수 없다
>
> 깨진 거울 조각조각 주워들고
> 이리저리 꿰맞추어보아도
> 거기 새겼던 모습 떠오르지 않아 더듬거리지만
>
> 가슴을 두근거리게 하던 한때의 파문
> 어느새 중심을 녹여버렸나
> 나는 한순간도 저 얼음 호수에서
> 시선 비끼지 않았는데
>
> ― 「얼음호수」 전문

　시인이 지금 바라보고 있는 '그'란 누구인가? 치명적인 사랑을 끝까
지 밀고나가자 했던 시인 자신 아니겠는가. 그는 사랑이 일어날 빙판
한 가운데에로 나아갔고, 사랑의 번개가 "저의 길 금이 가도록 쩍쩍
밟"지만 "발걸음 돌이킬 수 없"는 운명에 빠졌다. 하지만 그 "가슴을
두근거리게 하던 한때"는 지금 지나가서 사라지고, 그때의 파문이 "중
심을 녹여버렸"는지 그는 어느새 보이지 않게 된다. '한때'의 그와 지
금 그를 바라보는 '나'의 사이를 파문이 지나가면서 진동시키자 '나'
는 그를 잃어버리고는 "거기 새겼던 모습 떠오르지 않아 더듬거리"게

되는 것이다. 이 '사이'의 허공이 가져오는 쓸쓸함을, 「꽃차례」에서 보았듯이 시인은 아직 "뜨거운 재의 이름"을 "벌 받는 것처럼" 쓰면서 견디어나가고자 할 테다. 하지만 저 소멸을 감당하면서 살 수 밖에 없다는 것을, 이 시에 이르면 인정할 수밖에 없다. 저 사랑에 빠진 그는 "나는 한순간도 저 얼음호수에서/시선 비끼지 않았는데"도 사라져버리니 말이다. 이 시집에서 읽을 수 있는 어머니에 대한 시편들은 바로 그 사라짐을 받아들이기 위해 쓰여진 것으로 보인다. 가령 「도낏자루」에서, 시인은 "또 깜빡거리시"는 어머니의 "대추나무 아래 세워둔 도끼 어딨노?"라는 말씀을 화두삼아 "도끼날을 피한 대추나무도 때 되면 시드는 것/도낏자루 어느새 삭아버렸"다는 소멸의 불가피성을 인정하고 있다. 모든 살아 있는 것들은 결국 소멸될 것이기에, "내 유년의 빛깔도 어느새 연보라에서 흰색으로/마당귀 수국 위로 시들고 있"다는 사실을 시인은 받아들인다.

시인이 빈집이나 낡은 집에 주목하는 것도 이 때문이다. 「낡은 집」에서 시인은 "팔아버린 지 이태 더 지난 옛집"을 생각하면서 "몸을 바친 기억이란 뼈에 새겨져/살과 함께 무너져 내리는 것!"이라는 뼈저린 깨달음을 얻는다. 그리고 저 낡아가는 집을 생각한다는 것은 곧 "마침내 뼛속으로 옮겨 앉은 집 허물지 못해/나 또한 퇴락을 안고 살아가"는 일임을 "혼자 음미하는 뒷맛"처럼 받아들인다. 낡은 집에 대해 기억하는 일은 아직 어떤 미련을 떨치지 못하고 "뜨거운 재의 이름"을 쓰는 일과 같을 테다. 허나 그 기억은 낡아가고, 그래서 무너져 내리고 있다. 게다가 기억이 무너져 내리면서, 동시에 시인 자신의 육신도 무너져 내리고 있다. 기억 속의 낡은 집이 더욱 낡아갈 수록, 시인의 삶의 지속은 전반적으로 퇴락해 간다. 그런데 이렇게 삶이 퇴락하고 있음을 인정한다는 것이, 시인이 삶의 소멸할 운명을 무력하게 받아들인다는 것을 의미하지 않는다. 그와는 달리, 그러한 인정은 지속되고 있는 삶을 소멸하는 자의 입장에서 좀 더 넓은 시야에서 바라볼 수 있는 기회를 제공하는 것이기도 하다.

> 밤은 누구에게도 발설되지 않은
> 저수지의 사원이 저를 일으켜 세우는 시간
>
> 바닥에 가라앉은 하루치의 경배가 수많은 등잔을 그어
> 빛의 풍경을 흔들어대지만 웅숭깊어진
> 어제의 고요까지 불려나오지는 않는다
> 하여 전설로 빚었을 토기들이
> 일제히 주문을 쏟아버리는지
> 저수지 갑자기 별나라 수군들로 수군거린다
> 누구나 고여 있는 것은 죽음인 줄 아니까 저수지의 침묵을
> 제 뼈마디에 얹어보면
>
> 물 밑에서 일렁이는 그날치의 인광(燐光), 그 배후까지
> 잠재운 적막이 비로소 와 닿는다
> 나는, 저수지가 어째서 시시로 끓어넘치는지
> 순한 짐승이 되는지 어느 순간부터 깊은 잠에 빠져드는지
> 그 경계를 알고 있다 별자리 지키는 목동처럼
> 오래고 외로운 관찰이
> 마침내 그것을 일깨워주었다
>
> ―「저수지 관리인」 후반부

이 시집의 맨 마지막에 실린 시다. 앞에서 이 글이 읽은 바에 따르면, 일몰이 펼쳐낸 사이의 시공간 속에서 시인은 잃어버린 시간과 현재 시간 사이에서 아파하다가 결국 삶의 퇴락을 인정했다. 그런데 이제 이 시에서의 시간은 밤이다. 그리하여 시인은 두 사내가 등장했던 「천지간」에서의 밤으로 돌아온다. 이 밤에 놓여 있는 저 저수지는 소멸―죽음을 나타낸다. 하지만 저 죽음에 "침묵을/제 뼈마디에 얹어보

면", "적막이 비로소 와 닿"으면서 지금 고요하게 죽어 있는 저수지가
"어째서 시시로 끓어넘치는지/순한 짐승이 되는지 어느 순간부터 깊은
잠에 빠져드는지/경계를 알"게 되는 것이다. "어제의 고요까지 불려나
오지는 않는" 그 소멸된 것에도 삶의 시간이 층져 있다는 것을 시인은
"오래고 외로운 관찰"을 통해 깨달을 수 있게 되는 것이다. 그런데 끓
어 넘치다가 순해지고 또 깊은 잠에 들기도 하는 삶의 변화를 포착하
는 이러한 '일깨움'은, '사이'를 좀 더 역동적으로 볼 수 있게 할 테다.
그리고 그 관점이 발전하면 '사이'를 아래와 같은 '동안'의 시공간성
으로 파악할 수 있게 될 테다.

> 백암(白巖) 골짜기로 흘러내리는 남대천 물
> 동해에, 동해에 가닿는
> 홀로 유장한 긴 내가 아니라
>
> 슬하는 막 벗어난 새끼 은어들
> 얕은 여울에서 저희끼리 모이고 흩어지는 동안
> 물속 작은 돌멩이에 낀 이끼 따먹느라
> 꼬리치며 어수선하게 맴도는 동안
>
> 그걸 보고 밀잠자리 한 쌍
> 검은 등지느러미 위에 알 꾸리밀 내려놓을까
> 꼬리로 수면을 털어내는 동안
>
> 벼 논의 이슬로 핀 물방울 아침 해에 마르고
> 팔월 염천이라 올벼들 어느새 이삭 틔웠다
> 환하게 푸른 들판 익어가는 동안
>
> 은비늘 반짝인다 동해 바다
> 둥글게 슬쩍 파도 꼬리 한 번 감아올리는 동안
>
> ─「동안」 전문

시공간을 '동안'으로 보는 관점은 '사이'의 시공간이 여러 생명체들의 동시적 움직임에 의해 역동적으로 횡단되고 있다는 것을 파악하는 것이다. 위의 시의 마지막 부분에서 볼 수 있듯이, '동안'의 관점에서 끝은 없고 언제나 움직임의 과정만이 존재한다. 남대천 물이 동해에 가닿는 동안 새끼 은어들, 밀잠자리, 물방울, 올벼들, 파도치는 바다가 동시적으로, 온갖 제 방식의 삶을 살기 위해 움직이고 있다. 그 움직임은 '사이'가 기워지지 않듯이 결코 끝나지 않을 것이다. 개개의 삶은 결국 죽음에 이를 테지만, 생명계 자체는 무수한 '동안'을 통해 영원히 생명을 이어나갈 것이기 때문이다. 죽음의 저수지에서 삶의 과정을 알게 된 시인은, 이제 생명의 역동성에 대한 밝은 찬가를 부른다. 김명인 시인이 앞으로 보여 줄 시적 탐구는 바로 이 '동안'의 관점을 심화시키고 확장시키는 것 아닐는지, 조심스레 추측해본다.

박남희, 『고장난 아침』(애지, 2009)
최준, 『뿔라부안라뚜 해안의 고양이』(문학의전당, 2009)

'허공'을 전유하는 두 가지 시적 방식

박남희 시인이 세 번째로 상재한 시집 『고장 난 아침』을 읽으면서 이분은 과장하지 않는 시인이라는 생각을 했다. 그의 어법은 화려하지 않다. 짙은 서정적 울림을 끌어내기 위하여 언어를 억지로 비틀거나 하지 않는다. 하지만 담담하게 산문적으로 서술된 그의 시는 어느새 독자의 마음 저변에 무엇인가를 번지게 만들고는 독자로 하여금 삶에 대해 다시 생각하게 한다. 다시 말해 박남희 시인은 산문적 어법으로 시적인 것을 창출하는 시적 전략을 가지고 있는 것이다. 산문적 어법을 사용한다는 것은 시에 일상의 단편들을 끌어들이고 있다는 것을 의미한다. 표제작 「고장 난 아침」은 "어쩐 일인지 나의 아침은 해가 뜨지 않고 해가 진다"라는 산문적인 진술로 시작된다. 이 진술은 낮밤이 바뀐 생활을 말하는 것 같다. 하지만 단순히 그러한 의미만을 지니고 있지 않다는 것을, 시를 읽어나가다 보면 알 수 있다. "밀려왔다가 금방 다시 밀려가서/모래 위의 흔적을 지우는 것들의 단호함이 부럽다"라는 진술은 '고장 난 아침'이 기억이나 세월과 연관되어 있다는 것을 뜻할 것이다. 한편 시인이 맞이하게 된 "고장 난 아침"은 "내가 기다리"고 있는 "마흔이 넘은 아내"와 "한밤중이 다되어서야 학교 갔다 돌아오는 고3 아들"과 무관하지 않다. 생활을 살아 나가면서 어느새 낯설게 느껴지게 된 가족 관계가 고장 난 아침을 만들고 있는 것이다. 이때 산문적 진술은 시적인 진폭을 얻게 되면서 생활에 대한 근본적인 반성으로 독자를 이끈다. 이와 관련하여 '관계'에 대한 시인의 생각을 보여주는 다음의 시를 읽어보자.

오늘은 아버지 기일이다

임진강변에 와보니, 물을 박차고 새가 날아간다

물이 상처를 입고 어디론가 흘러간다

물을 벗어나는 일이 상처를 입는 일이라는 것도 모른 채

새는 울면서 어디론가 날아간다

날개 달린 상처도 날아가다가 어느 마을엔가 깃들 것이다

오랜 시간이 지나면

날개는 다시 물을 찾아가서 제 상처의 근원을 어루만질 것이다

하지만 날개는 상처가 아문 물 위를 평화롭게 헤엄치다가

어느 날 또 다시 새로운 발톱 자국을 물 위에 새길 것이다
                                          —「물이 아픈 이유」전문

'아버지 기일'에 임진강변에 나가 "물을 박차고" 날아가는 새를 보면서 시인은 이 시를 쓴 것으로 보인다. 그렇다면 저기 흘러가는 강물은 시인의 아버지를, 새는 시인 자신을 의미한다고 할 수 있다. 새는

기세 좋게 "물을 박차고" 날아갔지만, 결국 "물을 벗어나는 일이 상처를 입는 일이라는 것"을 모르고 "울면서 어디론가 날아"간다. 아들과 아버지의 관계도 이와 비슷하다. 아들은 아버지의 품을 박차고 세상 속으로 나아간다. 이때 "물이 상처를 입"듯이 아버지 역시 상처를 입을 것이다. 허나 아들 역시 세상 속으로 나아가면서 "날개 달린 상처"가 되어 떠돌아다니게 될 것이다. 그러다가 그 아들은 "어느 마을엔가 깃들 것"이고, 그 이후에 다시 물을 찾아가서 "제 상처의 근원을 어루만질" 수 있게 될 것이다. 하지만 시인의 인식은 거기에서 멈추지 않는다. 그 새는 "어느 날 또 다시 새로운 발톱 자국을 물에 새길 것"이라고 그는 생각하고 있는 것이다. 아들은 언제나 아버지에게 상처를 주는 존재이기 때문일까. 그럴 수 있을 것이다.

그런데 "터널을 뚫고 어디론가 날아간" 새가 등장하고 있는 「터널들」을 읽어보면, 시인은 모든 관계의 깊이는 서로에게 주는 상처와 비례한다고 생각하고 있는 듯하다. 시인은 그 시에서 "나를 뚫고 너를 뚫고 하늘을 뚫고 바다를 뚫고/바람은, 새들은, 물고기들은 그렇게 돌아다녔을 것"이라고 말하고 있음을 보면 그렇다. 시인은 더 나아가 "나는 사랑하면 할수록 내가 사랑한 것들이 불편하다"고 말하는데, "그들 속에 내가 그동안 무수한 터널을 뚫었기 때문"이라고 한다. 하지만 상대에 대해 터널을 뚫어 상처를 주고 어둠을 깃들게 하는 것이 사랑이라면, "여전히 사랑해야 할 것은/무수한 터널을 뚫으며 어두워지는 것들"이라는 불편한 운명을 이해하게 될 때 시를 쓸 수 있게 될 것이다. "나는 그 터널들로 인해서 시인이 되었다"고 시인은 말하고 있는 것이다. 그러니까, 사랑은 결국 서로에게 상처를 내고 그래서 각자 어둠을 안고 살아가게 만드는 것이지만, 시인은 이 운명에서 어떤 비관으로 나아가는 것이 아니라 시적인 것을 찾아내고 있는 것이다. 그 시적인 것의 형상은 뚫린 구멍의 둥근 모양을 가졌다. 그래서 시적인 것을 찾아내고자 하는 시인인 그는, "어둠으로 숭숭 뚫린/흙과 공기와 물들의 표정을 읽는 일"을 "내 일처럼 느껴"(같은 시)지게 된다. 그 일은 사랑으로 빚어지게 된 슬픈 표정을, 둥근 구멍의 형상을 통해 사물로부터 읽어내는 것이다.

이렇듯, 이 둥근 형상이 시인에게 갖는 의미를 알게 되면, "둥근 것이 노을을 끌고 간다"(「노을을 끌고 간다」)는 시인의 단언이 무슨 뜻인지 짐작하게 된다. 관계 맺음, 사랑으로부터 비롯된 삶의 슬픔을 드러내는 것이 '둥근 것'이라면, 그 형상은 노을과 어울리는 것일 테다. 삶의 슬픔을 깨닫게 되는 것은 삶에서 노을이 다가왔을 때, 그러니까 노인의 삶처럼 죽음을 준비하는 삶일 때일 테니 말이다. 시인이 호박처럼 둥글게 "익은 저녁은 슬프다"(같은 시)라고 말하는 것은 그 저녁에서 사라지고 있는 삶의 운명을 투시하고 있기 때문이다. 이로써 박남희 시인이 왜 '해가 지는' '고장 난 아침'을 맞이하게 되었는가를 좀 더 이해할 수 있게 된다. 그것은 그가 노을을 끌고 가는 둥근 것에 주목하는 삶을 살아가기 때문이다.

삶의 이면, 삶의 그림자를 읽어내고자 하는 시인으로서는, "아침을 저녁처럼/저녁을 아침처럼 천천히 기어서/제 집의 마지막 어둠에 이르는" 개미들을 관찰하면서 "아침과 저녁 사이가 긴 줄 알았더니/순간이네, 바람인 듯 순간이네"(「아침 햇빛을 가만히 보니」)와 같은 시간관을 가지게 된다. 삶의 상처에 민감한 시인으로서는, 밝게 드러난 사물에서 어두운 구멍을 포착하게 될 터이고, 그래서 밝음과 어둠, 아침과 저녁, 삶과 죽음 사이의 경계가 확연하지 않으며 도리어 그 대립 쌍들이 동전의 양면처럼 같은 현상의 두 측면이라는 것을 인식하게 될 것이다.

이러한 인식이 일반화되면 "웃음과 울음 사이가 먼 줄 알았는데/웃음인 듯 울음"이라는 역설적인 진실을 알게 되며 그리하여 "아침 햇빛을 가만히 보니 눈물이네/눈물 글썽이는 웃음"(같은 시)이라는 모순적인 사실도 알게 된다. 그리하여 시인은 그 눈물로서의 아침 햇빛을 '물집'이라고 독특하게 상징화할 수 있게 된다. 시인에 따르면, "아픔의 흔적을 한줌의 물로 보여"주는 물집은 "순간의 고통 속에 갇혀서 흐르지 않는 물"(「물집」)이다. 그런데 그 물집은 태양의 뜨거운 사랑에 의해 생성된다. 「물집」의 후반부를 인용해본다.

> 뜨겁다는 것과 아프다는 것을
> 갇힌 물로 표현하는
> 저 벙어리물의 이상한 발성법을 누가 알랴
> 아침마다 풀잎 위에 맺혀있는 이슬도
> 하루의 그리움과 뜨거움이 남긴
> 말없음의 징표라는 것을 누가 알랴
>
> 한순간, 하루의 열기가 물집을 만든다
> 지구를 향한 태양의 뜨거운 사랑,
> 그 무수한 햇살의 못들이 만들어 낸 물집이
> 달이라는 것은, 밤마다 하늘에 물집이 잡힌 채
> 환하게 울고 있는 저 달도 모른다
>
> 사랑의 저 말 못할 발성법은 물집도 모른다

눈물이 된 아침 햇빛으로서의 물집은 뜨거움과 아픔의 동시적 표현이기도 하다. 햇빛이 눈물이 되어 만들어진 물집은 삶의 고통에서 비롯된다. 더 나아가 삶의 고통이 육화된 것이 바로 그 물집이라고도 할 것이다. 그런데 그 물집은 또한 여전히 햇빛이기도 한 눈물이기에 뜨거운 무엇이다. 그런데 앞에서도 이야기했듯이 삶의 고통은 사랑으로부터 이끌려 나오는 것, 사랑은 상대방에게 구멍을 뚫거나 자신의 몸에 구멍이 뚫리는 정념이었다. 햇빛이 눈물이 될 만큼 극도의 슬픔을 안게 된 것 역시 햇빛의 "지구를 향한 뜨거운 사랑" 때문으로, "아침마다 풀잎 위에 맺혀 있는 이슬"로 현상하는 그 '햇빛—눈물'은 "하루의 그리움과 뜨거움이 남긴/말없음의 징표"다. 그런데 시인은 더 나아가 이 태양과 지구 사이의 사랑 사이에 생긴 상처의 흔적—물집—이 달이라고 상상한다. 태양의 지구에 대한 사랑에 의해 만들어진, 뜨겁고 아픈 눈물주머니—물집—가 저 달이라는 것. 이렇게 하여 우주적 차원으로까지 확장되는 시인의 상상력은 「환(幻)의 지느러미」에서는 더욱 몽환적인 장면을 그려내게 된다. 시인은 "물고기자리 근처에 있는 幻의 지느러미를" 보면서 "幻 을 꿈꾸다 죽은 것들로 이루어진 저 별들"의 헤엄을 상상한다. 저 별들에서 "물 밖의 생을 그리며 공중으로 날아오르려고 몸부림치"다가 "죽음의 땅"으로 날아오르는 "어비산(魚飛山) 민물고기들"의 가혹한 운명을 시인은 떠올린 것이다. 하지만 저 상처의 흔적인 달이나, 환에 따라 죽음으로 날아가고 있는 별들의 모습은 아름다운 그 무엇이다. 시인은 아름다움에 대하여 다음과 같이 쓰고 있다.

> 하늘에 떠있는 달 보다
> 물속에 비친 달빛이 더 아름답다
> 흔들리기 때문이다
>
> 물속의 달빛을 바라보는 건
> 제 마음을 흔드는 일이다
> 사랑하는 일이다
>
> 물 위의 달보다도
> 물속의 달빛이 아름답게 느껴지는 건
> 이미 사랑에 빠졌다는 증거이다
>
> 이미 사랑에 빠진 눈으로 보면
> 하늘에 떠 있는 달도
> 물속에 비친 달빛처럼 출렁인다

세상의 모든 것이 이미 물속에 있다

사랑은 또렷한 세계를 지나
출렁이는 세계에 이르는 것이다
출렁이는 물의 거울로 세상을 바라보는 일이다

— 「야카모즈」 전문

　이 시에 따르면, 사랑은 "또렷한 세계를 지나/출렁이는 세계에 이르는 것"이며, 그렇기에 사랑 속에 있다고 할 "물속에 비친 달빛이 더 아름"답다. 저 물은 바로 물집 속의 "벙어리 물"과 같은 것일지 모른다. 즉 사랑의 상처가 만들어낸 '물집'에서의 "이상한 발성법"을 가진 그 물 말이다. 그 물집의 물이 망막을 덮을 때, 그 망막을 가진 눈을 "사랑에 빠진 눈"이라고 할 수 있을 것이다. 그 눈으로 "하늘에 떠 있는 달"을 바라보면, 그 달 역시 "물속에 비친 달빛처럼 출렁"이고 "세상의 모든 것이 이미 물속에 있"음을 감지할 수 있게 되어 세상의 만물이 사랑 속에서 출렁이고 있음을 알게 된다. 그도 그럴 것이, 사람들이 인력이라고 부르는, "멀어져가는 지구와 달을 끝내 버릴 수 없어/다시 끌어당기는 태양과 지구의 마음"이 "사실 사랑"(「이별의 속도」)이라고 한다면, 태양계의 온갖 만물은 모두 사랑의 자장 속에 있다고 할 수 있는 것이다. 그런데 시인은 인력으로 현상하는 사랑에 대해 "둥근 사랑"(같은 시)이라고 명명한다. 이 원환을 형성하는 사랑의 세계 속에서 모든 만물은 출렁인다. 이 진실을 보기 위해서는 "사랑에 빠진 눈"이 필요하며, 그때 그 눈은 "출렁이는 물의 거울"이 되어 사랑의 힘으로 만들어지는 둥근 세상을 비추어낼 수 있을 것이다. 물론 그 둥근 세상은 평온하지만은 않다. 왜냐하면 앞에서 보았듯이 사랑은 상처를 남기는 관계이기 때문이다. 그래서 사랑에 의해 뚫린 구멍처럼 둥근 것에 이끌리는 석양의 저녁에 대해, 시인은 슬프다고 말하지 않았던가. 사랑으로 인해 출렁인다는 것은 고통의 표현이기도 한 것이다. 하지만 그 고통의 표현이 바로 시를 탄생시키는 것이다.

> 아름다움은 모두 한차례의 흔들림으로 기억되는 것인지
> 허공은 자꾸만 꽃을 흔들고 꽃은 점점 외로워지지
> 그렇게 꽃은 떨어져 시들어가지
>
> 꽃이 외롭게 흔들리다가 만들어낸 흔적이
> 다시 허공이 된다는 것을 바람은 알고 있지
> 그렇게 만들어진 텅 빈 커다란 꽃이 허공이라는 것을
> 아무도 가르쳐주는 이가 없어도
> 허공은 텅 빈 꽃으로 날마다 새롭게 피어나지
>
> 당신과 내가 마주보며 흔들려서 만들어낸
> 바람의 빛깔, 저 허공의 언어가
> 꽃이라는 것은 영원히 당신과 나만이 알지
>
> ―「꽃을 통해 허공을 말하는 법」 후반부

출렁임은 흔들림이고 흔들림은 곧 낙화를 준비하는 것이다. 그런데 낙화를 가져오는 흔들림은 "당신과 내가 마주보며" 만들어낸 것, 즉 당신과 나의 사랑이 저 꽃의 흔들림을 가져온 것이다. 그 사랑은 결국 지나갈 것이고 우리를 더욱 외롭게 만들 것이다. 왜냐하면 사랑의 출렁임은 허공에서 이루어지는 것이기 때문이다. 사랑은 바람처럼 지나가면서 우리를 흔들고는 곧 홀로 내버려둔다. 곧 "꽃이 외롭게 흔들리다가 만들어낸 흔적"인 허공만을 남겨두는 것이다. 그런데 저 사랑으로 흔들리던 꽃이 떨어진 흔적을 허공에서 어떻게 찾을 수 있단 말인가? 「통증은 허공으로부터 온다」에 따르면, 저 흔적은 통증이기 때문에 감지할 수 있는 것이다. 낙화의 흔적으로서의 허공은 상처이기에 통증으로 이를 감지할 수 있다. 그런데 시인은 그 통증을 주고 있는 허공이

"텅 빈 꽃으로 날마다 새롭게 피어"난다는 사실, 즉 "저 허공의 언어"가 텅 비어 있으나 아름다운 꽃을 산출한다는 사실을 발견한다. 그래서 시인은 "통증이 새로운 언어를 찾는 소리가 들린다"는 말로 그 시의 끝을 맺고 있지 않은가. 그 통증으로부터 찾은 새로운 언어인 "텅 빈 꽃"을 시라고 말할 수 있을 것이다. 그러니까 박남희 시인에게 시 쓰기는 통증을 감수하면서 사랑의 눈으로 세상을 바라보고, 그로부터 사랑의 상처를 발견하여 역설적인 아름다움의 가치를 포착하는 작업이라고 말할 수 있겠다.

최준 시인의 세 번째 시집인 『뿔라부안라뚜 해안의 고양이』는 다소 낯선 어법을 보여주고 있다. '시인의 말'에 따르면 이 시집의 시들은 인도네시아 체류 중에 씌어졌는데, 한국에서의 삶과 인도네시아에서의 삶 사이에 놓이게 된 시차(視差)가 그러한 독특한 어법을 낳을 수 있게 한 동력인지도 모르겠다. 이 시집의 맨 앞에 실려 있는 「자바섬 바나나」부터 이국적인 낯섦을 안겨준다. 자바섬에는 "남편 없는 아이들을 주렁주렁 매달고 있"는 여자가 어디에나 서 있다고 시인은 진술한다. "슬프게 흔들리는" 그 여자들은 "세상 건널목 다 건너온" 이들이다. 그런데 그녀들은 "하늘과 땅의 중간쯤에서/하늘을 조금 끌어내리고, 땅을/조금 들어올"리는 존재, 그러니까 하늘과 땅의 거리를 조금이나마 가깝게 만드는 존재다. 이에 따르면 그녀들은 자연과 밀착한 존재이며 더 나아가 신적인 존재라고도 할 수 있다. 이렇듯 문명에서 벗어난 듯 보이는 그녀들의 신비성에 대한 진술이 거리낌 없이 행해지고 있기 때문에 우리들은 다소 낯섦을 느끼게 된다. 한편 제목에 비추어 보면, 저 여자들은 바나나를 가리키는 것일 텐데, 물론 그녀들이 바나나의 모습을 의인화 시킨 것에 그치지 않는다는 것은 분명하다. 그 제목은 자바섬에 사는 여자들을 자연물인 바나나와 중첩시킴으로써 그녀들의 자연성을 드러낸다는 의미 역시 담고 있다고 할 수 있는 것이다. 저 여자들에서 하늘과 땅을 잇는 어떤 신성까지 발견하게 되는 것은 시인이 이방인이어서 가능한 것이겠지만, 한편으로는 이방인이기 때문에 저들에게 내재되어 있는 의미를 발견할 수 있는 것일지 모른다. 또 다른 '낯선' 장면을 보여주고 있는, 표제작을 읽어보자.

> 세 달째 투숙객이 없는 호텔
> 무상으로 인수했지만
>
> 그녀가 보이지 않아 세상이 텅 비었네
>
> 파도 들락거리는 로비 탁자 위에
> 낯선 세상 하나 버려져 있네
>
> 너무 넓은 탁자는 피로해 지나온 길을
> 반짝거리고 앉은뱅이 눈높이에서
> 시간을 멈추게 하네
>
> 탁자의 나이테 새겨진 밀림과 바다의 배후에
> 허공이 있네 별들 떠 있네
>
> 무너지려는 모래무덤을 점프하며
> 바나나 숲 가로질러
> 102호 객실 유리창을 뚫고 달아난 애인
>
> 아, 수평선 너머로 간 게 아니었나 탁자 모서리
> 먼발치에 돌아와 우네 배고픈
> 파도소리와 그녀의 울음소리
> 아주 넓은 탁자를 멀미나게 하네
>
> 비린내가 풍길 때마다 탁자는 일렁거리고
> 몽유환자처럼 혼자 잠들 수 없어

탁자 위에 엎드려 밤새 엿보고 있네

그녀에게는 없는 신기한 무늬들,

듣고 있네 탁자에 새겨진
해독되지 않는 물결 음악들

— 「뿔라부안라뚜 해안의 고양이」

제목에 비추어볼 때 "객실 유리창을 뚫고 달아난 애인"인 그녀란 고양이를 의미하는 것일 테지만, 그 고양이 역시 중첩된 의미를 갖고 있을 테다. 어떤 여자를 고양이로 비유한 것일 수도 있는 것이기에 그렇다. 그런데 시인에게 이 타지의 여자들은 어떤 신비로움을 느끼게 하는 존재들임을 앞에서 볼 수 있었다. "그녀가 보이지 않아 세상이 텅 비었네"와 같은 매혹적인 진술이 가능한 것은, 시인에게는 그녀들이 하늘과 땅의 거리를 좁히는 신적 존재이기 때문이다. 그런데 위의 시에는 이 시인이 처한 상황—이 시집의 시들은 이 상황에서 씌어진 것일 테다—을 상징적으로 보여주고 있다. 그 신비로운 신적 존재인 '고양이—애인'은 지금 사라지고 없어서, 세상은 텅 비어 버리고 낯설게 버려진 무엇으로 현상한다. 그렇다고 애인이 "수평선 너머로" 사라진 것도 아니다. 애인은 배고픈 고양이의 울음소리를 파도소리에 섞어 먼 발치에서 시인에게 들려주고 있는 것이다. 여하튼, '애인—신'이 떠나 버린 이 음울한 상황에서 시간은 멈추고, 그 흐름 없이 고여 있는 축축한 시간 속에서 울음소리에 멀미하며 일렁거리고 있는 '넓은' "탁자 위에 엎드려" "몽유환자처럼", 시인은 "그녀에게는 없는 신기한 무늬들", 즉 "탁자의 나이테 새겨진 밀림과 바다의 배후에" 있는 허공과 별들을, 그 "해독되지 않는 물결 음악들"을 듣고 있다.

그 음악들은 「호텔 그랜멜리아」에서 남녀 한 쌍이 부르고 있는 노래와 같은 것일 테다. 그들의 노래에 대해 시인은, "추억을 입맞춤하는" "저들은 남녀가 아닌 한 쌍의 어둠으로/낯선 실내의 공허를 노래하고 있"다고 말한다. 재즈가 흐르는 이국의 호텔에서 시인은, 삶의 시간을 잃어버리고 정지된 시간 속에서 추억에 빠져있는 저 호텔 속 남녀들을 통해, 존재란 어둠이며 그 존재가 표현하는 것은 공허임을 인식한다. 존재란 어둠 자체라는 것, 언제나 잃어버린 시간 속에 있다는 것을 인식하게 되었을 때, "존재만으로도 우리는 버거워지는" 것이 운명임을 시인은 깨닫게 된다. 저들이 부르는 "물결 음악들"이 자아낸 어둠에 젖어들면서, 존재란 이렇게 축축해져 버거운 무엇임을 시인은 감지하게 되는 것이다. 그러나 "밀림과 바다의 배후"에 있는 허공인 그 어둠, 공허는 별을 동반하고 있다는 것에 유의해야 한다. "낯선 실내의 공허" 역시 그 자체로만 존재하는 것이 아니라 노래를 통해 자신의 존재를 드러낼 수 있는 것이다. 그렇기에 최준 시인은 공허한 니힐리즘으로 빠지지 않는다. 사물의 배후에 놓여 있는 어둠은 빛의 존재를 통해 존재한다. 그렇기에 삶이란 침묵과 노래, 없음과 있음 사이에서 진동하고 있는 것이지, 어둠에 묻히거나 무로 기화되지 않는 것이다. 그래서, 존재 배후에 있는 허공을 보아버린 시인이지만, 그는 여행을 계속하는 것이다.

> 이제부터 가야 할 붉은 진흙강의 저 흰소들
> 돌아갈 곳 없는 듯, 혹은 잊은 듯
> 세상의 시간을 오래오래 되새김질하고 있다
> 저들만이 시간을 저들의 것으로 만들 줄 안다 그러니
> 소읍이 우울한 건 오늘만의 일이 아니다
> 우울과 정적이 하나된 건 내 탓이 아니다
> 낯선 곳으로 가는 버스를 타려고
> 나, 오늘도 정류장에 서 있다
> 알고 있다 오래전에 알아버렸다

내일이 오늘의 모습으로 다시 굴러 올 거라는 것
오늘의 낯선 승객이 내일의 낯선 버스를
기다리지 않는다는 것, 때로
버스가 오지 않는 날이 있다는 것도

―「꿈꾸는 벤자민」 부분

　　시간을 자신의 것으로 만드는 존재, 그것은 "세상의 시간을 오래오래 되새김질 하고 있"는, "돌아갈 곳 없는" "진흙강의 저 흰소들"이다. 니체도 말했듯이, 시간의 흐름이란 것을 아예 모르고, 그래서 아무 것도 기억하지 못하며 오직 현재만을 사는 저 흰소들이야말로 현재 시간을 충만하게 경험하고 있는 것이다. 사실, 개인의 정체성을 만드는 기억은 삶에게 고통을 주는 것일지 모른다. 왜냐하면 기억이란 실체가 없는 것이기 때문이다. 시인이 "오래전에 알아버렸다"는 진실, 즉 "내일이 오늘의 모습으로 다시 굴러 올" 것이라는 진실에 비추어보면 시간이란 과거나 미래에 있지 않고 오늘에만 있을 뿐이다. 그래서 바로 저 흰소들이 행하듯이 시간을 계속 되씹을 뿐인 듯한 '소읍'의 정적은, 정체성과 가치를 해체시키면서 공허에로 시인을 이끌고는 우울에 빠뜨릴 것이다. 허나 시인은 "오늘도 정류장에 서 있"다. 공허한 줄 알면서도 미래의 버스를 기다리면서 여행의 삶에로 나아가려고 하고 있는 것이다. 그것은 존재의 배후에 허공뿐만 아니라 별도 있다는 것을, 별이 있기 때문에 허공이 있으며 허공이 있기 때문에 별 역시 존재할 수 있다는 것을 그가 알고 있기 때문이다.
　　사실 여행이란 별의 위치를 보면서 가는 것 아니었던가. "엄마 아빠 없는 아이의 운명/별점 보고 있다 아득한 저 별 어느새/낯익다"(「여행 중인 사내」)라는 진술에 따르면, 여행은 어릴 때부터 이 시인의 운명이었다. 엄마 아빠가 없기 때문에 그는 정주할 데가 없었고, 그래서 바라볼 대상이 없었기 때문에 별만을 바라보아야 했기 때문이다. 하지만

서정시와 실재

286

그렇기에 그는 조숙한 아이가 되어야 했다. 별점을 바라보는 고독한 아이는 "결국은/있지도 않은 극락조를 기다리다가/태어나기도 전에 늙어버"(「밀림의 왕자」)렸기 때문이다. 늙었다는 것은 희망이란 덧없다는 것을 깨닫고는 어떤 희망도 믿지 않는다는 것을 의미할 테다. 하지만 그렇다고 부모가 없는 그로서는 별을 바라보는 일을 그만둘 수는 없다. 별점을 보는 일이 그의 삶 자체가 되었기 때문이다. 별점을 본다는 것은 별자리를 통해 미래의 날씨를 짐작하면서 어디로 가야 할지를 정한다는 것을 의미하기에, 그가 여행자로서 살아간다는 것을 뜻한다. 하지만 희망을 믿지 않는 그로서는, 어떤 희구를 품고 그 여행이 행해질 리 없다. 자신의 의도에 따라서가 아니라 별자리가 보여주는 길을 따라서 그는 걸음을 옮기는 것이다. 허나 희망을 품지 않고 계속 길을 다녀야 하는 운명은 가혹하다 하지 않을 수 없다. 그래서 그는 그 운명으로부터 벗어나기 위해 사원에 들어가기도 한다.

> 해안 절벽 힌두사원 뒤뜰
> 흰, 붉은 꽃들이 피어 있다
> 발리에서 보는 타로 점은 신이 되기 위한
> 여행자의 몸부림
> 과거로 돌아가는 길엔 빛이 들지 않는다
> 가슴을 디디고 간 무수한 시간들을
> 결코 기억하지 못 한다
> 출구 없는 실내가 어지러워
> 여행자는 꽃잎 뒤에 숨은 자신의 손가락에
> 바늘을 꽂기도 한다 화들짝 놀라
> 바늘을 뽑아 낼 때
> 봉싯 솟아오르는 한 방울의 피
> 아린 게 손가락이 아니어서 여행자는 슬프다
> 사원의 꽃이 현실이 아닌 게 아프다
> 타로 점은 여행자를 뒤뜰에 가두고

그의 피를 돌 속으로 스며들게 한다
꽃잎 사이로 천천히 걸어 들어가는 오후
흑마술처럼, 태양이 사라지고
벼랑만 남았다
그러므로 사원은 영원한 그늘
세상의 뒷문을 조용히 빠져 나가는
여행자의 발자국은
예외 없이 어둡다 꽃들의 영혼은
어디에도
떨어진 흔적이 없고

                                                 —「사원의 발자국」 전문

    여행자는 사원으로 들어가 타로 점을 친다. 타로 점은 별점과는 그 성격이 다르다. 별점이 여행의 방향을 판단하기 위해 치는 것이라면, 타로 점은 이제 여행에 지친 여행자가 자신의 미래를 미리 보기 위해, 그래서 운명을 바꾸는 신이 되기 위해 치는 '몸부림'인 것이다. 하지만 타로 점은 그에게 그 무엇도 보여주지는 못한다. 그는 여행자이기 때문이다. 여행자로서의 운명이란 시시각각 변화하는 행로를 끝없이 걸어가야 한다는 것만이 있을 뿐이다. 그는 공허 속에서 별이 가리키는 대로 나아갈 뿐, 기억할 만한 그 무엇을 가지고 있지 않은 사람이다. 물론 그에게도 "가슴을 디디고 간 무수한 시간들"이 있었을 것이다. 그러나 그 시간에서 언제나 새로이 떠나가야 했던 그는 그 시간들을 "결코 기억하지 못"한다. 그렇기에 그는 고정된 정체성을 가질 수 없으며, 그래서 타로 점이 가르쳐줄 만한 미래도 없을 터이다. 점으로 알 수 있는 미래란 정체성을 가진 사람에게나 가능한 것일 테니 말이다. 허나 "타로 점은 여행자를 뒤뜰에 가두고/그의 피를 돌 속으로 스며들게 한다"고 시인은 말하고 있다. 왜일까? 아마도 저 사원 뒤뜰에 피어 있는 "흰, 붉은 꽃들" 때문이리라. 그 꽃들이 뿜어내는 아름다움에 취해 그는 신이 되고 싶은 몸부림을 친 것이리라. 그 꽃의 아름다움은 정신의 해탈이 가능하다는 환영을 여행자에게 보여주었을 것이다. 하지만 "사원의 꽃이 현실이 아닌 게 아프다"고 시인이 말하고 있듯이, 그 꽃은 환영의 대상이며, 결국 여행자의 삶을 "태양이 사라지고/벼랑만 남"기게 만드는 유혹자인 것이다.

그래서 "영원한 그늘"인 사원, 그 "세상의 뒷문을" 여행자는 어두운 발자국으로 벼랑만 남은 삶을 이끌고 조용히 빠져나간다. 어느새 꽃들의 환영은 사라졌을 터, "꽃들의 영혼은/어디에도 떨어진 흔적이 없"다. 그렇게 환멸을 안고 사원을 나간 여행자는 어디에로 갔을까? "묘비들의 숲길"(「묘비 박물관에서」)로 갔다. 환멸에 빠진 여행자는 죽음의 풍경 속에서 자신의 삶을 발견하고자 했을 것이다. 하지만 "죽음이라는 그게 대체 얼마나 낯선 세계인지/도무지 읽어낼 수 없는 묘비명들"이라고 말하고 있는 것을 보면, 그는 그 풍경과 자신을 동화시키지 못한다. 반대로 그가 발견하는 것은 그 풍경 속에서 "길에서부터 콜라와 아이스크림을 노래 부른 아이들"이다. 그리고 그 아이들이 "나 사라진 길 기웃거리고 있을" 것이라는 것, 시인을 둘러싸고 있는 죽음의 풍경 속에도 생명들이 새로이 돋아나고 있다는 것을 시인은 감지한다. 그리하여 시인은 죽은 자들보다도 저 아이들 편에 서 있는 것을 선택한다. "기억 속의 동요 한 소절 너희 함께 노래하다 보면/이 저녁 다만 일순이라도 따스해지겠는가"라면서 "돌아가야겠다 아이들에게로/황혼과 기다림에 지친 아이들이/길에서 잠들기 전에"라는 다짐으로 시인은 나아가는 것이다. 이렇듯 이 아이들의 발랄함으로부터 환멸에서 벗어나는 길을 찾은 시인에게, 허공은 다음과 같이 새로운 의미를 갖게 된다.

어쩌면 제비의 생이
나뭇잎보다 가벼울지 모른다
나뭇잎이 제비처럼 가벼운 건지

그 또한 알 수 없다

날개와 부리와 발톱
속도의 칼날에 벼린 제비의 몸은
가늘고,
뾰족하다

제비들 날고 있는 호수 위 허공에
무수한 작은 구멍들이
송송 뚫려 있다

그 구멍들 속으로
지상을 빠져나가는 햇빛 눈부시다

—「허공의 문신」 후반부

저 "가늘고,/뾰족"한, "속도의 칼날에 벼린" "나뭇잎보다 가벼"운 "제비의 몸"이 허공에 "작은 구멍"들을 뚫는다. 그 구멍들을 눈부신 햇빛들이 채우고 있다. 저렇게 가볍게 날아갈 수 있기 위해선 노래하는 아이들처럼 가볍고 빠를 수 있도록 되어야 할 것이다. 그때 허공과 무에 구멍을 뚫어 거기에 눈부신 햇빛들이 거주할 수 있도록 할 수 있을 것이다. 하지만 이때에도 시인은 세상의 배후에 허공이 존재한다는 것을 부정하지는 않는다. 그것은 진실이기 때문이다. 앞에서도 허공을 인정하면서도 별을 바라보면서 여행을 떠나는 시인의 모습을 본 바 있다. 그런데 시인이 아이에게로 돌아가기로 다짐한 이후에는, 위의 시에서 볼 수 있듯이 그와는 다른 삶의 전략을 취한다. 여전히 허공의 존재를 부정하지 않으면서도, 그 허공에 구멍을 뚫어 햇빛이 거주하게 함으로써 삶이 황혼에 지치지 않도록 하는, 좀 더 적극적인 전략을 취하고 있는 것이다. 이를 위해서는 아이 시절로 되돌아가 처음부터 다시 시작하는 마음가짐과 정열을 가져야 할 터, 아래의 시는 그러한 새

출발의 모습을 강렬하게 형상화 하고 있다.

> 새는,
> 먹이도 길도 없는 어디로 온몸으로 날아갔나
> 새의 발자국이 사라진 지점, 아니
> 그때부터 허공에 찍힌 새의 갈퀴발이
> 첫걸음 내디딘 자리
> 다시 시작인 듯, 내 안 저쪽에서
> 뜨겁지 않은 노을이
> 붉게 불탄다
>
> —「인도양」 후반부

저 "뜨겁지 않은" 노을은 하루의 시작을 이끄는 새벽놀일 터, 그 붉게 불타는 새벽에 시인은 다시 시작하려고 하고 있다. 새로운 방식의 여행이 시작되는 것이다. 그 여행의 구체적인 여로가 어떠한 형태를 띠게 될지는 최준 시인의 다음 시작(詩作)을 기다려보자.

차창룡, 『벼랑 위의 사랑』(민음사, 2010)
차주일, 『냄새의 소유권』(천년의시작, 2010)

새로운 삶을 낳을 근원을 찾아서

1

차창룡의 다섯 번째 시집 『벼랑 위의 사랑』과 차주일의 첫 시집 『냄새의 소유권』은 존재의 근원을 찾고자 한다는 점에서 공통적이다. 두 시인의 시집을 읽으면서, 현대 자본주의 사회에서 교환가치의 전일화에 의한 삶의 표피화와 자본의 속도가 만들어내는 삶의 증발에 맞서, 현 한국 시인들이 자신의 삶의 가치를 자기에게로 회수하기 위해 어떠한 대안을 찾아나가고 있는지 그 실례를 볼 수 있었다. 차창룡은 앞으로만 나아가고자 하는 자본의 시간에 포섭되지 않으면서, 저 존재의 근원을 포착하면서 사랑의 능력을 다시 얻고자 한다. 차주일은 우리의 삶을 밑바탕에서 받치고 있는, 하지만 지금은 인식하기 힘든 어떤 근원을 재인식하고자 한다. 이 두 대안을 반현대성이라고 명명할 수도 있겠는데, 하지만 그들이 현대 속에서의 일상에 등 돌리는 자세를 보여주는 것은 아니고 그 현대의 일상에 내재한 어떤 잠재성을 새롭게 발견하려고 하는 것이어서 적확한 명명은 아닐지도 모르겠다. 여하튼 이들은 교환가치의 전일화에 의해 추상화되고 있는 현대적 삶을, 반현대화라는 통로를 통해 자기가치화 하는 전환 작업을 하고 있는 것이다. 이러한 면에서 두 시인의 시집은 공통적인 면이 있다고 다시 말할 수 있겠는데, 한편으로 그들이 파악하고 있는 존재의 근원은 서로 성격이 다른 면이 있다. 우선, 차창룡의 시집부터 살펴본다. 아래의 시부터 읽어보자.

> 갑자기 말문이 막히고
> 가끔은 말라붙을지라도 실망하지 않으면
> 다시 흐른다 생은
> 나는 믿는다 바로 여기 꿈이 있음을
>
> 당신은 아는가 당신의 몸 중요 부위에는
> 털이 있음을 그리하여 나는
> 이 산에서 가장 소중한 곳은
> 계곡임을 새삼 깨닫는다
>
> 계곡에 입술을 대고 물을 마시는 날
> 황홀한 마음 어디론가 가고 없을지라도
> 바위여 너는 착한 이끼를 길러도 좋다
> 이끼 그 태초의 식물을
>
> 이제야 당신에게 경배할 수 있음을
> 용서해다오 세상의 처음이 흐르고 흘러
> 마침내 바다로 갈지라도
> 이 자리에서 지키는 초심이여
>
> ──「계곡에 입술을 대고 물을 마시는 날」전문

차창룡 시인에 따르면, "시간을 들고 간다는 것은 누구에게나 기본"(「달」)이다. 시간은 생의 기본인 것이다. 생은 시간의 흐름을 타면서 흘러간다. 이 시간의 흐름에 용해되어 같이 흘러가는 생은, 그래서 오묘한 무엇이다. 시간의 힘은 언제나 신뢰할만한 것이어서 말라붙은 삶을 다시 흐르게 만들 수 있는 것이다. 그런데 시인은 이에 "실망하지 않으면"이라는 단서를 달고 있다. 삶에 실망해버리면 시간의 위력은 발휘되지 못하고 삶은 계속 말라붙어 있을 것이다. 반대로 삶에 실망하지 않는다면, 시간이 이 말라붙은 삶을 변화시킬 것이라고 기대할 수 있게 된다. 즉 그는 변화의 꿈을 꿀 수 있게 되는 것이다. 꿈을 꿀 수 있을 때 시간은 굳어가는 삶을 활성화시키고 자신의 흐름에 생을 끌어들인다. 꿈이 있을 때 시간은 다시 흐를 수 있다. 역으로 시간이 흐르기 위해서는 꿈이 존재해야 한다고도 말할 수 있다. 꿈과 시간은 상호 전제된다. 그러나 이렇게 논리적으로 이야기한다는 것은 이 자리에 어울리지 않는 일일지 모른다. 왜냐하면 시인은 다시 흐르는 생에 "바로 여기 꿈이 있음을" "나는 믿는다"고 말하고 있기 때문이다. 생이 흐른다는 것은 꿈이 있다는 것이며 더 나아가 생의 흐름 자체가 꿈이라고 시인은 '믿는다.'

꿈과 '시간―생의 흐름'은 섞여 있다. 그러므로 생은 하나의 꿈이라고도 할 수 있다. 하나의 꿈이자 흐름인 생은 어디에서 연원하는가? 저 양수―바다가 생의 연원이다. "우리는 모두 바다였다 어머니의 자궁에서 플랑크톤이었을 때/아무것도 아닌 아무것이었을 때 바다는 둥글고 끝이 없었고 슬펐다"(「바다는 피가 뼈다 살이다」)는 시인의 말에 따르면 그렇다. 바다가 인간뿐만 아니라 그 모든 것의 시초다. "당신 몸에서 신이 태어나고 사람이 태어나고 감로수가 태어"(같은 시)났기에 신마저도 저 양수 속에 있었던 것이다. 양수가 흘러넘치기 시작할 때 만물은 태어나기 시작한다. 그 흘러나오는 양수가 바로 시간의 흐름을 만들어내고 생을 생성시킨다. 그러니 "이 산에서 가장 소중한 곳은/계곡"이다. 저 수원에서 물이 흐르는 장소인 계곡, 그곳은 생이 생성되는 곳이며 그렇기에 꿈이 펼쳐지는 곳이다. 그 시간 자체에, 생의 흐름 자체에, 펼쳐지고 있는 꿈에 시인은 "입술을 대고 물을 마"신다.

그런데 이때 어떤 전환이 일어나는데 그것은 시인이 그 계곡에 있는 바위의 존재를 새삼 의식하게 되었기 때문이다. 아마 바위가 바위 아니었을 때에는, 그 바위 아닌 것은 이 계곡의 물을 마셨을 것이다. 어쩌면 이 바위 아닌 것은 그 물의 매력에 황홀해하면서 그 자리에 있다가 바위가 되었던 것 아닐까? 여하튼 그 바위 아닌 것은 단단하게 굳어버리면서 바위가 되었으며, "황홀한 마음 어디론가 가고 없"게 되어버렸다. 하지만 바위는 계곡을 떠나지 않는다. "이 자리에서 지키는 초심"을 버리지 않은 것이다. "세상의 처음이 흐르고 흘러/마침내 바다로 갈지라도", 바위는 흐르지 않고 시간의 흐름 옆을 지킨다. 흐르지 않는 무엇이니, 바위를 단단하게 응축된 죽음이라고도 말할 수 있을 테다.

하지만 그 죽음은 시간과 관계 맺고 있는 죽음이다. 시인은 그 죽음에게 "태초의 식물"인 "착한 이끼를 길러도 좋다"고 말한다. 그 죽음은 모든 생명체의 근원인 이끼를 기를 수 있는 능력을 가지고 있다는 뜻일 테다. 바위가 가지고 있는 이러한 의미를 발견한 시인은 "이제야 당신에게 경배할 수 있"다고 말한다. 다시 말하면, 시간은 흐르고 모든 생 역시 흘러 바다로 들어가는 것이지만, 그 흐름에 접속하면서도 흐르지 않고 변하지 않는 것이 있는데, 그것은 바위와 같은 죽음이다. 하지만 그것은 태초의 삶을 다시 자라게 할 수 있다. 그렇기에 시간의 흐름과 꿈의 파도 속에서, 그것들에 휩쓸려 사라지지 않고 완전히 새로 시작하는 생성이 가능하게 된다. 즉 생성과 죽음이 결합되어 있는 이미지가 바로 이끼를 키우는 바위인 것이다. 그래서 그 바위는 씨앗과 같다.

그것은 "나무가 자라서 씨앗을 맺어야만 썩는" "땅속의 씨밤"(「제

사」)과 같은 존재인 것이다. 「제사」에서 이 씨밤이 제사라는 죽음의 이미지와 연결되어 있다는 것은 우연이 아니다. 그것은 죽음 속에 있지만 생명을 다시 발아하는 무엇이다. "잠시 쉬고 있을 뿐"인 "죽은 듯이 순응하는 대추의 씨앗"과 같이 말이다. 「석류」에서 무수한 알갱이−씨앗들로 이루어진 석류의 이미지 역시 죽음 속의 생명이라는 의미를 가진다. 저승의 신 하데스가 페르세포네를 유혹할 때 이용한 석류는 삶을 죽음의 세계로 연결시키는 무엇이면서도 한편으로 "이승의 씨앗"으로 나타나기도 한다. "세상이 이미 죽음의 자식"이기 때문에 "무덤에 갇힌 무수한" 우리들 "안에서는 밖을 향해 발버둥 치는 꿈이 산다"고 할 때, "이승의 씨앗"이란 바로 그 꿈을 가리킬 터, 즉 그 '꿈−씨앗'은 저승 속에 갇힌 삶이 새로운 삶을 살 수 있다는 희망과 같은 것이라고 말할 수 있다. 그래서 그 '씨앗−꿈'은 아래의 촛불과 같다 하겠다.

모든 촛불은 하늘을 향해 타오른다

모든 촛불은 자신의 몸이 연료다

모든 촛불은 눈물을 흘리며 타오른다

모든 촛불은 나방이 달려들면 소리내어 울면서 몸부림치다가 나방이 불타 죽는 것을 어쩔 수 없이 바라보면서 다시 타오른다

모든 촛불은 자신의 몸만큼만 타오른다

모든 촛불은 바람이 달려들면 죽은 듯 누웠다가 사람의 따뜻한 손과 종이 컵의 힘을 빌리거나 마침내 바람에 익숙해져 다시 일어선다

모든 촛불은 타오를수록 작아진다

모든 촛불은 결국 죽는다

모든 촛불은 그리하여 언제나 새로 태어난 촛불이다

—「촛불」전문

　"죽은 듯이 순응하는 대추의 씨앗"처럼 촛불 역시 "바람이 달려들면 죽은 듯" 누워 있다. 하지만, 대추의 씨앗이 새로운 생명을 잉태시키는 것처럼 촛불 역시 "마침내 다시 일어"서는 무엇이다. 제사라는 죽음의 공간 속에서 씨밤이 생명을 드러내고 있는 것과 유사하게, "자신의 몸이 연료"인 촛불 역시 죽어가면서 자신의 생명을 표현한다. 촛불의 미덕은 "자신의 몸만큼만 타오"르는 것이다. 촛불은 과장하지 않는다. 자신에게 주어진 눈물을 흘리며 죽어가면서 살아간다. 허나 죽으면서 살아가는 촛불이기에 "촛불은 결국 죽"을 것인데, 죽음의 응축인 바위가 도리어 태초의 식물인 이끼를 키우듯이 그것은 태초의 삶을 일으키는 능력을 가지고 있다. 촛불은 "언제나 새로 태어"나는 것이기에 그렇다. 고체화된 액체인 초는 바로 계곡의 물에 입을 대고 있는 바위의 이미지와 닮았다. 흐르는 시간과 접속되어 있으면서도 굳어버린/죽어버린 그 바위 말이다. 그 응고된 죽음이 촛불처럼 불타오를 때 태초의 삶은 다시 시작될 것이다.

　이리하여 차창룡 시인은, 저 바위에 대한 재인식과 씨앗에 대한 재인식, 그리고 2008년 촛불 집회를 통해 촛불을 재인식하면서(위의 시「촛불」은 2008년 촛불 집회 당시 써진 것이다.), 시간을 등에 업고 살아야 하는 운명에 묶여 있는 우리들의 삶에서 사건적인 새로움이 가능하다는 것을 발견한다. 그 절대적인 새로움은 죽음으로부터 불타오른다. 시간과 맞닿아 있지만 시간의 족쇄로부터 벗어난 죽음이 새로운 삶의 탄생을 가능하게 해주는 씨앗이다. 그렇기에 "죽음의 자식"인 세상, 가난한 자들에게 죽임을 가하는 세상 속에서도 어떤 희망을 가질 수 있게 된다. "68－15번지의 지붕을 부수고/벽에 구멍을 뚫"(「집의 운명」)

는 재개발은, 가난한 사람들을 그 지대에서 내쫓는다. 그들이 살았던 집은 이제 거대한 아파트를 위해 산산조각난다. 하지만 죽음을 통해 새로 태어나는 촛불을 보아버린 시인은 "기적의 집이여/죽어서도 부디 의연하여라/너의 자궁에서 가난한 생명이 감로수를 얻었나니/너는 네가 아닐 때/더욱 너일 것이다"(같은 시)라고 말할 수 있다.

"가난한 생명이 감로수를 얻"을 수 있었던 집은 계곡과 같은 존재였을 터, 그 집은 가난한 자들이 삶을 살아갈 수 있게 시간을 흐르게 했으며 그들이 꿈을 꿀 수 있게 했을 것이다. 그 집은 이제 죽었다. 하지만 죽은 집은 가난한 자들 마음속에 이끼를 키우는 바위로, 눈물로 타오를 초로 존재할 수 있다. 그렇기에 너는 죽어 네가 아니게 되었지만 바로 그때 "더욱 너일" 수 있는 것이다. 이 '더욱'은 시간을 신생의 시간으로 뛰어오르는 것을 가리킬 터, 저 죽은 집은 새로 태어나는 삶을 가져올 수 있는 잠재성을 가지고 있는 것. 그래서 시인은 죽은 나무에 대해서도 죽은 나무가 아니라고 아래의 시에서 말할 수 있게 된다.

> 내 손은 나도 몰래 죽은 나무를 만지고 있었다
> 죽은 나무는 여인의 몸처럼 부드러웠으나
> 내 손이 닿자마자 앗 소롯해지는 것이었다
> 그녀의 몸속에서는 예쁜 벌레들이 꼬물거리고 있었다
>
> 나는 나도 모르게 은밀한 깨달음을 얻고 있었다
> 죽은 나무가 죽은 채로 서 있어야 하는 이유는
> 사랑이 끝나지 않았기 때문이었음을
> 이파리와 꽃과 열매와 헤어졌다 해도
>
> 죽은 나무는 온종일 서서 기다리다 죽은 나무는
> 기다림이 벌레로 태어나 나비가 될 때까지
> 내가 죽어도 당신을 잊을 수 없음을 알 때까지

죽은 나무는 죽은 나무가 아니었다
새가 나무를 잠시 떠났다 해도 다시 돌아오고 마는 한
나무의 살 속에서 기다림이 낳은 벌레를 꺼내 먹는 한
　　　　　　　　　—「죽은 나무는 죽은 나무가 아니다」 전문

저 죽은 나무에도 초처럼 불꽃이 잠재하고 있다. 불꽃이란 무엇인가. 솟아오르는 생명이 지글거리고 있는 것, 그것이 불꽃일 것이다. 시인은 저 부드럽게 죽어 있는 나무속에 마치 불꽃처럼 "예쁜 벌레들이 꼬물거리고 있"는 것을 발견한다. 그것들은 태초의 식물인 이끼처럼 나비로 되는 새로운 삶을 기다리고 있다. 나무는 "이파리와 꽃과 열매와", 즉 생(生)과 헤어졌지만, 그리고 새처럼 그 생이 다시 돌아올 것이라고 기다리면서 죽었지만, 그 기다림은 저 신생(新生)을 일으킬 '불꽃—벌레'를 나무의 몸속에 낳는다. 그리하여 죽은 나무의 부드러운 몸에는 이끼처럼 태초의 삶이 잠재적으로 존재하게 되는 것이다.

그런데 이 시는 그 신생의 잠재성이 존재할 수 있게 된 것은 바로 사랑이라고 말하고 있다. 저 벌레로 표현되고 있는 신생의 잠재성은 기다림이 낳았기 때문이다. 기다림은 누군가를 전제로 한다. 누군가와 다시 만나길 애타게 기다리는 것, 그것은 사랑이다. 나무처럼 우리는 그 사랑하는 이와 만나지 못한 채 죽게 될 수도 있을 것이다. 하지만 그것이 헛되지 않는 것이, 그 기다림이 신생을 잉태하기 때문이다. 기다리는 사랑은 "눈물을 데불고 바다로 흘러가는"(「눈」) 눈과 같은 것일 터, 하지만 그 "흘러가버린 당신의 전생"(같은 시)이 흘리는 사랑의 눈물이 죽음으로 남게 된다면, 그것은 불꽃을 잠재하고 있는 초가 될 테다. 그래서 진정한 사랑은 죽음과 맞닿아 있는 것일 수 있을 터, 「벼랑 위의 사랑」에서 시인이 말하고 있듯이 "모든 사랑은 벼랑에서 시작되"는 것이다.

모든 사랑은 벼랑 위에서 시작되리라. 당신을 만나고부터
벼랑은 내 마음의 거주지, 금방 날아오를 것 같은 부화 직전의 알처럼
벼랑은 위태롭고도 아름다워, 야윈 상록수 가지 붙잡고
날아올라라 나의 마음이여, 너의 부푼 가슴에 날개 있으니,

일촉즉발의 사랑이어라, 세상은 온통 양귀비의 향기였다.
누가 먼저랄 것도 없이 당신과 나는 벼랑에서 떨어졌고,
세상은 우리를 받쳐 주지 않았다. 피가 튀는 사랑이여,
계곡은 태양이 끓는 용광로, 사랑은 그래도 녹지 않았구나.

버릇처럼 벼랑 위로 돌아왔지만, 벼랑이란 보이지 않게 무너지는 법,
평생 벼랑에서 살 수는 없어, 당신은 내 마음을 떠나고 있었다.
떠나는 이의 힘은 붙잡을수록 세지는 법인지.

모든 사랑은 벼랑 위에서 끝나더라, 당신을 만나고부터
내 마음은 항상 낭떠러지였다. 어차피 죽을 용기도 없는 것들아,
벼랑은 암시랑토 않다는 표정으로 다투고 있는 우리를 바라보았다.

　　"당신과 나는 벼랑에서 떨어졌고" 그래서 죽어버리게 되지만, 그래
서 사랑에는 "피가 튀"지만, 사랑의 죽음은 촛불처럼 생을 다시 태어나
게 해서 사랑하는 이로 하여금 "버릇처럼 벼랑 위로 돌아"오게 만든다.
"사랑은 그래도 녹지 않았"던 것이다. 그리하여 그 "위태롭고 아름다"
운 벼랑 위에서 죽음을 건 사랑이 다시 시작되고, 시인은 "금방 날아오
를 것 같은 부화된 알처럼" "부푼 가슴"에 날개를 단다. 하지만 "평생
벼랑에서 살 수는 없"는 일이고 "당신은 내 마음을 떠나고 있"게 될 것
이어서, 또한 "모든 사랑은 벼랑에서 끝나"게 된다. "벼랑이란 보이지
않게 무너지는 법"인 것이다. 벼랑이 무너지게 될 때 죽음을 건 사랑도
불가능하게 되고, 사랑은 그때 사라질 것이다. 하지만 그렇다고 사랑
하지 않을 수는 없다. 사랑은 무너질 운명이지만, 도리어 시인은 사랑

에의 투신을 권장한다.

갑자기 비가 와도 우산 없다 걱정하지 말자
이 세상에 완벽한 준비란 없다
몇 줌 흙으로도 시퍼런 바위틈 소나무를 보라
아파트 장만할 때까지 혼인을 미루지 말자

바람이 아직도 우리를 따라오고 있다
바람이 사라질 때까지 기다렸다간
영원히 촛불을 켤 수 없다
촛불을 켤 수 없다면 어둠 속에 몸을 섞자

바다에선 태풍이 무서운 속도로 올라오고 있지만
하늘에선 벼락이 무서운 속도로 내려오고 있지만
그래 봤자 인간에게 닥치는 최고 재난은 죽음
죽음 따위가 두려웠다면 애초에 태어나지도 않았으리

불행의 칼날이여 내 창자를 끊어 보아라
인간의 갈망을 죽이는 데 성공한 자는 없다
창자를 꽃목걸이처럼 목에다 걸고도
이제는 사랑을 노래할 수 있을 것 같다
— 「이제는 사랑을 노래할 수 있을 것 같다」 전문

시인에 따르면 사랑으로의 투신은 암중모색을 통해 이루어질 수 없다. "이 세상에 완벽한 준비란 없"으니, 지금 바로 여기서 사랑하라고 말한다. 벼랑이 무너지더라도, 사랑에 실패하더라도 사랑하지 않는 것만은 못하다는 생각이리라. 초가 된다는 것은 사랑의 기다림으로 죽을 줄 안다는 것이다. 촛불을 켜서 그 불에 초가 녹는다는 것은 사랑으로 자신을 죽이면서 새롭게 사는 것을 의미한다. 시인은 바람이 불어도 촛불을 켜야 한다고 말한다. 만약 그 켜진 촛불이 꺼져버린다면, "어둠 속에 몸을 섞"기라도 해야 한다고 말한다. 지금 당장 저 사랑으로 자신을 불태우며 태초의 삶을 새롭게 생성시키는 삶을, 만약 그 삶이 바람에 의해 방해받아 불가능하다면 이 세상의 어둠 속으로 섞여 들어갈 수 있는 용기 있는 삶을 살아야 한다는 것이다. 그 사랑에의 투신, 또는 어둠에의 용해는 삶에 재난을 가져올 수도 있는 모험이다. 하지만 시인은 "죽음 따위가 두려웠다면 애초에 태어나지도 않았으리"라고 호기롭게 말하고 있다. 시인에 따르면 인간의 사랑에의 갈망은 그 누구도 죽일 수 없다. 그렇다면, 이 사랑에의 갈망은 너무나도 절대적이어서 벼랑이 수천 번 무너져도 인간은 또 다시 다른 벼랑으로 나아갈 것이다.

그래서 이 시의 마지막 부분의 저 놀랍고 강렬한 이미지를 발산하는, 재난이 "창자를 끊어"버린다고 해도 그 "창자를 꽃목걸이처럼 목에다 걸고도" 사랑을 노래할 것이라는 진술이 진정성 있게 들리는 것이다. 바람이 분다고 해도 죽음과 재난을 무릅쓰고라도 사랑을 미루지말고 지금 이 자리에서 행하라는 명령은 어떤 충실성을, 그 충실성에 따르는 삶의 진리를 가져오게 될 것이다. 차창룡 시인이 승가에 귀의하게 된 것은 그 사랑에의 충실성에 따르는 행동일 터, 즉 바로 이 자리에서 사랑하라는 명령에 따라 그는 또 다른 벼랑을 선택한 것일지모른다. 그리고 그 사랑의 행위가 바로 그에게는 거짓 없는 진리 자체라고 생각했을 지도 모른다. 그렇다면 그는 누구를 사랑하게 되었는가? 붓다를 사랑하게 되었다. 그 사랑에 따르는 것이 그에게는 거짓 없음이고 사랑의 절대성에 대한 충실이다. 어떻게 해서 붓다를 사랑하게 되었을까? 「붓다」를 직접 읽어보자.

> 당신은 누구의 화신도 아닌,
> 당신 자신입니다.

누구의 화신도 아닌 당신을
누구의 화신도 아닌 내가
사랑해도 될까요?

당신이 누구의 화신도 아니듯이
나도 누구의 화신이 아님에도
나 자신이란 생각으로부터 벗어나라고
당신은 말씀하십니다.

당신 자신이신 당신을 만나기 위해
나는 사랑합니다.
나 자신일 뿐인 내가 사랑합니다.
당신은 말씀하십니다.
너는 네가 아니다

　시인에게 붓다는 "누구의 화신도 아닌/당신 자신"이다. 진리의 화신
도 아니요, 숭배의 대상도 아니다. "당신 자신이신 당신을 만나기 위
해" "나 자신일 뿐인 내가 사랑"할 뿐이다. 그런데 붓다에 대한 사랑은
붓다가 "너는 네가 아니다"라고 말할 수 있는 분이기 때문일 것 같기도
하다. "나 자신일 뿐인" 나와 "너는 네가 아니다"라는 붓다의 말씀 사
이에서 일어나는 어떤 자장(磁場)이 시인을 사랑으로 이끄는 것 같기 때
문이다. 그 자장이 소품처럼 보이는 이 시를 의미심장하게 만든다. 이
시집에서 차창룡에게 근원의 발견은 삶의 새로운 생성의 씨앗을 찾아
내는 일이었고 사랑에의 투신으로 가는 길을 찾아내는 일이었다. 즉
그는 사랑하기 위해 어떤 근원을 찾았던 것이다. 그 길을 가다가 그가
도달한 저 자장의 '사이'가, 시인에게 또 다른 근원을 열고 있는 것일
지 모른다. '승가에의 귀의'가 어떤 안주(安住)가 아니라 또 다른 모험
으로 시인을 이끌게 될지도 모르는 일인 것이다.

2

흥미롭게도, 차주일 시인의 『냄새의 소유권』에 실린 시들에서도 차창룡의 시에서 살펴보았던 '씨앗'이라든가 '벼랑'과 같은 시어들이 등장한다. 가령, 아래의 시를 읽어보자.

가지에 매달린 해묵은 은행 한 알, 햇잎 틈으로 볕을 쬔다
제 그림자부터 말려 떨어뜨린 저 열매가
절벽 투신하는 성인식 앞둔 소년처럼 숨 고르는 것은
미래에 떡잎으로 피워야 할 단 하루 때문이다
그 하루 살려두고 온 나날 다 말려 지워야
제 그림자에게로 구를 수 있기에
빛 처음 본 하루를 죽음 무릅쓰고 지키는 저 몽매
말려 지운 수많은 날의 이름과 얼굴 알 수 없어
하루하루는 또 하나의 빛으로 어두웠겠다
벼랑 움켜쥐고 있는 열매여, 손 놓을 오늘 기다려 왔구나
반죽음으로써 살려둔 네 하루를
이제 씨앗이라 부르겠다. 투신은
제 가랑이를 벌리고 제 성기를 집어넣는 자가교접
씨앗은 영원 쪽으로 굴러 제 그림자에 멈춘다
오늘 그 완성을 들여다본다
씨앗이 물을 빨아들이는 자성으로 햇빛을 끌어당긴다
그림자에서 반사광 한 촉 움튼다
빛의 떡잎이 자라 이루는 그늘에 나는 갇힌 적이 있다.

— 「그늘의 씨앗」 전문

차주일 시인에게도 죽음은 새로운 삶이 생성되기 위한 전제다. "가지에 매달린 해묵은 은행 한 알"은 "미래에 떡잎으로 피워야"하기 위해 "온 나날 다 말려 지워야" 한다고 시인은 말하고 있는 것이다. "빛

처음 본 하루를 죽음 무릅쓰고 지"켜야 "벼랑 움켜쥐고 있는 열매"는 손 놓을 수 있으며, "제 그림자에게로 구를 수 있"다. 이 벼랑에서의 하루가 있어야 미래의 떡잎을 피울 수 있기 때문에 시인은 그 하루에 대해 '씨앗' 이라고 명명한다. 씨앗은 미래의 삶을 잠재적으로 응축한 무엇이다. 햇빛을 받으며 "온 나날"을 말려 지우고 있는 이 하루가 미래의 삶을 준비한다. 그 준비 끝에 열매가 벼랑에서 투신하여 죽을 때, 제 그림자에서 새로 시작하는 삶이 탄생할 수 있다. 그 제 그림자와 접속하여 이루어지는 탄생은 "제 가랑이를 벌리고 제 성기를 집어넣는 자가교접"에서 잉태되어 이루어진다. 이를 위해 저 열매는 온 나날을 말려 지울 저 햇빛을, "씨앗이 물을 빨아들이는 자성으로" "끌어당"기고 있다. 나날을 지우면서 끌어당긴 햇빛에 의해 "그림자에서 반사광 한 촉 움"트기 시작하고 "빛의 떡잎"은 자라기 시작한다.

이렇게 위의 시를 재구성해보면, 차주일 시인 역시 신생(新生)이 시작되는 근원을 탐색하고 있다는 것을 알 수 있다. 그런데 시인의 인식에는 독특한 면이 있다. 그는 햇빛과 그림자의 관계에서 새로운 삶의 잠재성이 구성되기 시작한다고 보고 있다. 그 삶의 잉태는 제 그림자와 자신이 접촉하는 자가교접에 의한 것이지만 햇빛이 예전의 삶을 말리지 않는다면, 그 교접을 준비해주는 볕쬐기의 하루가 씨앗이 되어주지 못한다면, 벼랑에서의 투신을 통한 새 삶은 가능하지 않다. 빛은 투신을 준비해주고 제 그림자에게 다가가는 자가교접을 가능하게 해준다. 저 하루가 씨앗이 될 수 있는 것은 햇빛을 받으며 그림자와의 자가교접을 할 수 있을 때 가능하다. 그때 그림자에서 반사광이 움트게 되고 빛의 떡잎이라는 새로운 삶은 태어나고 자라날 수 있다.

이 시집에서 핵심적인 시어라고 할 '그림자' 는, 이 시만 보면 구체적으로 어떠한 의미인지 확실하지 않다. 하지만 그것이 어떤 삶을 새로이 낳는 무엇임은 알 수 있다. 그런데 그림자는 수평으로 존재한다.

"몸을 닮아가는 그림자만 수평으로 누워 있다"(「그림자 갈아입기」)고 시인은 다른 시에서 말하고 있는 것을 보면 그렇다. 시인의 또 다른 시 「나의 神」에서는 "내가 일어서면/나를 출산한 그림자가 태반처럼 뭉그러져 수평을 지켜낸다"라는 표현이 등장한다. 이 표현에서도 그림자는 나의 삶을 낳았던 무엇임을 알 수 있다. 그렇다면, 시인은 어떤 삶이 탄생하는 근원지는 바로 그림자라고 보고 있다고 하겠다. 그래서 그림자는 시인에게 신과 같은 무엇이다.

「나의 神」에 나타난 시인의 인식에 따르면, 사람들은 누워있을 때 그림자와 하나가 된다. 즉 신과 그 사람은 하나로 융합되어 있다. 그 존재가 "태초의 나"이다. 그림자 신이 "늘 배후에 있고 수평으로 강림"하는 것은 그 현상이다. 그래서 접신하기 위해서는 "인간의 가장 낮은, 수평 이하의 자세인/태아와 같은 모습의 기도"를 해야 한다. 하지만 사람들은 이 신의 존재를 버려두고 직립하여 살아나간다. 그때 그와 하나였던 그림자 신은 그로부터 떨어져나가 '제 그림자'로서 현상하게 되는 것이다. 그래서 "수직으로 기울어진 나는 그를 바라보지 못하"게 된다. 즉 수직으로 오만하게 된 인간은 그림자로 현상되어 있는 신의 모습을 보면서도 그 신성을 파악하지 못하게 된다. 하지만 "태초의 나로 돌려놓는 자"인 그림자 신과 접신하려고 하는 시인의 눈에는 저 현상된 그림자가 나를 낳았던 신과 같은 존재라는 것이, 즉 태반이라는 것이 드러나 보인다. 그리고 그는 수직의 세상에서 수평을 지키고 있는 것이 바로 저 현상되어 있는 그림자라는 것을, 그러나 그 '그림자-태반'은 수직에 의해 뭉그러져 있다는 것을 인식한다. 수평을 뭉개놓고 수직으로 우뚝 솟아야만 하는 삶을 강제하는 현대는, 그림자와 융합되었던 존재를 그 그림자로부터 분리해버린다. 이제 그림자는 내 발밑에 뭉개져서 드리워져 있게 되는 것이다.

차주일 시인은 이에 반해 수평의 삶을 회복하여 다시 살고 싶어 한다. 그래서 저 벼랑에 있던 열매가 벼랑 밑으로 투신하여 제 그림자를 찾아가는 과정을 상상했던 것이다. 그 열매처럼 수직의 끝인 저 벼랑 위에서 밑으로 떨어져 땅과 수평을 이룰 수 있을 때, 우리는 잃어버렸던 제 그림자와 만나 융합하고 삶과 존재가 분리되지 않는 신생을 살 수 있을 것이라고 시인은 생각한다. 그러기 위해선, "꼿꼿이 서려고만 했던 나 지워진 어느날"(「그림자 갈아입기」)이 와야 한다. 즉 저 열매가 자신을 구성하고 있던 나날들을 햇빛에 말려 지우듯이 나를 지우고, 벼랑 밑으로 투신하는 죽음의 과정이, 그 '하루'가, '씨앗'으로서 필요한 것이다. 그 과정을 거친 자의 원형으로서, 시인은 「도자기의 시퀀스」에서 도자기를 처음 구워낸 이를 상상하고 있다. 시인은 그가 "분명 본능을 잉태한 여자였을 것"이라고 생각한다. 왜냐하면 저 도자기의 제작은 아이를 출산하는 것과 같기 때문이다. 도자기 제작 과정은, 열매가 햇빛을 받으면서 지내왔던 나날을 지워내고 제 그림자에 다가가는 일과 같은 성격을 가질 테다. 그런데 시인이 이러한 상상에 이르게 되었다는 것은, 그가 자기 자신의 삶의 근원을 찾아내는 것을 넘어 어떤 원형을 찾아내고자 하고 있다는 것을 뜻한다. 그 원형으로의 확장된 탐색은 원형적 차원의 인간 삶의 근원—수직의 현 세상에서는 이제 인식하기 힘든—을 상상하는 데에로 나아간다.

> 강이 휘는 힘을 모아 뻗어 나가기 시작하는 언저리
> 문진 같은 제단 하나 땅켜를 눌러놓고 있다
> 발자국 없는 그곳에서 볍씨가 출토되었다
> 머문다는 말을 가꾼다는 행위로 진화시킨 이 근원에서
> 사후세계를 최초로 생각한 여자가
> 제단을 지어 제 몸속으로 강을 끌어댈 때
> 얼마나 큰 고통이었으면 최초의 눈물이 생겨났을까
> 사람의 눈물은 소멸하지 않는 염색체
> 이 새로운 근원을 창조한 그녀의 기도를 생각하면

사람 바라보는 일이 아프다
얼굴을 벗어나 허공과 잇닿은 주름을 본 사람은
강과 눈물이 한 종족임을 안다
눈물은 얼굴의 가장 무른 쪽으로 휘어 마음에 닿는다
내 얼굴 들여다보면 강의 흔적이 남아 있다
몇 사람의 문명이 나고 망했는지 알 수 없는, 나의 강
그곳에서 실종된 마지막 발자국은 출토할 수 없다
마지막 발자국은 영혼에 밟혀 씨앗으로 지상에 남는다

— 「나의 문명」 전문

　「도자기의 시퀀스」에서 도자기를 '최초'로 구운 여자가 등장하였다면, 이 시에서는 사후세계를 '최초로' 생각한 여자가 등장한다. 사후세계를 최초로 생각했다는 것은 죽음에 대해 최초로 의식했다는 것을 의미한다. 그런데 죽음을 의식하기 시작할 수 있었던 것은 "머문다는 말을 가꾼다는 행위로 진화시"켰을 때 가능하다. 땅을 가꾸기 시작했을 때 볍씨를 얻는 문명이 탄생하게 되었을 것이다. 즉 예전에는 무리를 지어 이곳저곳에 잠시 '머무'는 생활을 했을 것이나 농경 생활을 시작하면서 땅을 가꾸기 시작했을 것이다. 유목 생활에서 정착 생활로 진화하면서 이제 사람들은 죽음에 대해 의식할 수 있게 되었을 것이다. 유목 생활에서 죽음은 휘발되는 무엇이었을 터, 그 생활에서는 시체를 놔두고 무리는 어디론가 떠나기 때문이다. 하지만 정착 생활에서 시체는 공동체와 언제나 관련을 맺게 되기 때문에, 죽음은 항상 삶에 내재하게 된다. 그렇기에 사후 세계에 대해 최초로 생각한 여자가 등장하고 "문진 같은 제단 하나"가 생겨나며 "최초의 눈물이 생겨"난다. 죽음을 의식한다는 것은 고통의 시작이다. 그래서 저 최초로 사후세계를 생각한 여자는 고통이라는 "새로운 근원을 창조"하게 된 것이다.
　위의 시에서 핵심적인 의미를 갖는 또 다른 시어는 '휘어진 강물'이다. 저 여자가 사후 세계를 최초로 생각하고는, 그 다음으로 한 일이

제단을 짓는 일이었다. 그런데 시인은 그 제단 짓는 행위에 대해 "제 몸속으로 강을 끌어"대는 것이라고 말하고 있다. 이는 무슨 의미일까? 이 시의 문면에서는 그 의미를 파악하기 힘들지만, 그것은 첫 행의 "강이 휘는 힘"과 관련되어 있다는 것을 짐작할 수 있다. 최초의 농경 생활은 강 옆에서 하지 않으면 안 되었다. 강의 힘을 빌리지 않으면 정착 생활을 할 수 없었다. 강의 흐름이 무리의 공간에 개입한다. 그리하여 삶의 공간은 강처럼 휘어진다. 제단을 만든 저 여자는 최초의 무당이었을 터, 그녀의 사회적 위치에 따라 그녀는 공동체를 위해 강의 힘을 마을로 끌어 들여와야 했을 것이다. 그때 강은 사후의 세계를 잇는 무엇으로 상상되고, 그래서 강의 휘어진 곡선은 삶의 공간과 죽음의 공간 사이에 생긴 경계선이 되어 삶에 주름을, "얼굴을 벗어나 허공과 잇닿은 주름을" 새겨 놓게 된다.

그래서 죽음과 밀접한 관련을 맺은 강은 이제 눈물과 한 종족이라고 말할 수 있으며, 강도 눈물처럼 "얼굴의 가장 무른 쪽으로 휘어 마음에 닿"게 된다. 이 눈물과 주름의 근원인 강은 현재에까지 여전히 흔적으로서 남아 있어서 "내 얼굴"에도 "강의 흔적이 남아 있다"고 시인은 말한다. 그런데 흔적으로만 남아 있는 '나의 강'에는 무엇인가가 그 지상에, 즉 그 흔적 위에 남아 있다. 그것은 "출토할 수 없"는 "실종된 마지막 발자국"이다. 시인은 그 발자국이 "영혼에 밟혀 씨앗으로" 된다고 말한다. 그 진술은, 그 발자국을 영혼이 밟을 때 근원인 강과의 접속이 이루어질 수 있으며, 그래서 그 발자국은 그림자와 융합된 삶으로의 신생을 위한 '씨앗'이 될 수 있다는 뜻일 것이다. 이렇듯 시인에게서 원형적인 근원을 찾는 행위는 신생을 위한 씨앗을 찾는다는 의미를 가진다. 시인이 선사 시대의 유적들에 관심을 기울이는 것은 그 근원에 대한 인식에의 의지 때문이다. 「주먹토기」나 「인류 최초의 동굴암각화」와 같은 시가 근원을 재구성해보려는 시인의 의지를 잘 보여준다.

특히 「인류 최초의 동굴암각화」에서 시인은, 인간성 자체와 시의 근원에 대해 상상하고 있어서 주목된다. 전문 인용해본다.

암컷의 사랑과 바꿀 맹수사냥을 앞둔 전날 밤, 돌창을 갈던 수컷이 동굴 속으로 걸어 들어갔다. 수컷은 다시 돌아올 수 없음을 알고, 암벽의 혈관을 찾아 맹수의 심장을 새겨 넣었다. 돌창에 쪼이는 암벽은 신음소리를 내뱉었다. 수컷은 자기도 몰래 외운 신음소리를 흉내내며 빙하기에도 살아남을 수 있는 표피를 채색했다.

해가 바뀌어도 수컷은 돌아오지 않았다. 동굴엔 눈동자 없는 맹수들만 우글대고 있었다. 잠꼬대에 시달리던 암컷이 지난 밤 꿈을 밟아 동굴로 들어갔다. 암각화를 바라보며 수컷의 세레나데를 들은 암컷이 최초의 눈물을 오랜 습관처럼 닦아냈다. 암컷은 울음소리부터 사람 되기 시작했다.

동굴의 공명현상은 이때부터 시작되었다. 인기척이 들면, 맹수들은 잡혀온 듯 숨을 몰아쉬었다. 그 숨소리를 오직 문자를 모르는 시인의 허파처럼 거칠었다.

수천 년 지난 오늘, 동굴 밖으로 한 사람이 걸어 나갔다. 그는 시와 노래와 그림과 동물과 사람을 구별하지 못해, 오직 문자를 모르는 그 수컷처럼 걸어 나갔다.

'암컷'과 헤어진 '수컷'이 동굴 속으로 들어가 암각화를 새긴다. 수컷을 기다리던 암컷은 "지난 밤 꿈을 밟아 동굴로 들어"가고, "암각화를 바라보며 수컷의 세레나데를 들은 암컷이 최초의 눈물을 오랜 습관처럼 닦아"낸다. 이에 대해 시인은 "암컷은 울음소리부터 사람 되기 시작했다"고 주석을 단다. "최초의 눈물"이 이 시에서는 「나의 문명」에서보다 더 올라가 인간과 비인간의 경계선을 가르는 기원을 창출하는 것으로 나타난다. 그런데 암컷이 이 최초의 눈물을 흘리는 이때, 시인은 또 다른 근원을 발견한다. "동굴의 공명현상은 이때부터 시작되었다"는 진술은 그 또 하나의 근원을 가리킬 테다. 암컷의 울음소리는 공명을 낳는다. 암컷의 울음에 공명되어 동굴 안의 맹수들은 "문자를 모르는 시인의 허파처럼" 거친 "숨을 몰아" 쉰다. 시인에 따르면 시적인 것의 근원은 바로 눈물로부터 비롯된 이 공명현상이다. 시의 근원은 문자를 모르는 울음이었으며 시적인 것은 그 울음의 공명에서 이루어진다. 그 울음은, "시와 노래와 그림과 동물과 사람을 구별하지 못해, 오직 문자를 모르는 그 수컷"의 그것처럼, 어떠한 구별도 존재하지 않고 그 모든 것이 혼융된 문자 이전의 육성이다.

시의 근원을 발견한 시인은 이제 이 태초의 시—구별이 없으며 육성 그 자체인—에 자신의 시 쓰기를 접맥시키고자 한다. 「不,완성악보」에서 볼 수 있듯이, 시인은 "우리는 태초의 세레나데를 부를 수 있을까"라고 희망해보는 것이다. 하지만 구별과 분리에 기초하고 있는 인간의 언어는 저 울음에 접근하기 힘들다. 그래서 우선 시인은 침묵한다. "내 말"을 "어둠과 침묵으로 발효"시키려는 까닭이다. 허나 이를 통해 시인은 "저 신성불가침 영역에 수없이 어둠을 덧대"보지만, "바늘 끝 하나 허락하지 않는 빛이 존재하므로/나는 태초의 악보를 완성할 수 없"다. 저 차갑도록 밝은 이성의 세계는 저 최초의 울음, 모든 것이 혼융된 어둠을 허락하지 않는 것이다. 시인은 「無言에 갇히다」에서, 침묵 속에 있다가도 어떤 때는 "하고픈 말 하나 눈튼다"고 말하기도 한다. 그 '눈튼 말'은 껍질을 깨고 "내 입에서 줄기들이 뻗어"나면서 "꽃망울들"이 "잇따라 눈"뜨게 되지만, 역시 "이 소란스런 향기들이 검은 씨앗을 굽는 동안/나는 아무런 할 말이 없어서 다시 침묵에"로 들어가 버린다. 시인은 저 근원의 시, 태초의 악보를 완성하고자 시도하지만 시인은 다시 침묵에 봉인되어버리는 것이다.

그래서 시인은 「카트리지 바늘 두 갤 박아줘」에서 삶의 주름—삶과 죽음의 경계선인 강의 흔적—을 레코드판의 홈으로 만들어 그 주름이 빚어내는 음악을 상상해보기도 한다. 하지만 이 역시 상상에 그치고 말 가능성이 많다. 삶에서 만들어진 주름은, 물론 저 근원적인 슬픔—

사후세계를 생각했을 때 최초로 빚어진 슬픔—의 흔적이기도 할 것이다. 하지만 이를 노래로 만들기 위해 레코드판이라는 기계장치를 사용한다는 것 자체가 이미 근원적인 시에서 멀어지는 것이다. 어쩌면 이미 '기계—문자'에 침입당한 말 속에서 근원적인 시를 쓴다는 것은 불가능에 가까운 것인지 모른다. 하지만 시인은 그러한 시에 가까운 말을 이미 몸으로 쓰는 이를 발견한다. 그는 '엄마'다.

> 외할머니 묘소에 큰절 올리는 엄마를 곁눈질한다
> 이보다 정성스런 말이 또 있을까
> 누가 봐도 대성통곡 중인, 저 고요
> 온몸 관절 꺾고 굽혀야 요지부동이 되는, "ㄹ"
> 땅의 모음 "ㅡ"를 붙여 "르"로 읽는다 하지만
> 나는 저 몸의 말 도저히 읽을 수 없다
>
> ― 「완전한 상형문자」 전반부

몸을 굽혀 큰절 올리는 엄마의 모습은 "ㄹ"처럼 생겼다. 아니 저 엄마의 모습은 "ㄹ"이라는 문자를 쓰고 있다. 시인의 문자학에 따르면 큰절 올리는 모습에서 비롯된 문자 "ㄹ"은 가장 정성스러운 마음을 표현한다. 죽은 자에게 드리는 큰절은 산 자가 죽은 자에게 행하는 경의와 정성스러움이다. 즉 "ㄹ"은 죽음과 삶이 만날 때 생기는 주름, 즉 강물의 곡선과 같은 모습인 것이다. 저 엄마의 모습에서 시인은 진정한 주름을, 그 슬픔의 문자를 발견한다. 그런데 절하는 모습은 바로 땅에 몸을 밀착하고 있는 모습 아니겠는가. 그래서 엄마의 몸 바로 아래 있는 땅의 모습 역시 하나의 상형문자 "ㅡ"다. 그래서 두 상형 문자가 결합하여 "르"라는 상형문자가 탄생한다. 그런데 땅의 상형문자 "ㅡ"는 무엇을 의미하는 것일까? 그 수평의 모습을 보여주는 문자는, 바로 앞에서 보았던 그림자 신을 의미하는 것 아니겠는가. 그렇다면 "르"는 '엄마'가 그림자 신과 결합되어 있는 모습을 나타낸다고 할 수 있다. 분리되어 있던 근원과 재결합한 삶을, 엄마의 절하는 저 모습은 드러내고 있는 것! 하지만 시인은 솔직하게 인정한다. "저 몸의 말을 도무지 읽을 수 없다"는 것을. 그것은 몸을 굽혀 제 그림자와 결합하는 삶을 체득한 자의 말인 것이다. 시인처럼 의식적으로 체득하려고 한 것이 아니라 자연스럽게 생활을 통해 그 삶을 체득한 자의 말. 아직 그 경지에 이르지 못한 시인은 그 말의 의미를 알 수 없다.

이를 인정한 시인은 위의 시에서 "인류 최초의 단어 "엄마""의 탄생이 어떻게 이루어졌는지 생각하는 데로 나아간다. 역시 또 다른 근원에의 탐색으로 나아간 것이다. 그러면서 근원과의 융합을 체득한 엄마의 삶을 더 인식하려고 한다. 그래서 엄마의 삶은 시인에게 책-"인피제본책"-과 같은 의미를 갖게 된다. 그 책을 펼쳐보면서 시인은 엄마가 "죽음을 당겨다 제 生에 박"으면서 "정을 쳐 유필을 새기는" 것을 발견한다. 엄마라는 책에는 "미처 돌아가지 못한 어둠이 고여 있"으며 그 "어둠의 무게에 등고선 몇 가닥 휘어 있"음을 읽어내게 되는 것이다.(「인피제본책」) 저 "ㄹ"이 바로 그 휘어 있는 모습일 터, 그리하여 시인은 정성을 표현하는 그 문자가 죽음을 생에 박는 행위를 통해, 그리고 무거운 어둠을 생 위에 지는 행위를 통해 이루어진 것임을 깨닫게 된다. 그런데 엄마는 왜 죽음을 제 생에 박고 있는 것일까? 그것은 엄마가 절을 드리고 있는 대상인 어떤 죽은 자를 사랑했기 때문일 테다. 슬픈 사랑은 몸을 굽게 만들고 어둠의 무게에 등을 휘게 만든다. "숲에서 바라보면 사랑은 명사가 아닌 동사이다/숲과 잇닿은 길은 모두 굽어 있다"(「첫눈에 반한 사람을 향해 고개 돌리던 나처럼」)는 시인의 말은 이와 관련될 것이다. 엄마의 슬픈 사랑을 표현하고 있는 저 굽은 몸을 읽게 된 시인은, 근원과 용해된 신생(新生)으로 나아가기 위해서는 바로 그 용해를 체현하고 있는 엄마의 품에 다시 안겨야 된다고 생각하기에 다다른다.

반듯한 고속철길 옆에 젖능선 같은 철길 버려져 있다
굽어 음팡한 곳에 품 하나 고이 모셔져 있다
등허리 굽힌 어미가 합장을 모시는 이 앞품을
곧게 펴면 사라져버릴 이 신성불가침 지대를
나는 외면한 적이 있다
사랑하는 사람이 이별을 통고하며 모퉁이를 돌아갈 때
나는 어제를 놔주는 오늘처럼 묵묵해야 했던 것일까
쓰러져 굽은 몸이 만든 그리움이란 성역을
그저 바라만 봐야 했던 것일까

(중략)

저 그리움이 내 성소다
능선을 굽혀놓은 고갯마루 서낭당
물길 굽혀 흐느끼는 여울목의 망부석
그 성소 앞에서 등허리 굽힌 사람은
등고선의 품을 일구며 사는 신
신들이 탯줄 같은 골목을 따라 집으로 돌아간다
한 장정이 훔쳐보는 옆집 우물 쪽으로 골목이 휜다
장정이 고개 감춘 곳에 내 얼굴을 드러내 본다
보리쌀 씻던 처자의 젖이 내 얼굴을 품어 안는다
나는 젖니를 오물거리며 신의 젖능선을 경작한다
　　　　　　　　　　　　— 「굽은 것들의 앞품」 전반부와 후반부

　　슬픈 사랑으로 쓰러진 사람은 "쓰러져 굽은 몸이 만든 그리움이란
성역을" 만든다면서, "저 그리움이 내 성소"라고 시인은 이 시에서 말
하고 있다. 왜 성소인가? "쓰러져 굽은 몸"인 "ㄹ"은 그림자 신인 "ㅡ"
와 맞닿기 때문 아니겠는가. 즉 저 그리움을 체현한 굽은 몸은 그림자

신이 거주할 수 있는 장소가 되는 것이다. 그래서 그 그리움 앞에서, 즉 "그 성소 앞에서 등허리 굽힌 사람은/등고선의 품을 일구며 사는 신"이라는 시인의 말을 이해할 수 있다. 그림자 신과의 융합을 이루어 문자 "르"를 체현하며 사는 사람은 바로 신이라고도 말할 수 있는 것이다. 그리고 그 "사람―신"을 시인은 엄마에게서 발견한 것인데, 그러나 그 "사람―신"은 엄마에게서만 발견되는 것은 아니다. "물길 굽혀 흐느끼는 여울목의 망부석"에서, 즉 이 세상에서 사랑하는 이를 잃고 땅에 엎드려 등을 굽히고 있는 사람 모두에서, 그리고 그 굽은 등이 만들어내는 등고선들―굽은 능선, 여울목, 탯줄 같은 골목 등―에서도 시인은 신의 존재를 발견하게 된다. 그러나 시인은 이제까지 "등허리 굽힌 어미가 합장을 모시는 이 앞품을", 그 "신성불가침 지대를" 외면하고 인식하지 못해 왔다. 하지만 그리움의 성스러움을 인식한 시인은 이제 자신이 "사람―신"이 되지 못한 어린애에 불과하다는 것을 깨닫는다. 그래서 그는 그리움이라는 성역을 이루고 있는 몸의 품으로 들어가는 것에서부터 삶을 다시 시작하고자 한다. 이를 위해, 저 성역이 나를 품어 안고 있다는 것을, 즉 "보리쌀 씻던 처자의 젖이 내 얼굴을 품어 안는다"는 것을 먼저 인지한다. 그리고는 저 품 안에서 시인은 "젖니를 오물거리며 신의 젖능선을 경작"하기 시작하는 것이다.

이은봉, 『첫눈 아침』(푸른사상, 2010)
최서림, 『물금』(세계사, 2010)

삼베빛 세계 속의 붉은 슬픔,
또는 당신에게 다가가는 그리움의 물결

1

이은봉 시인과 최서림 시인은 동시대를 살아 왔다. 이은봉 시인은 1954년생이고 최서림 시인은 1956년생이다. 두 시인 모두 독재 체제 속에서 반체제주의자로서 청춘을 보냈다고 알고 있다. 현재 50대 중반에 이른 이들의 시에는, 여전히 어두운 역사를 보냈던 청춘 시기의 흔적들이 묻어 있다. 가령 두 시인 모두 자본주의적인 현실에 대해 여전히 비판적이고 그 비판을 시에 도입하는데 거리낌이 없다. 그와 동시에, 근래 발표되고 있는 두 시인의 시에는 그 부정적인 현실 속에서 생활인으로서 살아나가야 하는 비애가 표명되어 있기도 하다. 허나 두 시인의 시 세계엔 어떤 차별성이 있다. 우선, 두 시인의 등단 시기부터 상당히 다르다. 이은봉 시인이 1984년에, 최서림 시인이 1993년에 등단했으니, 등단 년도의 격차가 9년이나 된다. 어떤 시인의 시 세계를 파악하는 데에서 등단 시기는 무시하지 못할 중요성이 있다. 어떠한 문학적 분위기 속에서 시를 발표하기 시작했는지가 그 시인의 개성 형성에 꽤 영향을 끼치기 때문이다.

1980년대에 등단해서인지, 이은봉 시인의 몇몇 근작시에서도 민중시의 리얼리즘 전통의 영향을 느낄 수 있다. 민중시의 리얼리즘적인 서정은, 서정적 주체가 민중이 핍박받고 있는 현실의 어두운 면을 들춰내면서 그 현실과 마주한 주체의 의지와 정동 속에서 발현된다. 이러한 서정을 시에 발현하는 데서 시적 인생을 출발한 이은봉 시인은, 저 80년대와는 상당히 다른 서정을 보여주는 현재에도 서정적 주체를 시의 전면에 내세우는 시작법은 계속 유지하고 있다. 반면 1990년대에 등단한 최서림 시인은, 이은봉 시인과는 달리 서정적 주체의 의지와 정동을 중요시하는 민중시적 전통 속에서 시 쓰기를 시작하지 않았다. 그래서인지 그의 시는 서정적 주체를 시의 전면에 드러내지는 않으면서 시인이 인식한 현실을 객관적으로 드러내는 경향이 있다. 다시 말하면, 이은봉 시인이 변화하는 현실을 마주한 주체의 서정을 드러내는 데에 시작의 중점을 두고 있다면 최서림 시인은 변화하는 현실을 새로운 시각으로 인식하는 데에 시작의 중점을 두고 있는 것이다.

2

이은봉, 최서림 두 시인의 차별적인 시작 태도는 그들이 최근 상재한 시집들에서도 찾아볼 수 있다. 허나 자본주의가 승승장구하는 현실에서 본격적인 생활인의 중년을 보내고 있는 두 시인의 적막하고 쓸쓸한 정서가, 두 시인의 시집 밑바탕에 깔려 있다. 이은봉의 여덟 번째 시집 『첫눈 아침』에서는 그러한 정서가 직접적으로 표명된다. 이 시집을 관통하고 있는 정서는 시인의 삶을 사로잡아 왔던 역사가 이젠 사라져버렸다는 인식과 동시에 오는 상실의 슬픔이다. 「슬픔에 대하여」는 시인의 현 시대에 대한 작금의 인식을 잘 보여준다. 전문을 옮겨본다.

슬픔에 대하여 노래해야 할 때가 왔다 촉촉이 고이는 눈가의 물기에 대하여, 그대 가슴 속 길게 늘어뜨리는 절망에 대하여, 절망의 그림자에 대하여 재잘거려야 할 때가 왔다

그대 심장을 꿰뚫으며 박수갈채 속으로 튀어오르던 분노의 시대, 혁명의 시대는 갔다

자유의 끝, 오랜 투쟁의 끝, 그 끝으로 옹송거리며 모여드는 슬픔이라고 해도 좋다 이미 그런 비애에 대하여, 죽음에 대하여 노래할 수밖에 없는 시대가 왔다

쇠망치로 머리통을 치던 치떨림의 시대, 온몸이 무너져 내리던 아픔의 시대는 갔다

그런 시대는 당분간 오지 않으리라 그대 역시 슬프고 서럽고 쓸쓸한 마음으로 하루의 아침을 맞이해야 하리라

무너지고 말았다는 생각이, 휴지조각처럼 나뒹구는 눈물이 여기저기 나뒹굴고 있다 발길에 걷어 채이고 있다

'차라리 잘 되었다' 라고 물기 촉촉한 목소리로 말하는 것이 오히려 한 소식인지도 모른다, '차라지 자알 되얏다' 라고 재잘대는 것이……

시인은 "혁명의 시대는 갔다"고 탄식하며 이 시대를 규정한다. 혁명을 추구하면서 청년 시절을 보냈던 시인에겐, 혁명의 시대가 갔다는 것은 한 시대의 죽음이고 시인의 패배이며 그래서 슬픔이다. 시인은 혁명의 시대가 갔다는 것을 인정하지 못해 왔던 것 같다. 그래서 비애를 노래해오지 않았을 것이다. 실제로 이은봉의 예전 시집과 비교할 때 이번 시집은 비애의 정서가 시집 전면에 깔려 있다는 점이 도드라진다. 시인은 한 시대가 죽어버렸으며 이제 슬픔을, 비애를, 죽음을 노

래할 수밖에 없는 시대에 와 있다고 통절하게 인식하고는, 참고 있던 울음을 한꺼번에 터뜨리듯이 비애와 쓸쓸함의 심정을 이 시집에 풀어 놓고 있는 것이다. 청춘을 바쳤던 시대가 죽었다는 것은 이제 시인의 삶에 젊음이 가능하지 않다는 의미와 통한다. 그래서 시인은 자신의 삶 역시도 이젠 어떤 문턱을 넘었다는 것을, 즉 "더는 뜻 세우지 못하리 더는 어리석어지지 못하리 더는 천박해지지 못하리 더는 사랑에 빠지지 못하리"(「쉰」)라는 것을 허탈하게 인정한다.

혁명이 죽은 이 시대는 저 군부 독재 시대와는 또 다른 의미에서 죽음의 시대다. 치열함이 없는 시대이기 때문이다. 그래서 시인은 절망한다. 하여, 이젠 시대도, 시인의 삶도, 이젠 "어디에도 살아 있는 진실은 없"게 되었고, "이미 사라지고 있는 슬픔들만, 역사의 한 귀퉁이가 된 지친 설움들만 도라지꽃처럼 보랏빛 손사래를 치고 있"(「향일암」)을 뿐이다. 시인의 슬픔은 저 설움들이 역사의 진실로서 살아오는데 실패하여 "역사의 한 귀퉁이"가 되어버렸다는 인식에서 오지만, 한편으로 슬픔은 "보랏빛 손사래를 치"면서 여전히 저기 도라지꽃처럼 존재하고 있는 저 설움들에 정동(情動−affect, 감응)되기 때문에 오기도 한다. 즉 "산에서 죽은 사람들, 바다에서 산 사람들 이제는 너무 낡은 역사가 자꾸만 아랫도리를 건드려 불끈불끈 더웠"(같은 시)기에 시인은 슬픔의 정서에 사로잡히는 것이다. 서러운 낡은 역사는 시인을 가만두지 않고 "아랫도리를 건드려" 슬픔에로 감응시킨다. 하지만 그 감응은 시인이 저 낡은 역사를 외면하지 않기 때문에 가능한 것이다. 그래서 시인의 슬픔을 수동적인 정서라고만 말할 수는 없다. 시인의 슬픔은 저 설움들을 계속 외면하지 않고자 하는 무의식적인 의지에서 비롯되는 것이기 때문이다.

시인의 능동성은, 비록 현재는 죽은 시대이지만 죽은 삶은 살지 않아야 한다는 의지로 나타나기도 한다. 결국 한 시대가 무너지고 말았지만, 삶은 계속되어야 한다. 그렇다면 죽은 시대에서의 삶은 이은봉 시인에게 어떠한 삶인가? 그것은 "더는 미끄러지지 않기 위해/안간힘을 쓰고 있"(「용두동 골목길」)는 삶이다. 그 안간힘 쓰기가 시 쓰기일 터, 시를 쓰지 않는다면 그만 미끄러질 것이요, 미끄러진다면 이 죽은 시대의 구렁텅이에 빠져버리게 될 것이다. 죽은 시대에 빠져버린 삶은 죽은 삶이다. 그래서 시인은 미끄러지지 않기 위하여 시 쓰기를 통해 무엇인가를 붙잡고자 한다.

> 오랫동안 외지를 떠돌다가 돌아온 밤이다
> 긴 장마의 끝, 가슴까지 눅눅해진 밤이다
>
> 유리창에 매달려 있는 물방울들!
> 저도 외로워 동그랗게 몸 오므리며 떨고 있다
>
> 담배 연기로 만드는 따뜻한 도넛들!
> 하얗게 피어오르며 식욕을 돋우고 있다
>
> 몸보다 먼저 침대 위에 눕는 마음들!
> 자갈더미라도 밟은 듯 서걱대는 소리를 낸다
>
> 가슴속 붉은 해당화 열매 저 혼자 붉는 밤이다
> 버리지 못하는 것들 너무 많은 밤이다.
>
> ─「떠돌이의 밤」 전문

시인이 붙잡은 것은 자기 자신의 현재 모습이다. 이 시대의 구렁텅이로 빠져버리지 않기 위해서, 시인은 저 "유리창에 매달려 있는 물방울들"처럼, 유리창에 비친 자신의 모습에 매달린다. 그 유리창에 비친 모습은 비를 맞으며 외지를 떠돌아다닌, 게다가 꽃구경에 실패하여 지쳐버린 여행자의 그것이다. 그것은 "발걸음 너무 늦어 꽃들 이미 져버렸고, 져버린 꽃잎들만, 떨어져 내린 한숨들만 볼 부은 얼굴로 쪼그려 앉아 있"(「운봉 철쭉」)는 모습이다. 이제 "긴 장마의 끝"에 와서야, 시인은 자신이 외롭게 떠돌아다니는 삶―결국은 꽃들 이미 져버린 삶―을 살았다는 것을 새삼 깨닫는 것이다. 그리하여 시인은 여행자인 자신의 모습에 매달리면서 물방울들처럼 "저도 외로워 동그랗게 몸 오므리며 떨고 있"다. "지쳐빠진 내 生"(「11월」)을 살고 있는 시인은 몸보다 마음들이 "먼저 침대 위에 눕는"다. 그만큼 마음은 지쳐버려서, 마음들이 침대에 쓰러지자 수분이 다 빠져버렸는지 자갈더미를 밟을 때의 "서걱대는 소리"가 날 정도다.

시집을 여는 시인 「봄밤이거늘」에서는 "타향에서 몸 뒤채"다 "여기 저기 아"픈 시인의 외로움과 쓸쓸함이 더욱 처연하게 그려져 있다. 이 시에서 마음들이 "서걱대는 소리"는 "아내와 아이들의 흐릿한 얼굴만/ 가슴 가득 빈 그네처럼 끄덕이"는 소리, "청춘의 근육, 시나브로 가라앉"는 소리로 나타난다. 그 소리는 시인의 귀에 들리는 "아르르," "매화꽃 지는 소리"와 겹친다. 마음들이 "서걱대는 소리"란 꽃이 "아르르" 한꺼번에 지는 소리, 삶이 사라지는 소리와 같다. 삶이 사라지는 소리를 들으며 산다는 것은 "꽃잎처럼 흩날리는 지친 마음, 더는 어쩔 수 없이 저 혼자 조용조용 이울고 있"는 삶을 사는 것이다. 이렇듯 시인은 시를 통해 조용히 홀로 이울고 있는 자신의 삶을 붙잡고는 쓸쓸함과 외로움을 토로한다. 이러한 토로에 대해 넋두리라고 할 수 있을지도 모른다. 그래서 시인도 예전 시집에서 이러한 감정 노출을 경계하고 비애를 노래하지 않았을 것이다. 하지만 시인의 이 절절한 토로를 단순히 넋두리라고만 이해할 수는 없다. 사라져버린 시대와 무너져버린 삶의 현재를 이렇게 가감 없이 조명할 때, 시인은 죽음의 시대로 미끄러지지 않을 수 있기 때문이다.

시인의 저 절절한 토로는 그의 현재를 정직하게 드러냄과 동시에,

그의 삶이 죽음의 시대와 거리를 둘 수 있게 해준다. 쓸쓸함과 외로움을 토로하면서, 시인은 죽은 시대로부터 주체성을 유지할 수 있게 되는 것이다. 이는, 그 토로 덕분에 "저 혼자 붉"어서 시인의 쓸쓸함을 더욱 짙게 만들고 있는 "가슴속 붉은 해당화 열매"가 사라지지 않기 때문이다. 저 해당화 열매는 바로 "사라져가고 있는 슬픔들"과 설움들을 의미할 테다. 그런데 시인이 겪고 있는 외로움과 쓸쓸함이 토로되면서, 저 홀로 붉은 해당화 열매의 존재가 드러난다. 시인의 토로는 저 사라져가고 있는 낡은 역사가, 그 혁명의 시대가 저기 외따로 있을지언정 시인의 마음속에 아직 완전히 사라지지 않고 존재하고 있음을 반증하는 것이다. 그리하여 물방울처럼 "동그랗게 몸 오므리"고 있는 시인의 모습은 해당화 열매의 모습과 겹치게 된다. 외로워 웅크린 시인의 삶에서, 시인의 마음속에 저 혼자 붉은 해당화 열매가 유추되기에 그렇다. 한편 반대로 저 열매는, 시인의 웅크린 삶이 슬픔과 설움의 붉은 빛을 발열하듯 띠고 있다는 것을 가리킨다.

그런데 해당화 열매의 붉은 색은, 슬픔과 설움의 절정에서 거꾸로 삶을 다시 살아나갈 수 있는 에너지를 암시해주기도 할 것이다. 쓸쓸함과 외로움의 절정에 도달했을 때, 그리하여 시인 자신이 저 홀로 붉은 해당화 열매처럼 슬픔들과 설움들의 존재 자체라는 것을 감지했을 때, 그래서 어찌할 줄 모르고 여관에서 "때묻은 베개에 얼굴을 묻"게 되었을 때, 베개가 "아내의 젖가슴처럼 뭉클"(「때 묻은 베개에 얼굴을 묻으며」)하게 시인을 품어주는 어떤 역전이 일어나는 것을 보면 그렇다. 그래서 「떠돌이의 밤」에서의, 그 시의 전체 분위기와 다소 어울리지 않는 "담배 연기로 만드는 따뜻한 도넛들!/하얗게 피어오르며 식욕을 돋우고 있다"라는 진술이 이해된다. 몸 오므리고 떨면서 배고파할 때, 외로움의 극한에서 베개가 아내의 젖가슴처럼 뭉클하게 느껴지는 것처럼, 담배 연기는 도넛 모양을 그리면서 시인의 추위와 허기를 달래주는 것이다. 어떤 상황이 극에 이르게 되면 그 상황은 반대의 상황으로 전화되어 느껴지기도 한다. 그렇기에 이 시대가 죽었다고 하더라도, 그 죽음이 가져오는 극한의 적막함이 또 다른 삶의 생성을 감지할 수 있게 해줄 수도 있는 것이다.

> 삼베빛 저녁별, 자꾸 뒷덜미 잡아당긴다
> 어지럽다 아랫도리 갑자기 후들거린다
> 종아리에 힘 모으고 겨우겨우 버티고 선 채
> 흐르는 강물, 물끄러미 내려다본다
> 산언덕을 덮는 조팝꽃처럼
> 마음, 몽롱해진다 낡은 철다리조차
> 꽃무더기 여기저기 토해 놓는 곳
> 거기 간이매점 대나무 평상 위, 털썩 주저앉는다
> 싸구려 비스킷 조각조각 떼어먹으며
> 따스한 캔 커피 질금질금 잘라 마신다
> 초록 잎새들, 팔랑대는 아기 손바닥들
> 바람 데리고 와 코끝 문질러댄다
> 쿨룩쿨룩, 삼베빛 저녁별 잔기침하는 사이
> 강마을 가득, 들뜬 발자국들 일어선다
> 싸하게 몸 흔들며 피어오르는 철쭉꽃들
> 벌써 물속의 제 그림자, 까맣게 지우고 있다.
>
> ─「삼베빛 저녁별」 전문

　삼베는 수의의 옷감이다. 그러니 '삼베빛 저녁별'은 죽음의 분위기를 퍼뜨릴 테다. 그 죽음의 별은 죽은 시대를 의미할 터, 그 시대는 이 시인의 뒷덜미를 자꾸 붙잡고 그래서 시인은 어지럽고 후들거릴 수밖에 없다. 그리하여 미끄러지지 않기 위해 유리창에 매달렸던 것처럼, 시인은 "종아리에 힘 모으고 겨우겨우 버티고" 서 있다. 하지만 안간힘을 써야 하는 시인의 상태에 아랑곳하지 않고 강물─시대─은 흐른다.

시인은 그 강물을 물끄러미 내려다볼 뿐이다. 그런데 삼베빛은 검은 색이 아니다. 죽음을 드러내는 것은 암흑이 아니다. 죽음의 색인 삼베빛은 새하얗지도 않고 누렇지도 않다. 바로 조팝꽃의 빛깔이 삼베빛일 것이다. 조팝꽃 무더기 속에서 시인이 털썩 주저앉은 것은 그 때문이다. 이 찬란한 죽음의 빛깔 속에서 시인은 더욱 몽롱해질 것이기에 더 이상 버티고 서 있을 수 없었던 것이다. 세계는 이렇듯 죽음 속에 쌓여 있지만, 그 죽음의 극한에 놓인 세계에서 초록 잎새들이 "들뜬 발자국들"로 "강마을 가득" 일어선다. 이에 더해, 해당화 열매처럼 붉은 철쭉꽃들은 "싸하게 몸 흔들며 피어오르는" 것이다.

죽음을 드러내는 삼베빛과 선명하게 대조되는 저 철쭉꽃들의 붉은 색은 역사의 한 귀퉁이로 밀려난 핏빛 설움을 가리킬 것이다. 시대의 죽음이 극한에 이르면 저 핏빛 설움은 다시 "몸 흔들며 피어오르는" 활력으로 살아온다. 삼베빛 조팝꽃에 젖어듦으로 해서, 시인은 반대로 사라져가고 있던 설움의 존재를 감지하고는 그 존재에서 적나라한 생명력을 발견하게 되는 것이다. 시대의 죽음을 극한적으로 인식할 때 삶의 강렬한 붉은 빛이 드러나기 시작한다. 그렇기에 현 시대가 혁명이 죽은 시대임을 인정하고 또 그 죽은 시대 속에서 느껴야 하는 슬픔과 쓸쓸함과 외로움을 토로하는 시인의 작업은, 그 암담한 상황을 역전하면서 일어서는 생명을 발견하는 일과 통한다. 그 생명은, 시인이 죽은 시대로 미끄러진 삶을 살지 않게 해줄 것이다. 물론 시인이 현 시대에서 혁명의 씨앗을 재발견했다거나 자신의 삶에서 젊음을 되찾았다는 것은 아니다. 시인에 따르면 그러한 시대는 죽었고 슬픔을 받아들여야 한다. 하지만 그러한 슬픔 속에서 죽음의 시간에서 벗어날 수 있는 어떤 시간이, 생명이 생성하는 시간이 싹튼다는 것을 시인은 새로이 인식한다. 「첫눈 아침」은 그 생성하는 시간이 어떠한 성격을 갖고 있는지 보여준다. 전문 인용해본다.

첫눈 아침, 바윗돌처럼 단단한 한기 품고
시리게 얼어붙은 웅덩이 속 헤매고 있다

아침 첫눈, 하얗게 번져오는 햇살 품고
막 눈 뜨는 시냇가 버들개지 위 떠돌고 있다
너무 추워 큰 귀때기 쫑긋대는 산노루의 걸음으로
첫눈 아침은 내일 아침에나 온다

너무 시려 빨간 코끝 벌룽대는 꽃사슴의 걸음으로
아침 첫눈은 모레 아침에나 온다

내일 모레, 내일 모레, 내일 모레……
반야심경처럼 외워 보는 꿈

모레 글피, 모레 글피, 모레 글피……
법구경처럼 외워 보는 희망
버석대는 명아주 꽃대궁을 밟으며
느릿느릿 걸어오는 첫눈 아침이 있다

뽀얗게 껍질 벗는 버짐나무 줄기를 걷어차며
터벅터벅 걸어오는 아침 첫눈이 있다
그것들, 오늘 여기 있지 않아 마음 환하다
그것들, 지금 여기 있지 않아 가슴 벅차다.

　　"내일 아침에나" 올 "첫눈 아침"은 지금 "버들개지 위 떠돌고 있"을
뿐, 아직 여기에 오지 않았다. 하지만 그 '첫눈 아침'의 부재는, 반대로
그 아침이 현재를 향해 "버석대는 명아주 꽃대궁을 밟으며/느릿느릿 걸
어"올 것이며 "뽀얗게 껍질 벗는 버짐나무 줄기를 걷어차며/터벅터벅
걸어"올 것이라는, 그래서 "모레 글피, 모레 글피, 모레 글피"하면서
"법구경처럼 외워 보"게 하는 희망을 품게 한다. 그렇다면, 생명의 부

재가 도리어 죽음의 시간을 걷어차며 환한 생명이 도래하는 희망을 품게 한다고도 말할 수 있다. 즉 환한 생명의 세계라는 희망의 표상이 현재의 삶에 생명을 불어넣는 것이 아니라, 오히려 그 희망이 "오늘 여기 있지 않아 마음 환하"며 "지금 여기 있지 않아 가슴 벅"찬 것이다. 희망이 현재에 생명을 불어넣는 것은 그 희망이 현재 달성되지 않았기 때문이다. 그래서 달성되지 않은 희망이야말로 현재성을 가지게 되는 것이고, 희망을 잃어버리지만 않았다면 죽음의 시대는 죽어 있기 때문에 환하고 가슴 벅찬 삶을 역설적으로 제공할 수 있다. 시대의 죽음을 확인하고 죽은 시대로 미끄러져 떨어지지 않기 위해 안간힘을 다해 시에 매달려 있던 시인은, 이렇듯 그 외로운 상황 자체에서 희망을 어렴풋이 발견하게 되고 생명이 피어나는 삶의 가능성을 인식하게 된 것이다.

3

최서림 시인도 최근 발간한 그의 다섯 번째 시집 『물금』에서, 이은봉 시인처럼 자신의 삶이 어떤 문턱을 넘었다는 인식을 보여준다. 최 시인은 더 나아가 구차하게 옛것을 붙잡는다는 일은 추해지는 것이라는 생각도 표명하고 있다. 그는 "헐떡이며 간신히 여기까지 흘러 왔어/가끔씩 스텝이 엉겨도 그대로 넘어가는 탱고같이/단순한 인생이 그리워/더 이상 붙잡으면 추해질 것들을/탁한 세월 속에다 놓아버리고 싶어"(「오래된 집」)라고 삶에 지친 듯이 진술하고 있는 것이다. 하지만 이 시집의 주조는 어떤 젊음의 시절이 이젠 다시 돌아올 수 없다는 데서 오는 서정적 주체의 비애로 이루어지지는 않고 있다. 그와는 달리 이 시집은 '말'에 대한 집요한 탐구를 보여준다. 최 시인은 그의 네 번째 시집 『구멍』에서 세계의 존재 원리에 대한 형이상학적인 사유를 전개시킨 바 있는데, 이 『물금』에서는 '구멍'에 대한 형이상학을 바탕으로 하여 '말'에 대한 탐구를 진행시키고 있는 것이다. 하지만 그 형이상학적 사유나 탐구는 관념적이거나 추상적인 것과는 상반되는 것으로서, 어떤 탱탱한 물질성을 바탕으로 한 시적 구체성을 통해 이루어진다. 아래의 시구들을 읽어보자.

> 줄을 잘 못 서서 세상에서 밀려난 인생도 몸을 불릴 수 있는 대중목욕탕처럼, '담그다'라는 말은 둥글고 커서 아무나 들어갈 수가 있다 따뜻해서 김이 모락모락 난다
>
> ──「담그다」부분

> 널배로 기어 다니며 피었다 지는 아낙들, 갯비린내 물큰물큰 나는 뻘이라는 말의 안쪽에는 빨아 당기는 힘이 있다 질긴 목숨들이 무수히 들러붙어 있다
>
> ──「뻘」부분

> '푹'이라는 말의 품은 웅숭깊고도 넓다 둥글어서 뭐든지 부딪히지 않고 놀기에 좋다 묵은지 냄새가 담을 넘어가는 이 말은 詩가 알을 슬기에 딱 좋다 뭐든지 푹 익은 것은 시가 되는 법, 항아리 속에서 멸치젓갈이 푹푹 삭고 있는 마음마다 시가 넘실대던 시절이 있었다
>
> ──「푹」부분

> 부서지고 바스라진 生이 스며들어가서 한 천년 잠들고 싶은 말이다. ……'촉촉한'이란 말의 실핏줄은 비에 씻긴 엽맥(葉脈)같아 푸릇푸릇, 하다 이 말의 자궁 안에는 무수한 말의 씨앗들이 바글바글, 거리고 있다 말랑말랑한 말들이 부화하고 있다
>
> ──「촉촉한」부분

이러한 문장들을 볼 때, 시인의 말에 대한 탐구는 말의 육질성에 대한 탐구다. 말은 기표/기의 쌍으로 앙상하게 환원될 수 없다. 저 말들을 발음할 때, 그 음성에는 수많은 몸들이 들러붙는다. 그래서 저 말에

서 우리는 어떤 의미로 환원할 수 없는 풍부한 감각들을 느낄 수 있는 것이다. '담그다' 라는 동사에는 밀려난 인생들의 신산한 삶들이 욕탕에 몸을 담그듯이 들어가 추위를 녹이고 있다. 뻘이란 명사 안쪽은 널배로 기어 다니는 아낙들의 삶을 빨아 당긴다. '푹' 이란 부사에는 시의 알이 슬고 있고 '촉촉한' 이란 형용사에는 말의 씨앗들이 바글바글 부화하고 있다. 물론 모든 말들이 이렇듯 삶의 몸들을 품고 있지는 않을 것이다. 특히 한자로 이루어진 개념어는 저러한 육질성을 갖추기 힘들다. 위의 말들은 순 우리말로서, 생활과 밀접한 관계가 있는 것들이다. 이 말들은 목욕탕에 몸을 담그고 있는 밀려난 인생들, 널배로 기는 아낙들의 질긴 목숨들, 순 토종 음식인 묵은지와 멸치젓갈의 냄새, 그리고 부서지고 바스라진 삶의 과정 속에서 그 육질이 형성된 것들이다. 즉 저 말들은 민중의 구체적인 생활을 흡수하면서 풍부한 감각성을 갖추게 된 것이다.

최서림 시의 미덕 중 하나는, 초기 시에서부터 현재까지 일관되게, 시의 촉수가 사람들의 구체적인 생활에 닿아 있다는 점에 있다. 시인은 '구멍' 에 대한 철학적 사유를 할 때에도 사람들의 구체적인 생활에 던지는 시선을 거둔 적이 없다. 도리어 그는 그 생활의 구체성을 더욱 구체적으로 인식하기 위해 철학적인 사유를 행하는 것이다. 그런데 사람들의 생에 대한 구체적인 인식은, 경쟁에서 밀려난 인생을 가차 없이 파괴해버리고 있는 현 신자유주의 사회에 대한 비판적인 인식으로 이끌 것이다. 그래서인지 그가 주목하고 있는 것들은 그렇게 밀려나고 부서진, 하지만 그래도 '널배' 로 삶을 밀고나가는 질긴 인생들이다. 위의 시구들에서 확인할 수 있듯이, 이 시집에서 시인이 사유하고 있는 '말' 의 육질은 그렇게 신산하게 사는 인생들의 구체적인 생활이 생성시킨 것인데, 또한 거꾸로, 우리들 삶의 육질성은 생활 속에서 얽히고설키는 사람들의 말들로 이루어지는 것이기도 하다. 이에 대해 시인은 그 사람들의 말들이 "이리저리 얽혀서/비릿하게 흘러가는 말들의 강"(「비릿한 말」)을 이룬다고 말하고 있다.

하지만 말들의 강이 언제나 잘 흘러가는 것은 아니다. "말이 뼛속까지 얼어붙"(「대설과 소설 사이」)는 겨울날도 있는 것이다. 아니, 시인은 현 시대를 말들의 강이 꽁꽁 얼어붙은 시대의 연속이라고 인식하고 있는 듯하다. 이 추운 시대에서는 말들은 연결되지 못하고 "찢어진 말과 말 사이, 눈발 몰아"(「대한(大寒)」)친다. 말이 얼어붙고 말과 말 사이가 찢어지게 되면, 사람들은 "저 떠돌이 새"처럼 "가슴 속 다 토해내지 못"할 것이고, 그래서 "새까맣게 타버"려 "모든 색깔을 삼켜버린 빛깔로 캄캄하게" 울게 될 것이요, "더 이상, 말이 말이"(같은 시) 아니게 될 것이다. 캄캄하게 우는 것, 그것은 말이 아니고 소리다. 여기서도 최서림 시는 추상적이지 않다. 시인은 캄캄하게 우는 사람들이 누구인지 구체적으로 보여주고 있다. 즉 울고 있는 사람들이란 추상적인 인간을 지칭하는 것이 아니라 특정한 삶을 구체적으로 살고 있는 이들인 것이다. 「아픈 소리들」에서, 그들은 "자신이 주워 모은 폐지처럼 더럽게 구겨진/자신의 삶을 송두리째 리어카로 내다 파는 인생"을 사는 사람들이다. 이들의 삶으로 인해 "60년대로 거슬러 간" "생경한 골목길"은, "뼈아픈 소리들이 많이 굴러나니"게 되고, 이 소리들을 듣고 있는 시인은 "생쥐모양 내 마음의 현을 밤 새워 쥐어 뜯"게 된다.

그 "뼈아픈 소리들"을 내는 사람들은 도시 어느 곳에서나 볼 수 있다. "추석인데도" "영영 돌아갈 집이 없는 사람들,/더 이상 집을 세우지 못하는 사람들"(「집의 역사」)로 골목은 '빼곡하' 게 차 있다. "비좁고 냄새나는 구멍, 섬 같은 감옥"에 살고 있는 사람들, "언제나 탈출을 꿈꾸어왔지만" 탈출하지 못한 그들은 "매듭이 풀리지 않고 점점 더 꼬여만 가는/잡동사니로 가득 채워진 인생"(같은 시)을 살고 있다. 또한 그들의 가족들은 "하루 종일 그림자가 생기지 않는 집에"서 "심해어처

럼 그림자 속에 잠겨"(「그림자 집」) 살고 있다. "그림자 속에 잠겨" 산
다는 것은 비유가 아니다. 그들의 집은 "한 오라기의 햇빛도 침투할 수
없는,/사방이 아파트로 포위"되어 있어서 정말 그들 가족들은 그림자
속에 살고 있기 때문이다. 그래서 아파트 그림자 속에 잠겨 있는 그들
의 집은 자신의 그림자조차 가질 수 없다. "이 도시에서 햇빛은 결코
평등하지가 않"은 것이다! 시인이 "뼈아픈 소리"를 듣게 되는 삶들은
바로 햇빛을 받지 못한 사람들, 그래서 "이따금 햇빛에 취한 듯/자기
그림자에 끌려 이리저리 돌아다"니는 사람들의 삶들이다. 즉 그 사람
들은 불평등한 자본주의 사회에서 배제되어 가난하게 살아야 하는 이
들인 것이다.

시인에 따르면 "모든 집에는 나름의 역사가 꼬물거리고 있"기에 "집
의 냄새는 사람의 냄새"이며 "삶이 응축된 냄새"(「둥지」)다. 집은 그 사
람의 인생을 응축하여 드러낸다. 하지만 현 한국 사회는 "집을 세우지
못하는 사람들"로 붐빈다. 집이 없는 그 사람들은 자신의 삶의 역사를
만들 수도 없이 살아나가야 한다. 사람의 삶 자체를 붕괴시키는 이 비
참한 상태는, 은유가 아니라 실제로 존재하고 있는 현상이다. 서울역
에 나가보기만 하면 이를 알 수 있다. 노숙자만이 아니다. 아파트에 가
려 볕이 들지 않는 감옥 같은 집에서 사는 이들, 집 같지 않은 집에서
사는 이들 역시 집을 세우지 못하는 사람들이다. 이들 가난한 사람들
은 먹고 살기 위해서 "죽어서야 풀어놓을 수 있는 워낭을 모가지에 매
달고서 할딱이"(「5월 1일」)며, 동시에 캄캄한 울음소리를 내면서 생존
해나간다. 하지만 시인은 「잠들지 못하는 말」에서, 이 울음소리도 말이
될 수 있음을 보여주고 있다. 삶의 비통함이 사무쳐 올라 하늘 끝에 박
힐 때, 그 울음은 "사무치는 말"이 될 수 있는 것이다. 이 시의 뒷부분
을 옮겨본다.

소뿔 속같이 비좁은 꿈에 절어 모두가 잠든 새벽
아직 돌아갈 구멍을 찾지 못하고 우리의 뼈를 흔들어 깨우는
하늘 끝에도 사무치는 말도 있다
때로는 제 혼을 불살라
하늘 밖으로까지 올라가 새로이
붉은 별자리를 만들어 앉는 말도 있다
핏방울이 되어 떨어지는 말도 있다

시인은 "모든 말에는 피가 흐른다"는 단언으로 이 시를 시작한다. 하지만 시인은 "말(馬)같이 펄펄 날뛰는 말"이 있는 반면 "시체 같이 굳어 있는 말"도 있다고 덧붙인다. "사무치는 말"은 펄펄 날뛰는 말도 아니요 굳어 있는 말도 아닐 것이다. 그 말에는 사회로부터 버림받은 이들의 비통함으로 뜨거워진 피가 흐를 것이다. 비통함이 얼마나 뜨거웠으면 하늘에까지 사무쳐 "붉은 별자리를 만들어 앉는 말"이 되었겠는가. 그리하여 "핏방울이 되어 떨어지는 말"들은, "비좁은 꿈에 절어" 잠들어 있는 우리 소시민들의 "뼈를 흔들어 깨"운다. 하늘에 사무쳤던 그 붉은 말들이 핏방울로 떨어지면서, 우리의 몸속으로 깊이 스며들기 때문이리라. 시인에게 스며든 붉은 말들은, "허공을 향해,/아무도 들어주는 이 없는 노래를/밤낮 울어대야 하"는 매미의 울음처럼, 시인의 몸 "안으로부터 마디마디 맺혀 올라오는/생의 붉은 신음소리./찢기고 갈라터진 말 조각들"(「곡비(哭婢) 2」)로 변환될 것이다.

하지만, "눈바람 속 사철나무 열매보다 더 붉"은 그 말 조각들은 시인의 잠을 깨우면서 "생채기보다 더 아"린 "시린 말의 새순"(「붉은 날들」)이 되기도 할 터이다. 다시 말하자면, 저 비참하게 살아가야 하는 사람들의 삶이 말없이 소리로서 전달하고 있는 말들을 시인이 마음으로 받아들이게 될 때, 시인에게 깊은 아픔을 줄 그 말들은 새롭게 시의 시린 말들로 자라나기 시작할 것이다. 그렇게, 시인 몸에 스며든 붉고

시린 말들은 시의 말을 생성시킨다. 그래서 시인은 "사무치는 말들"을 몸으로 받아들일 수 있어야 한다. 그런데 집을 박탈당한 사람들, 감옥 같은 집에 사는 사람들의 비참에서 비롯된 그 말 아닌 "사무치는 말들"은, 한국 사회에 숱하게 널려 있는 것이기도 하다. 그 "사무치는 말들"을 자신의 뼈 속으로 스며들어오는 핏방울로 감지하기 시작한 시인은, 이제 그 말들이 핏방울로 떨어질 뿐만 아니라 바람에 실려 오는 냄새로도 떠다닌다는 것을 감지한다.

> 고비로부터 불어오는 바람에는
> 모래 냄새, 죽은 낙타가 풍화되는 냄새,
> 태생부터 쓸쓸한 사람들의 냄새가 묻어있다
> 서걱서걱하게 마른 바람 속에는
> 홀쭉하니 여윈 사람들의 천 개의 소망
> 천 개의 모아진 손이
> 버들개지로 피어나고 있다
> 얼었다 녹았다를 되풀이하고 있는
> 재개발구역 시장통 사람들처럼
> 브라더 미싱으로도 봉할 수 없는
> 아프게 벌어진 천 개의 입을 가지고 있다
> 입을 가진 모든 것들은
> 꽃샘바람에 이리저리 부딪히는 버들개지처럼
> 잠들지 못하고
> 바람 속에다 울혈을 토해내고 있다
> 참말로 입을 가진 모든 것들은
> 밤새 윙윙 울며 떠들어댈 이유가 있다

— 「천 개의 입」 전문

"고비로부터 불어오는 바람"에 묻어 있는 "태생부터 쓸쓸한 사람들의 냄새"는 "천 개의 모아진 손이" 피워낸 "버들개지"의 냄새이기도 할 터, 그 버들개지에서 시인은 발설하는 입을 보아낸다. 모아진 천 개의 손, 즉 "홀쭉하니 여윈 사람들의 천 개의 소망"은 천 개의 버들개지를 피워낼 터, 그래서 바람은 "아프게 벌어진 천 개의 입"을 가지게 된다. 바람에서 사람들의 냄새를 감지한 시인은, 이제 천 개의 입이 "윙윙 울며 떠들어"대는 말들을 듣는다. 그리고 그는 가난하고 쓸쓸한 민중의 그 말들이 그칠 수 없는 것임을 인식한다. 그들의 입은, "재개발구역 시장통 사람들처럼/브라더 미싱으로도 봉할 수 없는/아프게 벌어"져 있기 때문이다. 아픈 입은 닫힐 수 없다. 입을 닫으면 더욱 아프기 때문이다. 왜 이들의 입은 아픈 것일까? 잠들지 못하는 그들은 뜨거운 울혈을 토해낼 수밖에 없기 때문이다. 자신의 삶을 다 투여한 터전으로부터 쫓겨나야 하는 사람들이 어떻게 잠들 수 있겠는가. 그들의 피는 비통으로 뜨거워지고 그래서 울혈의 말로 토해진다.

하지만 이 시에서 주목되는 지점은 그 울혈이 피어나는 소망과 섞이고 있다는 것이다. 돈이 권력이 되고 권력이 사람들의 주거지를 빼앗는 이 비참한 상황에서, 내쫓겨야 하는 사람들이 소망을 품을 수 있다는 것은 그들이 그래도 어떤 출구를 보았기 때문일 테다. 그 희망의 이미지를 시인은 비에서 찾고 있다. 앞에서 보았듯이 현 한국의 도시에서는 햇빛마저도 소유의 대상이 되어 가난한 집은 햇빛으로부터 차단되어 버린다. 하지만 비는 "햇빛과도 공기와도 다르게/차별 없이 두루두루 내려" "시간을 제 나이테 안에 옭아매지 못해/풀려버린 가난한 이웃들도 흠뻑 적셔주는"(「가난한 이웃들에게 내리는 비」) 것이다. 이러한 비의 이미지는 평등이 그래도 가능할 수 있다는 상상과 위안을 가져온다. 그래서인지 "울퉁불퉁한/마음속으로" 비를 맞으면서, 시인은 그 비가 자신의 "부글부글 끓어올라 넘치는 몸을/앞산처럼 푸르게 가라앉혀 주"(같은 시)고 있다는 느낌을 갖는다. 이렇게 빗물에 젖으면서 마음을 가라앉힐 수 있었던 시인은, 민중의 가난한 삶에서 부정적인 이미지만을 포착하는 것이 아니라 천 개의 소망을 위해 손을 모으는 희망어린 이미지도 포착할 수 있게 되었을 것이다.

더 나아가 시인은, "이 세상에 흘러들어와/남쪽으로 난 창 하나만 끼고 사는 사람들"을 "자신을 넣어 말리고 있"는 "가을 하늘에 흰 빨래"(「흰 빨래같이」)와 같은 눈부신 이미지로 표현하기도 한다. 「새털구름에 걸다」에서 그러한 이미지는, "높이 오를수록 차고 투명해져 희게 빛나는", 그리고 "얼음 덩어리의 정신으로 모이고 흩어"지는 "새털구름"의 이미지로 더욱 승화된다. 한편 두 시에 등장하는, 볕에 널린 젖은 빨래와 얼음 덩어리 모두 물의 이미지와 연관되어 있다는 점에 주목된다. 이 물은 가난한 사람들을 위안해주었던 빗물 이미지와 연관될 터인데, 빨래 이미지에서는 물이 기화되고 있고 얼음 이미지에서는 물이 응축—고체화—되고 있다. 두 이미지 모두 물로부터 벗어나는 이미지를 보여주고 있지만, 그 이전에 물에 젖어 있거나 물로서 존재했기 때문에 이러한 변환—새로운 삶—이 가능했다고도 할 수 있다. 그래서 물은 민중에게 새로운 삶을 가능케 해주는 바탕을 제공해준다고 말할 수 있을 것이다.

그런데 물을 통해 가능하게 되는 '새로운 삶'은, 자본주의의 강박적인 새로움, 즉 텅 빈 시간의 축에서 이루어지는 공허한 새로움과는 다른 질을 갖는다. 왜냐하면 그 물은 "오래오래 흘러와서 새로워진 물"(「물확 2」)이기 때문이다. 빗물 역시 정말 그러하다. 비는 오랜 기간의 순환 과정을 거쳐 새로이 내린다. 새로 내린 비는 또 다른 순환 과정을 거칠 것이다. 그래서 "옛것은 새것보다 더 새것이다."(같은 시)라는 진술이 진실이 될 수 있다. 물은 옛것을 현재에 싣고 와서 현재를 새로이 구성한다. 그렇다면 추억이 물과 같은 것 아니겠는가? 물처럼 흐르는 추억은 과거를 현재에 싣고 올 것이다. 그러나 그 과거는 물을 움켜쥘 때와 같이 손가락 사이로 빠져나가버릴 것이다. 바로 아래 시의 '물금'처럼.

바닷물이 숭어 떼처럼 파닥파닥 밀려 올라오다 허리쯤에서 기진해 멈춘다 날숨과 들숨으로 강물과 혼몽히 몸을 섞는다 썰물을 내려 보내는 갯벌이 그리움으로 구멍이 숭숭 뚫려 있는 곳, 그녀와 나 사이 매일 보이지 않는 선이 그어진다 내 그리움도 그곳까지, 그 선까지만 밀물져 가다가 헤매다 돌아오고 만다 그녀가 사는 곳이 곧 물금이다 대추나무 잎에 반짝이는 햇살처럼 영혼에 일렁이는 물결무늬처럼 떠있는, 어느새 손가락 사이로 빠져나가 버리는 물금, 물금 한복판에서 찾아 헤매이게 되는 물금, 농익은 감이 제 무게를 이기지 못해 철퍼덕 맨땅에 떨어져 산산이 흩어지는 곳, 초로의 적막이 물푸레나무 회초리로 자신의 종아리를 후려치는 그곳이 물금이다

—「물금」 전문

물금은 경상남도 양산시에 있는 마을 이름이다. 그러나 시인은 이 이름의 기표에서 떠오르게 되는 연상을 최대한 활용하여 그 이름이 시 전체에 "혼몽히" 섞여 스며들 수 있게 만들었다. 물금은 '그녀'가 살고 있는 곳이다. 동시에 물금은 바닷가로 밀려들어오는 밀물의 끝선처럼 그리움이라는 물이 들어갈 수 있는 한계선—금—이기도 하다. 이 '금' "한복판에서" 시인은 물금을 찾아 헤맨다. 물 '금'에 의해 이젠 들어갈 수 없는 물금은 "영혼에 일렁이는 물결무늬처럼" 기억에 찍힌 자국으로 남아 있다. 허나 그 기억은 물과 같아서 방금 위에서 말했듯이 붙잡아도 "손가락 사이로 빠져나가 버"릴 뿐이다. 옛 기억을 데리고 오는 '물—그리움', 하지만 그 '물—그리움'이 결국 물금에 닿지 못하게 하는 물의 금. 이 물금에서 물의 금에 막힌 물이 농익을 때, 물이 가득 찬 "감이 제 무게를 이기지 못해 철퍼덕" 소리 내며 물금의 "맨땅에 떨어져 산산이 흩어"질 것이다. 그런데 그때, 그 "철퍼덕" 소리로 인해 시인의 나이일 초로의 적막이 자기 자신의 종아리를 회초리로 후려치는 것이다. 제 무게를 못 이겨 떨어져버린 그리움이 산산이 사방으로 흩어질 때, 그 터지는 소리가 적막하게 그리움에 젖어들어 있는 시인을 정신 차리게 하기 때문이리라. 그래서 그 감이 터지는 "철퍼덕" 소리는

"초로의 적막"이 회초리 맞을 때의 소리이기도 하다.

그리움의 물은 눈물로 현상하게 될 것이다. 그런데, 방금 보았듯이, 눈물로 농익어 가는 그리움이 결국 터져버리면서, 시인은 회초리 맞은 듯 퍼뜩 정신을 차리게 된다. 그렇다면 이렇게 정신을 차린 이후 시인은 무엇을 생각하는가? 이 시집의 마지막에 실린 시 「곡비 1」에서, 시인은 이전과는 다른 울음을 울 것을 스스로에게 다짐한다. "여태 날 위해 심히/부지런히 울어왔으니/이젠" "울래야 울 수도 없는 이들을 위해/대신 울어"주리라는 다짐 말이다. 그렇다고 그 다짐이 그리움이 도달하고자 했던 물금을 망각하자는 것은 아니다. 시인은 남을 위한 울음은 "내 안에 갇힌 울음이 날개를 달아/내 안의 벽을 허물" 때 가능하다고 생각한다. "내 안에 갇힌 울음을" 해방시켜 타인을 향해 날아갈 수 있을 때 남을 위한 울음을 울 수 있는 것이다. 이를 위해서는 그리움의 물인 눈물의 존재가 전제되어 있어야 한다. 그렇기에, 시인은 그리움을 버릴 것이라고 말하고 있는 것이 아니다. 내 안의 벽을 무너뜨리고 나를 개방시켜, 그리움의 눈물이 타인에게로 날아갈 수 있도록 하리라고 말하는 것이다. 하여, 타인에게로 날아간 그 눈물이 가난하고 배척된 자들을 평등하게 적실 수 있는 빗물이 될 수 있기를 바라면서 말이다.

ㄱ

서정시와 실재